日本平安时期『敕撰三集』汉诗研究

江小容 —— 著

中央编译出版社
Central Compilation & Translation Press

图书在版编目（CIP）数据

日本平安时期"敕撰三集"汉诗研究／江小容著
—北京：中央编译出版社，2020.9
ISBN 978-7-5117-3283-5

Ⅰ.①日…　Ⅱ.①江…　Ⅲ.①汉诗-诗歌研究-日本-平安时代（794-1192）　Ⅳ.①I313.072

中国版本图书馆 CIP 数据核字（2020）第 155619 号

日本平安时期"敕撰三集"汉诗研究

责任编辑	赵　灿
责任印制	刘　慧
出版发行	中央编译出版社
地　　址	北京西城区车公庄大街乙 5 号鸿儒大厦 B 座（100044）
电　　话	（010）52612345（总编室）　　（010）52612341（编辑室） （010）52612316（发行）　　　（010）52612369（网站）
传　　真	（010）66515838
经　　销	全国新华书店
印　　刷	北京中兴印刷有限公司
开　　本	710 毫米×1000 毫米　1/16
字　　数	318 千字
印　　张	23.75
版　　次	2020 年 9 月第 1 版
印　　次	2020 年 9 月第 1 次印刷
定　　价	98.00 元

新浪微博：@中央编译出版社　　　微　信：中央编译出版社(ID: cctphome)
淘宝店铺：中央编译出版社直销店(http://shop108367160.taobao.com)　　（010）52612322

本社常年法律顾问：北京市吴栾赵阎律师事务所律师　闫军　梁勤
凡有印装质量问题，本社负责调换，电话：（010）52612322

目 录

第一章 "敕撰三集"概述 ………………………………………… 1

第二章 体式分析 ………………………………………………… 5

第三章 韵律分析 ………………………………………………… 15
 一、用韵 ……………………………………………………… 15
 二、对仗 ……………………………………………………… 109

第四章 诗题分析 ………………………………………………… 147
 一、诗题类别 ………………………………………………… 147
 二、与唐诗诗题的对照分析 ………………………………… 153

第五章 诗语分析 ………………………………………………… 173
 一、诗语意象 ………………………………………………… 173
 二、与唐诗诗语的对照分析 ………………………………… 175

第六章　结　语 ………………………………………………… 232

附　录：《凌云集》《文华秀丽集》《经国集》诗集全文 …………… 235

参考文献 ………………………………………………………… 371

第一章 "敕撰三集"概述

　　日本平安时期，由于受中国唐朝文化的影响，迎来了汉诗创作的兴盛期，分别出现了由嵯峨天皇敕命编撰的《凌云集》《文华秀丽集》，淳和天皇敕命编撰的《经国集》，史称"敕撰三集"。

　　《凌云集》，又称《凌云新集》，是小野岑守、菅原清公、勇山文继等，奉嵯峨天皇之敕命编撰而成。魏文帝有曰："文者经国之大业，不朽之盛事。年寿有时而尽，荣乐止乎其身。"该诗集取其意为题，是继日本首部汉诗集《怀风藻》之后，肇日本敕撰汉诗集之首，于814年编撰，并载嵯峨天皇、小野岑守等24人之作。始自平城上皇，终乎巨势志贵人，录诗有91首。本论所用版本是昭和五十五年（1980年）东京温故学会出版的《群书类丛 卷第123（文笔部2）》。

　　诗集中的诗人是按官阶进行排序的，分别是：平城上皇（2首）、嵯峨天皇（22首）、淳和天皇（5首）、参议左近卫大将从三位兼行春宫大夫美作守藤原冬嗣（3首）、从三位行常陆守菅野朝臣真道（1首）、从五位下行内膳正仲雄王（2首）、从四位下行播磨守贺阳朝臣丰年（13首）、左兵卫督从四位下兼行但马守良岑朝臣安世（2首）、正五位下行纪伊守藤原朝臣道雄（2首）、正五位下林宿祢娑婆（2首）、从五位上行大外记兼因播介上毛野朝臣颖人（1首）、内藏头从五位上兼左马头美浓守小野朝臣岑守（13首）、从五位上行式部少辅管原朝臣清公（4首）、征夷副将军从五位下行陆奥介小野朝臣永见（2首）、从五位下行日向权守淡海真人福良满（3首）、散位从五位下仲科宿祢善雄（1首）、外从五位上行山城介高丘宿祢第越（2首）、左大史正六位上兼行伊势权大掾坂上忌寸今继（2首）、从六位下守大内记大伴宿祢氏上（1首）、从七位上守少内记滋野宿祢贞主（2首）、从八位上守播磨权少缘多治比真人清贞（2首）、陆奥少目从八位下桑原公宫作（1首）、文章生相模权博士大初位下桑原公腹赤（2首）、荫孙无位巨势朝臣志贵人（1首）。

《文华秀丽集》由藤原冬嗣奉嵯峨天皇敕，命仲雄王、菅原清公、勇山文继、滋野贞主、桑原腹赤等编撰。继敕撰三集之首《凌云集》后，为第二部敕撰汉诗集，共计上、中、下三卷，于818年编撰，并载嵯峨天皇、淳和天皇、巨势识人、桑原腹赤、小野岑守、王孝廉等28人之作，题材包括游览、宴集、饯别、赠答、咏史、述怀、艳情、乐府、梵门、哀伤、杂咏等，共计143首。本论所用版本是昭和五十五年（1980年）东京温故学会出版的《群书类丛 卷第124（文笔部3）》。

诗集的编排方式与《凌云集》以诗人官阶为基准不同，是以题材为标准，因此，出现了同一诗人的作品分布于不同题材中的情况，各诗人的汉诗数分别是：嵯峨天皇（34首）、巨势识人（20首）、仲雄王（13首）、桑原腹赤（10首）、小野岑守（8首）、淳和天皇（8首）、菅原清公（7首）、朝野鹿取（6首）、滋野贞主（6首）、藤原冬嗣（6首）、王孝廉（5首）、良岑安世（4首）、勇山文继（1首）、释仁贞（1首）、纪末守（1首）、坂上今雄（1首）、坂上今继（1首）、仲科善雄（1首）、姬大伴氏（1首）、藤原是雄（1首）、多清贞（1首）、锦部彦公（1首）、平五月（1首）、佐伯长继（1首）、小野年永（1首）、宫原村继（1首）、上毛野颖人（1首）、桑原广田（1首）。

《经国集》由滋野贞主、南渊弘贞、菅原清公、安野文继、安部吉人等奉淳和天皇敕所撰，为"敕撰三集"之第三，共计20卷，而大半散逸，现存六卷。于827年编撰，载有嵯峨上皇、淳和天皇、有智子斋院、石上宅嗣、贺阳丰年、淡海三船、释空海等作品。自庆云四年，迄于天长四载，作者178人。赋17首、诗917首、序51首、对策38首。无论收录的篇数，还是诗人数目，都极其浩大，盛况空前。题名取自魏文帝"文章者，经国之大业，不朽之盛事"。该诗集也是按题材进行编排，现存的汉诗归属于乐府、梵门、杂咏三大类。本论所用版本是昭和五十五年（1980年）东京温故学会出版的《群书类丛 卷第125（文笔部4）》。

现存作品被编选入诗集的汉诗人有79人，共计210首：嵯峨天皇（36首）、滋野贞主（25首）、小野岑守（9首）、良岑安世（8首）、释空海（8首）、有智子内亲王（8首）、菅原清公（5首）、惟良春道（7首）、淡海三船（5首）、贺阳丰年（5首）、平城天皇（4首）、滋野善永（4首）、巨势识人（4首）、南渊永河（4首）、淳和天皇（3首）、惟氏（3首）、藤原三成（2首）、朝原道永（2首）、源弘（2首）、上毛野颖人（2首）、淡海福良满（2首）、纪长江（2首）、藤原令绪（2首）、小野篁（2首）、杨泰师（2首）、仁明天皇（1首）、称德天皇（1首）、藤原冬嗣（1首）、源常（1首）、清原夏野（1首）、三原春上（1首）、尼和氏（1首）、石上宅嗣（1首）、藤原常嗣（1首）、笠仲守（1首）、安倍吉人（1首）、岛田清田（1首）、小野年永（1首）、高村田使（1首）、和气广世（1首）、藤原卫（1首）、林婆婆（1首）、净野夏嗣（1首）、石川广主（1首）、仲科善雄（1首）、大枝直臣（1首）、源明（1首）、布瑠高庭（1首）、橘常主（1首）、安野文继（1首）、治文雄（1首）、丰前王（1首）、治颖长长（1首）、山田古嗣（1首）、常光守（1首）、金雄津（1首）、大枝永野（1首）、巧诸胜（1首）、伊永代（1首）、南渊弘贞（1首）、路永名（1首）、纪虎继（1首）、伴成益（1首）、文真室（1首）、石川越智人（1首）、小野末嗣（1首）、鸟高名（1首）、藤原关雄（1首）、菅原善主（1首）、中臣良舟（1首）、中臣良楫（1首）、菅原清冈（1首）、小野春卿（1首）、春澄善绳（1首）、大枝碕麿（1首）、锦部彦公（1首）、仲雄王（1首）、瑙高庭（1首）、都腹赤（1首）。

三部诗集中均有诗作的诗人共9位：嵯峨天皇、淳和天皇、藤原冬嗣、良岑安世、小野岑守、管原清公、仲科善雄、滋野贞主、仲雄王。其中，所有汉诗作者中入选汉诗数量最多的是嵯峨天皇，《凌云集》中有22首、《文华秀丽集》中有34首、《经国集》中有36首、共有92首汉诗；其次是滋野贞主有33首，小野岑守有30首，仲雄王16首，淳和天皇16首，菅原清公16首，良岑安世14首，藤原冬嗣10首，仲科善雄3首。各数据如表1所示：

表1 "敕撰三集"中相同诗人的汉诗数量

诗人	《凌云集》	《文华秀丽集》	《经国集》	"敕撰三集"中的总诗数
嵯峨天皇	22	34	36	92
滋野贞主	2	6	25	33
小野岑守	13	8	9	30
仲雄王	2	13	1	16
淳和天皇	5	8	3	16
菅原清公	4	7	5	16
良岑安世	2	4	8	14
藤原冬嗣	3	6	1	10
仲科善雄	1	1	1	3

第二章 体式分析

诗体按形式来区分，有古体诗和近体诗两大类。古体诗①，又称古诗、古风或往体诗。"古体"是一个总名，它包括唐律形成以前所有体式的诗。以句式齐杂、句子长短分体有：齐言（包括二言、三言、四言、五言、六言、七言），杂言（自由式和固定式）与骚体。杂言古诗是古代中国诗歌体裁之一，即诗句字数不整齐的古诗。所谓"杂言"的状态大致上有两种倾向：第一，大部分为七言句，仅掺入极少的八言句等形式；第二，与之相反，三言、四言、五言、六言、七言以至八言以上等各种句子自由地混杂于一首诗中的形式。第一种倾向多具有与七言古诗节奏上高度近似的特点，第二种则在七言以外的节奏占有更大的比重。

以篇幅长度、句数奇偶分体为：一句诗、两句诗、三句诗、四句诗与古绝诗、长篇诗（六句或六句以上）、奇句诗、促句诗。另外还有六朝新体，其特点为讲究音韵与四声八病、讲究对偶。全首诗可以用一个平声韵或仄声韵，可以随意转换为其他的；一首诗每句都可以用韵，用于韵的字可以重复；诗中用韵不限定在偶数句子上，奇数句也可以用韵；诗中可以用邻韵和上去声通押；允许散文化的句子。

---

① 潘善祺：《诗体类说》，上海古籍出版社2011年版，第2—91页。

近体诗①，又叫今体诗，它是和古体诗对应的，唐代以后，大约因为科举的关系，诗的形式逐渐趋于化一，对于平仄、对仗、诗篇的字数，都有严格的规定。这种依照严格的规律来写的诗，是唐以前所未有的，所以后世叫作近体诗。近体诗大致可以分为三种：律诗、排律、绝句。

律诗的意义就是依照一定的格律来写成的诗。其格律主要有两点：尽量使句中的平仄相间，并使上句的平仄与下句的平仄相对（即相反）；尽量多用对仗，除首两句和末两句外，总以对仗为原则。律诗又分为五言律诗和七言律诗。

五言律诗，除了平仄和对仗的规律之外，还有两个规律：每句五个字，每首八句，全首共四十个字；第一、三、五、七句不入韵，第二、四、六、八句入韵，这是正例。但首句亦有入韵者，这是变例（这正例和变例是从唐人五言律诗统计出来的，以多见者为正，少见者为变）。

七言律诗，除了平仄和对仗的规律之外，还有两个规律：每句七个字，每首八句，全首共五十六个字；第一、二、四、六、八句入韵，第三、五、七句不入韵，这是正例。但首句亦有不用韵者，这是变例。

五言律诗与七言律诗恰恰相反：前者以不入韵为常，后者以入韵为常。五言律诗和七言律诗中，都偶然有一种"三韵小律"。三韵就是六句（首韵就是入韵也不计），这样五言小律就只有三十个字，七言小律就只有四十二个字。另外，还有六言律诗，每首四十八个字。

排律就是十句以上的律诗，也分为五言排律和七言排律。五言排律首句以不入韵为正例，入韵为变例。

绝句，其字数只有律诗的一半，只有四句，五言绝句只有二十个字，七言绝句是二十八个字。绝句可以分为四类：截取律诗首位两联而成的，全首不用对仗，也是最为常见的绝句，这一类以七言绝句较多；

---

① 王力：《王力近体诗格律学》，山西出版集团三晋出版社2011年版，第1—24页。

截取律诗后半首而成的,首联用对仗,这一类以五言绝句较多;截取律诗前半首而成的,其首联又是以不用对仗为正例的,这一类五绝和七绝都颇为罕见;截取律诗中两联而成的,全首用对仗,这类中五绝颇为常见。五绝的首句也像五律的首句一样,以不入韵为正例;七绝的首句也像七律的首句一样,以入韵为正例。不过,七绝的变例比五绝的变例多。

其中,五言律诗①的平仄句型有四类,加括号表示可平可仄;◎为韵脚,要求用平声。五言律诗以首句不入韵仄起式为常见。

A. 首句入韵仄起式

(仄)仄仄平平,平平仄仄平◎。(平)平平仄仄,(仄)仄仄平平◎。

(仄)仄平平仄,平平仄仄平◎。(平)平平仄仄,(仄)仄仄平平◎。

B. 首句不入韵仄起式

(仄)仄平平仄,平平仄仄平◎。(平)平平仄仄,(仄)仄仄平平◎。

(仄)仄平平仄,平平仄仄平◎。(平)平平仄仄,(仄)仄仄平平◎。

C. 首句入韵平起式

平平仄仄平,(仄)仄仄平平◎。(仄)仄平平仄,平平仄仄

---

① 王力:《王力近体诗格律学》,山西出版集团三晋出版社2011年版,第65页。

平◎。

（平）平平仄仄，（仄）仄仄平平◎。（仄）仄平平仄，平平仄仄平◎。

D. 首句不入韵平起式

（平）平平仄仄，（仄）仄仄平平◎。（仄）仄平平仄，平平仄仄平◎。

（平）平平仄仄，（仄）仄仄平平◎。（仄）仄平平仄，平平仄仄平◎。

七言律诗①的句式有四类，加括号表示可平可仄；◎为韵脚，必须用平声。

A. 平起首句入韵

（平）平（仄）仄仄平平，（仄）仄平平仄仄平◎。（仄）仄（平）平平仄仄，（平）平（仄）仄仄平平◎。（平）平（仄）仄平平仄，（仄）仄平平仄仄平◎。（仄）仄（平）平平仄仄，（平）平（仄）仄仄平平◎。

B. 平起首句不入韵

（平）平（仄）仄平平仄，（仄）仄平平仄仄平◎。（仄）仄（平）平平仄仄，（平）平（仄）仄仄平平◎。（平）平（仄）仄平平仄，（仄）仄平平仄仄平◎。（仄）仄（平）平平仄仄，（平）

---

① 王力：《王力近体诗格律学》，山西出版集团三晋出版社2011年版，第66页。

平（仄）仄仄平平◎。

C. 仄起首句入韵

（仄）仄平平仄仄平，（平）平（仄）仄仄平平◎。（平）平（仄）仄平平仄，（仄）仄平平（仄）仄平◎。（仄）仄（平）平平仄仄，（平）平（仄）仄仄平平◎。（平）平（仄）仄平平仄，（仄）仄平平（仄）仄平◎。

D. 仄起首句不入韵

（仄）仄（平）平平仄仄，（平）平（仄）仄仄平平◎。（平）平（仄）仄平平仄，（仄）仄平平（仄）仄平◎。（仄）仄（平）平平仄仄，（平）平（仄）仄仄平平◎。（平）平（仄）仄平平仄，（仄）仄平平（仄）仄平◎。

五言绝句的句式有四类，加括号表示可平可仄；◎为韵脚，必须用平声。

A. 仄起首句不入韵

（仄）仄平平仄，平平仄仄平◎。（平）平平仄仄，（仄）仄仄平平◎。

B. 仄起首句入韵

（仄）仄仄平平，平平仄仄平◎。（平）平平仄仄，（仄）仄仄平平◎。

C. 平起首句不入韵

（平）平平仄仄，（仄）仄仄平平◎。（仄）仄平平仄，平平仄仄平◎。

D. 平起首句入韵

平平仄仄平，（仄）仄仄平平◎。（仄）仄平平仄，平平仄仄平◎。

七言绝句，第一、二、四句平声同韵，第三句仄声不同韵，第二、四句倒数第三字通常为仄音，共有四类句型，加括号表示可平可仄；◎为韵脚，必须用平声。

A. 首句平起入韵式（平起平收）

（平）平（仄）仄仄平平◎，（仄）仄平平仄仄平◎。
（仄）仄（平）平平仄仄，（平）平（仄）仄仄平平◎。

B. 首句平起不入韵式（平起仄收）

（平）平（仄）仄平平仄，（仄）仄平平仄仄平◎。
（仄）仄（平）平平仄仄，（平）平（仄）仄仄平平◎。

C. 首句仄起入韵式（仄起平收）

（仄）仄平平仄仄平◎，（平）平（仄）仄仄平平◎，
（平）平（仄）仄平平仄，（仄）仄平平仄仄平◎。

D. 首句仄起不入韵式（仄起仄收）

（仄）仄（平）平平仄仄，（平）平（仄）仄仄平平◎。
（平）平（仄）仄平平仄，（仄）仄平平仄仄平◎。

另外，格律诗切忌犯孤平，孤平就是孤孤单单的平声字，是针对五言近体的"平平仄仄平"，七言近体诗的"仄仄平平仄仄平"和"仄仄平平仄仄平"这两种入韵句子的平仄句式而言的，如果将上面七言句的第三字、五言句的第一字改用仄声，这就犯了孤平。孤平是作近体诗的大忌，不在万不得已的情况下不能违犯。

若犯了孤平则需要拗救。拗救①，就是上面该平的地方用了仄声，所以在下面该仄的地方用平声，以为抵偿。拗救大致可分为五类：

（1）本句自救，即孤平拗救。在格律待中，五言"平平仄仄平"句型因第一字用了仄声，七言"仄仄平平仄仄平"句型因第三字用了仄声而"犯孤平"时，则在五言第三字、七言第五字用一个平声字作为补偿。

（2）对句相救。小拗可救可不救，大拗必救。指出句五言"仄仄平平仄"句型第四字拗，七言"平平仄仄平平仄"句型第六字拗时，必须在对句五言第三字、七言第三字用一个平声字作为补偿。二小拗可救可不救。指出句五言"仄仄平平仄"句型第三字拗，七言"平平仄仄平平仄"句型第二字拗时，可在对句五言第三字、七言第五字用一个平声字作为补偿，也可以不救。本句自救和对句相救往往同时并用。

（3）特拗句。在七言（仄仄平平仄仄）的句子中，把第五字和第六字的平仄交换，使之成为（仄仄平平仄平仄），如"桃李春风一杯酒"；五言"平平平仄仄"句式中，把第三字和第四字的平仄交换，使之成为"平平仄平仄"句式。

---

① 王力：《王力近体诗格律学》，山西出版集团三晋出版社2011年版，第87页。

（4）还有一种常见的拗救是在（平平仄仄平平仄）句式中，第五字和第六字用了仄声，成为了（平平仄仄仄仄仄），如果只是第五个字用了仄声则叫小拗，可以不救；但如果第六字也用了仄声，则是大拗必救，需要把对句（仄仄平平仄仄平）中的第五个字改成平声。如"南朝四百八十寺，多少楼台烟雨中"（八十在古代都是入声）。五言用法和七言同，如"野火烧不尽，春风吹又生"。

（5）三仄尾。也就是在（平平平仄仄）的句式中，把第三个字用成了仄声，成为了（平平仄仄仄），这样的拗体是可以不救的，如杜甫的"江流石不转"。

敕撰三集中的汉诗从形式上来看，既有古体诗，也有近体诗（格律诗），其中古体诗有"五言古诗、七言古诗、杂言"三类，近体诗有"五言绝句、七言绝句、五言律诗、七言律诗、五言排律、七言排律"六类。

《凌云集》，又名《凌云新集》，于814年奉嵯峨天皇的敕命，由小野岑守等编撰而成，全集共收编了91首汉诗，以诗人的官位等级来进行分类。《凌云集》中，五言绝句4首、五言律诗17首、五言排律0首、五言古诗19首，七言绝句3首、七言律诗10首、七言排律0首、七言古诗32首，杂言6首。其中，五言共40首，占汉诗总数91首的43.96%，七言有45首，占49.45%；古体诗（含杂言）有57首，占62.64%，近体诗有34首，占37.36%。各种体式诗的数量及占比如下表所示：

表2 《凌云集》体式比例

		诗数（首）	百分比（%）	总百分比（%）	近体诗（%）	古体诗（%）
五言	五言绝句	4	4.40	43.96		
	五言律诗	17	18.68			
	五言排律	0	0.00			
	五言古诗	19	20.88			

(续表)

		诗数（首）	百分比（%）	总百分比（%）	近体诗（%）	古体诗（%）
七言	七言绝句	3	3.30	49.45	37.36	62.64
	七言律诗	10	10.99			
	七言排律	0	0.00			
	七言古诗	32	36.16			
杂言		6	6.59	6.59		

《文华秀丽集》同样是奉嵯峨天皇之命，于818年由藤原冬嗣等人编撰而成，共收录148篇（实际存数为143首），诗集编排与《文选》相似，分为"游览、宴集、饯别、赠答、咏史、述怀、艳情、乐府、梵门、哀伤、杂咏"。

其中，五言绝句1首、五言律诗17首、五言排律2首、五言古诗30首，七言绝句7首、七言律诗6首、七言排律0首、七言古诗69首、杂言11首。其中，五言共50首，占汉诗总数的34.97%，七言有82首，占57.34%；古体诗（含杂言）有109首，占76.91%，近体诗有34首，占23.09%。各种体式诗的数量及占比如下表所示。

表3 《文华秀丽集》体式比例

		诗数（首）	百分比（%）	总百分比（%）	近体诗（%）	古体诗（%）
五言	五言绝句	1	0.70	34.97	23.09	76.91
	五言律诗	17	11.89			
	五言排律	2	1.40			
	五言古诗	30	20.98			
七言	七言绝句	7	4.90	57.34		
	七言律诗	6	4.20			
	七言排律	0	0.00			
	七言古诗	69	48.25			
杂言		11	7.69	7.69		

《经国集》由淳和天皇敕命，于827年良岑安世等人编撰，收录了178人的诗文集，共20卷，其中卷第二至第九、卷第十二诗十一、杂咏二、卷第十五至第十九散逸，现仅存6卷，由"赋、乐府、梵门、杂咏、策下"构成。

其中，五言绝句2首、五言律诗28首、五言排律10首、五言古诗53首，七言绝句13首、七言律诗7首、七言排律0首、七言古诗55首、杂言42首。其中，五言共93首，占汉诗总数210首的44.29%，七言有75首，占35.71%；古体诗（含杂言）有150首，占71.43%，近体诗有60首，占28.57%。由于本文主要分析三部诗集均有的诗体，因此，该诗集中的"策下"和"赋"不作为分析对象列入表中，其体式分布情况主要如下表所示。

表4 《经国集》体式比例

		诗数（首）	百分比（%）	总百分比（%）	近体诗（%）	古体诗（%）
五言	五言绝句	2	0.95	44.29	28.57	71.43
	五言律诗	28	13.33			
	五言排律	10	4.76			
	五言古诗	53	25.24			
七言	七言绝句	13	6.19	35.71		
	七言律诗	7	3.33			
	七言排律	0	0.00			
	七言古诗	55	26.19			
杂言		42	20.00	20.00		

表2、表3、表4的数据显示，《凌云集》《文华秀丽集》中，七言诗的占比大于五言诗，《经国集》中七言诗占比小于五言诗；三部诗集中的古体诗占比均远远大于近体诗。

第三章 韵律分析

一、用韵

根据上古韵部表①，对三部诗集的汉诗进行了韵脚字分析，上古韵部表中的韵部有：之部，职部，蒸部，幽部，觉部，冬部，宵部，药部，侯部，屋部，东部，鱼部，铎部，支部，耕部，脂部，质部，真部，微部，物部，文部，歌部，元部，缉部，侵部，叶部，谈部。诗集中汉诗的韵脚字在各韵部的分布情况是：元部，68 字；阳部，50 字；耕部，43 字；之部，43 字；真部，37 字；鱼部，31 字；幽部，30 字；微部，29 字；文部，25 字；东部，20 字；歌部，20 字；宵部，18 字；侵部，18 字；侯部，13 字；脂部，11 字；冬部，9 字；蒸部，8 字；支部，7 字；谈部，6 字；职部，5 字；物部，3 字；月部，3 字；铎部，2 字；叶部，2 字；屋部，1 字；锡部，1 字；质部，1 字。从以上数据可知，"元部""阳部""耕部""真部""鱼部""幽部""之部""微部""文部"中汉字的使用频率较高，"屋部""锡部""质部"中分别只有 1 个汉字作为韵脚字被使用，而"药部""缉部"中的汉字均未出现。三部诗集中除了使用一次的韵脚字外，还有重复使用的韵脚字。

---

① 王力：《汉语音韵学》，山东教育出版社 1985 年版，第 101—106 页。

1.《凌云集》平仄韵律分析

《凌云集》中重复使用的韵脚字有：烟（4），方（2），长（2），来（2），衣（2），空（4），通（2），风（6），寒（5），难（3），看（3），浮（2），秋（4），时（3），人（3），春（6），亭（2），悠（2），青（2），宽（2），吟（3），深（5），心（7），中（3），声（4），明（3），城（2），行（2），臣（2），泉（2），红（4），尘（2），鱼（2），情（3），容（2），音（2），括号中的数字为重复出现的次数。

通过分析得知，该诗集中五言绝句有4首，五言律诗17首，五言古诗19首；七言绝句3首，七言律诗10首，七言古诗32首；杂言6首。

（1）五言绝句

五言绝句有4首：左兵卫督从四位下兼行但马守良岑朝臣安世《早秋月夜》"三秋三五夜，夜久夜风凉。虫网露悬白，树条叶末黄"，韵脚字分别是"凉""黄"，都属于阳部；其中"白"是古入声字，其平仄韵律为"平平平仄仄，仄仄仄平平。平仄仄平仄（第三字使用了仄声，属于小拗，可不救），仄平仄仄平"，属于平起首句不入韵形式。

从五位上行式部少辅管菅原朝臣清公《冬日汴州上漂驿逢雪》"云霞未辞旧，梅柳忽逢春。不分琼瑶屑，来霑旅客巾。"韵脚字分别是"春""巾"，均属于文部；其中的"忽"是入声字，其平仄韵律为"平平仄平仄（第三、四字交换了平仄，属于特拗句），平仄仄平平。仄仄平平仄，平平仄仄平"，属于平起首句不入韵形式。

从五位上行式部少辅管菅原朝臣清公《越州别敕使王国父还京》"我是东蕃客，怀恩入圣唐。欲归情未尽，别泪湿衣裳"，韵脚字是"唐""裳"，属于阳部；其中"湿"是入声字，该诗属于仄起首句不入韵句式"仄仄平平仄，平平仄仄平。仄平平仄仄，平仄仄平平"。

从五位下行日向权守淡海真人福良满《言志》"弧树轮囷久，三秋零落期。风霜日夜积，荣曜待何时"，韵脚字是"期""时"，均属于之部；其中"积"是入声字，整首诗属于仄起首句不入韵句式"平仄平平仄，平平仄仄平。平平仄仄仄（该句是三仄尾，可不救），平仄仄平平"。

(2) 五言律诗

五言律诗有17首，分别是：平城上皇《赋樱花》"昔在幽岩下，光华照四方。忽逢攀折客，含笑亘三阳。送气时多少，乘阴复短长，如何此一物，擅美九春场"，韵脚字分别是"方""阳""长""场"都押阳韵；其中"昔""一"是入声字，属于仄起首句不入韵句式"仄仄平平仄，平平仄仄平。仄平平仄仄，平仄仄平平。仄仄平平仄，平平仄仄平。平平仄平仄（第三、四字平仄交换，属于特拗句），仄仄仄平平"。

参议左近卫大将从三位兼行春宫大夫美作守藤原冬嗣《神泉苑雨中眺瞩，应制 一首 探得初字》"雨气三秋冷，凉风四面初。芦洲未低雁，芳饵自群鱼。岸水飞还落，池荷卷且舒。从天恩盏下，不醉也焉如"，韵脚字是"初""鱼""舒""如"均属于鱼部；属于仄起首句不入韵句式"仄仄平平仄，平平仄仄平。平平仄平仄（第三、四字平仄交换，属于特拗句），平仄仄平平，仄仄平平仄，平平仄仄平。平平平仄仄，仄仄仄平平"。

从三位行常陆守菅野朝臣真道《晚夏神泉苑同勒深临阴心，应制》"王母仙园近，龙宫宝殿深。追凉天驿幸，从赏凤舆临。竹疏长竿节，松倾小盖阴。醉臣迷圣造，唯有岁寒心"，韵脚字是"深""临""阴""心"，属于侵部；其中"竹""节"是入声字，属于仄起首句不入韵句式"平仄平平仄，平平仄仄平。平平平仄仄，仄仄仄平平。仄平平平仄，平平仄仄平。仄平平仄仄，平仄仄平平"。

从四位下行播磨守贺阳朝臣丰年《三月三日侍宴 三首 其二》"紫禁疏佳诏，青阳乐禊风。布帷分柳绿，袭佩挺兰红。品汇春芳遍，早高夏预通。自然相率舞，何待后夔工"，韵脚字"风"属于冬部，

"红""通""工"属于东部；属于仄起首句不入韵句式"仄仄平平平仄，平平仄仄平。仄平平仄仄，平仄仄平平。仄仄平平仄，仄平平仄仄平。在平平仄仄，平仄仄平平"。

从四位下行播磨守贺阳朝臣丰年《三月三日侍宴 三首 其三》"禊赏千斯岁，恩荣一伴春。露晞心已肃，云上庆还申。松竹同宜古，莺花并状新。欢余良景暮，日御借鸟轮"，韵脚字"春""轮"属于文部，"申""新"属于真部；其中"一""竹"是入声字，该诗属于仄起首句不入韵句式"仄仄平平仄，平平仄仄平。仄平平仄仄，平仄仄平平。平平平仄仄，仄仄仄平平"。

从四位下行播磨守贺阳朝臣丰年《代琴之词》"讬根方据险，抽干已临危。奔溜春秋坏，衡飚岁月吹。侍人谁复说，仙道幸先知。愿载重轮响，高飞九寓垂"，韵脚字"危""吹""垂"属于歌部，"知"属于支部；其中"说"是入声字，该诗属于平起首句不入韵句式"平平平仄仄，平仄仄平平。平仄平平仄，平平仄仄平。仄平平仄仄，平仄仄平平。仄仄平平仄，平平仄仄平"。

从四位下行播磨守贺阳朝臣丰年《伤野将军》"蝦夷构乱久，择将属吾贤。屈指驰三略，扬眉出二权。鵩头勋未展，马革志方宣。完士何难过，徒悲凶问传"，韵脚字是"贤""权""宣""传"，属于元部；其中"择""屈""出""革"是入声字，该诗属于平起首句不入韵句式"平平仄仄仄（属于三仄尾，可不救），仄仄仄平平。仄仄平平仄，平平仄仄平。平平平仄仄，仄仄仄平平。平仄平平仄，平平平仄仄"。

正五位下林宿祢娑婆《自山崎乘江赴赞岐，在难波江口，述怀，赠野二郎》"泛流催梶棹，指海共朝宗。渔火通宵烈，商帆拂曙逢。遥山疑接漠，远树似生江。可后乘楂客，营营不得容"，韵脚字"宗"属于冬部，"逢""江""容"属于东部；其中"拂""接""得"是入声字，该诗属于平起首句不入韵句式"仄平平仄仄，仄仄仄平平。平仄平平仄，平平仄仄平。平平平仄仄，仄仄仄平平。仄仄平平仄，平平仄仄平"。

正五位下林宿祢娑婆《久在外国，晚年归学，知旧零落，已无其人。聊以述怀。简山请益独菅原五郎，桃李之报岂无坏》"晚年归学馆，旧识几相辞。物是人非日，悲来乐去时。忘筌无故友，倾盖有新期。欲绕平生事，居然泪不持"，韵脚字是"辞""时""期""持"，属于之部；其中"学""识"是入声字，该诗属于平起首句不入韵句式"仄平平仄仄，仄仄仄平平。仄仄平平仄，平平仄仄平。仄平平仄仄，平仄仄平平。仄仄平平仄，平平仄仄平"。

从五位上行大外记兼因播介上毛野朝臣颖人《春日归田直疏》"于禄终无验，归田入弊门。庭荒唯壁立，篱失独花存。空手饥方至，低头日已昏。世途如此苦，何处遇春恩"，韵脚字是"门""存""昏""恩"，属于文部；其中"失""独"是入声字，该诗句式为仄起首句不入韵"平仄平平仄，平平仄仄平。平平平仄仄，平仄仄平平。平仄平平仄，平平仄仄平。仄平平仄仄，平仄仄平平"。

内藏头从五位上兼左马头美浓守小野朝臣岑守《夏日神泉苑钓台，应制》"钓台新结构，浮柱出从深。水近纶偏尽，轩低竿直临。岸喧瀑布落，浦暗橘柚阴。自仰中孚化，同欣在落心"，韵脚字是"深""临""阴""心"，属于侵部；其中"结""出""直""橘"是入声字，该诗属于平起首句不入韵句式"仄平平仄仄，平仄仄平平。仄仄平平仄，平平平仄平。仄平仄仄仄（三仄尾，可不救），仄仄仄平平。仄仄平平仄，平平仄仄平"。

征夷副将军从五位下行陆奥介小野朝臣永见《田家》"结庵居三径，灌园养一生。糟糠宁满腹，泉石但欢情。水里松低影，风前竹动声。聊输太平祝，独守小山亭"，韵脚字是"生""情""声""亭"，属于耕部；其中"结""一""石""竹"是入声字，属于仄起首句不入韵句式"仄平平平仄，仄平仄仄平。平平平仄仄，平仄仄平平。仄仄平平仄，平平仄仄平。平平仄平仄（第三、四字平仄互换，属于特拗句），平仄仄平平"。

征夷副将军从五位下行陆奥介小野朝臣永见《游寺》"久倦樊笼苦，来寻解脱津。息心归六度，改跡仰三轮。水月非真晓，空花是伪春。今朝升觉路，何处犯迷尘"，韵脚字"津""尘"属于真部，"轮""春"属于文部；其中"脱""息""觉"是入声字，该诗属于仄起首句不入韵句式"仄仄平平仄，平平仄仄平。仄平平仄仄，仄仄平平平。仄仄平平仄，平平仄仄平。平平平仄仄，平仄仄平平"。

从五位下行日向权守淡海真人福良满《被别丰后藤太守》"故乡何处在，天际白云浮。归雁遥将没，漂查去不留。边声四面起，悲泪数行流。今日生死别，何年间白头"，韵脚字"浮""留""流"属于幽部，"头"属于侯部；其中"白""别"是入声字，该诗属于平起首句不入韵句式"仄平平仄仄，平仄仄平平。平仄平仄仄，平仄仄平平。平平仄仄仄（三仄尾，可不救），平仄仄平平。平仄平仄仄（第四字拗），平平平仄平（第三字用平声来救，构成对句相救）"。

外从五位上行山城介高丘宿弥第越《三月三日侍宴神泉苑，应诏》"我皇微乐事，元巳宴华林。寿爵山府久，恩波□①谢深。看花前后落，听鸟短长吟。既醉仍余舞，何开树石音"，韵脚字是"林""深""吟""音"，属于侵部；其中"爵""石"是入声字，该诗属于平起首句不入韵句式"仄平平仄仄，平仄仄平平。仄仄平仄仄（第四字拗），平平平仄平（第三字用平声来救，构成对句相救）。仄平平仄仄，平仄仄平平。仄仄平平仄，平平仄仄平"。

文章生相模权博士大初位下桑原公腹赤《春日过友人山庄，探得飞字》"入春今几日，闻道数莺飞。烟没主人柳，花薰客子衣。野童驱犊去，山叟负薪归。何独汉阴老，此间可绝机"，韵脚字是"飞""衣"

---

① □：此标记表示已经脱逸的汉字，因此，有此标记的汉诗句，则无法准确分析其韵律，在本论中均视作古诗。

"归""机",属于微部;其中"犊""独""绝"是入声字,该诗属于平起首句不入韵句式"仄平平仄仄,平仄仄平平。平仄仄平仄(第三字拗、是小拗可不救),平平仄仄平。仄平平仄仄,平仄仄平平。平仄仄平仄(第三字拗、是小拗可不救),仄平仄仄平"。

(3) 五言古诗

五言古诗有 19 首:嵯峨天皇《重阳节神泉宛赐宴群臣,勒空通风同》韵脚字分别是"空""通""风""同",其中的"空""通""同"属于东部,"风"属于冬部;其中"菊"是入声字,其平仄韵律是"平平平仄仄,仄仄仄平平。仄平平平仄,平平仄仄平。仄平平平仄,平平仄仄平。平平平仄仄,平仄仄平平"。

嵯峨天皇《重阳节神泉苑同赋三秋大有年,题中取韵,尤韵成篇》"旻气何寥郭,登高望悠悠。大田获丰稔,从此岁工休。芳荑筵上荐,时菊盏中浮。林洞逢摇落,池清为潦收。蟋蟀藏声晓,兼葭变色洲。重阳常宜宴,况复有年秋",韵脚字是"悠""休""浮""收""洲""秋"属于幽部;其中"郭""菊""蟋"是入声字,其平仄韵律为"平仄平平仄,平平仄平平。仄平仄平仄,平平仄平平。平平平平平,平仄仄平平。平仄平平仄,平平仄仄平。仄仄平平仄,平平仄仄平。平平平平仄,仄仄仄平平"。

嵯峨天皇《秋日皇太弟池亭赋天字》"玄圃秋云肃,池亭望爽天。远声惊旅雁,寒引听林蝉。岸柳堆初□,潭荷叶欲穿。肃然幽兴处,院里满茶烟",韵脚字是"天""蝉""穿""烟",而"天"属于真部,"蝉""穿""烟"属于元部;其平仄韵律为"平仄平平仄,平平仄仄平。平平平仄仄,仄仄仄平平。仄仄平平□,平平仄仄平。平平平仄仄,仄仄仄平平"。

从五位下行内膳正仲雄《早舟发》"早旦偏舟发,微茫海未晴。浦边孤树远,天际片帆征。钓火收残焰,榜歌送迥声。悠悠云水里,乡思转伤情",韵脚字是"晴""征""声""情"属于耕部;其中"发"是入声字，其平仄韵律为"仄仄平平仄，平平仄仄平。仄平平仄仄，平仄仄平平。仄仄平平仄，仄平仄仄平。平平平仄仄，平平仄平平"。

从五位下行内膳正仲雄《谒海上人》"道者良虽众，胜会不易遇。寝兴思马鸣，俯仰谒龙树。一得遭吾师，归贪□寓住。飞流驯道眼，动殖润慈澍。字母弘三乘，真言演四句。石泉洗钵童，炉炭煎茶孺。眺瞩存闲静，栖迟忌剧务。宝幢拂云日，香刹干烟雾。瓶口挑时花，瓷心盛野芋。磬鸣员梵彻，钟响老僧聚。流览竺乾经，观释千硫赋。受持灌顶法，顿入一如趣"，韵脚字是"遇""树""住""澍""句""孺""聚""趣"属于侯部，"务""雾"属于幽部，"芋""赋"属于鱼部；其中"一""得""殖""石""钵""拂""竺"是入声字，其平仄韵律为"仄平平平仄，仄仄仄仄仄。仄仄平平平，仄仄仄平仄。平仄平平平，平平□仄仄。平平平仄仄，仄仄仄平仄。仄平平平平，平平仄平仄。仄仄仄仄平，平仄平平仄。仄平平仄仄，仄仄仄平仄"。

从四位下行播磨守贺阳朝臣丰年《三月三日侍宴应诏》"锡宴紫微中，皇欢被物忽。布恩优月令，分思激春风。柳叶依丝绿，樱花拂舞红。同兹霈德寓，具醉也融融"，韵脚字"忽"属于物部，"风""融"属于冬部，"红"属于东部；其中"锡""忽""激""拂""德"是入声字，该汉诗的平仄韵律是"仄仄仄平平，平平仄仄仄。仄平平仄仄，平平仄平平。仄仄平平仄，平仄仄仄平。平平仄仄仄，仄仄仄平平"。

从四位下行播磨守贺阳朝臣丰年《三月三日侍宴应诏 三首 其一》"间春开曲水，乘节施阳煦。献寿千祥溢，含漱万国附。姻霞处处□，飞鸟番番遇。殊冀高游日，义和总辔驻"，韵脚字"煦""附"属于鱼部，"遇""驻"属于侯部；其中"节""国"是入声字，其平仄韵律是"平平平仄仄，平仄平平仄。仄仄平平仄，平仄仄仄仄。平平仄仄

□，平仄平平仄。平仄平平仄，仄平仄仄仄"。

从四位下行播磨守贺阳朝臣丰年《留别故人》"一兹阻面□，百里块班条。交譬分张切，涉江悲望遥。风途飞蕊散，云路别魂销。唯有流天月，相忆寄秋宵"，韵脚字是"条""遥""销""宵"，属于宵部；其中"一"是入声字，该汉诗的平仄韵律为"仄平仄仄□，仄仄仄平平。平仄平平仄，仄平平仄平。平平平仄仄，平仄平平平。平仄平平仄，平仄仄平平"。

从四位下行播磨守贺阳朝臣丰年《同元忠初春宴纪千牛池亭之作》"以我粗疏性，闲斋喜遇逢。贞交符水石，深寄契寒松。酒湛情弥畅，琴幽赏自从。还暂久会日，条已令邕容"，韵脚字是"逢""松""从""容"，属于东部；其中"石"是入声字，其平仄韵律为"仄仄平平仄，平平仄仄平。平平平仄仄，平仄仄平平。仄仄平平仄，平平仄仄平。平仄仄仄仄，平仄仄平平"。

从四位下行播磨守贺阳朝臣丰年《别诸友入唐》"数君为国器，万里涉长流。奋翼鹏天眇，轩鳍鲲海悠。登山眉目结，临水泪何收。但此仙天处，空见白云浮"，韵脚字是"流""悠""收""浮"，属于幽部；其中"国""结""白"是入声字，其平仄韵律为"仄平仄仄仄，仄仄仄平平。仄仄平平仄，平平平仄平。平平平仄仄，平仄仄平平。仄仄平平仄，平仄仄平平"。

从四位下行播磨守贺阳朝臣丰年《史记竟宴，赋得传大史自序传》"宏材承五百，博瞻剑三千。第穴遗文借，梧嶷古册全。灰中尺庆起，识大日官传。张辅称孤秀，日明耻独贤。名高良史籍，身毁妬臣年。尽魄悬声价，爰言陵谷迁"，韵脚字"十""全""传""迁"属于元部，"贤""年"属于真部；其中"穴""识""独""籍"是入声字，其平仄韵律为"平平平仄仄，平平仄平平。仄仄平平仄，平平仄仄平。平仄仄仄，仄仄仄平平。平仄平平仄，仄仄仄平仄。平平平仄仄，平仄平平平。仄仄平平仄，平平平仄平"。

从四位下行播磨守贺阳朝臣丰年《高士吟》"一室何堪扫,九州岂足涉。寄言燕雀徒,宁知鸿鹄路",韵脚字"涉"属于叶部,"路"属于铎部;其中"一""鹄"是入声字,其平仄韵律为"仄仄平平仄,仄平仄仄仄。仄平平仄平,平平平仄仄"。

内藏头从五位上兼左马头美浓守小野朝臣岑守《别故人之任赠琴》"素琴申旧意,尘秽不嫌君。单父思良宰,武城望雅闻。重财非子好,轻赠是吾分。每对他乡月,须弹慰离群",韵脚字是"君""闻""分""群",属于文部;其平仄韵律为"仄平平仄仄,平仄仄平平。平仄平平仄,仄平仄仄平。仄平平仄仄,平仄仄平平。仄仄平仄仄,平平仄平平"。

从五位下行日向权守淡海真人福良满《早春田园》"寒牖五出花,举厨一樽酒。已迷帝王力,安辨天地久。四分一顷田,门外五株柳。羞堪助贫兴,何更贪富有",韵脚字"酒""柳"属于幽部,"久""有"属于之部;其中"出""一"是入声字,其平仄韵律为"平仄仄仄平,仄平仄平仄。仄平仄平平,平平仄仄仄。仄平仄仄平,平仄仄平仄。平平仄平仄,平仄平平仄"。

散位从五位下仲科宿祢善雄《秋夜卧病》"卧来频改岁,年去复逢秋。照月三更静,无人四壁幽。养形方已省,知命送非优。唯有风前树,摇落使人然",韵脚字"秋""幽""优"属于幽部,"然"属于元部;其平仄韵律为"仄平平仄仄,平仄仄平平。仄仄平平仄,平仄仄平平。仄平平仄仄,平仄仄平平。平仄平平仄,平仄仄平平"。

左大史正六位上兼行伊势权大掾坂上忌寸今继《涉信浓坂》"积石千里峻,危途九折分。人迷边地雪,马蹋半天云。岩冷花难笑,溪深景易曛。乡关何处在,客思转纷纷",韵脚字是"分""云""曛""纷",属于文部;其中"积""石""折"是入声字,其平仄韵律为"仄仄平仄仄,平平仄仄平。平平平仄仄,仄仄仄平平。平仄平平仄,平仄仄仄平。平平平仄仄,仄平仄平平"。

左大史正六位上兼行伊势权大掾坂上忌寸今继《咏史》"陶潜不狎世,州里倦尘埃。始觉幽栖好,长歌归去来。琴中唯得趣,物外已忘怀。柳掩先生宅,花薰处士杯。遥寻南岳径,高啸北窗隈。嗟尔千年后,遗声一美哉",韵脚字是"埃""来""怀""杯""隈""哉",属于支部;其中"狎""觉""得""宅"是入声字,其平仄韵律是"平平仄仄仄,平仄仄平平。仄仄平平仄,平平平仄平。平平平仄仄,仄仄仄仄平。仄仄平平仄,平平仄仄平。平平平仄仄,平仄仄平平。平仄平平仄,平平仄仄平"。

从八位上守播磨权少缘多治比真人清贞《奉和御制春朝雨晴,应制》"雨晴宸眺远,云罢彼苍披。朝露悬余滴,残虹卷半规。梅香深浅度,柳色短长垂。氛气从斯没,翅心就尧曦",韵脚字是"披""规""垂""曦",属于歌部;其中"滴""没"是入声字,其平仄韵律为"仄平平仄仄,平仄仄平平。平仄平平仄,平平仄仄平。平平平仄仄,仄仄仄平平。平仄平平仄,仄平仄平平"。

文章生相模权博士大初位下桑原公腹赤《秋日于友人山庄兴饮,探得檐字》"闻有幽栖地,扪萝试一瞻。白云杯下起,黄菊掌中黏。野近兽驯座,林磷鸟望檐。登临不外俗,吏隐两相兼",韵脚字是"瞻""黏""檐""兼",属于谈部;其中"一""白""菊""俗"是入声字,其平仄韵律为"平仄平平仄,平平仄仄平。仄平平仄仄,平仄仄平平。仄仄仄仄仄,平平仄仄平。平平仄仄仄,仄仄仄平平"。

(4) 七言绝句

七言绝句有三首:嵯峨天皇《河阳驿经宿有怀京邑》"河阳亭子经数宿,月夜松风恼旅人。虽听山猿助客叫,谁能不忆帝京春",韵脚字"人"属于真部,"春"属于文部;其平仄韵律为"平平平仄平仄仄(第六字拗),仄仄平平仄仄平(第三字用平声来救上一句的第六字)。平仄平平仄仄仄(三仄尾,可不救),平平仄仄仄平平",属于平起首句不入韵句式。

嵯峨天皇《吏部侍野美闻使边城赐帽裘》"岁晚严冬寒最切,忠臣为国向边城。貂裘暖帽宜羁旅,特赠卿之万里行",韵脚字"城""行"属于耕部;其中"国"是入声字,其平仄韵律为"仄仄平平平仄仄,平平仄仄仄平平。平平仄仄平平仄,仄仄平平仄仄平",属于仄起首句不入韵句式。

从六位下守大内记大伴宿弥氏上《王昭君》"朔雪翩翻沙漠暗,边霜惭烈陇头寒。行行常望长安日,曙色东方不忍看",韵脚字"寒""看"属于元部;其平仄韵律为"仄仄平平平仄仄,平平仄仄仄平平。平平平仄平平仄,仄仄平平仄仄仄(三仄尾,可不救)",属于仄起首句不入韵句式。

(5) 七言律诗

七言律诗10首:嵯峨天皇《夏日皇太弟南池》"纳凉储二南池里,尽洗烦襟碧水湾。岸影见知杨柳处,潭香闻得芰荷间。风来前浦收烟远,鸟散后林欲暮闲。天下共言贞万国,何劳羽翼访商山",韵脚字"湾""间""闲""山"属于元部;其中"国"是入声字,其平仄韵律为"仄平仄仄平平仄,仄仄平平仄仄平。仄仄仄平平仄仄,平平平仄仄平平。平平仄仄平平仄,仄仄平平仄仄平,平平平仄平平仄,平平平仄仄平平",属于平起首句不入韵句式。

嵯峨天皇《江亭晓兴》"今宵旅宿江村驿,渔浦渔歌响夜亭。水气眼中来湿枕,松声觉后暗催听。天边晓月看如镜,户外朝山望似屏。记得烟霞春兴足,况乎河畔草青青",韵脚字"亭""听""屏""青"属于耕部;其中"湿""觉""得""足"是入声字,其平仄韵律为"平平仄仄平平仄,平仄平平仄仄平。仄仄仄平平仄仄,平平仄仄仄平平。平仄仄仄平平,仄仄平平仄仄平。仄仄平平平仄仄,仄平平仄仄平平",属于平起首句不入韵句式。

嵯峨天皇《春日游猎,日暮宿江头亭子》"三春出猎重城外,四望江山势转雄。遂兔马蹄承落日,追禽鹰翮拂轻风。征船暮入连天水,明月孤悬欲晓空。不学夏王荒此事，为思周卜遇非熊"，韵脚字"雄""熊"属于蒸部，"风"属于冬部，"空"属于东部；其中"出""拂""学"是入声字，其平仄韵律为"平平仄仄平平仄，仄仄平平仄仄平。仄仄仄平平仄仄，平平平仄仄平平。平平仄仄平平仄，平平平仄仄平平。仄仄仄平平仄仄，平平平仄仄平平"，属于平起首句不入韵句式。

皇太弟（淳和）《九月九日侍宴神泉苑，各赋一物，得秋露，应制》"蓐收警节秋云老，百卉初腓露已凄。池际凝荷残叶折，岸头洗菊早花低。未央阙侧承双掌，长信宫中起只啼。谬忝恩筵何所赋，晞阳湛湛被群黎"，韵脚字"凄""低""啼""黎"属于脂部；其中"节""折""菊""只"是入声字，其平仄韵律为"仄平仄仄平平仄，仄仄平平仄仄平。平仄平平平仄仄，仄平仄仄仄平平。仄平仄仄平平仄，平仄平平仄仄平。仄仄平平平仄仄，平平仄仄仄平平"，属于平起首句不入韵句式。

皇太弟（淳和）《奉和江亭晚兴，呈左神荣清藤将军》"我后巡方春日晚，回銮驻驿次江亭。水流长制天然带，山势多奇造化形。岸上松声眠里雨，舟中火色望前星。烟霞欲曙难潮落，归雁群鸣起回汀"，韵脚字"亭""形""星""汀"属于耕部；其平仄韵律为"仄仄平平平仄仄，平平仄仄仄平平。仄平仄平平仄仄，平仄平平仄仄平。仄仄平平平仄仄，平平仄仄仄平平。平平仄仄平平仄，平在平平仄仄平"，属于仄起首句不入韵句式。

皇太弟（淳和）《驾幸南池，后日简大将军》"南池叶暗惟初密，圣主追凉过小臣。此地从来天临处，林花再得遇阳春。芜蹊更辗先时跡，旧构还成昔日新。海岳鸿恩何以报，愿当粉骨化灰尘"，韵脚字"臣""新""尘"属于真部，"春"属于文部；其中"得""昔"是入声字，其平仄韵律为"平平仄仄平平仄，仄仄平平仄仄平。仄仄平平平仄仄，平平仄仄仄平平。平平仄仄平平仄，仄仄平平仄仄平。仄仄平平仄仄，仄平仄仄仄平平"，属于平起首句不入韵句式。

参议左近卫大将从三位兼行春宫大夫美作守藤原冬嗣《和菅祭酒秋夜途中闻笙之什》"高天日暮多秋感,退食飞樱上玉京。游子吹笙乘甲夜,一长一短恼人情。风生柳际传鸾响,月照槐间写凤形。完议虞音从此听,跄跄鸟兽满皇城",韵脚字"京"属于阳部,"情""形""城"属于耕部;其中"甲""一"是入声字,其平仄韵律为"平平仄仄平平仄,仄仄平平仄仄平。平仄平平平仄仄,平平仄仄仄平平。平仄平平平仄仄,仄仄平平仄仄平。平仄平平平仄仄,平平仄仄仄平平",属于平起首句不入韵句式。

参议左近卫大将从三位兼行春宫大夫美作守藤原冬嗣《奉和圣制宿旧宫,应制》"林泉旧邸久阴阴,今日三秋锡再临。宿殖高松全古节,前栽细菊吐新心。荒凉灵沼龙还驻,寂历稜岩凤更寻。不异沛中闻汉筑,讴歌滥续大风音",韵脚字"临""心""寻""音"属于侵部;其中"锡""殖""节""菊"是入声字,其平仄韵律为"平平仄仄仄平平,平仄平平仄仄平。仄仄平平平仄仄,平平仄仄仄平平。平平平仄平仄,仄仄平平仄仄平,仄仄仄平平仄仄,平平仄仄仄平平",属于平起首句不入韵句式。

从四位下行播磨守贺阳朝臣丰年《晚夏神泉苑钓台,同勒深临阴心,应制》"神泉苑里多雄胜,楼观飞惊倒水深。玉树长堆跨帝圃,珠流曝布写天临。千端赫赫承春换,百品差池仰夏阴。今日优游何所乐,群臣同有钓璜心",韵脚字"深""临""阴""心"属于侵部;其平仄韵律为"平平仄仄平平仄,平仄平平仄仄平。仄仄仄平仄仄仄(三仄尾,可不救),平平仄仄仄平平。平仄仄平平仄仄,平平平仄仄平平。平仄平平平仄仄,平平平仄仄平平",属于平起首句不入韵句式。

从五位上行式部少辅管原朝臣清公《秋夜途中闻笙》"皇城陌上槐风隶,天汉波间桂月明。不知谁家郎第几,写鸾摸凤以吹笙。金商鸾曲秋声亮,玉管成文夜响清。王子偶仙何处在,落滨遗态使人惊",韵脚字"明""笙""清""惊"属于耕部;其平仄韵律为"平平仄仄平平仄,平仄平平仄仄平。仄仄平平平仄仄,仄平平仄仄平平。平平平仄平平仄,仄仄平平仄仄平。平仄仄平平仄仄,仄平平仄仄平平",属于平起首句不入韵句式。

(6) 七言古诗

七言古诗32首：平城上皇《咏桃花》"春花百种何为艳,灼灼桃花最可怜。气则严兮应制冠,味惟甘矣可求仙。一香同发薰朝吹,千笑共开映暮烟。愿以成蹊枝叶下,终天长树玉阶边",韵脚字"怜""烟"属于真部,"仙""边"属于元部；其中"灼""则""发"是入声字,其平仄韵律为"平平仄仄平平仄,仄仄平平仄仄平。仄仄平平平仄仄,仄平仄仄平平。平平仄仄平平平,平仄仄平仄仄平。仄仄平平平仄仄,平平平仄仄平平"。

嵯峨天皇《九月九日于神泉苑宴群臣,各赋一物得秋菊》"旻商季序重阳节,菊为开花宴千官。蕊耐朝风今日笑,荣霑夕露此时寒。把盈玉手流香远,摘入金杯辨色难。闻道仙人好所服,对之延寿动心看",韵脚字"官""寒""难""看"属于元部；其中"节""菊""夕""摘""服"是入声字,其平仄韵律为"平平仄仄平平仄,仄仄平平仄仄平。仄仄平平平仄仄,平平仄仄仄平平。仄平仄仄平平仄,仄仄平平仄仄平。平仄平平仄仄仄,仄平平仄仄平仄"。

嵯峨天皇《秋日入深山》"历览那逢节序悲,深山忽感宋生词。牛天极嶂烟气入,暗地幽溪日影迟。听里清猿啼古木,望前寒雁杂凉飔。炎氛盛夏风犹冷,况□高秋落照时",韵脚字"词""时"属于之部,"迟""飔"属于脂部；其中"节""忽""极""杂"是入声字,其平仄韵律为"仄仄仄平仄仄平,平平仄仄平平。平仄平平仄仄仄,仄平平仄仄平平。平仄平平平仄仄,仄平平仄仄平平。平平仄仄平平仄,仄□平平仄仄平"。

嵯峨天皇《夏日左大将军藤冬嗣闲居院》"避暑时来闲院里,池亭一把钓鱼竿。回塘柳翠夕阳暗,曲岸松声炎节寒。吟诗不厌捣香茗,乘兴偏宜听雅弹。咱对清泉涤烦虑,况乎寂寞日成欢",韵脚字"竿""寒""弹""欢"属于元部;其中"一""夕""节"是入声字,其平仄韵律为"仄仄平平平仄仄,平平仄仄仄平平。平平仄仄仄平仄,平仄平平平仄平。平平仄仄仄平平,平仄平平平仄平。平平平平平仄仄,仄平仄仄仄平平"。

嵯峨天皇《和左大将军藤冬嗣河阳作》"节序风光全就暖,河阳雨气更生寒。千峰积翠笼山暗,万里长江入海宽。晓猿悲吟谁断得,朝花巧笑真堪看。非唯物色催春兴,别有泉声落云端",韵脚字"寒""宽""看""端"属于元部;其中"节""积""得"是入声字,其平仄韵律为"仄仄平平平仄仄,平平仄仄仄平平。平平仄仄平平仄,仄仄平平仄仄平。仄平仄平仄仄仄,平平仄仄平平平。平仄仄平平仄仄,平仄平平仄平平"。

嵯峨天皇《和左金吾将军藤绪嗣过交野离宫感旧作》"追想昔时过旧馆,悽凉泪下忽霑襟。废村已见人烟断,荒院唯闻鸟雀吟。荆棘不知歌舞处,薜萝独向恋情深。看花故事谁能语,空望浮云转伤心",韵脚字"襟""吟""深""心"属于侵部;其中"昔""忽""棘""薜""独"是入声字,其平仄韵律为"平仄仄平仄仄仄,平平仄仄仄平平。仄平仄仄平平仄,平仄平平仄仄平。平仄仄平平仄仄,仄平仄仄仄平平。仄平仄仄平平仄,平仄平平仄平平"。

嵯峨天皇《和左卫督朝臣嘉通秋夜寓直周庐听早雁之作》"凉秋八月惊塞鸿,早报寒声杂远空。绝域传书全汉信,关门表弓守胡戎。凌云阵影低天末,叫夜遥音振水中。葵女弹琴清曲响,潘郎作赋兴情融。朝搏渤懈事南度,夕宿烟霞耐朔风。感杀周庐寓直者,终宵不寝意无穷",韵脚字"空"属于东部,"戎""中""融""风""穷"属于冬部;其中"八""杂""绝""搏""夕""杀""直"是入声字,其平仄韵律为"平平仄仄平仄平,仄仄平平仄仄平。仄仄平平平仄仄,平平仄仄平仄平。平平仄仄平平仄,仄仄平平仄仄平。平仄平平平仄仄,平平仄仄平平。平仄仄仄仄平仄，仄仄平平仄仄平。仄仄平平仄仄仄，平平仄仄仄平平"。

嵯峨天皇《和菅清公秋夜途中闻笙》"秋欲弹时闻怪音，吹笙写得凤皇吟。鸣簧出曲添羌笛，列管催调协雅琴。新声宛转遥夜振，妙响联绵远风沉。途中暂听肠应断，况复仙郎有兴心"，韵脚字"吟""琴""沉""心"属于侵部；其中"得""笛""协"是入声字，其平仄韵律为"平仄平平平仄平，平平仄仄仄平平。平平仄仄平平仄，仄平仄仄仄平。平平仄仄平仄仄，仄仄平平仄平平。平平仄仄平仄仄，仄仄平平仄仄平"。

嵯峨天皇《和菅清公赋早雪》"云晴朔方早雪降，从天落地本亡声。班姬秋扇已无色，孙子夜书独有明。梅柳此时花与絮，楼台并是银将琼。虽言委积未盈尺，须贺初冬瑞气呈"，韵脚字"声""呈"属于耕部；"明""琼"属于阳部；其中"独""积"是入声字，其平仄韵律为"平平仄平仄仄仄，平平仄仄仄平平。平平平仄仄平仄，平仄仄平仄仄平。平仄仄仄平仄仄，平仄平平仄平平。平平仄仄平仄仄，平仄平平仄仄平"。

嵯峨天皇《和进士贞主初春过菅祭酒宅，怅然伤怀简布臣藤三秀才作》"书阁闲来冬变春，梅花独笑向啼人。虽知世上必然理，犹恨门前断旧宾"，韵脚字"人""宾"都属于真部；其中"阁""独"是入声字，其平仄韵律为"平仄平平平仄平，平平仄仄仄平平。平平仄仄仄平仄，平仄平平仄仄平"。

嵯峨天皇《听诵法华经，各赋一品，得方便品，题中取韵》"春暮禅心何寂寞，恭恭倾耳听经王。甚深知慧极难解，微妙因缘岂易量。续火香炉烟不灭，从风清梵响犹长。唯归一乘权立二，引入群生有万方"，韵脚字"王""量""长""方"属于阳部；其中"极""一"是入声字，其平仄韵律为"平仄平平平仄仄，平平平仄平平平。仄平仄仄平平仄，平平平仄仄仄平。仄仄平平平仄仄，平平平仄仄平平。平平仄平平仄仄，仄仄平平仄仄平"。

嵯峨天皇《饯右亲卫少将军朝嘉通奉使慰抚关东》"远使边城抚残奴，禁中赐饯送良臣。离庭物侯虽初夏，向处风烟未换春。乡心杳杳切归想，客路悠悠稀故人。别后卿能应努力，莫愁千里多苦辛"，韵脚字"臣""人""辛"属于真部，"春"属于文部；其平仄韵律为"仄仄平平仄平仄，仄平仄仄仄平平。平平仄仄平平仄，仄仄平平仄仄平。平平仄仄仄平平，仄平平平平仄平，平仄平平平仄仄，仄平平平仄平平"。

嵯峨天皇《赠宾和尚》"宾公运跡星霜久，万事无情爱寂然。水月寻常冷空性，风雷未敢动安禅。苦行独老山中室，盥嗽偏宜林下泉。遥想焚香观念处，寥寥日夜著云烟"，韵脚字"然""禅""泉"属于元部，"烟"属于真部；其中"独"是入声字，其平仄韵律为"平平仄仄平平仄，仄仄平平仄仄平。仄仄平平仄仄仄，平平仄仄仄平平。仄平仄平平仄，仄仄平平平仄平。平仄平平平仄仄，平平仄仄仄平平"。

嵯峨天皇《赠绵寄空法师》"间僧久住云中岭，遥想深山春尚塞。松柏斜知甚静默，烟霞不解几年餐。禅关近日消息断，京邑如今花柳宽。菩萨莫嫌此轻赠，为救施者世间难"，韵脚字"塞"属于职部，"餐""宽""难"属于元部；其中"息"是入声字，其平仄韵律为"平平仄仄平平仄，平仄平平平仄仄。平仄平平仄仄仄，平平仄仄仄平平。平仄仄仄平仄仄，平平平平平仄平。平仄仄平仄仄仄，仄仄平仄仄平仄"。

皇太弟（淳和）《秋晚侍内殿宴》"李序将除风既冷，禁垣木叶共含秋。当时圣主赐霈泽，不测鸿恩分外优。舞态近□看处变，歌声遥入听中留。微臣荷德良无力，但寿天基献山丘"，韵脚字"秋""优""留"属于幽部，"丘"属于之部；其中"德"是入声字，其平仄韵律为"仄仄平平平仄仄，仄平仄仄仄平平。平仄仄仄平平，仄仄平平仄仄仄平。仄仄仄□仄平仄，平平平仄平平平。平平仄仄平仄仄，仄仄平平仄平平"。

皇太弟（淳和）《奉和春日游猎日暮宿江头亭子，应制》"二月平皋春草浅，千乘犯晓出城中。鹑惊遥似星光落，冤尽还疑月影空。合晴征船唯见火，连宵浦树岂分红。今朝圣想期何后，不异周王猎渭风"，韵脚字"中""风"属于冬部，"空""红"属于东部；其中"出""合"是入声字，其平仄韵律为"仄仄平平平仄仄，平平仄仄仄平平。平仄平仄平平仄，平仄平平仄仄平。仄平平平平仄仄，平平仄仄仄平平。平平仄仄平平仄，仄仄平平仄仄平"。

左兵卫督从四位下兼行但马守良岑朝臣安世《九月九日侍宴神泉苑，各赋一物，得秋莲，应制》"神泉御苑霜氛下，灵沼秋莲过半黄。露泛穿杯拙生玉，风吹旧眼无复香。波收隐士三秋盖，浦落幽人九月裳。妖艳佳人望已断，为因圣主水亭傍"，韵脚字"黄""香""裳""傍"属于阳部；其中"拙"是入声字，其平仄韵律为"平平仄仄平平仄，平仄平平仄仄平。仄仄平平仄平仄，平平仄仄平平平。平仄平仄平平仄，仄仄平仄仄仄平。平仄平平仄仄仄，平平仄仄仄平仄"。

正五位下行纪伊守藤原朝臣道雄《咏雪》"纷纷白雪从千里，荧荧漉漉一何斜。疑是天中梅柳地，雨师风猎玄花"，韵脚字"斜"属于"花"属于鱼部；其中"白""一"是入声字，其平仄韵律为"平平仄仄平平仄，平平仄仄仄平平。平仄平平平仄仄，仄平平仄仄平平"。

正五位下行纪伊守藤原朝臣道雄《春日代妓》"通夜妆楼独画眉，春朝拟向歌舞台。箧里郁金未薰衣，圣君数度使人催"，韵脚字"台"属于之部，"催"属于微部；其中"独"是入声字，其平仄韵律为"平仄平平仄仄平，平平仄仄平仄平。仄仄仄仄平平平，仄平仄仄仄平平"。

内藏头从五位上兼左马头美浓守小野朝臣岑守《九月九日侍宴神泉苑，各赋一物得秋柳，应制》"九月高飔吹暮柳，千条缩折无复柔。寒螀寥亮室留笛，哀荫凄凉不障楼。短晷晚斜星舍冷，边山尽唱塞途修。

哀生虽谢对霜勒，恩煦之余未先秋"，韵脚字"柔""修""秋"属于幽部，"楼"属于侯部；其中"折""笛"是入声字，其平仄韵律为"仄仄平平平仄仄，平平仄仄平仄平。平仄平仄仄平仄，平平平平仄仄平。仄仄仄平平仄仄，平平仄仄仄平平。平平仄仄平仄仄，平仄平仄平平"。

内藏头从五位上兼左马头美浓守小野朝臣岑守《秋日皇太弟池亭，应制赋园字》"高秋八月气将肃，叡兴幽寻太弟园。古地犹居帝城里，抔池体势绝烦喧。梨庭带露冷果落，芦蒲生风水叶翻。忆昔欲谕吴李重，南皮之赏不足言"，韵脚字"园""喧""翻""言"属于元部；其中"八""绝""昔"十入声字，其平仄韵律为"平平仄仄仄平仄，仄仄平平仄仄平。仄仄平平仄平仄，平平仄仄仄平平。平平仄仄仄仄仄，平平平平仄仄平。仄仄仄仄平仄仄，平平平仄仄平平"。

内藏头从五位上兼左马头美浓守小野朝臣岑守《奉和观佳人蹋歌御制》"春女春妆言不及，无量无数满华庭。心娇胆小羞蹋步，声里微微寿千龄。洛津回雪当韬影，巫岭朝云应敛行。河汤旧县先亡色，金谷新园无复荣。泣眼看看不曾厌，徒然夺魂亦损明。还知人间仙路近，重见桃李目前生"，韵脚字"庭""龄""荣""生"属于耕部，"行""明"属于阳部；其中"及"是入声字，其平仄韵律为"平仄平平平仄仄，平仄平仄仄平平。平平仄仄平仄仄，平仄平平平仄平。仄平仄仄平平仄，平仄平平仄仄平。平平仄仄平仄仄，平仄平平平仄平。仄仄仄仄平仄仄，平平安仄仄仄平。平平平仄仄仄仄，仄仄平仄仄平平"。

内藏头从五位上兼左马头美浓守小野朝臣岑守《奉和江亭晓兴诗，应制》"传舍前长枕江侧，滔滔流水日夜深。本期旅客千里到，不虑銮舆九天临。桌唱全闻边俗语，漂歌半杂上都音。晓猿莫作断肠叫，四海为家帝者心"，韵脚字"深""临""音""心"属于侵部；其中"桌""俗""杂"是入声字，其平仄韵律为"仄仄平平仄平仄，平平平仄仄仄平。仄平仄仄平仄仄，仄仄平平仄平平。仄仄平平平仄仄，平平仄仄仄平平。仄平仄仄仄平仄，仄仄平平仄仄平"。

内藏头从五位上兼左马头美浓守小野朝臣岑守《奉和春日暮宿江头亭子御制》"君主猎罢日云暮，江上邮亭驻彩舆。钻石山流汲御井，□郡客馆作重闱。鸡潮晓落波澜急，蜃气朝涵泻卤微。室乏草泽今在否，应知天子同载归"，韵脚字"舆"属于鱼部，"闱""微""归"属于微部；其中"石""汲""急""乏"是入声字，其平仄韵律为"平仄仄仄仄平仄，平仄平平仄仄平。平仄平仄仄仄仄，□仄仄仄平平。平平仄仄平平仄，仄仄平平仄仄平。仄仄仄仄平平仄，平平平仄平仄平"。

内藏头从五位上兼左马头美浓守小野朝臣岑守《奉和伤右卫大将军故宿弥御制》"蠢尔蝦夷不息乱，羽书力斗月夜传。此时承命凿凶出，千里战胜仄捷旋。援武当居贰师右，谕勋须初卫青前。岂图丹壑潜相代，知与不知共潜然。厩马长吟从恋主，良弓久橐不复弦。柳条还生百中碎，伏石犹留一发穿。马鬣新封未及燥，燕泥旧感欲觉先。滋豢唯泣早朝露，古木空浮薄暮烟。天子哀伤下神笔，悠悠功德日月悬。魂贵傥君无所昧，应载殊宠照重泉"，韵脚字"传""旋""前""然""弦""穿""先""烟""悬""泉"属于元部；其中"息""凿""出""捷""橐""伏""石""一""发""及""觉""薄""德"是入声字，其平仄韵律为"仄仄平平仄仄仄，仄平仄仄仄仄平。仄平平仄平仄仄，平仄仄仄仄仄平。平仄平平仄平仄，仄平平仄仄平平。仄平平仄仄仄仄，平仄仄仄平平平。仄仄平平平仄仄，平平仄仄仄仄平。仄平仄平仄平仄，仄仄平平仄仄平。平仄平平仄仄仄，仄仄平仄仄仄平。平仄仄平仄仄仄，仄仄平仄仄平平"。

内藏头从五位上兼左马头美浓守小野朝臣岑守《贺赐新集兼谢》"贸贸庸人识多踬，举言不顾累相随。偏恩哀赞神笔丽，谬失枢机味所宜。慎口三缄知光毁，悔过泗马性空驰。俯焦塞战末喻极，履薄春冰遂谢危。谁谓鸿私典騳①騳，免千国典被虚吹。天门中使赐临辱，秘府新诗许独披。花径还开欲落笑，柳园尚看郁贸垂。一生非分恩涯久，万死何阶报不訾"，韵脚字"驰""吹""危"属于歌部，"随""宜""披""垂""訾"属于支部；其中"识""极""薄""国""独""一"是入声字，其平仄韵律为"仄仄平平仄平仄，仄平仄仄仄平平。平平平平仄仄，仄仄平平仄仄平。仄仄平平平平仄，仄仄仄仄仄平平。平平平平仄仄平仄，仄平平平仄仄平。平仄平平仄仄，仄平平仄仄平平。平平平平仄仄仄仄平平仄仄平"。

内藏头从五位上兼左马头美浓守小野朝臣岑守《砂土印佛，应制》"檀印一点玉沙上，尊容倏（shū）忽手下生。四八灵相省工巧，八十妙好废丹青。风来吹拂终填灭，诚见应不久□停。唯有如如理法体，坦然无坏亦无成"，韵脚字"生""青""停""成"属于耕部；其中"一""忽""八""灵""十""拂"是入声字，其平仄韵律为"平仄仄仄仄平仄，平平平仄仄仄平。仄仄平仄仄平仄，仄仄仄仄仄平平。平平平平仄，平仄仄仄仄□平。平仄平平仄仄，仄平平仄仄平平"。

内藏头从五位上兼左马头美浓守小野朝臣岑守《远使边城》"王事古来称靡监，长途马上岁云阑。黄昏极嶂哀猿叫，明发渡头孤月团。旅客期时边愁断，谁能坐识行路难。唯余敕赐裘与帽，雪犯风牵不加寒"，韵脚字"阑""团""难""寒"属于元部；其中"极""发""识"是入声字，其平仄韵律为"平仄仄平平仄仄，平平仄仄平仄平。平仄仄平仄仄，平仄仄平平仄平。仄仄平平平仄，平平仄仄平仄平。平仄仄平仄仄，仄仄平平仄平平"。

从五位上行式部少辅管原朝臣清公《九月九日侍宴神泉苑，各赋一物，得秋山》"三山漂眇沧瀛外，五岳嵯峨赤悬中。防霞古松千载翠，

---

① 騳（yù）：股间白色的黑马。（没有相应的简体字）

待凤凤花叶九秋红。落泉曝布悬飞鹄,晴雨收丝闭薄虹。仁者乐之何所寄,国家襟带在西东",韵脚字"中"属于冬部,"红""虹""东"属于东部;其中"薄""国"是入声字,其平仄韵律为"平平平仄平仄,仄仄平平仄仄平。平平仄平平仄仄,仄平平仄平平。仄平仄仄平平,平仄平平仄仄平。平仄平平仄仄,仄平平仄平平"。

从六位下守大内记大伴宿弥氏上《渤海入朝》"自从明皇御宝历,悠悠渤海再三朝。乃知玄德已深远,归化纯情是最昭。片席聊悬南北吹,一船长冷去来潮。占星水上非无感,就日遥恩眷我尧",韵脚字"朝""昭""潮""尧"属于宵部;其中"渤""德""席""一"是入声字,其平仄韵律为"仄平平平仄仄仄,平平仄仄仄平平。仄平平平仄仄仄,平仄平平仄仄平。仄仄平平平仄平,仄平平仄仄平平。仄仄仄平平仄,仄仄平平仄仄平"。

从七位上守少内记滋野宿弥贞主《夏日陪幸左大将藤原冬嗣闲居院,应制》"寂然闲院当驰道,祇侯仙舆洒一路。酌茗药室经行入,横琴玳席倚岩居。松阴绝冷午时后,花气犹薰风罢余。水上青苹莫赴浪,君王少选爱游鱼",韵脚字"路""居""余""鱼"属于鱼部;其中"一""酌""席"是入声字,其平仄韵律为"仄平平仄平平仄,平平平仄仄仄。仄平仄仄平平仄,平平仄仄平平。平平仄仄仄平仄,平仄平平平仄平。仄仄平平仄仄,平平仄仄平平"。

从八位上守播磨权少缘多治比真人清贞《和菅祭酒赋朱雀衰柳作》"皇城陌上杨将柳,两两三三夹道斜。畴昔荣华都不见,今时憔悴一应嗟。霜寒著树非真叶,霏雪封枝是伪花。既就尧衢待恩煦,阿谁更忆陶潜家",韵脚字"斜""嗟""花""家"属于鱼部;其中"夹""昔""一"是入声字,其平仄韵律为"平平仄仄平平仄,仄仄平平仄仄平。平仄平平平仄仄,平平平仄仄平平。平仄仄平仄仄,平平平仄仄平平。仄仄平平仄平仄,平平仄仄平平平"。

荫孙无位巨势朝臣志贵人《和进士贞主初春过菅祭酒旧宅怅然伤怀

之作》"间庭宿草无复扫,虚院孤松自依声。但见平生风月处,春朝花鸟惭人情",韵脚字"声""情"属于耕部;其平仄韵律为"平平仄仄平仄仄,仄仄平平仄平平。仄仄平平平仄仄,平平平仄仄平平"。

2.《文华秀丽集》平仄韵律分析

《文华秀丽集》中重复使用的韵脚字有:啼(3),迟(2),悲(5),催(5),梅(3),帷(4),闲(4),间(4),关(3),山(3),安(4),花(5),家(3),泉(3),天(8),年(4),寒(10),宽(3),看(6),来(5),回(5),声(10),情(13),惊(2),京(2),时(6),期(2),光(4),乡(3),深(5),心(3),通(5),风(6),中(6),空(7),飞(2),雷(2),鸥(2),斑(2),悬(2),稀(2),归(2),官(2)。

该诗集中五言绝句有2首,五言律诗20首,五言排律2首,五言古诗26首;七言绝句7首,七言律诗7首,七言古诗68首;杂言11首。

(1) 五言绝句

五言绝句有1首:坂上今雄《秋朝听雁,寄渤海入朝高判官释录事》"大海途难涉,孤舟未得回。不如关陇雁,春去复秋来",韵脚字"回"属于微部;"来"属于支部;其中"得"是入声字,其平仄韵律为"仄仄平平仄,平平仄仄平。仄平平仄仄,平仄仄平平",是仄起首句不入韵句式。

(2) 五言律诗

五言律诗有17首:小野岑守《在边赠友》"班秩边城久,夕来梦帝畿。衿霑异县泪,衣缓故乡围。弦望年频改,弓鞍力稍非。绵绵千累路,帛素寄双飞",韵脚字"畿""围""非""飞"属于微部;其中"夕""帛"是入声字,其平仄韵律为"平仄平平仄,仄平仄仄平。平平仄仄仄(三仄尾,可不救),平仄仄平平。平平平仄仄,平平仄平平。平平平仄仄,仄仄仄平平",属于仄起首句不入韵句式。

第三章 韵律分析

嵯峨天皇《长门怨》"日暮深宫里，重门闭不开。秋风惊桂殿，晓月照兰台。对镜容华改，调琴怨曲催。君恩难再望，买得长卿才"，韵脚字"开""催"属于微部，"台""才"属于之部；其中"得"是入声字，其平仄韵律为"仄仄平平仄，平平仄仄平。平平平仄仄，仄仄仄平平。仄仄平平仄，平平仄仄平。平平平仄仄，仄仄仄平平"，属于仄起首句不入韵句式。

巨势识人《奉和长门怨》"日夕君门闭，孤思不暂安。尘生秋帐满，月向夜床寒。星怨靥（yè）难霁，云愁鬓欲残。唯余旧时当，犹入梦中看"，韵脚字"安""寒""残""看"属于元部；其中"夕"是入声字，其平仄韵律为"仄仄平平仄，平平仄仄平。平平平仄仄，仄仄仄平平。平仄仄平仄（第三字拗），平平平仄平（第三字用平声来救，构成对句相救）。平平仄平仄（特拗句），平仄仄平平"，该诗属于仄起首句不入韵句式。

桑原腹赤《奉和婕妤怨》"年色诚难保，妾人独自尤。昭阳歌舞盛，长信绮罗愁。月向空帷落，风经暗叶琉。银环终不赐，嫡爱永成秋"，韵脚字"尤""愁""琉""秋"属于幽部；其中"独""嫡"是入声字，其平仄韵律为"平仄平平仄，仄平仄仄平。平平平仄仄，平仄仄平平。仄仄平平仄，平平仄仄平。平平平仄仄，仄仄仄平平"，属于仄起首句不入韵句式。

良岑安世《奉和王昭君》"虏地何辽远，关山不忍行。魂情还汉阙，形影向胡场。怨逐边风起，愁因塞路长。愿为孤飞雁，岁岁一南翔"，韵脚字"行""场""长""翔"属于阳部；其中"逐"是入声字，其平仄韵律为"仄仄平平仄，平平仄仄平。平平平仄仄，平仄仄平平。仄仄平平仄，平平仄仄平。仄平平仄仄，仄仄仄平平"，属于仄起首句不入韵句式。

菅原清公《奉和王昭君》"御狄宁无计，微躯镇一方。泣随重塞尽，愁向远天长。陇月分行镜，胡冰冻旅装。谁堪毡帐所，永代绮罗房"，韵脚字"方""长""装""房"属于阳部；其中"狄"是入声字，其平仄韵律为"仄仄平平仄，平平仄仄平。仄平平仄仄，平仄仄平平。仄仄平平仄，平平仄仄平。平平平仄仄，仄仄仄平平"，属于仄起首句不入韵句式。

朝野鹿取《奉和王昭君》"远嫁匈奴域，罗衣泪不干。寄眉逢雪坏，裁鬓为风残。寒树春无叶，胡云秋早寒。阏氏非所愿，异类谁能安"，韵脚字"干""残""寒""安"属于元部；其平仄韵律为"仄仄平平仄，平平仄仄平。仄平平仄仄，平仄仄平平。平平平仄仄，平平平仄平。平平平平仄仄，仄仄仄平平"，属于仄起首句不入韵句式。

嵯峨天皇《和光法师游东山之作》"幽栖东岳上，禅坐对林峦。法宇传经久，深山乞食难。溪流猿共潄，野饭鬼相餐。击磬云峰里，暮春不退寒"，韵脚字"峦""难""餐""寒"属于元部；其中"食""击"是入声字，其平仄韵律为"平平平仄仄，平仄仄平平。仄仄平平仄，平平仄仄平。平平平仄仄，仄仄仄平平。仄仄平平仄，平平仄仄平"，属于平起首句不入韵句式。

仲雄王《和澄公卧病述怀之作》"古寺北林下，高僧毛骨清。天台萝月思，佛陇白云情。院静芭蕉色，廊虚钟梵声。卧痾如入定，山鸟独来鸣"，韵脚字"清""情""声""鸣"属于耕部；其中"佛""白""独"是入声字，其平仄韵律为"仄仄仄平仄（第三字拗），平平平仄平（第三字救，构成对句相救）。平平平仄仄，仄仄仄平平。仄仄平平仄，平平仄仄平。仄平平仄仄，平仄仄平平"，该诗属于仄起首句不入韵句式。

多清贞《游北山寺》"香刹青岩顶，登攀指世情。高檐松上出，危路竹间行。梵语闻无魇（yàn），尘心伏不惊。寥寥云树里，定水晚来声"，韵脚字"情""行""惊""声"属于耕部；其中"出""竹""伏"是入声字，其平仄韵律为"平仄平平仄，平平仄仄平。平平平仄仄，平仄仄平平。仄仄平平仄，平平仄仄平。平平平仄仄，仄仄仄平平平",属于仄起首句不入韵句式。

嵯峨天皇《侍中翁主挽歌词 第二首》"戚里繁华歇,皇家淑德收。悲伤盈旦暮,悽感积春秋。月色恒娥惭,星光织女愁。一闻萧管曲,日夜泪同流",韵脚字"收""愁""秋""流"属于幽部;其中"秋""流""德""积""织"是入声字,其平仄韵律为"仄仄平平仄,平平平仄平。平平平仄仄,平仄仄平平。仄仄平平仄,平平仄仄平。仄平平仄仄,仄仄仄平平",属于仄起首句不入韵句式。

巨势识人《奉和侍中翁主挽歌词 二首》第二首"晓月铭旌出,春山辒马通。繁箾悲蕹(xiè)露,尽翣①送松风。洛雪回光罢,巫云行影空。可嗟桃李貌,长掩重泉中",韵脚字"通""空"属于东部,"风""中"属于冬部;其中"出"是入声字,其平仄韵律为"仄仄平平仄,平平平仄平。平平平仄仄,仄仄仄平平。仄仄平平仄,平平仄仄平。仄平平仄仄,平仄仄平平",属于仄起首句不入韵句式。

藤原冬嗣《和武藏平录事五月访幽人遗跡之作》"幽遁长无返,捐身万事暌。玄书明月照,白骨老猿啼。风度松门寂,泉飞石室凄。白云不可见,怀古独凄凄",韵脚字是"暌"属于支部,"啼""凄"属于脂部,其平仄韵律为"平仄平平仄,平平仄仄平。平平平仄仄,仄仄仄平平。平仄平平仄,平平仄仄平。仄平仄仄仄,平仄仄平平",属于平起首句不入韵句式。

平五月《访幽人遗跡》"借问幽栖客,悠悠去几年。玄经空秘卷,丹灶早收烟。影歇青松下,声留白骨前。因今访古跡,不觉泪潺湲",韵脚字"年""烟""前""湲"属于真部;其中"歇""白""觉"是入声字,其平仄韵律为"仄仄平平仄,平平仄仄平。平平平仄仄,平仄仄平平。仄仄平平仄,平平仄仄平。平平仄仄仄(三仄尾,可不救),仄仄仄平平",属于仄起首句不入韵句式。

---

① 翣(shà):古代仪仗中长柄的羽扇,古代殡车棺旁的装饰。

桑原广田《冷然院各赋一物,得水中影,应制》"万象无须匠,能图绿水中。看花疑有馥,听叶不鸣风。一鸟还添鸟,孤丛更向丛。天文遥降耀,应为潭心空",韵脚字"中""风"属于冬部,"丛""空"属于东部;其平仄韵律为"仄仄平平仄,平平仄仄平。仄仄平平仄,平仄仄平平。仄仄平平仄,平平仄仄平。平平平仄仄,仄仄仄平平",属于仄起首句不入韵句式。

桑原腹赤《和野内史留后看殿前梅之作》"夙分为官树,开荣不畏寒。向南仙仗从,临北彩花残。待蝶香犹富,藏莺影未宽。虽知先众木,尚恨后天看",韵脚字"寒""残""宽""看"属于元部;其中"蝶"是入声字,其平仄韵律为"仄仄平平仄,平平仄仄平。仄平平仄平,平仄仄平平。仄仄平平仄,平平仄仄平。平平平仄仄,仄仄仄平仄",属于仄起首句不入韵句式。

菅原清公《赋得络纬无机,应制》"岁暮倡楼冷,征夫消息希。思虽宁有忆,谁为织寒衣。细纬元无杼,疏经不待机。疋成如可借,远送寄金微",韵脚字"希""衣""机""微"属于微部;其中"织"是入声字,其平仄韵律为"仄仄平平仄,平平平仄平。平平仄仄仄,平仄仄平平。仄仄平平仄,平平仄仄平。仄平平仄仄,仄仄仄平平",属于仄起首句不入韵句式。

(3)五言排律

五言排律2首:仲雄王《奉和春日江亭闲望》"凝流派上思,降跸对红花。野甸宸衷远,川皋睿望赊。猿深云树峡,鹤立浪痕沙。古橡松萝院,春窗杨柳家。水乡渔浦近,山馆凤庭遐。老圃锄迟日,商帆舣早霞。岸阴生液乳,洲暖长芦芽。绚服侍臣马,垂鬟公主车。驿门临迥陌,亭子隐高葩。幸赖陪夫览,还同星渚查",韵脚字"花""家""遐""霞""芽""车""葩"属于鱼部,"沙"属于歌部;其中"峡""服"是入声字,其平仄韵律为"平平仄仄平,仄仄仄平平。仄仄平平仄,平平仄仄平。平平仄仄仄,仄仄仄平平。仄仄平平仄,平平平平。仄平平仄仄，平仄仄平平。仄仄平平仄，平平仄仄平。仄平平仄仄，平仄仄平平。仄仄平平仄，平平仄仄平。仄仄平平仄，平平仄仄平"，属于平起首句入韵句式。

仲雄王《赋得汉高祖》"汉祖承尧绪，龙颜应晦冥。豁如有大度，生事未曾营。住在中阳里，微班泗上亭。吕公惊贵相，王媪感奇灵。望气秦皇厌，寻云吕后停。径关创汉统，军旅入咸京。揆乱资三杰，膺天聚五星。乌江穷楚项，轵道降秦婴。命革登乾极，时平戢甲兵。绛候重厚者，刘氏遂安宁"，韵脚字"冥""营""亭""灵""停""京""星""婴""兵""宁"都属于耕部；其中"杰""革""极""戢"是入声字，其平仄韵律为"仄仄平平仄，平平仄仄平。仄平仄仄仄（三仄尾，可不救），平仄仄平平。仄仄平平仄，平平仄仄平。仄平平仄仄，平仄仄平平。仄仄平平仄，平平仄仄平。仄平仄仄仄，平平仄仄平。平平仄平仄，平平仄仄平。仄仄平平仄，平平仄仄平。仄平平仄仄，平平仄仄平。仄仄平仄仄，平仄仄平平"，属于仄起首句不入韵句式。

(4) 五言古诗

五言古诗有30首：巨势识人《奉和春日江亭闲望》"浩荡三仲□，春晴万里天。园林半灼灼，原野尽芊芊。日暖鸳鸯水，风和杨柳烟。山光霁后绿，江气晚来鲜。远树绕湖小，长波接海连。潮生孤屿没，雾卷巨帆悬。草色洲中短，花香窗外传。归声闻丢雁，春响送鸣鹃。流静看游艇，溪幽听落泉。舆余日已暮，江月照仙眠"，韵脚字"天""芊""烟""鲜""连""悬""传""鹃""泉""眠"都属于元部；其中"灼"是入声字，其平仄韵律为"仄仄平仄□，平平仄仄平。平平仄仄仄，平仄仄平平。仄仄平平仄，平平仄仄平。平平仄仄仄，平仄仄平平。仄仄仄平仄，平平仄仄平。平平平仄仄，仄仄仄平平。仄仄平平仄，平平平仄平。平平仄平仄，平仄仄平平。平仄平仄仄，平平仄仄平。平平仄仄仄，平仄仄平平"。

嵯峨天皇《夏日临泛大湖》"水国追凉到，乘舟泛大湖。风前翻浪起,云里落帆弧。浦香浓卢橘,洲色暗苍芦。邑女採莲伴,村翁钓鱼徒。畏景西山没,清猿北屿呼。淞洄与不已,弭桌转归舻",韵脚字"湖""弧""芦""徒""呼""舻"都属于鱼部;其中"国""橘""桌"是入声字,其平仄韵律为"仄仄平平仄,平平仄仄平。平平平仄仄,平仄仄平平。仄平平仄平,平仄仄平平。仄仄仄平仄,平平仄平平。仄仄平平仄,平平仄仄平。平平仄仄仄,仄仄平平平"。

仲雄王《卧病谢故人相问》"卧来旬向历,门客问初通。为君思倒纪履,衰貌不胜风",韵脚字"通"属于东部,"风"属于冬部;其中"履"是入声字,其平仄韵律为"仄平平仄仄,平仄仄平平。平平平仄仄,平平仄仄平"。

桑原腹赤《和渤海入觐副使公赐对龙颜之作》"渤海望无极,苍波路几千。占云遥骤水,就日远朝天。庆自紫霄降,恩将丹化宣。以君吴札耳,应悦听薰弦",韵脚字"千""天""弦"属于真部;"宣"属于元部;其中"渤""极""札"是入声字,其平仄韵律为"仄仄仄平仄,平平仄仄平。仄平平仄仄,仄仄仄平平。仄仄仄平仄,平平仄平平。仄平平仄仄,仄仄平平平"。

王孝簾《和坂领客对月思乡见赠之作》"寂寂采明夜,团团白月轮。几山明影彻,万象水天新。弃妾若生怅,羁情对动神。谁言千里隔,能□两乡人",韵脚字"轮"属于文部,"新""神""人"属于真部;其中"白"是入声字,其平仄韵律为"仄仄仄平仄,平平仄仄平。仄仄平仄仄,仄仄仄平平。仄仄平仄仄,平平仄仄平。平平平仄仄,平□仄平平"。

嵯峨天皇《史记讲竟,赋得张子房》"受命师汉祖,英风万古传。沙中义初发,山中感弥玄。形容类处女,计书挠强灌。封敌反谋散,招翁储贰全。定都是刘说,违宰劝萧贤。追从赤松子,避世独超然",韵脚字"传""灌""全""然"属于元部,"玄""贤"属于真部;其中"发""敌""说""独"是入声字,其平仄韵律为"仄仄平仄仄,平平仄仄平。

平平仄平仄，平平仄平平。平平仄仄仄，仄仄仄平仄。仄仄仄平仄，平平仄仄平。仄平仄平仄，平仄仄平平。平平仄平仄，仄仄仄平平"。

良岑安世《赋得季札》"所谓吴季札，芳命冠古今。交贤情若旧，当让义逾深。晏子终纳色，孙文不听琴。还将一宝剑，空报徐君心"，韵脚字"今""深""琴""心"属于侵部；其中"札"是入声字，其平仄，韵律为"仄仄平仄仄，平仄仄平平。平平平仄仄，平仄仄仄平。仄仄平仄仄，平平仄平平。平平仄仄仄，平仄平平平"。

菅原清公《赋得司马迁》"汉史惟司马，高才为代生。龙门初降化，禹穴渐研精。续孔春秋发，基轩得失明。三千犹存眼，五百但嫌情。实录传无地，洪漪游不停。终令万祀下，长作百王祯"，韵脚字"生""精""明""情""停""祯"都属于耕部；其中"发""得""失"是入声字，其平仄韵律为"仄仄平平仄，平平仄仄平。平平仄平仄，仄仄仄平平。仄仄平平仄，平平仄仄平。平平平仄仄，仄仄仄平平。仄仄平平仄，平平平仄平。平仄仄仄仄，仄仄仄平平"。

嵯峨天皇《婕妤怨》"昭阳辞恩宠，长信独离居。团扇含愁咏，秋风怨有余。闲阶人跡绝，冷帐月光虚。久罢后庭望，形将岁时除"，韵脚字"居""余""虚""除"属于鱼部；其中"独""绝"是入声字，其平仄韵律为"平平平平仄，平仄仄平平。平仄平平仄，平平仄仄平。平平平仄仄，仄仄仄平平。仄仄仄平仄，平平仄平平"。

巨势识人《奉和婕妤怨》"背时同辇爱，翻怨裂纨情。孤帐秋风冷，空簾晓月明。啼颜拭尚湿，愁黛画难成。绝妒昭阳近，闻来歌吹声"，韵脚字"情""明""成""声"属于耕部；其平仄韵律为"仄平平仄仄，平仄仄平平。平仄平平仄，平平仄仄平。平平仄仄平，平仄仄平平。平仄平平仄，平仄平平平"。

嵯峨天皇《王昭君》"弱岁辞汉阙，含愁入胡关。天涯千万里，一去更无还。沙漠壤蝉鬓，风霜残玉颜。唯余长安月，照送几重山"，韵脚字"关""还""颜""山"属于元部；其中"一"是入声字，其平仄韵律为"仄仄平仄仄,平平仄平平。平平平仄仄,仄仄仄平平。平仄仄平仄,平平平仄平。平平平平仄,仄仄仄平平"。

藤原是雄《奉和王昭君》"含悲向胡塞,辞宠别长安。马上关山远,愁中行路难。脂粉侵霜减,花簪冒雪残。琵琶多哀怨,何意更为弹",韵脚字"安""难""残""弹"属于元部;其中"别"是入声字,其平仄韵律为"平平仄平仄,平仄仄平平。仄仄平平仄,平平仄平平。平仄平平仄,平平仄仄平。平平平平仄,平仄仄平平"。

嵯峨天皇《梅花落》"鹂鸣梅院援,花落舞春风。历乱飘铺牠,佛徊飔满空。汪香熏枕席,散影度房栊。欲验伤离苦,应闻羌笛中",韵脚字"风""中"属于冬部,"空""栊"属于东部;其平仄韵律为"平平平仄平,平仄仄平平。仄仄平平仄,仄平平仄平。平平平仄仄,仄仄仄平平。仄仄平平仄,仄平平仄平"。

菅原清公《奉和梅花落》"春风吹物暖,朝夕荡庭梅。花点红罗帐,香紫玉镜台。榆关消息断,兰户岁年催。未度征人意,空劳锦字回",韵脚字"梅""台"属于之部,"催""回"属于微部;其中"夕""息"是入声字,其平仄韵律为"平平平仄仄,平仄仄平平。平仄平平仄,平平仄仄平。平平平仄仄,平仄仄平平。平仄平平仄,平平仄仄平"。

嵯峨天皇《折杨柳》"杨柳正乱丝,春深攀折宜。花寒边地雪,叶暖妓楼吹。久戍归期远,空闺别怨悲。短萧无异曲,总是长相思",韵脚字"宜""吹"属于歌部,"悲"属于微部,"思"属于之部;其中"折""别"是入声字,其平仄韵律为"平仄仄仄平,平平平仄平。平平仄仄,仄仄仄平平。仄仄平平仄,平平仄仄平。仄平平仄仄,仄仄平平平"。

巨势识人《奉和折杨柳》"杨柳东风序,千条摇飔时。边山花映□,虚牖①叶颦眉。楼上春萧怨,城头晓角悲。君行音信断,攀折欲寄谁",

---

① 牖(yǒu):窗户。

韵脚字"时""眉"属于之部,"悲""谁"属于微部;其中"折"是入声字,其平仄韵律为"平仄平平仄,平平平平平。平平平仄囗,平仄仄平平。平仄平平仄,平平仄仄平。平平平仄仄,平仄仄仄平"。

嵯峨天皇《答澄公奉献诗》"远传南岳教,夏久老天台。杖锡凌溟海,蹑虚历蓬莱。朝家无英俊,法侣隐贤才。形体风尘隔,威仪律节开。袒肩临江上,洗足踏岩隈。梵语翻经阅,钟声听香台。经行人事少,宴坐岁华催。羽客亲讲席,山精供茶杯。深房春不暖,花雨自然来。赖有护持力,定知绝轮回",韵脚字"台""莱""才""台""杯""来"属于之部,"开""隈""催""回"属于微部;其中"锡""节""足""席""绝"是入声字,其平仄韵律为"仄平平仄仄,仄仄仄平平。仄仄平平仄,仄平仄平平。平平平平仄,仄仄仄平平。平仄平平平,平平仄仄平。仄平平平仄,仄平仄平仄。仄仄平平仄,平平仄平平,仄平仄平平。仄仄仄平仄,仄平仄平平"。

嵯峨天皇《和澄公卧病述怀之作》"闻公云峰里,卧病欲契真。对境知皆幻,观空厌此身。柏暗禅庭寂,花明梵宇春。莫嫌应化久,为济梦中人",韵脚字"真""身""人"属于真部,"春"属于文部;其平仄韵律为"平平平平仄,仄仄仄仄平。仄仄平平仄,平平仄仄平。仄仄平平仄,平平仄仄平。仄平平仄仄,仄仄仄平平"。

巨势识人《和澄公卧病述怀之作》"吾师山上寺,讬疾卧云烟。猿鸟狎梵宇,鬼神护法筵。涧花当佛笑,峰月向僧悬。已觉非真有,观身自得痊",韵脚字"烟""筵""悬""痊"都属于元部;其中"疾""狎""佛""得"是入声字,其平仄韵律为"平平平仄仄,仄仄仄平平。平仄仄仄仄,仄平仄仄仄。仄平平仄仄,平仄仄平平。仄平平仄仄,平平仄仄平"。

锦部彦公《题光上人山院》"梵宇深峰里,高僧住不还。经行金策振,安坐草衣闲。寒竹留残雪,春蔬采旧山。相谈酌绿茗,烟火暮云间",韵脚字"还""闲""山""间"属于元部;其中"竹""酌"是入声字,其平仄韵律为"仄仄平平仄,平平仄仄平。平平平仄仄,平仄仄平平。平仄平平仄,平平仄仄平。平平仄仄平,平仄仄平平"。

嵯峨天皇《和尚书右丞良安世铜雀台》"昔时魏武帝,台树起城阿。遗令奏弦管,空帷舞绮罗。每对平□月,追思怨恨多。西陵挥泪望,松榄复如何",韵脚字"阿""罗""多""何"属于歌部;其中"昔"是入声字,其平仄韵律为"仄平仄仄仄,平仄仄平平。平平仄平仄,平平仄仄平。仄仄平□仄,平平仄仄平。平平平仄仄,平仄仄平平"。

桑原腹赤《仰同尚书良右丞铜雀台》"忆昔妓堂好,君情应未阑。一朝雄志减,千载爵□寒。北上临风咏,西陵向月看。漳河与妾涕,日夜流无干",韵脚字"阑""寒""看""干"均属于元部;其中"昔""爵"是入声字,其平仄韵律为"仄仄平平仄,平平仄平平。仄平平仄仄,平仄仄□平。仄仄平平仄,平平仄仄仄。平平仄仄仄,仄仄平平平。

嵯峨天皇《侍中翁主挽歌词 二首》"生涯如逝川,不虑忽升仙。哀挽辞京路,客车向暮田。声传女侍简,别怨艳阳年。唯有孤坟外,悲风吹松烟",韵脚字"仙"属于元部,"田""年""烟"属于真部;其平仄韵律是"平平平仄平,仄仄仄平平。平仄平仄仄,仄平仄仄平。平仄仄仄,仄仄仄平平。平仄平平仄,平平平平平"。

菅原清公《奉和侍中翁主挽歌词 二首》第一首"百年嗟易辞,过隙几何时。晨暮敍无驻,春花落有期。桃蹊长掩迹,万里忽迎輀①。虽觉生涯理,人情尚可悲",韵脚字"时""期""輀"属于之部,"悲"属于微部;其平仄韵律为"仄平平仄平,仄仄仄平平。平仄平仄,平平仄仄平。平平平仄仄,仄仄仄平平。平平平平仄,平平仄仄平"。

---

① 輀(ér):古代载运灵柩的车。

菅原清公《奉和侍中翁主挽歌词 二首》第二首"凤掖荣华尽，为书卜兆通。向朝伤薤露，欲暮泣杨风。汉浦星光缺，秦楼月影空。定知云雨貌，长绝□台中"，韵脚字"通""空"属于东部，"风""中"属于冬部；其中"缺""绝"是入声字，其平仄韵律为"仄仄平平仄，平平仄仄平。仄平平仄仄，仄仄仄平平。仄仄平平仄，平平仄仄平。仄平平仄，平仄□平平"。

巨势识人《奉和侍中翁主挽歌词二首》第一首"夜溪生涯尽，佳城艳□沦。婺星藏远汉，仙桂落虚轮。淑问遗仍在，恩荣殁更新。冥途无节侯，何处复知春"，韵脚字"沦""轮""春"属于文部，"新"属于真部；其中"节"是入声字，其平仄韵律为"仄仄平平仄，平平仄□平。仄平平仄仄，平仄仄平平。平仄平平仄，平平仄仄平。平平平仄仄，平仄仄平平。"。

嵯峨天皇《同内史滋贞主追和武藏录事平五月访幽人遗跡之作》"悽然□幽客，隙骨晒风霜。岁月经书古，烟萝仙灶亡。严肩松作盖，虚室石为床。契道乘空复，泥中独自伤"，韵脚字"霜""亡""床""伤"属于阳部；其中"石""独"是入声字，其平仄韵律为"平平□平仄，仄仄仄平平。仄仄平平仄，平平平仄平。平平平仄仄，平仄仄平平。仄仄平平仄，平平仄仄平"。

嵯峨天皇《赋得陇头秋月明》"关城秋夜净，孤月陇头团。水咽人肠绝，蓬飞沙塞寒。离笳惊山上，旅雁听云端。征戌乡思切，闻猿愁不宽"，韵脚字"团""寒""端""宽"属于元部；其中"绝"是入声字，其平仄韵律为"平平平仄仄，仄平仄平平。仄仄平平仄，平平平仄平。平平平平仄，仄仄平平平。平平平平仄，平平平仄平"。

小野岑守《奉和秋月明》"反覆天骄性，元我戎未安。我行都护道，经陟陇头难。水添鞞鼓咽，月湿鑯①衣寒。独提敕赐剑，怒发屡冲冠"，

---

① 鑯（jiān）：铁器；古同"尖"，尖锐。

韵脚字"安""难""寒""冠"属于元部;其中"湿""独"是入声字,其平仄韵律为"仄仄平平仄,平仄平仄平。仄平平仄仄,平仄仄平平。仄平仄仄仄,仄仄平平仄。仄平仄仄仄,仄仄仄平平"。

嵯峨天皇《和菅清公伤忠法师》"腊老烟□里,归真摄化形。不知何世界,出现救苍生",韵脚字"形""生"属于耕部;其中"出"是入声字,其平仄韵律为"仄仄平□仄,平平仄仄平。仄平平仄仄,仄仄仄平平",属于仄起首句不入韵句式。

(5) 七言绝句

七言绝句有7首:王孝廉《奉敕陪内宴诗》"海国来朝自远方,百年一醉谒天裳。日宫座外何攸见,五色云飞万岁光",韵脚字"裳""光"属于阳部;其中"国""一"是入声字,其平仄韵律为"仄仄平平仄仄平,仄平仄仄仄平平。仄平仄仄平平仄,仄仄平平仄仄平",属于仄起首句不入韵句式。

王孝廉《春日对雨,探得情字》"主人开宴在边厅,客醉如泥等上京。疑是雨师知圣意,甘滋芳润洒羁情",韵脚字"京""情"属于耕部;其平仄韵律为"仄平平仄仄平平,仄仄平平仄仄平。平仄仄平平仄仄,平平平仄仄平平",属于平起首句入韵句式。

桑原腹赤《月夜言离》"地势风牛虽异域,天文月兔尚同光。思君一似云间影,夜夜相随到远乡",韵脚字"光""乡"属于阳部;其中"一"是入声字,其平仄韵律为"仄仄平平平仄仄,平平仄仄仄平平。平平仄仄平平仄,仄仄平平仄仄平",属于仄起首句不入韵句式。

淳和天皇《卧中简毛学士》"今年有闰春犹冷,不解韶光著砌梅。风夜忽闻窗外馥,卧中想得满枝开",韵脚字"梅"属于之部,"开"属于微部;其中"得"是入声字,其平仄韵律为"平平仄仄平平仄,仄仄平平仄仄平。平仄平平平仄仄,仄平仄仄仄平平",属于平起首句不入韵句式。

滋野贞主《山寺钟》"行虬屡写江楼静,一道闻来初夜钟。谙识山僧岩水噈，焚香合掌拜尊容"，韵脚字"钟""容"属于东部；其中"一"是入声字，其平仄韵律为"平平仄仄平平仄，仄仄平平仄仄平。仄仄平平平仄仄，平平平仄仄平平"，属于平起首句不入韵句式。

小野年永《奉和观新燕》"早燕双飞入曙晴，遥经圣眼奏新声。还嗟未狎鸳鸯帐，先负汉家妖艳名"，韵脚字"声""名"属于耕部；其中"狎"是入声字，其平仄韵律为"仄仄平平仄仄平，平平仄仄仄平平。平平仄仄平平仄，平仄仄平平仄平（该句第三字拗，第五字用平声来救，构成本句自救）"，属于仄起首句入韵句式。

上毛野颖人《奉和代美人殿前夜合咏之什》"久厌幽溪何处讬，朝家假贷御楼傍。即今自入仙园里，己后春恩任圣皇"，韵脚字"傍""皇"属于阳部；其平仄韵律为"仄仄平平仄仄平，平平仄仄仄平平。平平仄仄平平仄，仄仄平平仄仄平"，属于仄起首句入韵句式。

（6）七言律诗

七言律诗有6首：淳和天皇《秋日冷然院新林池，探得池字，应制》"君王本自耽幽趣，泉石初看此地奇。积水全含湖里色，重岩不谢硤中危。径栽晚竹春余粉，岁浅新林未拱枝。景物仍堪游圣目，何劳整驾向瑶池"，韵脚字"奇"属于脂部，"危"属于微部，"枝"属于支部，"池"属于歌部；其中"石""硤""竹"是入声字，其平仄韵律为"平平仄仄平平仄，平仄平平仄仄平。平仄平平平仄仄，平仄仄平平仄仄平。仄平仄仄平平仄，仄仄平平仄仄平。仄仄平平平仄仄，平仄仄仄平平平"，属于平起首句不入韵句式。

勇山文继《春日左将军临况》"洒扫荊扉望风久，尊卑礼融未成欢。微诚有感降恩顾，欲酌春醪心自宽。檐下闲花光艳爚①，篱前修竹影檀栾。何图一损台门贵，今日高车过下官"，韵脚字"欢""宽""栾""官"属于元部；其中"酌""竹"是入声字，其平仄韵律为"仄仄平

---

① 爚（yuè）：火光；照，照耀；煮。

平仄平仄（第五、六字平仄交换，属于特拗句），平平仄仄仄平平。平平仄仄仄平仄（第五字拗），仄仄平平平仄平（第五字用平声来救，构成对句相救）。平仄平平平仄仄，平平平仄仄平平。平平仄仄平平仄，平仄平平仄仄平"，属于仄起首句不入韵句式。

巨势识人《春日饯野柱史奉使存问渤海客》"使乎远欲事皇皇，芳惜睽离但有觞。迟日未销边路雪，暖烟遍著主人杨。天涯马踏浮云影，山里猿啼朗月光。策骑翩翩何处至，春风千里海西乡"，韵脚字"觞""杨""光""乡"属于阳部；其中"惜"是入声字，其平仄韵律为"仄平仄仄仄平平，平仄平平仄仄平。平仄仄仄平仄仄，仄平仄仄仄平平。平平仄仄平平仄，平仄平平仄仄平。仄仄平仄平仄仄，平平平仄仄平平"，属于平起首句入韵句式。

巨势识人《敬和左神策大将军春日闲院饯美州藤大守甲州藤判官之作》"杜鹃啼序春将阑，闲院花亭饯两官。飞鸟始乘鸟翼去，离弦频透鹤声弹。乡心远树孤云迹，客路边山片月寒。一别情期勿暂忘，音书屡寄往来看"，韵脚字"官""弹""寒""看"属于元部；其中"一"是入声字，其平仄韵律为"仄平平仄平平仄，平仄平平仄仄平。平仄仄仄仄（三仄尾，可不救），平平仄仄仄平平。平平仄仄平平仄，仄平平仄仄仄平。仄仄平平仄仄仄（三仄尾，可不救），平平仄仄仄平平"，属于平起首句不入韵句式。

嵯峨天皇《过梵释寺》"云岭禅扃人踪绝，昔将今日再攀登。幽奇岩嶂吐泉水，老大杉松离旧藤。梵宇本无尘滓事，法筵唯有薜萝僧。忽销烦想夏还冷，欲去淹留暂不能"，韵脚字"登""藤""僧""能"属于蒸部；其中"绝""昔""薜"是入声字，其平仄韵律为"平仄平平仄仄，仄平仄仄平平。平平平仄仄平仄（第五字拗属于小拗，可不救），仄仄平平平仄平。仄仄仄平平仄仄，仄平平仄仄平平。平平平仄仄平仄（第五字拗属于小拗，可不救），仄仄平平仄仄平"，属于仄起首句不入韵句式。

桑原腹赤《冷然院赋一物,得曝布水,应制》"兼山杰出院中险,一道长泉曳布开。惊鹤偏随飞势至,连珠全逐逆流颓。岩头照日犹零雨,石上无云镇听雷。畴昔耳闻今眼见,何劳绝粒访天台",韵脚字"开""雷""颓"属于微部,"台"属于之部;其中"杰""出""逐""石""绝"是入声字,其平仄韵律为"平平仄仄仄平仄,仄仄平平仄仄平。平仄仄平平仄仄,平平平仄仄平平。平平仄仄平平仄,仄仄平平仄仄平。平仄仄平平仄仄,平平仄仄仄平平",属于平起首句不入韵句式。

(7) 七言古诗

七言古诗有69首:嵯峨天皇《江头春晓》"江头亭子人事暌,倚枕唯闻古戍鸡。云气湿衣知近岫,泉声惊寝觉邻溪。天边孤月乘流疾,山里饥猿到晓啼。物候虽言阳和未,汀洲春草欲萋萋,"韵脚字"鸡""萋"押脂部,"溪"押支部,"啼"押锡部;其中"湿""疾"是入声字,其平仄韵律为"平平平仄平仄平,仄仄平平仄仄平。平仄仄平平仄仄,平平平仄仄平平。平平平仄平仄仄,平仄平平仄仄平。仄仄平平平仄仄,平平平仄仄平平"。

巨势识人《奉和春情》"孤闺已遇芳菲月,顿使春情几许纷。玉户愁褰苏合帐,花蹊懒曳石榴裙。莺啼庭树不堪妾,雁向边关难寄君。绝恨龙城征客□,年年远隔万重云",韵脚字"纷""裙""君""云"属于文部;其中"合""石""绝""隔"是入声字,其平仄韵律为"平平仄仄平平仄,仄仄平仄仄平平。仄仄平平平仄仄,平平仄仄仄平平。平平平仄仄平仄,仄仄平仄仄平平,仄仄平平平仄□,平平仄仄平平"。

嵯峨天皇《春日嵯峨山院,探得迟字》"气序如今春欲老,嵯峨山院暖光迟。峰云不觉侵梁栋,溪水寻常对簾帷。莓苔踏破经年发,杨柳未悬伸月眉。此地幽闲人事少,唯余风动暮猿悲",韵脚字"迟"属于脂部,"眉"属于之部,"帷""悲"属于微部;其中"觉"是入声字,其平仄韵律为"仄仄平平平仄仄,平平平仄仄平平。平平平仄平平仄,平仄平平仄平平。平平仄仄平平仄,平仄仄平平仄平。仄仄平平平平仄,平平平仄仄平平"。

淳和天皇《春日侍嵯峨山院,採得回字,应制》"嵯峨之院埃尘外,乍到幽情兴偏催。鸟啭遥闻缘阶壑,花香近得抱窗梅。攒松岭上风为雨,绝涧流中石作雷。地势幽深光易暮,銮舆且待莫东回",韵脚字"催""雷""回"属于微部,"梅"属于之部;其中"得""石"是入声字,其平仄韵律为"平平平仄平仄仄,仄仄平平仄平平。仄仄平平平平仄,平平仄仄仄平平。平平仄仄平平仄,平平平仄仄仄平。仄仄平平平平仄,平平仄仄仄平平"。

嵯峨天皇《春日大弟雅院》"诗家有兴来雅院,雅院由来绝世闲。阳砌虽看新柳色,阴阶常点旧苔斑。就暖晴花开簾外,欲巢时鸟啄庭间。此地端居玩风景,寂寥人事暂无关",韵脚字"闲""斑""间""关"属于元部;其中"绝""啄"是入声字,其平仄韵律为"平平仄仄平仄仄,仄仄平平仄仄平。平平平仄平仄仄,平平平仄仄平平。仄仄平平平平仄,仄平平仄仄平平。仄仄平平平仄仄,仄平平仄仄平平"。

小野岑守《江楼春望,应制》"春雨濛濛江楼黑,悠悠云树尽微茫。桥头孤立一竿柱,湖口竞入千许桥。菱埌新色荒村绿,枫林初叶钓家香。滔滔流水何所似,四海朝宗归圣王",韵脚字"茫""香""王"属于阳部,"桥"属于宵部;其中"黑"是入声字,其平仄韵律为"平仄平平平平仄,平平平仄仄平平。平平平仄仄平仄,平平仄平平仄仄平。平仄平平平仄仄,平平平仄仄平平。平平平仄仄仄,仄仄平平平仄平"。

淳和天皇《夏日左大将军藤原朝臣闲院纳凉,探引得闲字,应制一首》"此院由来人事少,况乎水竹每成闲。送春蔷棘珊瑚色,迎夏岩苔玳瑁斑。避景追风长松下,提琴捣茗老梧间。知贪鸾驾忘器处,日落西山不解还",韵脚字"闲""斑""间""还"属于元部;其中"竹""棘"是入声字,其平仄韵律为"仄仄平平平仄仄,仄平仄仄仄平平。仄平平仄平平仄,平仄平平仄仄平。仄仄平平平平仄,平平仄平仄平平。平平平仄仄平仄,仄仄平平仄仄平"。

巨势识人《嵯峨院纳凉,探得归字,应制》"君王倦热来兹地,兹地清闲人事稀。池际追凉依竹影,岩间避暑隐松帷。千年驳薛覆阶密,一片晴云亘岭归。山院幽深无所有,唯余朝暮泉声飞",韵脚字"稀""帷""归""飞"属于微部;其中"竹"是入声字,其平仄韵律为"平平仄仄平平仄,平仄平平仄平平。平仄平平平仄仄,平平仄仄仄平平。平仄平平仄平仄,仄仄平平仄仄平。平仄平平平仄仄,平平仄仄平平平"。

淳和天皇《秋夕南池亭子临眺》"池亭气冷秋风度,吹入波心乱水文。明月东山看渐出,莫愁白日岩头曛",韵脚字"文""曛"属于文部;其中"出""白"是入声字,其平仄韵律为"平平仄仄平平仄,平仄平平仄仄平。平仄平平仄仄仄,仄平仄仄平平平"。

朝野鹿取《秋山作,探得泉字,应制》"八月秋山凉吹传,千峰万岭寒叶翩。羽客裳斑霓气度,隐人带绿女萝悬。溪生浓雾织薄縠①,水写轻雷引飞泉。入谷犹知玄牝道,登峦何近白云天",韵脚字"翩""天"属于真部,"悬""泉"属于元部;其中"八""织""白"是入声字,其平仄韵律为"仄仄平平平平仄,平平仄仄平仄平。仄仄平平仄仄仄,仄平仄仄仄平平。平平仄仄仄平平,仄仄平仄平平平。仄仄平平仄仄仄,平平平仄仄平平"。

仲雄王《寻良将军华山庄,将军失期不在》"君家白云东岭下,昨对宫内暮相期。平明骑历山中路,踏石溪行骊自迟。一径南斜门树入,弧亭松色女萝飐。塘头伫立不看至,落日寒虫鸣草时",韵脚字"期"

---

① 縠(hú):有皱纹的纱。

"时"属于之部,"迟""飔"属于之部;其中"白""昨""石"是入声字,其平仄韵律为"平平仄平平仄仄,仄仄平仄仄平平。平平平仄平平仄,仄仄平平仄仄平。仄仄平平平仄仄,平平仄平仄平平。平平仄仄仄,仄仄平平平仄平"。

释仁贞《七日禁中陪宴诗》"入朝贵国惭下客,七日承恩作上宾。更见凤声无妓态,风流变动一国春",韵脚字"宾"属于真部,"春"属于文部;其中"国""一"是入声字,其平仄韵律为"仄平仄仄平仄仄,仄仄平平仄仄平。仄仄仄平平仄仄,平平仄仄仄仄平"。

嵯峨天皇《和金吾将军良安世春齐别筑前王大守还任》"星使去年入主畿,今年事毕万里归。山随客路春光送,人至他乡交结稀。离心积日风烟远,回首前程指落晖。独在羁亭伤别意,闻猿夜夜转依依",韵脚字"归""稀""晖""依"属于微部;其中"结""积""独"是入声字,其平仄韵律为"平仄仄平仄仄平,平平仄仄仄仄平。平平仄仄平平仄,平仄平平平仄平。平平仄平平仄仄,平仄平平仄仄平。仄仄平平平仄,平平仄仄仄平平"。

嵯峨天皇《左兵卫佐藤是雄见授爵之备州谒亲,因以赐诗》"别时节修春云暮,为谒慈亲辞帝京。邑里儿童欢相待,村中耆耋拜邀迎。马蹋云山乡念切,猿啼海峤助羁行。虽言客路多芳草,莫学王孙不归情",韵脚字"京""迎""行""情"属于耕部;其中"节""学"是入声字,其平仄韵律为"平平仄平平平仄,仄仄平平平仄平。仄仄平平平仄仄,平平仄仄仄平平。仄仄平平平仄仄,平仄仄平仄平平。平平仄仄平平仄,仄仄平平仄平平"。

淳和天皇《饯美州掾藤吉野,得花字》"今宵倏忽言离别,不虑分飞似落花。莫怨白云千里远,男儿何处是非家",韵脚字"花""家"属于鱼部;其中"忽""白"是入声字,其平仄韵律为"平平平仄平平平,仄仄平平仄仄平。仄仄仄平平仄仄,平平平平仄平平"。

小野岑守《留别文友》"一朝从吏十年许,文友存亡半是新。固为同道无新旧,但悲我作万里人",韵脚字"新""人"属于真部;其中"十"是入声字,其平仄韵律为"仄平平仄仄平仄,平仄平平仄仄平。仄仄平仄平平仄,仄平仄仄仄仄平"。

巨势识人《春日别原掾赴任》"良俦木自非易得,之子为别最情深。水国天边千里远,暮山江上一猿吟。白鸥狎人随丢舳,青草连湖傍客心。此日交颐无可赠,相思空有泪沾襟",韵脚字"深""吟""心""襟"属于侵部;其中"得""别""白""狎""舳""国"是入声字,其平仄韵律为"平平仄仄平仄仄,平仄平仄仄平平。仄仄平平平仄仄,仄平仄仄仄平平。仄平平仄平仄仄,平仄平仄仄仄平。仄仄平平平仄仄,平平平仄仄平平"。

巨势识人《秋日别友人》"林叶翩翩秋日曛,行人独向边山云。唯余天际孤悬月,万里流光远送君",韵脚字"云""君"属于文部;其平仄韵律为"平仄平平平仄平,平平仄仄平平平。平平平仄平平仄,仄仄平平仄仄平"。

纪末守《早春别阿州伴掾赴任》"一朝衔命远离别,上月春初风尚寒。欲识我魂随子去,羁亭夜夜梦中看",韵脚字"寒""看"属于元部;其中"一""别""识"是入声字,其平仄韵律为"仄平平仄仄平仄,仄仄平平仄平平。仄仄仄平平仄仄,平平仄仄仄平仄"。

仲雄王《蒙谴外居,聊以述怀,敬简金吾将军》"儒家偏随樽俎趣,帝宅朝例不生知。当年忝奉端闱礼,诘且淹除伏奏时。厚壤焦情无踏处,高弩负谴更何祈。终离节会簪缨列,独漏寰瀛云雨施。阁外空闻歌管响,阶前隔见舞台姬。昏归耻对闺中妾,夜卧强谈床上儿。过重功轻心自解,恩深责浅几铭肌。君门出入虽无制,外候仍言天听卑",韵脚字"知""施"属于支部,"时""姬"属于之部,"祈""卑"属于微部,"肌"属于脂部,"儿"属于药部;其中"宅""诘""伏""隔""责""出""节"是入声字,其平仄韵律为"平平平平平仄仄,仄仄仄仄平平。平平仄仄平平仄,仄仄平平仄仄平。仄仄平平平仄仄,平仄仄仄仄平平。平平仄仄平平仄，仄仄平平平仄平。平仄平平平仄仄，平平仄仄仄平平。平平仄平平平仄，仄仄平平平仄平。仄仄平平平仄仄，平平仄仄仄平平"。

仲雄王《书怀呈王中书》"边旅十年老时明，海行千里入帝城。君门九重未通藉，闲卧窗树晚莺声"，韵脚字"城""声"属于耕部；其中"十""藉"是入声字，其平仄韵律为"平仄仄平仄平平，仄平平仄仄平平。平仄平仄平仄仄，平仄平仄仄平平"。

小野岑守《奉拜掖庭，简橘尚书》"朔平门卫不敢入，别有殊恩拜掖庭。美女花簪传芳命，一言犹是粉骨情"，韵脚字"庭""情"属于耕部；其中"别"是入声字，其平仄韵律为"仄平平仄仄仄仄，仄仄平平仄仄平。仄仄平平仄平仄，仄平平仄仄仄平"。

坂上今继《和渤海大使见寄之作》"宾亭寂莫对青□，处处登临旅念凄。万里云边辞国远，三春烟里望乡迷。长天去雁催归思，幽谷来莺助客啼。一面相逢如旧识，交情自与古人齐"，韵脚字"凄""迷""啼""齐"属于脂部；其中"国""一""识"是入声字，其平仄韵律为"平平仄仄仄平□，仄仄平平仄仄平。仄仄平平仄仄仄，平平平仄仄平平。平平仄仄平平仄，平仄平平仄仄平"。

滋野贞主《春夜宿鸿胪，简渤海入朝王大使》"枕上宫钟传晓漏，云间宾雁送春声。辞家里许不胜感，况复他乡客子情"，韵脚字"声""情"属于耕部；其平仄韵律为"仄仄平平平仄仄，平平平仄仄平平。平平仄仄仄仄仄，仄仄平平仄仄平"。

王孝廉《在边亭赋得山花戏，寄两个领客使并滋三》"芳树春色色甚明，初开似笑听无声。主人每日专攀尽，残片何时赠客情"，韵脚字"声""情"属于耕部；其平仄韵律为"平平平仄仄仄平，平平仄仄平平平。仄平仄仄平平仄，平仄平平仄仄平"。

王孝廉《从出云州书情，寄两个敕使》"南风海路连归思，北雁长天引旅情。赖有锵锵双凤伴，莫愁多日住边亭"，韵脚字"情""亭"

属于耕部；其平仄韵律为"平平仄仄平平平，仄仄平平仄仄平。仄仄平平平平仄，仄平平仄仄平"。

仲雄王《奉和重阳节书怀》"寰中农时涝旱事，帝念黔首不登年。强乘客擒文雄罢，却□伶人侍乐悬。菊浦早花霜下发，荷潭寒叶水阴穿。灾不胜德古来在，况乎神哀辅自天"，韵脚字"年""天"属于真部，"悬""穿"属于元部；其中"菊""发""德"是入声字，其平仄韵律为"平平平平仄仄仄，仄仄平仄仄平平。平平仄平平平仄，仄□平平仄仄平。仄平平仄平仄仄，平平仄仄仄平平。平仄仄仄仄平仄，仄平平平仄仄平"。

小野岑守《举和宿蕉居之什》"君王一去池馆废，四海为家感旧来。昔从骖驾曳裾出，今配龙舆锵佩回。檐前枯柳看后树，岸曲长松听初栽。汉筑□□□尽，况乎沛唱复相催"，韵脚字"来""栽"属于支部，"回""催"属于微部；其平仄韵律为"平平仄仄平仄仄，仄仄平平仄仄平。平仄平仄仄平平，平仄平平仄平平。平仄平平仄仄仄，仄仄平平平平平。仄仄□□□仄，仄平仄仄平平"。

仲科善雄《奉和秋夜书怀之作》"今兹圣主无疆算，始反安仁秋兴年。感发良宵不寐久，况乎闻雁白云天。清风吹起上林树，晓月光硫禁掖前。当庆贞松不凋叶，谁论蒲柳望秋迁"，韵脚字"年""天"属于真部，"前""迁"属于元部；其中"发""白"是入声字，其平仄韵律为"平仄仄平平仄仄，仄仄平平仄平平。仄仄平仄仄仄仄，仄平平仄仄平平。平平平仄仄平仄，仄仄平仄仄仄平。平仄平平仄仄仄，平仄平仄仄平平"。

小野岑守《奉和卧病重阳节之作》"圣躬违和日数回，令节重阳倏忽来。时菊不知高宴罢，黄花一两殿前开"，韵脚字"来"属于支部，"开"属于微部；其中"忽""菊"是入声字，其平仄韵律为"仄平平仄仄平，仄仄平平平仄平。平仄仄平仄平仄，平平仄仄仄平平"。

姬大伴氏《晚秋述怀》"节候萧条岁将阑，闺门静闲秋日寒。云天远雁声宜听,担树晚蝉引欲殚。菊潭带露余花冷,荷浦含霜旧盏残。寂寂独伤四运促,粉纷落叶不胜看",韵脚字"寒""殚""残""看"属于元部;其中"节""菊"是入声字,其平仄韵律为"仄仄平平仄平平,平平仄平仄仄平。平平仄仄平平平,平仄平仄平仄平。仄平仄仄平平仄,平平平平仄仄平。仄仄平平仄仄仄,仄平仄仄仄仄仄"。

巨势识人《和伴姬秋夜闺情》"比来朔雁度千番,一个封书本曾看。遥想燕山凉气早,谁堪砧杵捣衣难。真珠暗箔秋风闭,杨柳疏窗夜月寒。不计别怨经岁序,唯知晓镜玉颜残",韵脚字"看""难""寒""残"属于元部;其中"箔""别"是入声字,其平仄韵律为"仄平仄仄仄平平,仄仄平平仄平仄。平仄平平仄仄仄,平平平平仄仄平平。平平仄仄平平仄,平仄平仄仄仄平。仄仄仄仄平仄仄,平仄平平"。

桑原腹赤《春和听捣衣》"双双秋雁数般翔,闺妾当惊边已霜。何处捣衣宵达旦,寒楼月下万家场。暗中不辨杵低举,枕上唯闻声抑扬。守夜宫钟乍相和,应通长信复昭阳",韵脚字"霜""场""扬""阳"属于阳部;其中"达"是入声字,其平仄韵律为"平平平仄仄平平,平仄平平平仄平。平仄仄平平仄仄,平仄平仄仄平平。仄平仄仄平仄仄,仄仄平平平仄平。仄仄平仄平仄仄,仄平平仄仄平平"。

淳和天皇《扈从梵释寺,应制》"君王机暇倦炎热,午后寻真幸日宫。四五老僧迎凤辇,久除有结意恒守。飞栈树秒空云过,危磴岩头拂雾通。瞻仰尊容缠网尽,还疑自入鹫峰中",韵脚字"宫""中"属于冬部,"通"属于东部,"守"属于幽部;其中"结""拂"是入声字,其平仄韵律为"平平平平仄平仄,仄仄平仄仄平。仄仄仄平平仄仄,仄平仄仄仄平仄。平仄仄仄平仄平,平仄平平仄仄平。平仄平平平仄仄,平平仄仄平平平"。

藤原冬嗣《扈从梵释寺,应制》"一人问道登梵释,梵释肃然太幽闲。入定老僧不出户,随缘童子未下山。法堂寂寂烟霞外,禅室寥寥松竹间。永劫津梁今自得,嚣尘何处更相关",韵脚字"闲""山""间""关"属于元部;其中"出""竹""劫""得"是入声字,其平仄韵律为"仄平仄仄平仄仄,仄仄仄平仄平平。仄仄仄平仄仄,平平平仄仄仄平。仄平仄平仄平平仄,平仄仄仄平仄平。仄仄平平平仄仄,平平平仄仄平平"。

藤原冬嗣《奉和伤野女侍中》"鳄年从官陪层秘,华发辞荣返故乡。川月不留残魄影,风灯何□寸烟光。宫姬口实推贞素,列女传文载俭良。圣主非常动哀感,魂而有识应慰亡",韵脚字"乡""光""良""亡"属于阳部;其中"实""识"是入声字,其平仄韵律为"仄平平平平平仄,平仄平平仄仄平。平仄仄平仄仄仄,平平平□仄平平。平平仄仄平平仄,仄仄平仄仄仄平。仄仄平平平平仄,平平仄仄仄平"。

桑原腹赤《奉和伤野女侍中》"思媚一人容发老,崦嵫暮晷不留年。孤坟对月贞女硖,阅水咽云孝子泉。柳絮父词身后在,兰纷妇德世间传。古来蒿里为谁邑,今日松门闭鬼挺。野暗骖嘶通白雾,山空挽响入黄烟。何崇盗药求仙台,不朽哀荣降圣篇",韵脚字"年""烟""篇"属于真部,"泉""传"属于元部,"挺"属于耕部;其中"硖"是入声字,其平仄韵律为"平仄仄平平仄仄,平平仄仄仄平平。平仄仄仄平仄仄,仄仄平平仄仄平。仄仄仄平平仄仄,平平仄仄仄平平。仄平平平平仄仄,平仄平平仄仄仄。仄仄仄平平仄仄,平仄仄仄平平平。平平仄平平仄平,仄仄平平仄仄平"。

嵯峨天皇《哭宾和尚》"大士古来无住著,名山晦跡老风霜。随缘化体厌尘久,归正真机忽灭亡。松掩旧□犹郁茂,草暗新塔渐荒凉。生前萝席空留月,没后金炉谁添香。禅林时见擢技干,梵宇长怀失栋梁。缁素共愁面礼罢,遥遥仰拜向西方",韵脚字"霜""亡""凉""香""梁""方"属于阳部;其平仄韵律为"仄仄仄平平仄仄,平平仄仄仄平平。平仄仄仄平仄仄,平仄平平仄平平。平仄仄□平仄仄,仄仄平仄仄平平。平平平仄平平仄，仄仄平平平平平。平平平仄平仄仄，仄仄平平仄平。平仄仄平仄仄仄，平平仄仄仄平平"。

嵯峨天皇《河阳花》"三春二月河阳县，□□从来富于花。花落能红复能白，山岚频下万条斜"，韵脚字"花""斜"属于鱼部；其平仄韵律为"平平仄仄平平仄，□□平仄平平。平仄平仄平仄，平平仄仄平平"。

嵯峨天皇《江上船》"一道长江通千里，漫漫流水漾行船。风帆远没虚无里，疑是仙查欲上天"，韵脚字"船"属于元部，"天"属于真部；其平仄韵律为"仄仄平平平平仄，仄仄平仄仄平平。平仄仄平平仄，平仄平平仄仄平"。

嵯峨天皇《江边草》"春日江边何所好，青青唯见王孙草。风光就暖芳气新，如此年年观者老"，韵脚字"草""老"属于幽部；其平仄韵律为"平仄平平平仄仄，平平平仄平平仄。平仄仄平仄平，平仄平平仄仄"。

嵯峨天皇《山寺钟》"晚到江村高枕卧，梦中遥听半夜钟。山寺不知何处在，旅馆之东第一烽"，韵脚字"钟""烽"属于东部；其平仄韵律为"仄仄平平平仄仄，仄平平仄仄平。平仄仄平仄仄，仄仄平平仄仄平"。

藤原冬嗣《河阳花》"河阳风土饶春色，一县千家无不花。吹入江中如濯锦，乱飞机上夺女沙"，韵脚字"花"属于鱼部，"沙"属于歌部；其平仄韵律为"平平平仄平平仄，仄仄平平平仄平。平仄平平平平仄，仄平平仄平仄平"。

藤原冬嗣《故关柳》"故关折罢人烟稀，古堞荒凉余杨柳。春到尚开旧时色，看过行客几回久"，韵脚字"柳"属于幽部，"久"属于之部；其中"折"是入声字，其平仄韵律为"仄平仄仄平平平仄，仄平平平平仄。平仄仄平仄平仄，仄仄平仄仄平仄"。

良岑安世《五夜月》"客子无眠投五夜，正逢山顶孤明月。一看圆镜羁情断,定识闺中忆不歇",韵脚字"明""歇"属于月部;其中"识"是入声字,其平仄韵律为"仄仄平平平仄仄,仄平平仄平平仄。仄仄平仄平平仄,仄仄平平仄仄平"。

仲雄王《河上船》"晴初驻跸驰玄览,一点孤浮江上船。为虚物精不相怨,乘吹遥度浪中天",韵脚字"船"属于元部,"天"属于真部;其平仄韵律为"平平仄仄平平仄,仄仄平平平仄平。仄平仄平仄平仄,平平平仄仄平平"。

仲雄王《水上鸥》"行客近起清江北,御览烟鸣水刷鸥。鸥性必驯无取意,况乎玄化及飞浮",韵脚字"鸥"属于侯部,"浮"属于幽部;其中"刷""及"是入声字,其平仄韵律为"平仄仄仄平平平,仄仄平平仄仄平。平仄仄仄平仄仄,仄平平仄仄平平"。

仲雄王《山寺钟》"古寺馆东山翠下,日暮嗷①哧响疏钟。天籁相和幽洞谷,余音过尽白云峰",韵脚字"钟""峰"属于东部;其平仄韵律为"仄仄仄平平仄仄,仄仄仄平平平。平仄平仄平仄仄,平平仄仄平平"。

仲雄王《河阳桥》"别馆云林相映出,门南修路有河桥。上承紫宸长栱宿,下送苍海永朝潮",韵脚字"桥""潮"属于宵部;其中"别"是入声字,其平仄韵律为"仄仄平平平仄仄,平平平仄仄平平。仄平仄平平仄仄,仄仄平仄仄平平"。

朝野鹿取《江上船》"江潮漫漫流几年,日夜送迎往还船。已似飞龙游云里,还看翔风入天边",韵脚字"船""边"属于元部;其平仄韵律为"平平仄仄平仄平,仄仄仄平仄平平。仄仄平平平平仄,平仄平平仄平平"。

朝野鹿取《水上鸥》"河阳别宫对江流,不劳行往见群鸥。能知人意狎不去,或泝或淞与波游",韵脚字"鸥"属于侯部,"游"属于幽

---

① 嗷[jiào]:古同"叫",呼喊,鸣叫。[chī]:古同"吃"。

部；其中"别""狎"是入声字，其平仄韵律为"平平仄平仄平平，仄平平仄仄平平。平平平仄仄仄仄，仄仄仄平仄平平"。

嵯峨天皇《舞蝶》"数群胡蝶飞乱空，杂色纷纷花树中。本自不因弦管响，无心处处舞春风"，韵脚字"中""风"属于冬部；其中"蝶""杂"是入声字，其平仄韵律为"仄平平仄平仄平，仄仄平平平仄平。仄仄仄平平仄仄，平平仄仄仄平平"。

嵯峨天皇《飞燕》"望里遥闻燕语声，双飞来往羽仪轻。木期借屋初乳子，还趾空为汉后名"，韵脚字"轻""名"属于耕部；其中"屋"是入声字，其平仄韵律为"仄仄平平仄仄平，平平平仄仄平平。仄平仄仄平仄仄，平仄平平仄仄平"。

朝野鹿取《飞燕》"衣玄裳素入兰闱，双去双来不独栖。梁上登巢居是逸，簾前向户飞暂低"，韵脚字"栖""低"属于脂部；其中"独"是入声字，其平仄韵律为"平平仄仄仄平平，平仄平平仄仄平。平仄平平仄仄，平平仄仄平仄平"。

滋野贞主《和巨内记讬春日四咏》"故年剪瓜今春归，栋字改修猜未依。禀性将凡鸟□□，再三飞到狎簾帷"，韵脚字"依""帷"属于微部；其平仄韵律为"仄平仄平平平平，仄仄仄平平仄平。仄仄平平仄□□，仄平平仄平平平"。

佐伯长继《春和观新燕》"海燕新来度春天，差池羽翼如往年。既能忘却苍波远，朝夕欲巢画梁边"，韵脚字"年"属于真部，"边"属于元部；其中"夕"是入声字，其平仄韵律为"仄仄平平仄平平，平平仄仄仄仄。仄平仄仄平平平，平仄仄仄平平"。

嵯峨天皇《故关听鸡》"烽火不传罢关城，唯余长短晓鸡声。孟尝没后年代久，谁客今鸣令人惊"，韵脚字"声""惊"属于耕部；其平仄韵律为"平仄仄平仄平平，平平平仄仄平平。仄平仄仄平仄仄，平仄平平仄平平"。

桑原腹赤《奉和故关听鸡》"霸道寝来是旧城，人鸡独送司晨声。

自分阳精应觉晓，如今不为孟尝惊"，韵脚字"声""惊"属于耕部；其中"独""觉"是入声字，其平仄韵律为"仄仄仄平仄仄平，平平仄仄平平平。仄平平平仄仄仄，平平仄仄仄平平"。

宫原村继《奉和过古关》"皇猷远被车书同，关路长开古镇空。白马时来无吏问，东西行客日夜通"，韵脚字"空""通"属于东部；其中"白"是入声字，其平仄韵律为"平平仄仄平平平，平仄平平仄仄平。仄仄平平平仄仄，平平平仄仄仄平"。

仲雄王《奉和代神泉古松伤衰歌》"孤松盘屈薜萝枝，贞节苦寒霜雪知。御□琴台回仙嘱，风入飕飀①添清曲。森翠宜看轩月阴，还羞不材近天临。自然色衰无他故，不敢幽怀贰恩顾"，韵脚字"知"属于支部，"曲"属于屋部，"临"属于侵部，"顾"属于鱼部；其中"屈""薜""节"是入声字，其平仄韵律为"平平平仄仄平平，平仄仄平平仄平。仄□平平平平仄，平仄平平平平仄。平仄平仄平仄平，平平仄平仄平平。仄平仄平平平仄，仄仄平平仄平仄"。

嵯峨天皇《冷然院各赋一物，得涧底松》"郁茂青松生幽涧，经年老大未知霜。薜萝常挂千条重，云雾时笼一盖长。高声寂寂塞炎节，古色苍苍暗夕阳。木自不堪登岭上，唯余风入韵宫商"，韵脚字"霜""长""阳""商"属于阳部；其中"节""夕"是入声字，其平仄韵律为"仄仄平平平平仄，平平仄仄仄平平。仄平平平仄平仄，平仄平仄仄仄平。平平仄仄仄平仄，仄仄平平仄仄平。仄仄仄平平仄仄，平平平仄仄平平"。

巨势识人《春日侍神泉苑，赋得春月，应制》"春天霁静无茎弱，皎洁孤明挂月来。窗外曲钩卷疑箔，空中悬镜不关台。渐圆光随汉东蟀，半缺影逐淮南灰。尧帝当时何计历，须看蓂叶阶开"，韵脚字"来""台""灰"属于之部，"开"属于微部；其中"洁""箔""缺""逐"

---

① 飕飀（sōu liú）：形容风声。

是入声字，其平仄韵律为"平平仄仄平平仄，仄仄平平仄仄平。平仄平仄平仄，平平平仄仄平平。仄平平平仄平仄，仄仄仄仄平平平。平仄平平平仄仄，平仄平仄仄平平"。

淳和天皇《夏日赋雨里梅》"庭梅入夏惟初晴，夕雨时霑叶复低。不辞实重枝将折，预恨无人迨七兮"，韵脚字"低"属于微部，"兮"属于支部；其中"夕""折""七"是入声字，其平仄韵律为"平平仄仄平平平，仄仄平仄仄仄平。仄平仄仄平平仄，仄仄平平仄仄平"。

滋野贞主《奉和观落叶》"塞丽落叶簾前雨，点著闲筵不湿衣。闻道璇玑秋月暮，圣年宫树待黄飞"，韵脚字"衣""飞"属于微部；其平仄韵律为"仄仄仄仄平平仄，仄仄平平仄平平。平仄平平平仄仄，仄平平仄仄平平"。

嵯峨天皇《和内史贞主秋月歌》"天秋夜静月光来，半捲珠簾满轮开。举手欲攀谁能得，披襟抱影岂重怀。云暗空中清辉少，风来吹拂看更皎。形如秦镜出山头，色似楚练疑天晓。群阴共盈三五时，四海同朋一月辉。皎洁秋悲斑女扇，玲珑夜鉴阮公帷。洞庭叶落秋已晚，虏塞征夫久忘归。贱妾此时高楼上，衔情一对不胜悲。三更露重络绩鸣，五夜风吹砧杵声。明月年年不改色，看人岁岁白发生。寒声淅沥竹窗虚，晚影萧条柳门疏。不从姮娥窃药遁，空闺对月恨离居"，韵脚字"开""怀""辉""帷""归""悲"属于微部，"皎""晓"属于宵部，"声""生"属于耕部，"疏""居"属于鱼部；其中"得""拂""出""洁""白""竹"是入声字，其平仄韵律为"平平仄仄仄平平，仄仄平平平平。仄仄仄平平仄仄，平平仄仄仄平平。平仄平平平仄仄，平平仄仄仄。平平仄仄仄平平，仄仄平平仄仄仄。平平平平仄平平，仄仄平仄仄仄平。仄仄平平平仄仄，平平仄仄平平。仄平仄仄仄平平，仄仄仄仄平平。平平仄仄仄平仄，仄平平平仄仄平。仄平仄仄平平，仄仄仄仄平平"。

桑原腹赤《同和秋月歌》"钟鸣漏尽夜行息，月照无私幽显明。历历众星皆掩辉，悠悠万象不逃形。亭亭光自岭头来，渐入高楼正徘徊。叶映洞庭波里水，珠盈合浦蚌心胎。尧蓂荚满自谙历，仙桂花开谁所栽。点彩萧疏杨柳堤，凝华遥褒白云倪。吴江影下寒鸟宿，巫峡光中晓猿啼。长信深宫圆似扇，昭阳秘殿净如练。西园公宴本忘倦，北地胡人应好战。占募狂天久从征，料知照剑独横行。汉边一雁负书叫，外城千家捣衣声。月落月升秋欲晚，妾人何耐守闺情"，韵脚字"明""行"属于阳部，"形""声""情"属于耕部，"徊""胎""栽""啼"属于之部，"倪"属于支部，"练""战"属于元部；其中"息""一""独"是入声字，其平仄韵律为"平平仄仄仄平仄，仄仄平平平仄平。仄仄仄平平仄平，平平仄仄仄平平。平平平仄仄平平，仄仄平仄仄平仄。仄仄仄平平仄仄，平平仄平仄平平。平平平仄仄平仄，平平平仄平仄平。仄仄平平平仄平，平平平仄仄平平。平仄平仄平仄仄，平平仄仄仄平仄。平平平仄仄仄，仄平仄仄仄仄。仄仄平平仄平平，仄平仄仄仄平平。仄平仄仄平仄仄，仄仄平仄仄平平。仄仄仄平平仄仄，仄平平仄仄平平"。

巨势识人《和滋内史奉使远行观野烧之作》"皇华辞宅远有期，行踏云山腊月时。疋马驱驰忽逢夜，瞑曚暗色迷所之。谁村野火客行边，不待月晖见朗天。初著孤丛微燎发，须臾逆散万山然。炎烂纷飞无暂断，冬时不寒还生援。状似天河晓星落，色如仙灶暮烟满。寒冰镕尽百谷中，热云蒸落九天空。山鸟愁伤构巢树，野人畏著编宇蓬。忽起边风吹焦声，雄光列列看更明。长途今夜不知暗，屡策轻蹄独照行"，韵脚字"时""之"属于之部，"天"属于真部，"然""援"属于元部，"满"属于工部，"空""蓬"属于东部，"明""行"属于阳部；其中"宅""发""忽""独"是入声字，其平仄韵律为"平平平仄仄仄平，平仄平平仄仄平。仄仄平平平仄仄，平仄仄仄仄平。平仄仄仄平平，仄仄仄平仄仄平。平仄平平平仄仄，平平仄仄仄平平。平平平平仄仄,平平仄平平平平。仄仄平平仄平仄,仄平平仄仄平仄。平平平仄仄平,仄平平仄仄平平。平平平平仄平仄,仄平平仄平仄。仄仄平平平平,平平仄仄仄平。平平平平仄平仄,仄平平仄仄平平"。

良岑安世《山亭听琴》"山客琴声何处奏,松萝院里月明时。一闻烧尾手下响,三峡流泉座上知",韵脚字"时"属于之部,"知"属于支部;其中"峡"是入声字,其平仄韵律为"平仄平平平仄仄,平平仄仄平平。仄平仄仄仄仄,平仄平平仄仄平"。

3.《经国集》平仄韵律分析

《经国集》中重复使用的韵脚字有:生(13),声(13),名(4),情(7),明(12),惊(5),来(8),梅(6),苔(4),开(6),时(7),迟(5),菲(3),飞(6),扉(2),微(4),通(5),风(9),中(11),空(10),官(3),工(3),穷(4),东(2),看(4),寒(7),春(14),人(8),音(5),心(5),身(4),花(2)。

该诗集中五言绝句有2首,五言律诗28首,五言排律9首,五言古诗53首;七言绝句13首,七言律诗7首,七言古诗56首;杂言42首。

(1) 五言绝句

五言绝句有2首:嵯峨天皇《见滋贞主春日病起》"辞阙沈痾久,别来秋复春。赖逢阳气照,喜见更生人",韵脚字"春"属于文部,"人"属于真部;其中"别"是入声字,其平仄韵律为"平仄平平仄,仄平平仄平。仄平平仄仄,仄仄仄平平",属于仄起首句不入韵句式。

嵯峨天皇《和野评事旅行吟》"久戍君为客,幽居我作翁。旅愁不可话,相待北山中",韵脚字"翁"属于东部,"中"属于冬部;其平仄韵律为"仄仄平平仄,平平仄仄平。仄平仄仄仄(三仄尾,可不救),平仄仄平平",属于仄起首句不入韵句式。

（2）五言律诗

五言律诗有28首：有智子内亲王《奉和巫山高》"巫山高且峻，瞻望几岩岩。积翠临苍海，飞泉落紫霄。阴云朝晻暧，宿雨夕飘飖。别有晓猿叫，寒声古木条"，韵脚字"岩""霄""飖""条"属于宵部；其中"积""夕""别"是入声字，其平仄韵律为"平平平仄仄，平仄仄平平。仄仄平平仄，平平仄仄平。平平平仄仄，仄仄仄平平。仄仄仄平仄，平平仄仄平"，属于平起首句不入韵句式。

尼和氏《禅居》"栖隐多归趣，从来重练耶。驾言寻此处，此处几经过。烟泛暗山树，霞昭莹野花。禅居无异物，微月入岩河"，韵脚字"耶""花"属于鱼部，"过""河"属于歌部；其平仄韵律为"平仄平平仄，平平仄仄平。仄平平仄仄，仄仄仄平平。平仄仄平仄（第三字拗），平平平仄平（第三字用平声救）。平平平仄仄，平仄仄平平"，属于仄起首句不入韵句式。

淡海三船《于内道场观虚空藏菩萨会》"凤阙留仙影，龙墀演法音。是空神尚寂，即色理逾深。夕梵闻云岭，朝钟彻雾林。幸从无漏界，长绝有为心"，韵脚字"音""深""林""心"属于侵部；其中"绝"是入声字，其平仄韵律为"仄仄平平仄，平平仄仄平。仄平平仄仄，仄仄仄平平。平仄平平仄，平平仄仄平。仄平平仄仄，平仄仄平平"，属于仄起首句不入韵句式。

淡海三船《听维摩经》"演化方文室，谈玄不二门。已观心有种，旋觉理无言。地似毗耶域，人疑妙德尊。谁知从此会，顿入总持园"，韵脚字"门"属于文部，"言""尊""园"属于元部；其中"觉""德"是入声字，其平仄韵律为"仄仄平平仄，平仄仄仄平。仄平平仄仄，平仄仄平平。仄仄平平仄，平平仄仄平。平平平仄仄，仄仄仄平平"，属于仄起首句不入韵句式。

淡海三船《和藤六郎出家之作》"戚里辞荣亲，玄门问觉津。法云爱叠彩，惠日更重轮。乐道心逾逸，安空理转真。高风如可望，从子谢嚻尘",韵脚字"津""真""尘"属于真部,"轮"属于文部;其中"戚""觉""叠"是入声字,其平仄韵律为"仄仄仄平平,平平仄仄平。仄平平仄仄,仄仄仄平平。仄仄平平仄,平平仄仄平。平平平仄仄,平仄仄平平",属于仄起首句入韵句式。

笠仲守《冬日过山门》"香刹青云外,虚廊绝岸倾。水清尘躅断,风静梵音明。古石苔为席,新房庵化名。森然萝树下,独听暮钟声",韵脚字"倾""名""声"属于耕部,"明"属于阳部;其中"绝""躅""石""席""独"是入声字,其平仄韵律为"平仄平平仄,平平仄仄平。仄平平仄仄,平仄仄平平。仄仄平平仄,平平平仄平。平平平仄仄,仄仄仄平平",属于仄起首句不入韵句式。

平城天皇《咏殿前梅花》"仲春虽少暖,梅树向惊时。发艳将桃乱,传芳与桂欺。可攀犹可折,堪寄亦堪贻。倘有临羹和,能无致味滋",韵脚字"时""欺""贻""滋"属于之部;其中"发""折"是入声字,其平仄韵律为"仄平平仄仄,平仄仄平平。仄仄平平仄,平平仄仄平。仄平平仄仄,平仄仄平平。仄仄平平仄,平平仄仄平",属于仄起首句不入韵句式。

高村田使《奉和殿前梅花》"忽见三春木,芳花一种催。紧葩承日笑,黄蕊对风开。舞蝶飞更聚,歌莺去且来。和羹如可适,以此作盐梅",韵脚字"催""开"属于微部,"来""梅"属于之部;其中"忽""蝶"是入声字,其平仄韵律为"仄仄平平仄,平平仄仄平。仄平平仄仄,仄仄仄平平。仄仄平平仄,平平仄仄平。平平平仄仄,仄仄仄平平",属于仄起首句不入韵句式。

小野岑守《奉和落梅花》"晚树梅花落,轻飞竞满空。窗前将敛素,簾下未锁红。著面催妆妇,黏衣助女工。华篇终寡和,何独郢之中",韵脚字"空""红""工"属于东部,"中"属于冬部;其中"独"是入声字,其平仄韵律为"仄仄平平仄,平平仄仄平。平平平仄仄,平仄仄平平。仄仄平平仄,平平仄仄平。平平平仄仄,平仄仄平平",属于仄起首句不入韵句式。

滋野贞主《奉和早春》"淑穆年华早，圭阴渐欲长。舒荣仙籞①柳，仰煦古畴杨。北雁非寒侯，南莺是暖阳。春人释旧服，何处不新妆"，韵脚字"长""杨""阳""妆"属于阳部；其中"淑""服"是入声字，其平仄韵律为"仄仄平平仄，平平仄仄平。平平平仄仄，仄仄仄平平。仄仄平平仄，平平仄仄平。平平仄仄仄（三仄尾，可不救），平仄平平"，属于仄起首句不入韵句式。

嵯峨天皇《春日作》"闰是新正后，阳和二月时。庭兰萌稚叶，窗柳乱轻丝。花色风初暖，莺声日渐迟。春来伤节侯，幽兴复熙熙"，韵脚字"时""丝""熙"属于之部，"迟"属于脂部；其中"节"是入声字，其平仄韵律为"平仄平平仄，平平仄仄平。平平平仄仄，平仄仄平平。平仄平平仄，平平仄仄平。平平平仄仄，平仄仄平平"，属于仄起首句不入韵句式。

菅原清公《奉和春日作》"岁去才移月，年光处处赊。和风催柳扎，残雪伴梅花。树暖莺能语，丛芳蝶自奢。一驰千里目，春思忽纷挐②"，韵脚字"赊""花""奢""挐"属于鱼部，其平仄韵律为"仄仄平平仄，平平仄仄平。平平平仄仄，平仄仄平平。仄仄平平仄，平平仄仄平。仄平平仄仄，平仄仄平平"，属于仄起首句不入韵句式。

良岑安世《暇日闲居》"暇日除烦想，春风钻楚词。搪闲啼鸟换，门掩世人稀。初笋篁边出，游丝柳外飞。寥寥高枕卧，庭树落花时"，韵脚字"词""时"属于之部，"稀""飞"属于微部；其中"出"是入声字，其平仄韵律为"平仄平平仄，平平仄仄平。平平平仄仄，仄仄平平。平仄平平仄，平平仄仄平。平平平仄仄，平仄仄平平"，属于仄起首句不入韵句式。

---

① 籞（yù）：帝王的禁苑；苑囿的墙垣、篱笆。
② 挐（rú）：纷乱。

仲科善雄《咏禁苑鹰生户雏》"兹禽群鸟俊,禁苑数雏生。日日雄姿美,朝朝猛气惊。青骹鞲彩胖,素质狎丹庭。愿以凌云翼,长轮逐雀诚",韵脚字"生""惊""庭""诚"属于耕部;其中"狎""逐"是入声字,其平仄韵律为"平平平仄仄,仄仄仄平平。仄仄平平仄,平平仄仄平。平平平仄仄,仄仄仄平平。仄仄平平仄,平平仄仄平",属于仄起首句不入韵句式。

良岑安世《良纳言秋山闲饮》"遁世云山里,秋深掩弊庐。溪厨作酌浊,野院旦焚枯。咏兴逍遥事,琴声语笑余。欣将轩冕客,俱醉晚林虚",韵脚字"庐""枯""余""虚"属于鱼部;其中"酌""浊"是入声字,其平仄韵律为"仄仄平平仄,平平仄仄平。平平仄仄仄(三仄尾,可不救),仄仄仄平平。仄仄平平仄,平平仄仄平。平平平仄仄,仄仄仄平平",属于仄起首句不入韵句式。

良岑安世《病中九日饮》"闻说重阳至,秋中菊酒情。卷帘伤暮节,把盏后颓龄。彭泽黄花味,斋谐赤实声。非无登望忆,惟力不堪行",韵脚字"情""龄""声""行"属于耕部;其中"说""菊""节""泽""实"是入声字,其平仄韵律为"平仄平平仄,平平仄仄平。仄平平仄仄,仄仄仄平平。平平平仄仄,平平仄仄平。平平平仄仄,平仄仄平平",属于仄起首句不入韵句式。

平城天皇《旧邑对雪》"始霭穹隆阁,纷纷寂寞庭。如花梅下乱,似絮柳前萦。洁白因逢立,污玄以染成。骤歌犹寡和,何处赐幽声",韵脚字"庭""萦""成""声"属于耕部;其中"阁""洁""白"是入声字,其平仄韵律为"仄仄平平仄,平平仄仄平。平平平仄仄,仄仄仄平平。仄仄平平仄,平平仄仄平。仄平平仄仄,平平仄仄平平",属于仄起首句不入韵句式。

有智子内亲王《山斋赋初雪》"朔气三冬紧,寒花千里飞。班姬亡扇色,孙子得书辉。涧晓猿无啸,林春鸟不依。野途失薪者,还识薄萝衣",韵脚字"飞""辉""依""衣"属于微部;其中"得""失""识"

"薄"是入声字,其平仄韵律为"仄仄平平仄,平平仄仄平。平平平仄仄,平仄仄平平。仄仄平平仄,平平仄仄平。仄平仄平仄(第三、四字平仄交换,是特拗句),平仄仄平平",属于仄起首句不入韵句式。

淡海福良满《夕宿播州高砂》"夕次高砂浦,时风暴且寒。凄凄抱霜雪,夜夜宿波澜。钓火遥南岸,渔歌怨北湾。悲肠寸寸断,何日下生还。"中的韵脚字"寒""澜""湾""还"属于元部;其平仄韵律为"仄仄平平仄,平平仄仄平。平平仄平仄(第三、四字平仄交换,是特拗句),仄仄仄平平。仄仄平平仄,平平仄仄平。平平仄仄仄(三仄尾,可不救),平仄仄平平",属于仄起首句不入韵句式。

朝原道永《咏雪应诏》"自天零者雪,扑地照而开。春絮萦冬柳,新花发旧梅。王家银作屋,帝里玉为台。欲载千箱咏,东西一色来",韵脚字"开"属于微部,"梅""台""来"属于之部;其中"扑""发""屋"是入声字,其平仄韵律为"仄平平仄仄,仄仄仄平平。平仄平平仄,平平仄仄平。平平平仄仄,仄仄仄平平。仄仄平平仄,平平仄仄平",属于平起首句不入韵句式。

金雄津《咏雪》"如玉如银雪,自东自北来。园无无絮柳,庭有有花梅。琼室非殷室,瑶台异夏台。九区千万里,一种色皑皑",韵脚字"来""梅""台""皑"属于之部;其平仄韵律为"平仄平平仄,仄仄仄平平。平平平仄仄,平仄仄平平。平平仄平仄,平仄异平平。仄平平仄仄,仄仄仄平平",属于仄起首句不入韵句式。

大枝永野《咏雪》"散絮因风起,凝盐任气来。榭楼皆白玉,草树总花梅。国有丰年瑞,家无闭户哀。但伤东郭履,随步跡犹开",韵脚字"来""梅""哀"属于之部,"开"属于微部;其中"白""国"是入声字,其平仄韵律为"仄仄平平仄,平平仄仄平。仄平平平仄,仄仄仄平平。仄仄平平仄,平平仄仄平。仄平平仄仄,平仄仄平平",属于仄起首句不入韵句式。

杨泰师《奉和纪朝臣公咏雪诗》"昨夜龙云上,今朝鹤雪新。怪看花发树,不听鸟惊春。回影疑神女,高歌似郢人。幽兰难可继,更欲效而颦",韵脚字"新""人""颦"属于真部,"春"属于文部;其中"昨""发"是入声字,其平仄韵律为"仄仄平平仄,平平仄仄平。仄平平仄仄,仄仄仄平平。平仄平平仄,平平仄仄平。平平平仄仄,仄仄仄平平",属于仄起首句不入韵句式。

南渊弘贞《奉试咏梁,得尘字》"凤阁将成岁,龙楼结构辰。杏翻华日影,梅起妙歌尘。带紫朝光断,含丹晚色新。愿为廊庙干,长奉圣君宸",韵脚字"辰""宸"属于文部,"尘""新"属于真部;其中"阁""结"是入声字,其平仄韵律为"仄仄平平仄,平平仄仄平。仄平平仄仄,平仄仄平平。仄仄平平仄,平平仄仄平。仄平平仄仄,平仄仄平平",属于仄起首句不入韵句式。

伴成益《奉试得东平树》"东平灵感木,倾影志非空。地隔连枝异,神幽合意同。叶衰宁待雪,条靡自因风。迥望相思处,悲哉古墓中",韵脚字"空""中"属于冬部,"同""风"属于东部;其中"隔"是入声字,其平仄韵律为"平平平仄仄,平仄仄平平。仄仄平仄仄(第四字拗),平平平仄平(第三字用平声救,属于对句相救)。仄平平仄仄,平仄仄平平。仄仄平平仄,平平仄仄平",属于平起首句不入韵句式。

石川越智人《奉试咏三》"曼情文才长,相如作赋迟。寻朋云有益,交意此成师。乌影日中挂,猿声峡里悲。坤天患久尚,久下仲舒帷",韵脚字"迟""师"属于脂部,"悲""帷"属于微部;其中"峡"是入声字,其平仄韵律为"仄仄平平仄,仄平仄仄平。平仄平仄仄,平仄仄平平。仄仄仄平仄(第三字拗,属于小拗可不救),平平仄仄平。平平仄仄仄(三仄尾,可不救),仄仄仄平平",属于仄起首句不入韵句式。

滋野贞主《奉和太上天皇秋日作》"玉琯商氛起,琁闱砧杵劳。寒声初落树,秋色欲齐毫。露鹤警新滴,篱鹰换旧绦。悲哉为气也,叡兴与天高",韵脚字"劳""毫""高"属于宵部,"绚"属于幽部;其中"滴"是入声字,其平仄韵律为"仄仄平仄仄(第四字拗),平平平仄平(第三字用平声来救,属于对句相救)。平平平仄仄,平仄仄平平。仄仄仄平仄,平平仄仄平。平平平仄仄,仄仄仄平平",属于仄起首句不入韵句式。

(3) 五言排律

五言排律有 10 首:嵯峨天皇《和惟逸人春道秋日卧疾华严山寺精舍之作》"绝顶华严寺,云深溪路遥。道心登静境,真性隔尘嚣。阅蔼禅庭禅,观空法界蕉。天花硫邃涧,香气度烟霄。风竹时明合,声钟晓动摇。转经山月下,赢病转寥寥",韵脚字"遥""嚣""蕉""霄""摇""寥"属于宵部;其中"绝""隔""竹""合"是入声字,其平仄韵律为"仄仄平平仄,平平平仄平。仄仄平平仄,平平仄仄平。平平仄仄,平仄仄平平。仄仄仄平仄,平平仄仄平。平平平仄仄,平仄仄平平。平仄平平仄,平平仄仄平",属于仄起首句不入韵句式。

滋野善永《和惟治中秋日卧疾华岩寺堂□宫之作》"病中秋欲暮,策杖到云居。古径人来远,霜林鸟道疏。飞云心不定,身世是浮虚。月色孤猿绝,岑声一夜初。吹螺山寺晓,鸣声谷风余。兰若迟回久,寥寥卧草庐",韵脚字"居""疏""虚""初""余""庐"属于鱼部;其中"绝"是入声字,其平仄韵律为"仄平平仄仄,仄仄仄平平。仄仄平平仄,平平仄仄平。平平平仄仄,平仄仄平平。仄仄平平仄,平平仄仄平。平平平仄仄,平仄仄平平。平仄平平仄,平平仄仄平",属于平起首句不入韵句式。

朝原道永《孟兰盆会悲感归心》"归依三界主,景慕六通贤。拔苦覃穷地,酬恩达昊天。花飘开法宇,香泛发饥唇。既请如来教,还休饿鬼神。善哉为子道,拔苦遂安亲",韵脚字"贤""天""神""亲"属于真部,"唇"属于文部;其中"拔""达""发""拔"是入声字,其平仄韵律为"平平平仄仄,仄仄仄平平。仄仄平平仄,平平仄仄平。平平平仄仄，平仄仄平平。仄仄平平仄，平平仄仄平。仄平平仄仄，仄仄仄平平"，属于平起首句不入韵句式。

淡海三船《扈从圣德宫寺》"南岳留残影，东州现应身。经生名不成，历世道弥新。寻智开明智，求仁得至仁。垂文传正法，照武扫凶臣。茂实流千载，英声畅九垠。我皇钦佛果，回驾问芳因。实地香花积，钧天梵乐陈。方知圣与圣，玄德永相邻"，韵脚字"身""新""仁""臣""因""陈""邻"属于真部，"垠"属于文部；其中"得""实""佛""积""德"是入声字，其平仄韵律为"平仄平平仄，平平仄仄平。平平平仄仄，仄仄仄平平。平仄平平仄，平平仄仄平。平平仄仄，仄仄仄平平。仄仄平平仄，平平仄仄平。仄平平仄仄，平仄仄平平。仄仄平平仄，平平仄仄平。平平仄仄仄（三仄尾，可不救），平仄仄平平"，属于仄起首句不入韵句式。

藤原常嗣《秋日登叡山谒澄上人》"城东一岑耸，独负叡山名。贝叶上方界，焚香鹫岭城。甑餐藜藿熟，臼饭练砂成。轻梵窗中曙，疏钟枕上清。桐蕉秋露色，鸡犬冷云声。高阳丹丘地，方知南岳晴"，韵脚字"名""城""成""清""声""晴"属于耕部；其中"一""独""熟"是入声字，其平仄韵律为"平平仄平仄（特拗句），仄仄仄平平。仄仄仄平仄，平平仄平平。仄平平仄仄，仄仄平平平。平仄平平仄，平仄仄平。平平平仄仄，平仄仄平平。平平平仄仄，平平平仄平"，属于平起首句不入韵句式。

治文雄《奉试赋秋兴》"建酉星初转，除湿金正王。满江鸿翼乏，平陆菊丛香。定识幽闺女，执梭织锦章。破簾虫网薄，危牖①月光凉。成雨叶声乱，收芳草色黄。开书周览后，闭户后潘郎"，韵脚字"王""香""章""凉""黄""郎"属于阳部；其中"湿""菊""识""执""织""薄"是入声字，其平仄韵律为"仄仄平平仄，平仄平仄平。仄

---

① 牖（yǒu）：窗户。

平平仄仄，平仄仄平平。仄仄平平仄，仄平仄仄平。仄平平仄仄，平仄仄平平。平仄仄平仄，平平仄平平。平平平仄仄，仄仄仄平平"，属于仄起首句不入韵句式。

丰前王《奉试赋得陇头秋月明》"桂气三秋挽，冀阴一点轻。傍弓形始望，圆镜晕今倾。漏尽姮娥落，更深顾兔惊。薄光波里碎，寒色陇头明。皎洁低胡域，玲珑照汉营。誓将天子刃①，怒发独横行"，韵脚字"轻""倾""惊""营"属于耕部，"明""行"属于阳部；其中"薄""洁""独"是入声字，其平仄韵律为"仄仄平平仄，平平仄仄平。仄平平仄仄，平仄仄平平。仄仄平平仄，平平仄仄平。仄平平仄仄，平仄仄平平。仄仄平平仄，平平仄仄平。仄平平仄仄，仄仄仄平平"，属于仄起首句不入韵句式。

藤原令绪《奉试赋得陇头秋月明》"萧关天气冷，陇上月轮明。皎皎含冰白，辉辉入镜澄。凌霜弓影静，浥露扇阴清。彩比齐纨洽，光同赵璧生。珠华浮雁塞，练色照陇城。忝预昭君曲，长随晋帝行"，韵脚字"明""行"属于阳部，"澄"属于蒸部，"清""生""城"属于耕部；其中"白"是入声字，其平仄韵律为"平平平仄仄，仄仄仄平平。仄仄平平仄，平仄仄平平。平平平仄仄，仄仄仄平平。仄仄平平仄，平仄仄平平。平平平仄仄，仄仄仄平平。仄仄平平仄，平仄仄平平"，属于平起首句不入韵句式。

山田古嗣《奉试赋秋雨》"秋雨正滂沛，旬朝洒玉堂。花浓丛发越，燕度石飞翔。已濯兰林佩，更霑薰草香。迎风散斜影，清暑送浮凉。似露飘长乐，如尘拂建章。长年无破块，崇德咏时康"，韵脚字"堂""翔""香""凉""章""康"属于阳部；其中"发""石""濯""拂""德"是入声字，其平仄韵律为"平仄仄平仄（第三字拗属于小拗，可不救），平平仄仄平。平平平仄仄，仄仄仄平平。仄仄平平仄，平平平

---

① 刃（rèn）：剑刃；（jiàn）：古同"剑"。

仄平。平平仄平仄（特拗句），平仄仄平平。仄仄平平仄，平平仄仄平。平平平仄仄，平仄仄平平"，属于仄起首句不入韵句式。

纪虎继《奉试得治荊璞》"荊山称奥府，经史不空传。中有连城璧，世无觉彼妍。潜光深谷内，韬彩峻岩边。价逐千金重，形将满月圆。冰霜还谢洁，金石岂齐坚。未过卞和献，无由奉皇天"，韵脚字"传""妍""边""圆"属于元部，"坚""天"属于真部；其中"觉""逐""洁""石"是入声字，其平仄韵律为"平平平仄仄，平仄仄平平。平仄平平仄，仄平仄仄平。平平平仄仄，平仄仄平平。仄仄平平仄，平平仄仄平。平平平仄仄，平仄仄平平。仄仄仄平仄（第三字拗），平平仄平平（第四字用平声来救，属于对句相救）"，属于平起首句不入韵句式。

(4) 五言古诗

五言古诗有53首：巨势识人《奉和巫山高》"巫岭巴东峙，云崖貌削成。危岩干鸟路，虚谷写雷鸣。云临朝馆起，雨向夕台行。秋月狐猿曙，肠断旅游情"，韵脚字"成""鸣""行""情"属于耕部；其中"削""夕"是入声字，其平仄韵律为"平仄平平仄，平仄仄平平。平平平仄仄，平仄仄平平。平平平仄仄，仄仄平平平。平仄平平仄，平仄仄平平"。

有智子内亲王《奉和关山月》"皎洁关山月，流光万里明。悬珠露叶静，临扇霜华清。塞雁晴空断，孤猿晓峡鸣。那湛空阁妾，未慰相思情"，韵脚字"明"属于阳部，"清""鸣""情"属于耕部；其中"洁""峡""阁"是入声字，其平仄韵律为"仄仄平平仄，平平仄仄平。平平仄仄仄，平仄平平平。仄仄平平仄，平平仄仄平。仄仄平平仄，仄仄平平平"。

菅原清公《奉和关山月》"关山秋宿月，夜冷月弥清。影共征轮满，光含旅镜明。龙城照空阵，雁塞□星营。还入高楼里，空令思妇情"，韵脚字"清""营""情"属于耕部，"明"属于阳部；其平仄韵律为

"平平平仄仄,仄仄仄平平。仄仄平平仄,平平仄仄平。平平仄平仄,仄仄□平平。平仄平平仄,平仄平仄平"。

滋野贞主《奉和关山月》"戍上孤明月,恒将太白看。弓弯汉卒臂,□挂胡儿鞍。□阵鼓声死,伍营兵气寒。嫦娥如有意,应照妾泛澜",韵脚字"看""鞍""寒""澜"属于元部;其中"戍""白""卒"是入声字,其平仄韵律为"仄仄平平仄,平平仄仄仄。平平仄仄仄,□仄平平平。□仄仄平仄,仄平平仄平。平平平仄仄,仄仄仄仄平"。

小野岑守《梅花引》第二首"百卉寒无色,梅花独有春。欲添新妆美,洒看妓楼人",韵脚字"春"属于文部,"人"属于真部;其中"独"是入声字,其平仄韵律为"仄仄平平仄,平平仄仄平。仄平平平仄,仄仄仄平平"。

高野天皇《赞佛》"慧日照千界,慈云覆万生。亿缘成化德,感心演法声",韵脚字"生""声"属于耕部;其中"德"是入声字,其平仄韵律为"仄仄仄平仄,平平仄仄平。仄平平仄仄,平平仄仄平"。

良岑安世《别男子出家入山》"我有一儿子,尘烦不可侵。天纵成道器,童齿拔禅心。新负心经帙,初谙梵字音。野缝青葛衲,□□绿罗襟。杖锡岩苔上,提瓶涧水浔。苦行何处所,雪岭白云深",韵脚字"侵""心""音""襟""浔""深"属于侵部;其中"一""拔""锡""白"是入声字,其平仄韵律为"仄仄仄平仄,平平仄仄平。平仄平平仄,平仄仄平平。平仄平平仄,平仄仄仄平。仄平平仄仄,□□仄平平。仄仄平平仄,平平仄仄平。仄平平仄仄,仄仄仄平平"。

良岑安世《登延历寺,拜澄和尚像》"溟海占杯路,天台求法轮。芳踪蹈冠国,应化不留身。道与乾坤远,基将日月均。炉烟犹似昔,形像正疑真。定室苔封砌,禅房云是邻。登攀春黛里,拜顶暮钟辰",韵脚字"轮""辰"属于文部,"身""均""真""邻"属于真部;其中"国""昔"是入声字,其平仄韵律为"平仄平平仄,平平仄仄平。平仄仄仄仄,仄仄仄平平。仄仄平平仄,平平仄仄平。平平平仄仄,平仄仄平平。仄仄平平仄,平平平仄平。平平平仄仄,仄仄仄平平"。

小野岑守《归休独卧,寄高雄寺空海上人》"三千二法界,一十三生死。空色将有无,俄顷复忽矣。影花假艳娇,风火期灭已。宠辱惊难息,是非纷易似。圣人独出鉴,独卧白云里。忍铠讵为穿,慧刀岂因砥。五明探真密,七觉洎神理。护戒鹅得性,依慈鸽知时。垂萝宜缀衲,盘木便凭几。野院醉茗茶,溪香饱兰宧。昔余深结义,自尔十余纪。真谛怜俗物,缁衣交素履。弥天许道安,四海惭凿齿。幸遇沧浪清,濯缨欣缨仕。荣华尚贪进,盈满未能止。恩贷虽曲私,□庸虚忝揆。励铅求一割,策驽思千里。日往月还来,慎终愿如始。归休乐闲寂,在躁忘嚣滓。披帙游玄妙,弹琴玩山水。寄言陵数客,大隐隐朝市。偏将琼琚报,投之以桃李",韵脚字"死""砥"属于脂部,"矣""已""似""里""理""时""纪""齿""仕""止""里""始""滓""市""李"属于之部,"几""揆""水"属于微部,"宧"属于元部,"履"属于侯部;其中"十""忽""息""独""出""白""七""觉""得""鸽""昔""结""俗""凿""濯"是入声字,其平仄韵律为"平平仄仄仄,仄仄平平仄。仄仄平仄平,平仄平仄仄。仄平仄仄平,平仄平仄仄。仄仄平仄仄,仄平平仄仄。仄平平仄平,仄仄平仄仄。仄仄平平仄,平平仄平平。平平平仄仄,仄仄仄平仄。仄平平仄仄,仄平平仄仄。仄平平仄仄,平仄仄平平,仄仄平仄平,□平平仄平。仄平仄仄平,平仄平平仄。仄平平仄仄,仄仄仄平仄。平平平仄仄,平平仄平仄"。

淡海三船《赠南山智上人》"独居穷巷侧,知己在幽山。得意千年桂,同香四海兰。野人披薜衲,朝隐忘衣冠。至思何处所,远在白云端",韵脚字"山""兰""冠""端"属于元部;其中"独""得""薛""白"是入声字,其平仄韵律为"仄平平仄仄,平仄仄平平。仄仄平平仄,平平仄仄平。仄平平仄仄,平仄仄平平。仄平平仄仄,仄仄仄平平"。

滋野贞主《和澄上人题长宫寺二月十五日寂灭会》"种好六年备,昏衢①仰映临。涅槃非实道,尊象是梦金。名字自希绝,经王亦甚深。化流崛山岭,霍留菩提林。一字悲难竭,三车感不任。闻经帝释下,捧縠虚堂寻。绕塔看归雁,思龙托树阴。不常犹不住,非蠹亦非今。法座楞伽说,禅房仙掌琴。贝叶传梵启,钟声入谷沈。德水洗尘意,天花落俗襟。如来不生灭,照薰修口心",韵脚字"临""金""深""林""任""寻""阴""今""琴""沈""襟""心"属于侵部;其中"绝""崛""竭""德""俗"是入声字,其平仄韵律为"仄仄仄平仄,平平仄仄平。仄平平仄仄,平仄仄仄平。平仄仄平仄,平平仄仄平。仄仄平平仄,仄平平平平。仄仄平平仄,平平仄仄平。仄平平仄仄,仄仄仄平平。仄仄仄平仄,平平仄仄平。仄平平仄仄,平仄仄仄平。仄仄平平仄,仄平平仄平。仄平平仄仄,仄平平口平"。

平城天皇《落梅花》"二月去过半,梅花始正飞。飘飘投暮牖,散乱拂晨扉。蕚尽阴初薄,英疏馥稍微。再阳犹未听,谁为松芳菲",韵脚字"飞""扉""微""菲"属于微部;其中"拂""薄"是入声字,其平仄韵律为"仄仄仄仄仄,平平仄仄平。平平平仄仄,仄仄仄平仄。仄仄平平仄,平平仄仄平。仄平平仄平,平平平平平"。

和气广世《奉和落梅花》"凌空朱早发,竞暖素初飞。送吹香投牖,迎光影拂扉。蕊疏实渐见,叶细荫犹微。愿遇重阳日,承晖擅芳菲",韵脚字"飞""扉""微""菲"属于微部;其中"发""拂""实"是

---

① 衢(qú):四通八达的道路。

入声字，其平仄韵律为"平平平仄仄，仄仄仄平平。仄平平平仄，平平仄仄平。仄平仄仄仄，仄仄平平平。仄仄平平仄，平平仄平平"。

平城天皇《咏庭梅》"庭梅竞艳色，朝暮正芳菲。可怜春风下，苑花一乱飞"，韵脚字"菲""飞"属于微部；其平仄韵律为"平平仄仄仄，平仄仄平平。仄平平平仄，仄仄仄仄平"。

贺阳丰年《奉和庭梅》"宫里一梅树，寒花尚入春。风凉徒苦节，日暖独当仁。封雪犹余影，拾霞未敛新。竟逢攀折兴，轻散舞储茵"，韵脚字"春"属于文部，"仁""新""茵"属于真部；其中"节""独""拾""折"是入声字，其平仄韵律为"平仄仄平仄，平平仄仄平。平平平仄仄，仄仄仄平平。平仄平平仄，仄仄仄平平。仄平平平仄，平仄仄仄平"。

嵯峨天皇《早春》"玉律三阳始，年芳万里生。山晴销片雪，地暖动群萌。色微沙屿草，哢涉柳园莺。唯有归飞雁，连连回北声"，韵脚字"生""莺""声"属于耕部，"萌"属于阳部；其平仄韵律为"仄仄平平仄，平平仄仄平。平平平仄仄，仄仄仄平平。仄平平仄仄，仄仄仄平平。平仄平平仄，平平平仄平"。

有智子内亲王《奉和春日作》"近来风日丽，万物奢春光。烟轻新草绿，林暖早花芳。余雪落梅院，游丝垂柳塘。鸿雁初遵渚，归飞向朔方"，韵脚字"光""芳""塘""方"属于阳部；其平仄韵律为"仄平平仄仄，仄仄平平平。平平平仄仄，平仄仄平平。平仄仄平仄，平平仄平。平仄平平仄，平平仄仄平"。

小野岑守《奉和春日作》"苦寒经暮节，服媛仰初阳。龙凤长楼影，鸳鸯薄瓦霜。窗开青柳色，院闭紫梅芳。一听虞韶美，能令三月忘"，韵脚字"阳""霜""芳""忘"属于阳部；其中"节""服""薄"是入声字，其平仄韵律为"仄平平仄仄，仄平仄平平。平仄仄平平，平平仄仄平。平平平仄仄，仄仄仄平平。仄仄平平仄，平仄平仄仄"。

滋野贞主《奉和春日作》"圣眼阅春霭，芳情从此类。便娟韶吹暖，骑旄岁腴新。紫箨须抽节,青丛欲胜茵。金提轻冻罢,初使咏潜鳞",韵脚字"类"属于物部,"新""茵""鳞"属于真部;其中"节"是入声字,其平仄韵律为"仄仄仄平仄,平平平仄仄。仄平平平仄,仄平仄平平。仄仄平平仄,平平仄仄平。平平平仄仄,平仄仄平平"。

嵯峨天皇《和藤朝臣春日遇前尚书秋公归病作》"阙下新辞禄,都门旧一疏。幽情吟招隐,孤舆赋闲居。姻景春深色,群萌雪尺余。夜来琴酒意,松月晓窗虚",韵脚字"居""余""虚"属于鱼部,"疏"属于屋部;其平仄韵律为"仄仄平平仄,平平仄仄平。平平平仄仄,平平仄平平。平仄平平仄,平平仄仄平。仄平平仄仄,平仄仄平平"。

小野岑守《和藤朝臣春日遇前尚书秋公归病作》"伊人登仕久,闲养卧芳春。知足慎玄诫,辞盈谢鬼神。贞松百尺节,寒竹四时筠。应识千年后,独将疏氏伦",韵脚字"春""伦"属于文部,"神""筠"属于真部;其中"足""节""竹""识""独"是入声字,其平仄韵律为"平平平仄仄,平仄仄平平。平仄仄平仄,平平仄仄平。平平仄仄仄,平仄仄平平。仄仄平平仄,仄仄平仄平"。

嵯峨天皇《和菅清公春雨之作》"崇朝云气晴,密雨泛春空。京洛嚣尘敛,韦台夕影朦。悬珠新古树,含润短修丛。芳泽被群物,莺华二月中",韵脚字"空""丛"属于东部,"朦""中"属于冬部;其中"夕""泽"是入声字,其平仄韵律为"平平平仄平,仄仄仄平平。平仄平平仄,平平仄仄平。平平平仄仄,平仄仄平平。平平仄仄仄,平平仄仄平"。

滋野贞主《和菅清公春雨之作》"有渰①公私遍,初令东作霑。杏花新色浅,菖叶早茎纤。暮影频来馆,春声不断檐。群芳从此出,何处见寒潜",韵脚字"霑""纤""檐"属于谈部,"潜"属于侵部;其中"出"是入声字,其平仄韵律为"仄仄平平仄,平仄平仄平。仄

---

① 渰(yǎn):云兴起的样子;[yān]:同"淹"。

平平仄仄，平仄仄平平。仄仄平平仄，平平仄仄平。平平平仄仄，平仄仄平平"。

小野岑守《竹树新栽流水远引即有兴把笔直疏得寒字应制》"竹树新成荫，春光始欲阑。杂花压栏暖，瀑水击梁寒。侍女开扉听，亲臣卷箔看。非经山河远，即坐得考盘"，韵脚字"阑""寒""看""盘"属于元部；其中"竹""杂""击""箔""即""得"是入声字，其平仄韵律为"仄仄平平平，平平仄仄平。仄平平平仄，仄仄仄平平。仄平平平，平平仄仄仄。平平平平仄，仄仄仄仄平"。

贺阳丰年《咏樱》"早花春梢抄，樱树乃舒荣。独抱后肘叹，还开仲节英。风前香自远，日下色逾明。试赋临年蕚，仙龄几个迎"，韵脚字"荣"属于耕部，"英""明""迎"属于阳部；其中"独""节"，其平仄韵律为"仄平平平平，平仄仄平平。仄仄仄仄平，平平仄仄平。平平平仄仄，仄仄仄仄平。仄仄平平仄，平平仄仄平"。

上毛野颖人《春庭友人见过》"春气不嫌人，席门花自新。虽异陈平德，欣惊长者尘"，韵脚字"新""尘"属于真部；其中"席""德"是入声字，其平仄韵律为"平仄仄平平，仄平平仄平。平仄平平仄，平平仄仄平"。

石川广主《同春太咏鬼之什》"鬼神惟不测，冥运入希微。论有形无形，言无道有奇。斋襄未免谴，晋景亦殃随。隐显虽难定，祸淫在可知"，韵脚字"微"属于微部，"奇""随"属于歌部，"知"属于支部；其平仄韵律为"仄平平仄仄，平仄仄平平。仄仄平平平，平平仄仄平。平平仄仄，仄仄仄平平。仄仄平平仄，仄平仄平平"。

滋野贞主《和藤神策大将闭门好静花鸟驯人不胜感什》"阴吏雨相得，嫌喧暂断宾。松萝宜避骖，苔藓不看尘。叶暗寸余丝，花残数片春。蒙牵风月好，非是道栖人"，韵脚字"宾""尘""人"属于真部，"春"属于文部；其中"得"是入声字，其平仄韵律为"平仄仄平仄，平平仄仄平。平平平仄平，平仄仄平平。仄仄仄平平，平平仄仄平。平平平仄仄，平仄仄平平"。

贺阳丰年《咏禁苑鹰生雏》"峻岭增巢鸟，生雏禁苑中。依昂留圣瞩，神俊狙禅风。理翮情方盛，回眸气不穷。愿栖仙阁下，将助鲁臣忠"，韵脚字"中""风""穷""忠"属于冬部；其中"阁"是入声字，其平仄韵律为"仄仄平平仄，平平仄仄平。平平平仄仄，平仄平平平。仄平平平仄，平平仄仄平。仄平平仄仄，平仄仄平平"。

淡海福良满《月下听孤雁》"边亭夜已阑，一雁晓声寒。只影霜中没，孤音月下闻。单飞倦缴网，独唳怨离群。欲传羁客泪，若个故乡云"，韵脚字"寒"属于元部，"闻""群""云"属于文部；其中"只""独"是入声字，其平仄韵律为"平平仄仄平，仄仄仄平平。仄仄平平仄，平平仄仄平。平平仄仄仄，仄仄仄平平。仄平平仄仄，仄仄仄平平"。

大枝直臣《咏燕》"表瑞集齐郡，呈灵入玉筐。龙潜避爽节，凤举逐喧光。栖宇传新语，衔泥寻旧梁。去来不失候，可谓识行藏"，韵脚字"筐""光""梁""藏"属于阳部；其中"节""逐""失""识"是入声字，其平仄韵律为"仄仄仄平仄，平平仄仄平。平平仄仄仄，仄仄仄平平。平仄平平仄，平平平仄平。仄平仄仄仄，仄仄仄平平"。

良岑安世《途中九日》"客里三秋暮，途中九日来。相留间行旅，如何菊花开"，韵脚字"来"属于之部，"开"属于微部；其中"菊"是入声字，其平仄韵律为"仄仄平平仄，平仄仄平平。平平仄平仄，平平仄平平"。

布瑠高庭《小池七夕》"星夕卧池边，遥胆肆远天。不知飞鹊意，何似达神仙"，韵脚字"天"属于真部，"仙"属于元部；其中"夕""达"是入声字，其平仄韵律为"平仄仄平平，平仄仄仄平。仄平平仄仄，平仄仄平平"。

小野篁《奉试赋得陇头秋月明》"反护单于性，边城未解兵。戍夫朝蓐食，戎马晓寒鸣。带水城门冷，添风角韵清。陇头一孤月，万物影云生。色满都护道，光流佽①飞营。边机候侵寇，应惊此夜明"，韵脚字"兵""明"属于阳部，"鸣""清""生""营"属于耕部；其中"食"是入声字，其平仄韵律为"仄仄平平仄，平平仄仄平。仄平平仄仄，平仄仄平平。仄仄平平仄，平平仄仄平。仄平平仄，仄仄平平。仄仄平仄仄，平平仄平平。平平仄平仄，仄平仄仄平"。

治颖长《奉试赋得陇头秋月明》"霜气冷关树，秋月色更明。定识怀恩客，挥戈从远征。影寒交河道，辉度万里程。水底沈钩璧，叶中寻落星。胡骑气逾勇，汉营阵杂生。但忻重光晕，犹照陇头城"，韵脚字"明"属于阳部，"征""程""星""生""城"属于耕部；其中"识""杂"是入声字，其平仄韵律为"平仄仄平仄，平平仄仄平。仄仄平平仄，平平平仄平。仄平平仄仄，平仄仄仄平。仄仄平仄仄，仄平平仄平。平平仄仄仄，仄平平仄平。仄平平仄，平仄仄平平"。

嵯峨天皇《奉和旧邑对雪》"旧邑同云起，春天雪犹飙。含辉临素扇，呈瑞满冥宵。阴阶飞更积，阳砌结还销。郢曲能安和，羞歌下里调"，韵脚字"飙""调"属于幽部，"宵""销"属于宵部；其中"积""结"是入声字，其平仄韵律为"仄仄平平仄，平平仄仄平。平平平仄仄，平仄仄平平。平平平仄仄，平仄仄平平。仄仄平平仄，平平仄仄平"。

贺阳丰年《东宫岁除，应令》"急景方雕节，穷阴复杀年。雪停群岭皎，风紧众林穿。壮齿随宵变，衰客逐浇悛。摇山今日赏，锡命百忧蠲②"，韵脚字"年"属于真部，"穿""悛""蠲"属于元部；其中"急""节""杀""逐""锡"是入声字，其平仄韵律为"仄仄平平仄，平平仄仄平。平平平仄仄，平仄仄平平。仄仄平平仄，平仄仄平平。平

---

① 佽（cì）：帮助。
② 蠲（juān）：积存（多见于早期白话）。

平平仄仄，仄仄仄平平"。

仁明天皇《闲庭雨雪》"玄云聚万岭，素雪飏宫中。带湿还凝砌，无声自落空。夺失将作白，矫异实为同。闲坐独经览，纷纷道不穷"，韵脚字"中""穷"属于冬部，"空""同"属于东部；其中"湿""夺""失""白""白""独"是入声字，其平仄韵律为"平平仄仄仄，仄仄平平平。仄仄平平仄，平平仄仄平。仄仄平仄仄，仄仄仄平平。平仄仄平仄，平平仄仄平"。

滋野贞主《闲庭雨雪，探得迷字，应令》"欲俪清弹曲，荣台独奈兮。封条树裛重，润翼鸟飞低。珠缀簾弥映，银生榜不迷。庭隅无秽浊，愚操此思齐"，韵脚字"兮"属于支部，"低""迷""齐"属于脂部；其中"独""浊"是入声字，其平仄韵律为"仄仄平平仄，平平仄仄平。平平仄仄平，仄仄平平平。平仄平平仄，平平仄仄平。平平平仄仄，平平仄平平"。

伊永代《冬日友人田家被酒》"一宅长堤古，良田在西东。闲门经柳入，客舍度沟通。冰结波文断，霜飞叶帷空。唯余琴酒事，并是竹林风"，韵脚字"东""通""空"属于东部，"风"属于冬部；其中"一""宅""结""并"是入声字，其平仄韵律为"仄仄平平仄，平平仄平平。平平平仄仄，仄仄仄平平。平仄平平仄，平平仄平平。平平平仄仄，仄仄仄平平"。

小野岑守《奉试咏天》"列位三光转，因时万物通。穷阴终谢北，阳煦早惊东。就日望唐帝，披云睹乐公。惭乏拨天术，来班与夺雄"，韵脚字"通""东""公"属于东部，"雄"属于蒸部；其中"乏""夺"是入声字，其平仄韵律为"仄仄平平仄，平平仄仄平。平平平仄仄，平仄仄平平。仄仄仄平仄，平平仄仄平。平仄仄平仄，平平仄仄平"。

文真室《奉试咏三》"青鸟居山日，丹鸟表瑞时。殷汤数让位，管仲终固辞。韵曲流泉急，入湖江水迟。宁知损益友，长下董生帷"，韵脚字"时""辞"属于之部,"迟"属于脂部,"帷"属于微部;其中"急"是入声字,其平仄韵律为"平仄平平仄,平仄仄仄平。平平仄仄,仄仄平仄仄。仄仄平平仄,仄平仄平平。平平仄仄仄,平仄仄平平"。

鸟高名《奉试得宝鸡祠》"秦政初基代,文公致霸时。分形雉全似,流彩星相疑。绿野朝声散,青郊夕影飞。陈仓北坂下,千岁几崇祠",韵脚字"时""疑""祠"属于之部,"飞"属于微部;其中"夕"是入声字,其平仄韵律为"平仄平平仄,平平仄仄平。平仄仄仄,平仄平平平。仄仄平平仄,平平仄仄平。平平仄仄仄,平仄仄平平"。

藤原关雄《奉和咏尘》"紫陌暮风发,红尘霭霭生。床中随电影,梁上洗歌声。老氏和光训,庄生守俭情。拂林凝雾薄,飘沼似雨轻。战路从柴曳,妆楼含镜冥。未期神峻岳,飞飏徒自惊",韵脚字"生""声""情""轻""冥""惊"属于耕部;其中"发""拂""薄"是入声字,其平仄韵律为"仄仄仄平仄,平平仄仄平。平平仄仄仄,平仄仄平平。仄仄平平仄,平平仄平平。仄平平仄平,平仄仄仄平。仄仄平平仄,平平平仄平。仄平平仄仄,平平平仄平"。

菅原善主《奉和咏尘》"大噫笼群物,惟尘在细微。遇霖时聚敛,承吹乍雾霏。洛浦生神袜,都城染客衣。朝随行盖起,暮追去轩归。动息常无定,徘徊何处非。冀持老聃旨,长守世间机",韵脚字"微""菲""衣""归""非""机"属于微部;其中"息"是入声字,其平仄韵律为"仄仄仄平仄,平平仄仄平。仄平平仄仄,平平仄平平。仄平平仄,平仄平平平。平平平仄仄,仄平仄平平。仄仄平平仄,平平仄仄平。仄平仄平仄,平仄仄平平"。

中臣良舟《奉和咏尘》"桂宫飞细质,柳陌泛轻光。影逐龙媒乱,形随凤辖扬。镜沉疑雾月,衣染似粉妆。带曲生珠履,临歌绕画梁。雨来收不发,风至聚还张。峻岳如无让,微巧遮莫亡",韵脚字"光""扬""妆""梁""张""亡"属于阳部;其中"逐""发"是入声字,其平仄韵律为"仄平平仄仄，仄仄仄平平。仄仄平平仄，平平仄仄平。仄平平仄仄，平仄仄仄平。仄平平仄仄，平平仄仄平。仄平平仄仄，平仄仄平平。仄仄平平仄，平仄平仄平"。

中臣良楫《奉和咏尘》"康庄飙气起，搏击细尘飞。尘影带轩去，暮光将盖归。随时独不竞，与物是无违。动息如推理，逍遥似知几。形生范宁甄，色化土衡衣。欲助高山极，还差冥质微"，韵脚字"飞""归""违""几""衣""微"属于微部；其中"搏""击""独""息""极"是入声字，其平仄韵律为"平平平仄仄，仄仄仄平平。平仄仄平仄，仄平仄仄平。平平仄仄仄，仄仄仄平平。仄平平仄仄，平平平仄仄。平平平平仄，仄仄仄平平。仄仄平平仄，平平平仄平"。

菅原清冈《奉和咏尘》"微尘浮大道，霭霭隐垂杨。色暗龙媒埒，形飞凤辇场。徘徊宁有定，动息固无常。遂舞生罗袜，惊歌起画梁。因风流细影，似雪散轻光。无由逢汉主，空此转康庄"，韵脚字"杨""场""常""梁""光""庄"属于阳部；其中"息"是入声字，其平仄韵律为"平平平仄仄，仄仄仄平平。仄仄平平仄，平平仄仄平。平平平仄仄，仄仄仄平平。仄仄平平仄，平平仄仄平。平平平仄仄，仄仄仄平平。平平平仄仄，平仄仄平平"。

大枝碕麿①《奉试得经炊桐》"擢干峄阳岑，森森秀众林。春花含日笑，秋叶带霜吟。凤影飘枝上，风声散丽音。忽遇凉飘激，几番动桂阴。近石方无顾，何思为爨②侵。幸逢邕子识，长作五弦琴"，韵脚字"林""吟""音""阴""侵""琴"属于侵部；其中"擢""激""石""识"是入声字，其平仄韵律为"仄仄仄平平，平平仄仄平。平平平仄仄，平仄仄仄平。仄仄平平仄，平平仄仄平。平平平仄仄，仄仄仄平平。仄仄平平仄，平平仄仄平。仄平平仄仄，平仄仄平平"。

---

① 麿 [mǒ]：日本用汉字，多用作人名。
② 爨（cuàn）：是汉语二级通用字，此字最早见于战国。意思分别是：烧火煮饭；灶；姓。

惟良春道《和菅大夫晓头闻雁卒尔成篇》"霜雁犹翩翩，随阳南楚天。先群飞稍远，后舞来复前。弱羽资风力，危声任月弦。稻粱恩欲报，犹绕旧池边"，韵脚字"天""弦"属于真部，"前""边"属于元部；其平仄韵律为"平仄平平平，平平平仄平。平平平平仄，仄仄平平平。仄仄平平仄，平平仄仄平。仄平平仄仄，平仄仄平平"。

瑙高庭《石决明词》"七孔本无对，能令人决明。胎珠光未显，谁识重连城"，韵脚字"明"属于阳部，"城"属于耕部；其中"七""识"是入声字，其平仄韵律为"仄仄仄平仄，平仄仄平平。平平平仄仄，平仄仄平平"。

小野岑守《旅行吟》"十年戍西东，客里白头翁。束卧无安寝，乡心夜夜梦"，韵脚字"翁"属于东部，"梦"属于蒸部；其中"十""白"是入声字，其平仄韵律为"仄平仄平平，仄仄仄平平。仄仄平平仄，平平仄仄仄"。

滋野贞主《遥和播州长史丹治中得絮柳请植左大将军闲院之作》"柳条八许尺，截取寄情人。根断叶憔养，纷空絮落贫。星尘移夕建，龙路送朝鳞。委地日犹浅，须看后岁春"，韵脚字"人""鳞"属于真部，"贫""春"属于文部；其中"截""夕"是入声字，其平仄韵律为"仄平仄仄仄，仄仄仄平平。平仄平平仄，平平仄仄平。平平平仄仄，平仄仄平平。仄仄仄平仄，平仄仄平平"。

（5）七言绝句

七言绝句有13首：菅原清公《奉和塞下曲》"天山秋早雪花开，征客心消上苑梅。万里他乡无与晤，遥瞻汉月自南来"，韵脚字"梅""来"属于之部；其平仄韵律为"平平平仄仄平平，平仄平平仄仄平。仄仄平平平仄仄，平平仄仄仄平平"，属于平起首句不入韵句式。

嵯峨天皇《问净上人疾》"闻公暂病卧山房，空报钟声不上堂。道性如思幽客问，须疗身是真药王"，韵脚字"堂""王"属于阳部；其平仄韵律为"平平仄仄仄平平，平平平仄仄仄平。仄仄平平平仄仄，平平平仄平仄平（特拗句）"，属于平起首句入韵句式。

源弘《奉和太上天皇访净上人病》"高僧几岁养清闲，病里天花映暮山。野客时来通幽问，疏钟独返白云间"，韵脚字"山""间"属于元部；其中"独""白"是入声字，其平仄韵律为"平平仄仄仄平平，仄仄平平仄仄平。仄仄平平平仄仄，平平仄仄仄平平"，属于平起首句入韵句式。

嵯峨天皇《寄净公山房》"古寺从来绝人踪，吾师坐夏老云峰。幽情独卧秋山里，觉后恭闻五夜钟"，韵脚字"峰""钟"属于东部；其中"绝""觉"是入声字，其平仄韵律为"仄仄平平仄仄平，平平仄仄仄平平。平平仄仄平平仄，仄仄平平仄仄平"，属于仄起首句入韵句式。

释空海《过金山寺》"古痕①满堂尘暗色，新华落地鸟繁声。经行观礼自心感，一两僧人不审名"，韵脚字"声""名"属于耕部；其平仄韵律为"仄仄仄平平仄仄，平平仄仄仄平平。平平平仄仄平仄（第五字拗属于小拗，可不救），仄仄平平仄仄平"，属于仄起首句不入韵句式。

释空海《留别青龙寺义操阿阇梨》"同法同门喜遇深，游空白雾忽归岑。一生一别难再见，非梦思中数数寻"，韵脚字"岑""寻"属于侵部；其中"白""忽""一""别"是入声字，其平仄韵律为"平仄平平仄仄平，平平仄仄仄平平。仄平仄仄平平仄（第六字拗），平仄平平仄仄平（第三字用平声救，构成对句相救）"，属于仄起首句入韵句式。

释空海《在唐观昶法和尚小山》"看竹看花本国春，人声鸟哗汉家新。见君庭际小山色，还识君情不染尘"，韵脚字"新""尘"属于真部；其中"竹""国"是入声字，其平仄韵律为"仄仄仄平仄仄平，平

---

① 痕（kěn）：古同"恳"；(kūn)：古同"猩"。

平仄仄仄平平。仄平平仄仄平仄（第五字拗属于小拗，可不救），平仄平平仄仄平"，属于仄起首句入韵句式。

上毛野颖人《和藤朝臣春日遇前尚书秋公归病作》"未及悬车乞骸骨，明皇恩宠带平章。近江太有鲈鱼脍，定识休闲寿命长"，韵脚字"章""长"属于阳部；其中"及""识"是入声字，其平仄韵律为"仄仄平平仄仄仄，平平平仄仄平平。仄平仄仄平平仄，仄仄平平仄仄平"，属于仄起首句不入韵句式。

嵯峨天皇《听早莺，示惟山人春道》"春归物色早莺飞，晓啭初归人不归。寂寂空房无与听，春寒独恨薜萝帷"，韵脚字"归""帷"属于微部；其中"独""薜"是入声字，其平仄韵律为"平平仄仄仄平平，仄仄平平平仄平。仄仄平平平仄仄，平平仄仄仄平平"，属于平起首句入韵句式。

滋野贞主《文友见过，赋莺勒情晴字》"春莺出自环林里，杂吹新声旧岁情。不弄疏篱花树色，群飞入我晚风晴"，韵脚字"情""晴"属于耕部；其中"出""杂"是入声字，其平仄韵律为"平平仄仄平平仄，仄仄平平仄仄平。仄仄平平平仄仄，平平仄仄仄平平"，属于平起首句不入韵句式。

滋野善永《看落叶，应令》"秋天鹤唳露光团，万叶纷纷岁欲阑。金井梧桐虽摇落，庭前孤竹不知寒"，韵脚字"阑""寒"属于元部；其中"竹"是入声字，其平仄韵律为"平平仄仄仄平平，仄仄平平仄仄平。平仄平平平仄仄，平平平仄仄平平"，属于平起首句入韵句式。

常光守《守岁》"日月其除岁欲迁，风云乍改尚冬天。不看明镜暗知老，况复慈亲七十年"，韵脚字"天""年"属于真部；其中"七""十"是入声字，其平仄韵律为"仄仄平平仄仄平，平平仄仄仄平平。仄仄平仄仄平仄（第二、五字拗属于小拗，可不救），仄仄平平仄仄平"，属于仄起首句入韵句式。

藤原冬嗣《见老僧归山，应太上天皇制》"老僧落叶往玄虚，策杖伸腰四克余。自语一还不更出，乞城无若卧云居"，韵脚字"余""居"属于鱼部；其中"一""出"是入声字，其平仄韵律为"仄平仄仄仄平平，仄仄平平仄仄平。仄仄仄平仄平仄（特拗句），仄平平仄仄平平"，属于平起首句入韵句式。

(6) 七言律诗

七言律诗有 7 首：惟良春道《春道晚听山磬》"知君策马到云居，古岸悬流数里余。镜色每将空性彻，冰华长磬道心虚。鲤浮击磬含风远，于哄鸣钟带雨疏。终日洗尘看不足，铜瓶汲取夜禅初"，韵脚字"余""虚""疏""初"属于鱼部；其中"击""足""汲"是入声字，其平仄韵律为"平平仄仄仄平平，仄仄平平仄仄平。仄仄仄平平仄仄，平平平仄仄平平。仄平仄仄仄平仄，平仄平平仄仄平。平仄仄平平仄仄，平平仄仄仄平平"，属于平起首句入韵句式。

石上宅嗣《三月三日于西大寺，侍宴应诏》"三升三月启三辰，三日三阳应三春。凤盖凌云临觉苑，鸾舆耀日对禅津。青丝柳陌莺歌足，红蕊桃溪蝶舞新。幸属无为梵城赏，还知有截不离真"，韵脚字"春"属于文部，"津""新""真"属于真部；其中"觉""足""蝶""截"是入声字，其平仄韵律为"平平平仄仄平平，平仄平平仄仄平。仄仄平平平仄仄，平平仄仄仄平平。平仄仄仄平平仄，平平仄仄平仄仄平。仄仄平平仄平仄（特拗句），平平仄仄仄平平"，属于平起首句入韵句式。

惟良春道《赋得深山寺，应太上天皇制》"上方来往路难寻，塔庙青山祇树林。片石观空何劫尽，孤云对境几年深。纱灯点点千峰夕，月磬寥寥五夜心。到此能令身世忘，尘机不得更相侵"，韵脚字"林""深""心""侵"属于侵部；其中"石""劫""夕""得"是入声字，其平仄韵律为"仄平平仄仄平平，仄仄平平仄仄平。仄仄平平平仄仄，平平仄仄仄平平。平仄仄仄平平仄，仄仄平平仄仄平。仄仄平平平仄仄，平平仄仄仄平平"，属于平起首句入韵句式。

嵯峨天皇《闲庭早梅》"庭前独有早花梅，上月风和满树开。纯素不嫌幽院寂，浓香偏是犯窗来。纤纤枯干知初暖，片片寒葩委旧苔。自恨无因佳丽折，徒然老夫野人栽"，韵脚字"开"属于微部，"来""苔""栽"属于之部；其中"独""折"是入声字，其平仄韵律为"平平仄仄仄平平，仄仄平平仄仄平。平仄仄平平仄仄，平平平仄仄平平。平平平仄平平仄，仄仄平平仄仄平。仄仄平平平仄仄，平平仄仄仄平平"，属于平起首句入韵句式。

贺阳丰年《赋桃，应令》"武陵仙萼本纷纷，南国容花未足云。闲径无扫维隐士，成蹊有诧彼将军。风翻丽影遥扬馥，露点鲜光更起文。如值上林移植会，垂荫万亩插青车"，韵脚字"云""军""文"属于文部，"车"鱼部；其中"国""足""值""植""插"是入声字，其平仄韵律为"仄平平仄仄平平，平仄平平仄仄平。平仄平仄平仄仄，平平仄仄仄平平。平平仄仄平平仄，仄仄平平仄仄平。平仄平平平仄仄，平仄仄仄仄平平"，属于平起首句入韵句式。

藤原令绪《早春途中》"平旦挥鞭城外出，林村雨霁早春生。傍峰近听樵客唱，入涧深闻断猿声。关北寒梅花未发，江南暖柳絮先惊。愁中路远行不尽，为有羁人故乡情"，韵脚字"生""声""惊""情"属于耕部；其中"出""发"是入声字，其平仄韵律为"平仄平平平仄仄，平平仄仄仄平平。仄平仄平平仄仄，仄仄平平仄平平（对句相救）。平仄平平平仄仄，平平仄仄仄平平。平平仄仄平仄仄，仄仄平平仄平平（对句相救）"，属于仄起首句不入韵句式。

嵯峨天皇《山居骤笔》"孤云秋色暮萧条，鱼鸟清机复寥寥。倚枕山风空肃杀，横琴溪月自逍遥。僻居人老文章拙，幽谷年深鬓发凋。萝户闲来无一事，莫言吾侣隐须招"，韵脚字"寥""凋"属于幽部，"遥""招"属于宵部；其中"杀""拙"是入声字，其平仄韵律为"平平平仄仄平平，平仄平仄仄仄平。仄仄平平仄仄仄，平平平仄仄平平。仄平平仄平平仄，平仄平平仄仄平。平仄平平平仄仄，仄平平仄仄平平",属于平起首句入韵句式。

(7) 七言古诗

七言古诗有 55 首:嵯峨天皇《塞下曲》"百战功多苦边尘,沙上万里不见春。汉家天子恩难报,宋尽凶奴岂显身",韵脚字"春"属于文部,"身"属于真部;其平仄韵律为"仄仄平平仄平平,平仄仄仄仄仄平。仄平平仄平平仄,仄仄平平仄仄平"。

巨势识人《奉和塞下曲》"胡儿塞月晓吹笛,梅柳虽春未见花。为报国恩不敢死,边亭万里老风沙",韵脚字"花"属于鱼部,"沙"属于歌部;其中"国"是入声字,其平仄韵律为"平平仄仄仄平平,平仄平平仄仄平。仄仄仄平仄仄仄,平平仄仄仄平平"。

菅原清公《奉和塞上曲》"虏塞草枯膝已寒,将军浴铁向桑乾。龙沙日夜风霜烈,壮士为恩未识难",韵脚字"乾""难"属于元部;其平仄韵律为"仄仄仄平平仄平,平平仄仄平平平。平平仄平平平仄,仄仄平平仄平平"。

小野岑守《梅花引》第一首"水精窗外一株梅,拟纳芬芳压砌栽。地近恩煦花早发,君王帐里香风来",韵脚字"栽""来"属于之部;其中"发"是入声字,其平仄韵律为"平平平仄仄平平,仄仄平平仄仄平。仄仄平仄平仄平,平平仄仄平平平"。

嵯峨天皇《见老僧归山》"道性本来尘事遐,独将衣钵向二烟霞。定知行尽秋山路,白云深处是僧家",韵脚字"霞""家"属于鱼部;其中"钵""白"是入声字,其平仄韵律为"仄仄仄平平仄平,仄平平仄仄平平。仄平平仄平平仄,仄平平仄仄平平"。

嵯峨天皇《和藤是雄旧宫美人入道词》"遁世明皇出帝畿,移居旧邑遣岁时。忽从此地升云后,唯有空居恋宠姬。访道初停罗绮艳,剃头新□比丘尼。娇心欲识乖□缚,弱体那堪著草衣。山殿风声秋梵冷,汉窗月色晓禅悲。焚香持诵寒林寂,坐向苍天怨别离",韵脚字"时""姬"属于之部,"尼""离"属于脂部,"衣""悲"属于微部;其中

"出""忽""识""别"是入声字,其平仄韵律为"仄仄平平仄仄平,平平仄仄仄仄平。仄平仄仄平平仄,平仄平平仄平平。仄仄平平平仄仄,仄平平□仄平平。平平仄仄平□仄,仄仄仄平仄仄平。仄仄平平平仄仄仄,仄平仄仄仄平平。平仄平平平仄仄,仄平平平仄平平"。

嵯峨天皇《和藤是雄春日过安禅师旧院》"释子归真炎凉变,空山独闭应禅扃。草堂空驻松罗月,石室罢翻了义经。护法鬼神何日会,随缘猿鸟竟谁听。道心拭泪礼遗跡,何恨化身不久停",韵脚字"扃""经""听""停"属于耕部;其中"独""石"是入声字,其平仄韵律为"仄仄平平平平仄,平平仄仄仄平平。仄平平仄平平仄,仄平仄仄仄平平。仄仄平平平平仄,平平仄仄仄平平。仄平仄仄仄平平,平仄仄平仄仄平"。

嵯峨天皇《与海公饮茶送归山》"遭俗相分经数年,今秋晤语亦良缘。香茶酌罢日云暮,稽首伤离望云烟",韵脚字"缘"属于元部,"烟"属于真部;其中"俗""酌"是入声字,其平仄韵律为"平仄平平仄平平,平平仄仄仄平平。平平仄仄仄平仄,仄仄平平仄平平"。

嵯峨天皇《春日过山寺观菩萨旧坛》"禅扃闭云春山寒,林下苔封万古坛。菩萨化身灭后事,空余岁月白云残",韵脚字"坛""残"属于元部;其中"白"是入声字,其平仄韵律为"平平仄平平平平,平仄平平仄仄平。平仄平仄仄仄,平平仄仄平平平"。

源常《奉和太上天皇访净上人病》"支公卧病遣居诸,古寺莓苔人访疏。山客寻来若相问,自言身世浮云虚",韵脚字"疏""虚"属于鱼部;其平仄韵律为"平平仄仄仄平平,仄仄平平仄平平。平平平平平仄,仄平平仄平平平"。

淳和天皇《闻右军曹贞忠入道因简大将军良公》"久厌轮回多苦事,遥思听法鹫峰中。昨朝剑戟陪丹阁,今夕僧衣向花宫。苔苏密间乏尘垢,松杉攒处有清风。芭蕉疏纳新惯著,贝叶真经诵未工。山雾始开无明气,溪泉欲洗梦心聋。夜来坐念因缘理,了得皆空空亦空",韵脚字

"中""宫"属于冬部,"风""工""聋""空"属于东部;其中"阁""夕""乏"是入声字,其平仄韵律为"仄仄平平平仄仄,平平平仄仄平平。平平仄仄平平仄,平仄平仄平平。平平仄平仄平仄,平平平仄仄平平。平平平仄平仄仄,仄仄平平仄平平。平平仄平平平仄,平平平仄仄平平。仄平仄仄平平仄,仄仄平平平仄平"。

嵯峨天皇《和御制闻右军曹入道简大将军良公》"伊昔边头侠少年,今为末将禁庭前。归心厌俗兵戈罢,仰拜彤闱谢皇天。尘衣已替薜萝衲,道帷初寒杨柳绵。古寺莓苔新跡破,草堂磬梵旧声传。对镜持斋宜野果,观空炉气和山烟。虽逢圣代多雨露,别是素怀奉金仙",韵脚字"前""绵""传""仙"属于元部,"天""烟"属于真部;其中"昔""俗""薜""别"是入声字,其平仄韵律为"平仄平平平仄平,平仄仄仄仄平平。平平仄仄平平仄,仄仄平平仄平平。平平仄仄平平仄,仄平平平仄平。仄仄平平平仄仄,仄平仄平仄平平。仄仄平平平仄仄,平平仄仄平平。平平仄仄平平仄,仄仄仄平仄平平"。

良岑安世《奉和圣制闻右军曹贞忠入道见赐》"功忠非独兵澜士,护国之诚法门人。丹阙上书已罢职,缁坛落发不关尘。九熏城里回头望,一乘车前专意臻。服色就真道体改,冠痕未减半额分。秋岚晚偈对黄叶,晓月疏钟在白云。行道偏虽深萝处,悬心犹是为明君",韵脚字"人""尘""臻"属于真部,"分""云""君"属于文部;其中"独""国""职""一""服""额""白"是入声字,其平仄韵律为"平平平仄平平仄,仄仄平平仄平平。平仄仄平仄仄仄,平仄仄平平仄仄平平。仄平平仄平平仄,仄仄平平仄平平。仄仄平平平仄仄,平平仄仄仄。平平仄仄平仄仄,仄仄平平仄平。平平平仄平仄仄,平平仄仄平平"。

惟良春道《送伴秀才入道》"厌见风尘上下情,欲云栖去学无生。妻孥弃在人间□,遥锡钵寻象外行。盥漱应随溪水暮,观身静坐进钟声。不知别后相思伴,何处烟霞访姓名",韵脚字"生""行""声"

"名"属于耕部;其中"学""锡""钵""别"是入声字,其平仄韵律为"仄仄平平仄仄平,仄平平仄仄平平。平平仄仄平平□,平仄仄平仄仄平。仄仄平平平仄仄,仄平仄仄仄平平。仄平仄平平仄仄,平仄平平仄仄平"。

淳和天皇《扈从梵释寺,应制》"君王机暇倦夏日,午后寻真幸龙宫。四五老僧迎凤辇,形如槁木心恒空。飞栈树抄踏云过,石灯岩头拂烟通。不待缘终象法尽,而今此处仰世雄",韵脚字"宫"属于冬,"空""通"属于东部,"雄"属于蒸部;其中"石""拂"是入声字,其平仄韵律为"平平平平仄仄仄,仄仄平平仄平平。仄仄仄平平仄仄,平仄平平平。平仄仄平平仄仄,仄平平平仄平平。仄仄平平仄仄仄,平平仄仄仄仄平"。

三原春上《扈从梵释寺,应制》"銮舆近出王畿外,仙盖高飞天阙中。合掌凝眸寻鹫岭,焚香散蕊拜龙宫。老僧护怯心弥寂,童子虚餐体既穷。徐出庄梯知俗远,闲游石落觉尘空。禅扬薛色无冬夏,幽谷松声有隔通。宾眼今看真如理,是著□□□□",韵脚字"中""宫""穷"属于冬部,"东""通"属于东部;其中"出""合""出""俗""石""觉""隔"是入声字,其平仄韵律为"平平仄仄平平仄,平仄平平平仄平。仄仄平平仄仄,平平仄仄仄平平。仄平仄仄平平仄,仄仄平仄平仄平。平仄平平仄仄,平平仄仄仄平平。平平仄仄平平仄,平仄平平仄仄平。仄仄平仄平仄,仄仄□□□□"。

藤原三成《春日山寺,探得春字》"法堂寂寞凡几辰,云树朦胧欲暮春。遥听风中诵经处,定知时有安禅人",韵脚字"春"属于文部,"人"属于真部;其平仄韵律为"仄平仄仄平仄平,平仄平平仄仄平。平平平平仄平仄,仄平平仄平平平"。

嵯峨天皇《和良将军题瀑布下兰若简清大夫之作》"瀑布一边一山寺,高车访道远追寻。空堂望崖银河发,古殿看溪白虹临。雾雨洒来霭炉气,雷风喷怒乱钟音。澹䏶僧䑋流悬水,盥漱独行禅定心",韵脚字

"寻""临""音""心"属于侵部；其中"发""白""独"是入声字，其平仄韵律为"仄仄仄平仄平仄，平平仄仄仄平平。平平仄平平平仄，仄仄仄平仄平平。仄仄仄平平平仄，平平仄仄仄平平。仄平平仄平平仄，仄仄仄平平仄平"。

源弘《和良将军题瀑布下兰若简清大夫之作》"传闻兰若无人到，瀑布高流过半天。涌珠飞釜分万壑，连波洒落成一川。四时每听奔雷响，远近同看白鹄悬。此地幽闲禅诵客，烦尘洗涤几千年"，韵脚字"天""年"属于真部，"川"属于文部，"悬"属于元部；其中"一""白""涤"是入声字，其平仄韵律为"平平平仄平平仄，仄仄平平仄仄平。仄平平仄平仄仄，平平仄仄仄平平。仄平平仄平平仄，仄仄平平仄仄平。仄仄平平平仄仄，平平仄仄仄平平"。

嵯峨天皇《和惟山人春道晚听山磬》"黄昏磬发烟霄中，点点悠杨带山风。林下暗堂卧听磬，禅心观念法皆空"，韵脚字"风"属于冬部，"空"属于东部；其中"发"是入声字，其平仄韵律为"平平仄仄平平平，仄仄平平仄平平。平仄仄平平平仄，平平平仄仄平平"。

释空海《南山中，新罗适者见过》"吾佳此山不记春，空观云日不见人。新罗道者幽寻意，持锡飞来恰如神"，韵脚字"人""神"属于真部；其平仄韵律为"平平仄平仄仄平，平平平仄仄仄平。平平仄仄平平仄，平仄平平仄平平"。

滋野贞主《和光禅师山房晓风》"孤峰仰与白云同，到晓深寒满院风。雁影吹来古塔上，泉声才足近溪中。侵窗老树虽鸣叶，开户妙灯犹护虫。百籁相和山更静，禅心弥观世间空"，韵脚字"风""中""虫"属于冬部，"空"属于东部；其中"白""足"是入声字，其平仄韵律为"平平仄仄仄平平，仄仄平平仄平平。仄仄平平仄仄仄，平平平仄仄平平。平平仄仄平平仄，平仄仄平平平平。仄仄平平平仄仄，平平平仄平平"。

安倍吉人《忽闻渤海客礼佛感而赋之》"闻君今日化城游，真趣寥寥禅跡幽。方丈竹庭维摩室,圆明松盖宝积球。玄门非无又非有,顶礼消罪更消忧。六念鸟鸣萧然处,三归人思几淹留",韵脚字"幽""球""忧""留"属于幽部;其中"竹""积"是入声字,其平仄韵律为"平平平仄仄平平,平仄平平平仄平。平仄仄平平平仄,平平平仄仄仄平。平平平平仄平仄,仄仄平仄仄平平。仄仄仄平平平仄,平平平平仄平平"。

岛田清田《同安领客感客等礼佛之作》"禅堂寂寂架海滨,远客时来访道真。合掌焚香忘有漏,回心颂偈觉迷津。法风冷冷疑迎晓,天萼辉辉似入春。随喜君之微妙意,犹是同见崛山人",韵脚字"春"属于文部,"真""津""人"属于真部;其中"合""崛"是入声字,其平仄韵律为"平平仄仄仄仄平,仄仄平仄平仄仄平。仄仄平平仄仄仄,平仄仄平平。仄平仄仄平平仄,平仄平平仄仄平。仄仄平平平仄仄,平平仄仄仄平平"。

小野年永《夏日同美郎遇雨过菩提寺作》"晚景云蒸雨初下,游人半湿青山侧。垂鞭抚辔无所往,便寄玄炉且悽息。古殿磴薰栴檀香,山僧法服薜花色。深窗欲曙凭松暗,绝巘①初明衔云萝。谁识心田先种因,希夷觉路仰余德",韵脚字"侧""息""色""德"属于职部,"萝"属于歌部;其中"湿""青""息""服""薜""绝""识""觉""德"是入声字,其平仄韵律为"仄仄平平仄平仄,平平仄仄平平仄。平平仄仄平仄仄,仄仄平平平仄仄。仄仄平平平平平,平平仄仄仄平仄。平平仄仄平平仄,仄仄平平平平平。平仄平平平仄平,平平仄仄仄平仄"。

嵯峨天皇《早春观打球》"芳春烟草早朝晴,使客乘时出前庭。回杖飞空疑初月,奔球转地似流星。左拟右承当门竞,分行群踏虬雷

---

① 巘(yǎn):是一个僻字,繁体字,无对应的简体字。意为大山上的小山,也有形状似甑的山的意思。

声。大呼伐鼓催筹急，观者犹嫌都易成"，韵脚字"庭""星""声""成"属于耕部；其中"出""伐""急"是入声字，其平仄韵律为"平平平仄仄平平。仄仄平平仄平平。平仄平平平平仄，平平仄仄仄平平。仄仄仄平平平仄，平平仄平平平平。仄平仄仄平平仄，平仄平平平仄平"。

滋野贞主《奉和观打球》"蕃臣入觐逢初暖，初暖芳时戏打球。绣户争开鸡鹍①馆，纱窗不闭凤皇楼。如钩月度冀阶侧，似点星晴彩骑头。武事从斯弱见输，输家妒死数千筹"，韵脚字"球""筹"属于幽部，"楼""头"属于侯部；其平仄韵律为"平平仄仄平平仄，平仄平平仄仄平。仄仄平平仄仄，平平仄仄仄平平。平仄仄平平仄仄，仄仄平平仄仄平。仄仄平仄仄平平，平平仄仄仄平平"。

藤原卫《奉和春日作》"时去时来秋复春，一荣一醉偏感人。容颜忽逐年序变，花鸟恒将岁月新"，韵脚字"人""新"属于真部；其中"忽""逐"是入声字，其平仄韵律为"平仄平平平仄平，仄平仄仄平平平。平平仄仄平仄仄，平仄平平仄仄平"。

嵯峨天皇《老翁吟》"世有不羁一老翁，生来无意羡王公。入门忘却贫与贱，醉卧芳林花柳风"，韵脚字"公"属于东部，"风"属于冬部；其平仄韵律为"仄仄仄平仄仄平，平平平仄仄平平。仄平仄仄平平仄，仄仄平平平仄平"。

淳和天皇《看源童子书跡》"花间垂露绿毫满，峰际崩云逐点安。上代神灵吾所听，谁言今日眼前看"，韵脚字"安""看"属于元部；其中"逐"是入声字，其平仄韵律为"平平平仄仄平仄，平仄平平仄仄平。仄仄平平仄仄平，平平平仄仄平仄"。

有智子内亲王《赋新年雪里梅花》"春光初动塞犹紧，一株梅花雪里开。想像宫中蝉娟处，暗知黄鸟稍相催"，韵脚字"开""催"属于

---

① 鸡（zhī）鹍：古书中记载的一种异鸟；松鸦的旧称。"鸡"无对应的简体字。

微部；其平仄韵律为"平平平仄仄平仄，仄平平平仄仄平。仄仄平平平平仄，仄平平仄平平平"。

释空海《现果诗》"青阳一照御苑中，梅蕊先众发春风。春风一起馨香远，花暮相晖照天宫"，韵脚字"风""宫"属于冬部；其中"发"是入声字，其平仄韵律为"平平仄仄仄仄平，平仄平仄仄平平。平平仄仄平平仄，平仄平平仄平平"。

释空海《过因诗》"莫道比花今年发，应知往岁下种因。因缘相感枝干耸，何况近日遇早春"，韵脚字"因"属于真部，"春"属于文部；其中"发"是入声字，其平仄韵律为"仄仄仄平平平仄，仄平仄仄仄仄平。平平平仄平仄仄，平仄仄仄仄仄平"。

林婆娑《赋桃，应令》"千岁一花闻旧史，三春坐移照今年。红华媚日红逾焕，锦色须霞锦更鲜。秦客迷源长不返，汉儿延寿几要仙。欲知此树成蹊德，真臭芬芳自可怜"，韵脚字"年""怜"属于真部，"鲜""仙"属于元部；其中"一""德"是入声字，其平仄韵律为"平仄仄平平仄仄，平平仄平仄平平。平平仄仄平平仄，仄仄平平仄仄平。平仄平平仄仄，仄平仄仄平平。仄平仄仄平平仄，平仄平平仄仄平"。

滋野贞主《春日奉使入渤海客馆》"苍茫渤海几千里，五两舟中送一年。鲲①壑难辛孤帆度，鲸涛杀怕远情传。春鸿爱暖南江水，旅客看云北海天。晓来莫惊单宿梦，他乡觉后不胜怜"，韵脚字"年""天""怜"属于真部，"传"属于元部；其中"渤""杀""觉"是入声字，其平仄韵律为"平平仄仄仄平仄，仄仄平平仄仄平。平仄平平平仄仄，平仄仄仄仄平平。平仄仄平平仄，仄仄平平仄仄平。仄平仄平平仄仄，平平仄仄仄仄平"。

嵯峨天皇《和滋贞主城外听莺简前藤中纳言之作》"邃谷黄莺无俦侣，冬天不语在荒林。年来更遇阳春候，涩啼一唤旧知音"，韵脚字

---

① 鲲（tí）：中国汉字，一种鱼。无对应简体字。

"林""音"属于侵部;其平仄韵律为"仄仄平平平平仄,平平仄仄仄平平。平平仄仄平平仄,仄平仄仄仄平平"。

纪长江《赐看红梅探得争字,应令》"二月寒除春欲暖,摇山花树梅先惊。即今红蕊满枝发,仙萼褰簾感兴情。香虽萝衣犹可误,光添妆睑遂应争。倘因委质瑶阶侧,朝夕徒仰少阳明",韵脚字"惊""情""争"属于耕部,"明"属于阳部;其中"即""发""夕"是入声字,其平仄韵律为"仄仄平平平仄仄,平平平仄平平平。仄平平仄仄平仄,平仄平平仄平仄。平平平仄平仄仄,平平仄仄仄平平。仄平仄仄仄平仄,平仄平仄仄平平"。

嵯峨天皇《山夜》"移居今夜萝薜眠,梦里山鸡报晓天。不觉云来衣暗湿,即知家近深溪边",韵脚字"天"属于真部,"边"属于元部;其中"薜""觉""湿""即"是入声字,其平仄韵律为"平平平仄平仄平,仄仄平平仄仄平。仄仄平平平仄仄,仄平平仄平平平"。

橘常主《重阳节得秋虹应制》"君王出豫重阳序,试望秋虹远近光。首尾分形浮殿阁,雌雄半体跨池塘。晴天色爽弦文拖,碧水阴生桥势长。别有梦中华渚度,千年一圣诞明王",韵脚字"光""塘""长""王"属于阳部;其中"出""阁""别"是入声字,其平仄韵律为"平平仄仄平平仄,仄仄平平仄近平。仄仄平平平仄仄,平平仄仄仄平平。平平仄仄平平平,仄仄平平平仄平。仄仄仄平平仄仄,平平仄仄仄平平"。

释空海《秋山望云雨以忆此心》"白云轻重起山谷,苍岭高低本入室。或洒或飞南北雨,乍飘乍扇东西风。唯有一虚湛不变,千年万岁颜色同。欲言□□傍烟色,天水含晖秋月通",韵脚字"室"属于质部,"风"属于冬部,"同""通"属于东部;其平仄韵律为"仄平平仄仄平仄,平仄平平仄仄仄。仄仄仄平平仄仄,仄仄仄平平仄平。平仄仄平平仄仄,平平仄仄平仄平。仄平□□仄平仄,平仄平平平仄平"。

安野文继《夜亭晚秋,探得回字,应太上天皇制》"无能白首侍池

— 103 —

台，不厌闲亭俯岩隈。阳面指天森松柏，阴崖满地点莓苔。朝烟有色看深浅，夕鸟无心暗往来。老病交侵秋已暮，恩私假借暂徘徊"，韵脚字"隈""徊"属于微部，"苔""来"属于之部；其中"白""夕"是入声字，其平仄韵律为"平平仄仄仄平平，仄仄平平仄平平。平仄仄平平仄，平平仄仄仄平平。平平仄仄仄平仄，仄仄平平仄仄平。仄仄平平仄仄，平平仄仄仄平平"。

杨泰师《夜听，捣衣》"霜大月照夜河明，客子思归别有情。厌坐长宵愁欲死，忽闻邻女捣衣声。声来断续因风至，夜久星低无暂止。自从别国不相闻，今在他乡听相似。不知彩杵重将轻，不悉青碪平不平。遥怜体弱多香汗，预□更深劳玉腕。为当欲救客衣单，为复先愁闺阁寒。虽忘容仪难可问，不知遥意怨无端。寄异土兮无新识，想同心兮长叹息。此时独自闺中闻，此夜谁知湖眸缩。千寻海水尺地停，晨昏不霁烟霞雾。昼夜无环日月星，霍岭仙炊杂树叶。苏门客啸向岩扃，花林鸟入羽常引。薜萝人归径不尽，锦里将妆拾翠具。仙家欲茸採黄菌，武陵县里疑迷源。明月峡中似听猿，春秋暖冷同千岭。草木荣枯共一园，古年奇好尽毫端。坐卧之间未厌看，颖川水曲岩陵濑。不知湿叟钓潭竿"，韵脚字"情""声""平""岭"属于耕部，"止""似"属于之部，"腕""寒""源""端""竿"属于元部，"息"属于职部，"缩"属于歌部，其中"别""国""悉""阁""识""息""独""杂""薜""拾""湿"是入声字，其平仄韵律为"平仄仄仄仄平平，仄仄平平仄仄平。仄仄平平平仄仄，平平平仄仄平平。平仄平仄平仄仄，仄仄平平仄仄。仄平仄仄仄平平，平仄平仄仄平。仄平仄仄仄平平，仄仄平仄平仄平。平仄平平平仄仄，仄□平仄平仄平平。仄仄平平平仄平，仄仄平仄平仄平。平平仄仄平仄仄，仄平仄仄平平平。仄仄平平平仄仄，平平仄仄平仄平，平平仄仄平平仄。平仄平平仄仄平，仄仄平仄仄仄仄。平仄仄仄平，平平仄仄仄平仄。仄平平仄仄仄，仄仄平仄仄仄。平平仄平仄平仄，仄平仄仄平平平。平仄平平仄平平，平平仄仄平平仄。仄仄平平仄仄平，仄平平仄仄平平。仄仄平平仄仄仄，平平仄仄平平仄。仄仄仄仄平平"。

纪长江《奉试赋得秋》"凉天萧素太堪悲，况复寒鸿南度时。宜渡柳营计应碎，扶风松盖想无衰。捣衣夹室月光冷，织锦中闺恩绪滋。白露凝兰洗佩净，文霜杀草惊钟飞。晴空云埃收遥岭，古木蝉蕤咽晚飔。黄叶飘零秋欲暮，则知潘鬓飒如丝。"中的韵脚字"时""滋""飔""丝"属于之部，"衰""飞"属于微部；其中"夹""织""白""杀""则"是入声字，其平仄韵律为"平平平仄仄平平，仄仄平平平仄平。仄仄仄平仄仄仄，平平平仄仄平平。仄平仄仄平平仄，仄仄平平平仄平。仄仄平平仄仄仄，平平仄仄平平平。平平平仄平平仄，仄仄平平仄仄平。平仄平平平仄仄，仄平平仄仄平平"。

嵯峨天皇《除夜》"欲眠不眠坐除夜，云天此夜秀芳春。启祥孤独迎献节，遁世诗情故隐沦。山雪暮光寒气尽，庭梅晓色暖烟新。生涯已见流年促，形影相随一老身。"中的韵脚字"春""沦"属于文部，"新""身"属于真部；其中"独""一"是入声字，其平仄韵律为"仄平仄仄仄平仄，平平仄仄仄平平。仄平平仄平平仄，仄仄平平仄仄平。平仄仄平平仄仄，平平仄仄平平平。平平平仄仄平仄，平仄平平仄仄平"。

有智子内亲王《奉和除夜》"幽人无事任时运，不觉蹉跎岁月除。晓烛半残星色尽，寒花独笑雪光余。阳林烟暖鸟声出，阴涧冰消泉响虚。故匣春衣终夜试，朝来可见柳条初。"中的韵脚字"除""余""虚""初"属于鱼部；其中"觉""出""匣"是入声字，其平仄韵律为"平平平仄仄平仄，仄仄平仄仄仄平。仄仄仄平平仄仄，平平仄仄仄平平。平平平仄仄平仄，平平平平平仄平。仄仄平平平仄仄，平平仄仄仄平平"。

滋野贞主《奉和除夜》"新年欲到故年去，新故相连四气和。预喜仙龄难老歇，还悲人事易蹉跎。春声北向雁将少，晓听南惊鹭未多。虽值暄寒犹不变，闲庵砌后古松萝"，韵脚字"和""跎""多""萝"属于歌部；其中"歇""值"是入声字，其平仄韵律为"平平仄仄仄平仄，平仄平平仄仄平。仄仄平平平仄仄，平平平仄仄平平。平平仄仄平平仄，仄平平平仄仄平。平仄平平仄仄仄，平平仄仄仄平平"。

惟氏《奉和除夜》"自从习静出风尘，北斗□回岁□巡。俗事□随□夜尽，幽心独对上阳新。烟岚向暖迎年色，山烛闲燃避世人。泉石不知老将至，悠然徒任去来春"，韵脚字"巡""春"属于文部，"新""人"属于真部；其中"习""出""俗""独""烛""石"是入声字，其平仄韵律为"仄平仄仄仄平平，仄仄□平□平。仄仄□平□仄仄，平平仄仄仄平平。平仄仄平平平仄，平仄平平仄仄平。平仄平平仄仄仄，平平平仄仄平平"。

路永名《不堪奉试》"纤鳞进浪惭力微，弱羽逢风倦退飞。别有邯郸学步者，中途匍匐不知归"，韵脚字"飞""归"属于微部；其中"别""学""匐"是入声字，其平仄韵律为"平平仄仄平仄平，仄仄平平仄仄平。仄仄平平仄仄仄，平平平仄仄平平"。

小野末嗣《奉试赋得王昭君》"一朝辞宠长沙陌，万里愁闻行路难。汉地悠悠随去尽，燕山迢迢犹未殚。青虫鬓影风吹破，黄月颜妆雪点残。出塞笛声肠暗绝，销红罗袖泪无干。高岩猿叫重坛苦，遥岭鸿飞陇水寒。料识腰围损昔日，何劳每向镜中看"，韵脚字"难""殚""残""乾""寒""看"属于元部；其中"出""绝""识""昔"是入声字，其平仄韵律为"仄平平仄平平仄，仄仄平平平仄平。仄仄平平平仄仄，平平平平仄平。平平仄仄平平仄，平仄平仄仄仄平。仄仄平平平仄仄，平平平仄仄平平。平平平仄仄平仄，平平平仄仄仄平。仄仄平平仄仄仄，平平仄仄仄平仄"。

小野春卿《奉试赋得照瞻镜》"良冶炼铜初铸日，大云烈烈风焰频。背文巧置盘龙体，面彩能衔满月轮。玉匣池深朝气彻，金台水冷夜阴申。空虚万象见明处,野魅出精不隐身。西入秦城献霸主,君王殿上烛佳人。夜裳整下绮罗色,容貌妆前桃李春。欲言情素即因此,发昧谁胜奇宝真。如今可用妍媸鉴,长愿犹为照瞻珍",韵脚字"频""申""身""人""真""珍"属于真部,"轮""春"属于文部;其中"匿""出""烛""即""发"是入声字,其平仄韵律为"平仄仄平平仄仄,仄平仄仄平仄平。仄平仄仄平平仄,仄仄平平仄仄平。仄仄平平平仄仄,平平仄仄仄平平。平平仄仄仄平仄,平仄平平仄平平。仄平仄仄平平仄,平仄仄仄平平平。仄平仄仄仄平仄,仄仄平仄平仄平。平仄仄平平仄,平仄平平仄平平"。

春澄善绳《奉试赋挑灯杖》"斯杖任朴犹胜用,岂假良工加斫雕。白日黄昏灯始续,匪资兹具未能调。若非藜杖老全紧,或景莠茎炎亦焦。谬污泻印盘外落,眼分精锐怅中挑。后有召携宴友朋,华堂四照列羊灯。时因永夜焰垂灭,每效微功明更增。廉吏嫌燃再不赏,神翁有备躬吹杖。宣神正使苏公厉,致用亦令蜀妇纺。一客环堵晓夕勤,十年玩之自为奘。唯喜陋质助光力,弗敢效贪膏泽养",韵脚字"雕""调"属于幽部,"焦""挑"属于宵部,"灯""增"属于蒸部,"杖""纺""奘""养"属于阳部;其中"朴""斫""白""夕""弗""泽"是入声字,其平仄韵律为"平仄仄仄平仄仄,仄仄平平平仄平。仄仄平平平仄仄,仄平平仄仄平平。仄平平仄仄平仄,仄仄平平平仄平。仄仄平仄平仄仄,平平平仄仄平平。仄平仄仄仄平平,平平仄仄仄平平。平平仄仄仄平仄,仄仄平仄平平平。平平平平平仄仄,平平仄仄平平仄。平仄仄仄仄平仄,仄仄仄平平仄仄"。

锦部彦公《看宫人玩扇》"妖姬二八御楼东,华扇添妆黳颜红。遥似恒娥凭汉月,还疑班子恐秋风。掩鬓影暗宝釰[①]上,随手泪生罗袖中。

[①] 釰(rèn):剑刃;(jiàn):古同"剑"。无对应简体字。

寄语阳台为雨者，朝朝应入楚王梦"，韵脚字"红"属于东部，"风""中"属于冬部，"梦"属于蒸部；其中"八"是入声字，其平仄韵律为"平平仄仄仄平平，平仄平平仄平平。平仄平平平仄仄，平平平仄仄平平。仄平仄仄仄仄仄，仄仄仄平平仄平。仄仄平平平仄仄，平平平仄仄平仄"。

滋野贞主《秋月夜》"轻帘朗卷夜窗静，孤月闲来泛南端。白兔因赏云叶霁，恒娥窃药仙居塞。渡河未见候输湿，写镜徒怜秋扇团。承袖揽之不盈手，为无纤弱通宵看。圜[①]规满耀寰区飞，阴魄生来二八时。长乐钟声传漏久，衡阳雁影下水迟。孤飞夜鹊檐枝怨，暗织昆虫机杼悲。贱妾单居不肯寐，风吹砧杵入双扉。年来岁去容华空，古往今来月影同。上郡良家戎津远，边庭荡子塞途穷。贞筠不变□窗色，暮柳先疏官路风。明月如非照妾意，那堪秋夜暗闺中"，韵脚字"端""团""看"属于元部，"塞"属于职部，"时"属于之部，"迟"属于脂部，"悲""扉"属于微部，"同"属于东部，"穷""风""中"属于冬部；其中"白""湿""八""织"是入声字，其平仄韵律为"平平仄仄仄平仄，平仄平平仄平平。仄仄平平平仄仄，平仄平平仄平平。仄平平仄仄平仄，仄仄平平平仄平。平仄仄平平仄仄，平仄平平仄平平。平仄仄平平仄仄，仄仄平平平仄平。仄仄平平仄仄仄，仄仄平平平仄平。平仄平平平仄仄，仄仄平平仄平平。平仄仄□平仄，仄仄平平仄平平。平仄平平仄仄，仄平平仄仄平平"。

滋野贞主《和海和尚秋日观神泉苑之作》"阇梨下自南山幽，敕许令看上苑秋。御路萧疏杨柳影，遵行直到白沙洲。回胆肃杀无纷浊，眼沸清泉一细流。小岭登攀频见惊，暗林沸入欲惊鸠。三明显照龙池阁，二道薰迎秋蕙楼。法侣相随嘉树下，不殊昔与大比丘"，韵脚字"秋"

---

① 圜（huán）见【转圜】；（yuán）同"圆"。

"洲""流""鸠"属于幽部,"楼"属于侯部,"丘"属于之部;其中"直""白""杀""浊""一""阁""昔"是入声字,其平仄韵律为"平平仄仄平平平,仄仄仄仄仄仄平。仄仄平平平仄仄,平平仄仄仄平平。平仄仄仄平平仄,仄仄平平仄仄平。仄仄平平平仄仄,仄平仄仄仄平平。平平仄仄平平仄,仄仄平平仄仄平。仄仄平平平仄仄,仄平仄仄仄平平"。

藤原三成《渔歌》"春春雨后云天晴,夹岸红花射水明。独酌浊醴①味鱼羹,芦中饮了向江行",韵脚字"明""行"属于阳部;其中"夹""独""酌""浊"是入声字,其平仄韵律为"平平仄仄平平平,仄仄平平仄仄平。仄仄仄仄仄平平,平平仄仄平平平"。

通过分析发现,三部诗集中重复使用的韵脚字多以成组搭配的形式出现,其中部分韵脚字组使用频率较高。《凌云集》中使用频率较高的韵脚字组为"空、通、风、中""声、情""看、寒、宽、难""深、心""方、长""人、春";《文华秀丽集》中使用频率较高的韵脚字组为"闲、间、关""花、家""泉、天、年""寒、宽、看""来、回""声、情、惊、京""时、期、迟""光、乡""通、风、中、空""深、心";《经国集》中使用频率较高的韵脚字组为:"生、声、名""情、明、惊""来、梅、苔、开""时、迟""菲、飞、扉、微""通、风、中、空、官、工、穷、东""看、寒""春、人""音、心"。

二、对仗

对仗②,中古时诗歌格律的表现之一,它是把同类或对立概念的词语放在相对应的位置上使之出现相互映衬的状态,使语句更具韵味,增

---

① 醴(lǐ):甜酒;甘甜的泉水。无对应的简体字。
② 王力:《王力近体诗格律学》,山西出版集团三晋出版社2011年版,第170—188页。

加词语表现力。对仗主要包括词语的互为对仗和句式的互为对仗两个方面，有工对、宽对、邻对、自对、借对、错综对、流水对、扇面对等类型。

工对，也称严对。指工整的对仗。即两句在词性、词类、句型等方面都分别整齐相对，甚至同一词类中，还可能分若干小类，也分别相对严整。

宽对，只要词性相同，便可相对。

一般的邻对，大约可以分为二十类：天文与时令，天文与地理，地理与宫室，宫室与器物，器物与衣饰，器物与文具，衣饰与饮食，文具与文学，草木花卉与鸟兽虫鱼，形体与人事，人伦与代名，疑问代词及"自""相"等字与副词，方位与数目，数目与颜色，人名与地名，同义与反义，同义与连绵，反义与连绵，副词与连介词，连介词语与助词。

自对，也叫当句对，对仗的一种，一句之中某些词语自成对偶。

借对，近体诗的一种对仗方式，或称为假对。它通过借义或借音等手段来达到对仗工整的目的。借对有两种借法。

错综对，古代韵文对仗的一种方式，它不拘字词的位置，相对的词语处于错综交叉的情况。

流水对，近体诗对仗的一种。流水对是出句与对句在意义上和语法结构上不是对立的，而是有上下相承的关系，两者不能脱离或颠倒，而是有一定秩序的语言结构。

扇面对，亦称"扇对"。旧体诗对偶格式之一，即隔句对，如第一句对第三句，第二句对第四句。一首诗中前联与后联形成对仗，便是扇面对。

经分析，"敕撰三集"中大多数汉诗都运用了对仗手法，其中，《凌云集》91首汉诗有83首运用了对仗，占整个诗集的91.21%；《文华秀丽集》有117首，占整个诗集143首汉诗的81.82%；《经国集》中除了

"赋"和"策下"两种体式外,还有210首汉诗,其中运用了对仗手法的有149首,占70.95%。

1.《凌云集》对仗分析

《凌云集》采用了多种对仗方式:工对、宽对、邻对、借对、错综对、扇面对、自对、合掌对、流水对。其中使用工对的汉诗有62首,宽对有38首,邻对有4首,借对有5首,错综对有1首,扇面对有3首,自对有8首,合掌对有1首,流水对有4首。其中,有的汉诗只采用了一种对仗,而有的汉诗又采用了两种或两种以上对仗。

(1) 采用一种对仗的汉诗

平城上皇《咏桃花》"气则严兮应制冠,味惟甘矣可求仙""一香同发薰朝吹,千笑共开映暮烟"属于工对。

嵯峨天皇《神泉苑花宴赋落花篇》"红英落处莺乱鸣,紫萼散时蝶群惊"属于工对。

嵯峨天皇《重阳节神泉宛赐宴群臣,勒空通风同》"树听寒蝉断,云征远雁通""晚巢犹含露,衰枝不衰风"均是工对。

嵯峨天皇《九月九日于神泉苑宴群臣,各赋一物得秋菊》"蕊耐朝风今日笑,荣霑夕露此时寒""把盈玉手流香远,摘人金杯辨色难"均属于宽对。

嵯峨天皇《秋日入深山》"牛天极嶂烟气入,暗地幽溪日影迟""听里清猿啼古木,望前寒雁杂凉飔"均是工对。

嵯峨天皇《夏日左大将军藤冬嗣闲居院》"回塘柳翠夕阳暗,曲岸松声炎节寒""吟诗不厌捣香茗,乘兴偏宜听雅弹"均是工对。

嵯峨天皇《和菅清公秋夜途中闻笙》"鸣簧出曲添羌笛,列管催调协雅琴""新声宛转遥夜振,妙响联绵远风沉"均是工对。

嵯峨天皇《听诵法华经,各赋一品,得方便品,题中取韵》"甚深知慧极难解,微妙因缘岂易量""续火香炉烟不灭,从风清梵响犹长"

均是工对。

嵯峨天皇《吏部侍野美闻使边城赐帽裘》"貂裘暖帽宜羁旅，特赠卿之万里行"是流水对。

嵯峨天皇《赠绵寄空法师》"松柏斜知甚静默，烟霞不解几年餐""禅关近日消息断，京邑如今花柳宽"均是宽对。

淳和天皇《九月九日侍宴神泉苑，各赋一物，得秋露，应制》"池际凝荷残叶折，岸头洗菊早花低""未央阙侧承双掌，长信宫中起只啼"均是工对。

淳和天皇《秋晚侍内殿宴》"舞态近□看处变，歌声遥入听中留"是工对。

淳和天皇《奉和春日游猎日暮宿江头亭子，应制》"鹕鹜遥似星光落，鸢尽还疑月影空""合晴征船唯见火，连宵浦树岂分红"都是工对。

淳和天皇《驾幸南池，后日简大将军》"芜蹊更辗先时跡，旧构还成昔日新"是工对。

藤原冬嗣《奉和圣制宿旧宫，应制》"宿殖高松全古节，前栽细菊吐新心""荒凉灵沼龙还驻，寂历稜岩凤更寻"均是工对。

菅原道真《晚夏神泉苑同勒深临阴心，应制》"王母仙园近，龙宫宝殿深""追凉天驿幸，纵赏凤舆临""竹疏长竿节，松倾小盖阴"均是工对。

仲雄王《谒海上人》"飞流驯道眼，动殖润慈澍①""字母弘三乘，真言演四句""石泉洗钵童，炉炭煎茶孺""瓶口挑时花，瓷心盛野芋""磬鸣员梵彻，钟响老僧聚""流览竺乾经，观释千硫赋"均是工对。

贺阳丰年《三月三日侍宴》"禊赏千斯岁，恩荣一伴春""松竹同宜古，莺花并状新"是工对。

贺阳丰年《留别故人》"一兹阻面□，百里块班条""风途飞蕊散，

---

① 澍（shù）：汉语通用规范二级字，形声字，该字始见于战国文字。意为"及时的雨"。

云路别魂销"均是工对。

贺阳丰年《同元忠初春宴纪千牛池亭之作》"贞交符水石，深寄契寒松""酒湛情弥畅，琴幽赏自从"均是工对。

贺阳丰年《代琴之词》"讬根方据险，抽干已临危""奔溜春秋坏，衡飚岁月吹"均是工对。

贺阳丰年《高士吟》"一室何堪扫，九州岂足涉""寄言燕雀徒，宁知鸿鹄路"均是工对。

贺阳丰年《伤野将军》"屈指驰三略，扬眉出二权""鼷头勋未展，马革志方宣"均是工对。

良岑安世《九月九日侍宴神泉苑，各赋一物，得秋莲，应制》"波收隐士三秋盖，浦落幽人九月裳"是工对。

上毛野颖人《春日归田直疏》"庭荒唯壁立，篱失独花存""空手饥方至，低头日已昏"都是宽对。

小野岑守《夏日神泉苑钓台，应制》"水近纶偏尽，轩低竿直临""岸喧瀑布落，浦暗橘柚阴"都是宽对。

小野岑守《九月九日侍宴神泉苑，各赋一物得秋柳，应制》"寒罄寥亮室留笛，衰荫凄凉不障楼""短暑晚斜星舍冷，边山尽唱塞途修"是宽对。

小野岑守《秋日皇太弟池亭，应制赋园字》"梨庭带露冷果落，芦蒲生风水叶翻"是工对。

小野岑守《奉和观佳人踢歌御制》"洛津回雪当韬影，巫岭朝云应敛行""河汤旧县先亡色，金谷新园无复荣"是工对。

小野岑守《奉和江亭晓兴诗，应制》"桌唱全闻边俗语，漂歌半杂上都音"是工对。

小野岑守《贺赐新集兼谢》"慎口三缄知光毁，悔过泗马性空驰""花径还开欲落笑，柳园尚看郁贸垂""一生非分恩涯久，万死何阶报不訾"是宽对。

小野岑守《砂土印佛，应制》"四八灵相省工巧，八十妙好废丹青"是宽对。

菅原清公《冬日汴州上漂驿逢雪》"云霞未辞旧，梅柳忽逢春"是宽对。

淡海福良麿《早春田园》"寒牖五出花，举厨一樽酒""四分一顷田，门外五株柳"是宽对。

仲科善雄《秋夜卧病》"卧来频改岁，年去复逢秋""照月三更静，无人四壁幽"都是宽对。

高丘第越《于神泉苑侍宴，赋落花篇，应制》"乍往乍还浮御盏，一连一断点仙衣"是自对。

坂上今继《涉信浓坂》"积石千里峻，危途九折分""人迷边地雪，马蹑半天云""岩冷花难笑，溪深景易曛"均是工对。

大伴氏上《渤海入朝》"片席聊悬南北吹，一船长冷去来潮"是宽对。

滋野贞主《王昭君》"朔雪翩翻沙漠暗，边霜惨烈陇头寒"是工对。

巨势志缨人《和进士贞主初春过菅祭酒旧宅怅然伤怀之作》"间庭宿草无复扫，虚院孤松自依声"是工对。

（2）采用两种或两种以上对仗的汉诗

平城上皇《赋樱花》的首联出句"光华照四方"与颔联出句"含笑亘三阳"构成扇面对；颈联中的"送气时多少"与"乘阴复短长"构成工对。

嵯峨天皇《重阳节神泉苑同赋三秋大有年，题中取韵，尤韵成篇》"芳英筵上荐，时菊盏中浮""林洞逢摇落，池清为潦收"均是工对；"蟋蟀藏声晓，蒹葭变色洲"中的"蟋蟀"属于动物类，"蒹葭"属于植物类，所以构成邻对。

嵯峨天皇《夏日皇太弟南池》"纳凉储贰南池里，尽洗烦襟碧水湾"中的"贰"寓意"背叛，怀有二心"，"襟"含"胸怀、心怀"之意，所以"储二"与"烦襟"构成了借对;"岸影见知杨柳处,潭香闻得芰荷间""风来前浦收烟远,鸟散后林欲暮闲"属于工对。

嵯峨天皇《秋日皇太弟池亭赋天字》"玄圃秋云肃,池亭望爽天"中的"秋云肃"与"望爽天"构成错综对;"远声惊旅雁,寒引听林蝉"属于工对;嵯峨天皇《江亭晓兴》"水气眼中来湿枕,松声觉后暗催听"是宽对;"天边晓月看如镜,户外朝山望似屏"中的"看"与"望"意思相近,"如"与"似"意思相同,因此构成了扇面对。

嵯峨天皇《春日游猎,日暮宿江头亭子》"遂兔马蹄承落日,追禽鹰翮拂轻风"是工对;"征船暮入连天水,明月孤悬欲晓空"是宽对;"不学夏王荒此事,为思周卜遇非熊"借用了夏桀亡国与周文王出猎遇吕尚的典故,属于借对。

嵯峨天皇《和左大将军藤冬嗣河阳作》"节序风光全就暖,河阳雨气更生寒"是宽对,"晓猿悲吟谁断得,朝花巧笑真堪看"中的"晓猿"与"朝花"分别属于动物与植物类别,构成邻对;"非唯物色催春兴,别有泉声落云端"中的"春兴"与"云端"分别属于时令与天文,构成邻对。

嵯峨天皇《和左金吾将军藤绪嗣过交野离宫感旧作》"废村已见人烟断,荒院唯闻鸟雀吟"是工对;"荆棘不知歌舞处,薜萝独向恋情深"是宽对。

嵯峨天皇《和左卫督朝臣嘉通秋夜寓直周庐听早雁之作》"绝域传书全汉信,关门表弓守胡戎""凌云阵影低天末,叫夜遥音振水中""葵女弹琴清曲响,潘郎作赋兴情融"均是工对;"朝搏渤懈事南度,夕宿烟霞耐朔风"是宽对。

嵯峨天皇《和菅清公赋早雪》"云晴朔方早雪降,从天落地本亡声"构成流水对;"班姬秋扇已无色,孙子夜书独有明"是工对;"梅柳此时花与絮,楼台并是银将琼"构成宽对。

嵯峨天皇《饯右亲卫少将军朝嘉通奉使慰抚关东》"离庭物侯虽初

夏，向处风烟未换春"中的"物候"属于时令，"风烟"属于天文，所以构成邻对；"乡心杳杳切归想，客路悠悠稀故人"是宽对。

嵯峨天皇《赠宾和尚》"水月寻常冷空性，风雷未敢动安禅"构成工对；"苦行独老山中室，盥漱偏宜林下泉"是宽对。

淳和天皇《奉和江亭晚兴，呈左神荣清藤将军》"水流长制天然带，山势多奇造化形"是宽对；"岸上松声眠里雨，舟中火色望前星"是工对。

藤原冬嗣《神泉苑雨中眺瞩，应制》"雨气三秋冷，凉风四面初""岸水飞还落，池荷卷且舒"均是工对；"芦洲未低雁，芳饵自群鱼"是宽对。

藤原冬嗣《和菅祭酒秋夜途中闻笙之什》"一长一短恼人情"中的"一长一短"构成自对；"风生柳际传鸾响，月照槐间写凤形"是工对。

仲雄王《早舟发》"浦边孤树远，天际片帆征"是工对；"钓火收残焰，榜歌送迥声"是宽对。

贺阳丰年《三月三日侍宴应诏》"布恩优月令，分思激春风"是宽对；"柳叶依丝绿，樱花拂舞红"是工对。

贺阳丰年《三月三日侍宴应诏》"间春开曲水，乘节施阳煦""献寿千祥溢，含漱万国附"是工对；"姻霞处处□，飞鸟番番遇"是宽对。

贺阳丰年《三月三日侍宴》"紫禁疏佳诏，青阳乐禊风""品汇春芳遍，早高夏预通"是宽对；"布帷分柳绿，袭佩挺兰红"是工对。

贺阳丰年《晚夏神泉苑钓台，同勒深临阴心，应制》"玉树长堆跨帝闉，珠流曝布写天临"里面的"玉树"与"曝布"相对，所以整句属于错综对；"千端赫赫承春换，百品差池仰夏阴"是工对。

贺阳丰年《别诸友入唐》"数君为国器，万里涉长流"是宽对；"奋翼鹏天眇，轩鳍鲲海悠""登山眉目结，临水泪何收"是工对。

贺阳丰年《史记竟宴，赋得传大史自序传》"宏材承五百，博瞻剑三千""第穴遗文借，梧巘古册全"均是工对；"张辅趁孤秀，日明耻独贤"是借对;"名高良史籍,身毁妒臣年"是宽对。

良岑安世《早秋月夜》"三秋三五夜,夜久夜风凉"是自对;"虫网露悬白,树条叶末黄"是宽对。

林娑婆《自山崎乘江赴赞岐,在难波江口,述怀,赠野二郎》"泛流催梶棹,指海共朝宗"是流水对;"渔火通宵烈,商帆拂曙逢""遥山疑接漠,远树似生江"均是工对。

林娑婆《久在外国,晚年归学,知旧零落,已无其人。聊以述怀。简山请益菅原五郎,桃李之报岂无坏》"物是人非日,悲来乐去时"是自对;"忘筌无故友,倾盖有新期"是宽对。

小野岑守《于神泉苑侍宴,赋落花篇,应制》"三阳二月春云半,杂树众花笑且散""青黄赤白天然染,南北东西非有情"均是自对;"昔闻一县荣河阳,今见仙源避秦汉""梅院不扫寸余紫,桃源委积尽所红""游蝶息寻叶初见,群蜂罢酿草才生"均是工对;"玉管千调无他曲,金罍①百味自能醇"是宽对;"台上美人夺花彩,拦中花彩如美人"是合掌对。

小野岑守《奉和圣制春女怨》"慈母教喻遂相泣,伴俦戏慰还共伤""庭前隐映茂青草,阶上班班点碧钱"是工对;"幽园独寝危魂魘,单枕梦啼粉颜穿"是流水对;"林暮归禽入檐啥,园曛游蝶抱花眠"是宽对。

小野岑守《奉和伤右卫大将军故宿弥御制》"廐马长吟从恋主,良弓久橐不复弦""柳条还生百中碎,伏石犹留一发穿"是宽对;"马鬣新封未及燥,燕泥旧感欲觉先""滋豢唯泣早朝露,古木空浮薄暮烟"是工对。

小野岑守《远使边城》"黄昏极嶂哀猿叫,明发渡头孤月团"是宽对;"唯余敕赐裘与帽,雪犯风牵不加寒"里的"裘与帽""雪犯风牵"分别构成自对。

---

① 罍(léi):古代一种酒器,多用青铜或陶制成。口小,腹深,有圈足和盖儿。

小野岑守《别故人之任赠琴》"单父思良宰，武城望雅闻"是宽对；"重财非子好，轻赠是吾分"是工对。

菅原清公《九月九日侍宴神泉苑，各赋一物，得秋山》"三山漂眇沧瀛外，五岳嵯峨赤县中""防霞古松千载翠，待风花叶九秋红"是工对；"落泉曝布悬飞鹄，晴雨收丝闭薄虹"里的"落泉曝布""晴雨薄虹"分别构成自对。

菅原清公《秋夜途中闻笙》"皇城陌上槐风肃，天汉波间桂月明""金商鸾曲秋声亮，玉管成文夜响清"是工对；"不知谁家郎第几，写鸾摸凤以吹笙""王子偶仙何处在，落滨遗态使人惊"是自对。

小野永见《田家》"结庵居三径，灌园养一生""水里松低影，风前竹动声"是工对；"糟糠宁满腹，泉石但欢情"是宽对。

小野永见《游寺》"息心归六度，改跡仰三轮"是工对；"水月非真晓，空花是伪春"是宽对。

淡海福良麿《言志》"弧树轮困久，三秋零落期"是流水对；"风霜日夜积，荣曜待何时"是自对。

淡海福良麿《被别丰后藤太守》"归雁遥将没，漂查去不留"是宽对；"边声四面起，悲泪数行流"是工对。

高丘第越《三月三日侍宴神泉苑，应诏》"寿爵山府久，恩波□谢深"是工对；"看花前后落，听鸟短长吟"中的"前后""短长"分别构成自对。

坂上今继《咏史》"陶潜不狎世，州里倦尘埃"是流水对；"琴中唯得趣，物外已忘怀""柳掩先生宅，花薰处士杯""遥寻南岳径，高啸北窗限"是工对。

滋野贞主《夏日陪幸左大将藤原冬嗣闲居院，应制》"寂然闲院当驰道，祗侯仙舆洒一路"是工对；"酌茗药室经行入，横琴玳席倚岩居""松阴绝冷午时后，花气犹薰风罢余"是宽对。

多治比清贞《奉和御制春朝雨晴，应制》"雨晴宸眺远，云罢彼苍披"是宽对;"朝露悬余滴,残虹卷半规"是工对;"梅香深浅度,柳色短长垂"是工对,其中的"深浅""短长"又分别构成自对。

多治比清贞《和营祭酒赋朱雀衰柳作》"畴昔荣华都不见,今时憔悴一应嗟"是流水对;"霜寒著树非真叶,霏雪封枝是伪花"是工对。

桑原宫作《伏枕吟》"抚孤枕以耿耿,陟屺岵而依依"是借对;"怅云花于遽落,嗟风树于俄衰""客断柳门群雀噪,书晶蓬室晚萤辉""月鉴帷兮影冷,风拂牖兮声悲""听离鸿之晓咽,睹别鹤之孤飞""心倒绝兮悽今日,泪潺湲兮想昔时"均是工对。

桑原腹赤《春日过友人山庄,探得飞字》"烟没主人柳,花薰客子衣"是宽对;"野童驱犊去,山叟负薪归"是邻对。

桑原腹赤《秋日于友人山庄兴饮,探得檐字》"白云杯下起,黄菊掌中黏"是借对;"野近兽驯座,林磷鸟望檐"是工对。

2. 《文华秀丽集》对仗分析

《文华秀丽集》也采用了多种对仗方式:工对、宽对、邻对、流水对、自对、借对、扇面对、错综对。其中采用工对的汉诗有74首,宽对有66首,邻对有19首,流水对有16首,自对有8首,借对有1首,扇面对2首,错综对3首。

(1) 采用一种对仗的汉诗

只采用了一种对仗方式的汉诗有:嵯峨天皇《春日嵯峨山院,探得迟字》"峰云不觉侵梁栋,溪水寻常对簾帷""莓苔踏破经年发,杨柳未悬伸月眉"均是工对。

小野岑守《江楼春望,应制》"桥头孤立一竿柱,湖口竞入千许桥""夌坨新色荒村绿,枫林初叶钓家香"是工对。

淳和天皇《秋日冷然院新林池,探得池字,应制》"积水全含湖里色,重岩不谢硖中危""径栽晚竹春余粉,岁浅新林未拱枝"是宽对。

仲雄王《寻良将军华山庄,将军失期不在》"一径南斜门树入,弧亭松色女萝飔"是宽对。

勇山文继《春日左将军临况》"檐下闲花光艳爚①,篱前修竹影檀栾"是工对。

嵯峨天皇《左兵卫佐藤是雄见授爵之备州谒亲,因以赐诗》"邑里儿童欢相待,村中耆耋拜邀迎""马蹋云山乡念切,猿啼海峤助羁行"是工对。

巨势识人《敬和左神策大将军春日闲院饯美州藤大守甲州藤判官之作》"飞鸟始乘鸟翼去,离弦频透鹤声弹""乡心远树孤云跡,客路边山片月寒"是宽对。

巨势识人《秋日别友人》"林叶翩翩秋日曛,行人独向边山云"是宽对。

桑原腹赤《月夜言离》"地势风牛虽异域,天文月兔尚同光"是工对。

淳和天皇《卧中简毛学士》"风夜忽闻窗外馥,卧中想得满枝开"是流水对。

坂上今雄《秋朝听雁,寄渤海入朝高判官释录事》"大海途难涉,孤舟未得回"是流水对。

坂上今继《和渤海大使见寄之作》"万里云边辞国远,三春烟里望乡迷""长天去雁催归思,幽谷来莺助客啼"是工对。

滋野贞主《春夜宿鸿胪,简渤海入朝王大使》"枕上宫钟传晓漏,云间宾雁送春声"是宽对。

王孝廉《在边亭赋得山花戏,寄两个领客使并滋三》"芳树春色色甚明,初开似笑听无声"是自对。

王孝廉《从出云州书情,寄两个敕使》"南风海路连归思,北雁长天引旅情"是宽对。

---

① 爚(yuè):火光;照,照耀;煮。

良岑安世《赋得季札》"晏子终纳色,孙文不听琴"是工对。

仲雄王《奉和重阳节书怀》"菊浦早花霜下发,荷潭寒叶水阴穿"是工对。

小野岑守《举和宿蕉居之什》"昔从骖驾曳裾出,今配龙舆锵佩回""檐前枯柳看后树,岸曲长松听初栽"是工对。

仲科善雄《奉和秋夜书怀之作》"清风吹起上林树,晓月光硫禁掖前"中的"上"与"前"构成错综对。

小野岑守《奉和卧病重阳节之作》"时菊不知高宴罢,黄花一两殿前开"是宽对。

姬大伴氏《晚秋述怀》"云天远雁声宜听,担树晚蝉引欲殚""菊潭带露余花冷,荷浦含霜旧盏残"是宽对。

巨势识人《和伴姬秋夜闺情》"真珠暗箔秋风闭,杨柳疏窗夜月寒"是宽对。

巨势识人《奉和长门怨》"尘生秋帐满,月向夜床寒""星怨靥难霁,云愁鬓欲残"是工对。

桑原腹赤《春和听捣衣》"暗中不辨杵低举,枕上唯闻声抑扬"是流水对。

菅原清公《奉和王昭君》"泣随重塞尽,愁向远天长""陇月分行镜,胡冰冻旅装"均是工对。

巨势识人《奉和折杨柳》"边山花映□,虚牖叶颦眉""楼上春萧怨,城头晓角悲"是工对。

嵯峨天皇《过梵释寺》"幽奇岩嶂吐泉水,老大杉松离旧藤""梵宇本无尘滓事,法筵唯有薜萝僧"是宽对。

淳和天皇《扈从梵释寺,应制》"飞栈树杪空云过,危磴岩头拂雾通"是宽对。

巨势识人《和澄公卧病述怀之作》"猿鸟狎梵宇,鬼神护法筵""涧花当佛笑,峰月向僧悬"是宽对。

多清贞《游北山寺》"高檐松上出，危路竹间行""梵语闻无餍，尘心伏不惊"是工对。

嵯峨天皇《和尚书右丞良安世铜雀台》"遗令奏弦管，空帷舞绮罗"是宽对。

桑原腹赤《仰同尚书良右丞铜雀台》"一朝雄志减，千载爵□寒""北上临风咏，西陵向月看"是工对。

桑原腹赤《奉和伤野女侍中》"孤坟对月贞女硖，阅水咽云孝子泉""柳絮父词身后在，兰纷妇德世间传""野暗骖嘶通白雾，山空挽响入黄烟"是工对。

嵯峨天皇《哭宾和尚》"松掩旧□犹郁茂，草暗新塔渐荒凉""禅林时见擢技干，梵宇长怀失栋梁"是工对。

嵯峨天皇《同内史滋贞主追和武藏录事平五月访幽人遗跡之作》"岁月经书古，烟萝仙灶亡""严肩松作盖，虚室石为床"是宽对。

平五月《访幽人遗跡》"玄经空秘卷，丹灶早收烟""影歇青松下，声留白骨前"是宽对。

藤原冬嗣《河阳花》"吹入江中如濯锦，乱飞机上夺女沙"是宽对。

藤原冬嗣《故关柳》"故关折罢人烟稀，古堞荒凉余杨柳"中的"稀"与"余"构成错综对。

良岑安世《五夜月》"一看圆镜羁情断，定识闺中亿不歇"中的"圆镜"与"闺中"是器物与宫室相对，构成邻对。

仲雄王《山寺钟》"天籁相和幽洞谷，余音过尽白云峰"是工对。

仲雄王《河阳桥》"上承紫宸长栱宿，下送苍海永朝潮"中的"紫宸"与"苍海"是宫室与地理相对，构成邻对。

朝野鹿取《江上船》"已似飞龙游云里，还看翔风入天边"是工对。

嵯峨天皇《舞蝶》第二句"杂色纷纷花树中"与第四句"无心处处舞春风"构成扇面对。

滋野贞主《和巨内记讬春日四咏》"故年剪瓜今春归，栋字改修猜未依"是宽对。

佐伯长继《春和观新燕》"海燕新来度春天,差池羽翼如往年"构成错综对。

小野年永《春和观新燕》第二句"遥经圣眼奏新声"与第四句"先负汉家妖艳名"构成扇面对。

小野岑守《奉和听新莺》"御柳初暖仰狎狎,帝梧犹寒未易就""涩音近恩先杂沓,弱羽承煦早差池"是工对。

宫原村继《奉和过古关》"皇猷远被车书同,关路长开古镇空"是宽对。

桑原腹赤《和野内史留后看殿前梅之作》"向南仙仗从,临北彩花残""待蝶香犹富,藏莺影未宽"是工对。

小野岑守《奉和先韵》"水添鞞鼓咽,月湿鑯①衣寒"中的"水"与"月"是地理与天文相对,构成邻对,"独提敕赐剑,怒发屡冲冠"中的"剑"与"冠"是器物与衣饰相对,构成邻对。

仲雄王《书怀呈王中书》"边旅十年老时明,海行千里入帝城"是宽对。

菅原清公《赋得络纬无机,应制》"细纬元无杼,疏经不待机"是工对。

良岑安世《山亭听琴》"一闻烧尾手下响,三峡流泉座上知"是宽对。

巨势识人《琴兴》"独居想像嵇生兴,静室一弄五弦琴""形如龙凤性闲寂,声韵山水响幽深"是宽对。

(2) 采用两种或两种以上对仗的汉诗

同时采用两种或以上对仗方式的汉诗有:嵯峨天皇《江头春晓》"云气湿衣知近岫,泉声惊寝觉邻溪"中的"云""泉"是天文与地理

---

① 鑯(jiān):铁器;古同"尖",尖锐。

相对，构成邻对；"天边孤月乘流疾，山里饥猿到晓啼"是宽对。

淳和天皇《春日侍嵯峨山院，探得回字，应制》"鸟啭遥闻缘阶堑，花香近得抱窗梅"中的"鸟"与"花"是动物与植物相对，构成邻对；"攒松岭上风为雨，绝涧流中石作雷"是工对。

嵯峨天皇《春日大弟雅院》"阳砌虽看新柳色，阴阶常点旧苔斑"是工对；"就暖晴花开簾外，欲巢时鸟啄庭间"中的"晴花"与"时鸟"是植物与动物相对，构成邻对。

仲雄王《奉和春日江亭闲望》"野甸宸哀远，川皋睿望赊""猿深云树峡，鹤立浪痕沙""古橡松萝院，春窗杨柳家""水乡渔浦近，山馆凤庭遐""老圃锄迟日，商帆舣早霞""驿门临迥陌，亭子隐高葩"是工对；"岸阴生液乳，洲暖长芦芽""绚服侍臣马，垂鬟公主车"是宽对。

巨势识人《奉和春日江亭闲望》"园林半灼灼，原野尽芊芊""日暖鸳鸯水，风和杨柳烟""山光霁后绿，江气晚来鲜""草色洲中短，花香窗外传""归声闻丢雁，春响送鸣鹃"是工对；"远树绕湖小，长波接海连""潮生孤屿没，雾卷巨帆悬""流静看游艇，溪幽听落泉"是宽对。

嵯峨天皇《夏日临泛大湖》"邑女采莲伴，村翁钓鱼徒"中的"莲"与"鱼"是植物与动物相对，构成邻对；"风前翻浪起，云里落帆弧""浦香浓卢橘，洲色暗苍芦"是工对。

淳和天皇《夏日左大将军藤原朝臣闲院纳凉，探引得闲字》"送春蔷棘珊瑚色，迎夏岩苔玳瑁斑"是工对；"避景追风长松下，提琴捣茗老梧间"是宽对。

巨势识人《嵯峨院纳凉，探得归字，应制》"池际追凉依竹影，岩间避暑隐松帷"是工对；"千年驳藓覆阶密，一片晴云亘岭归"是宽对。

朝野鹿取《秋山作，探得泉字，应制》"羽客裳斑蜕气度，隐人带绿女萝悬"是宽对；"溪生浓雾织薄縠，水写轻雷引飞泉""入谷犹知玄牝道，登峦何近白云天"是工对。

嵯峨天皇《和金吾将军良安世春齐别筑前王大守还任》"山随客路春光送，人至他乡交结稀"是宽对；"离心积日风烟远，回首前程指落晖"是工对。

巨势识人《春日钱野柱史奉使存问渤海客》"迟日未销边路雪，暖烟遍著主人杨"是宽对；"天涯马踏浮云影，山里猿啼朗月光"是工对。

巨势识人《春日别原橼赴任》"水国天边千里远，暮山江上一猿吟"是宽对；"白鸥狎人随丢舳，青草连湖傍客心"是邻对。

仲雄王《蒙谴外居，聊以述怀，敬简金吾将军》"儒家偏随樽俎趣，帝宅朝例不生知""阁外空闻歌管响，阶前隔见舞台姬""昏归耻对闺中妾，夜卧强谈床上儿"是工对；"厚壤焦情无踏处，高弩负谴更何祈"是宽对；"终离节会簪缨列，独漏寰瀛云雨施"是宽对；"过重功轻心自解，恩深责浅几铭肌"中的"重"与"轻"，"深"与"浅"构成自对。

小野岑守《在边赠友》"衿霭异县泪，衣缓故乡围"是工对；"弦望年频改，弓鞍力稍非"中的"弦望"借指时日、岁月，构成借对。

桑原腹赤《和渤海入觐副使公赐对龙颜之作》"渤海望无极，苍波路几千"是流水对；"占云遥骤水，就日远朝天""庆自紫霄降，恩将丹化宣"是工对。

王孝廉《和坂领客对月思乡见赠之作》"寂寂采明夜，团团白月轮"是流水对；"几山明影彻，万象水天新"是宽对。

嵯峨天皇《史记讲竟，赋得张子房》"沙中义初发，山中感弥玄""封敌反谋散，招翁储贰全""定都是刘说，违宰劝萧贤"是工对；"形容类处女，计书挠强灌"是宽对。

仲雄王《赋得汉高祖》"汉祖承尧绪，龙颜应晦冥""吕公惊缨相，王媪感奇灵""望气秦皇厌，寻云吕后停""乌江穷楚项，轵道降秦婴"是工对；"径关创汉统，军旅入咸京"是流水对；"搂乱资三杰，膺天聚五星""命革登乾极，时平戢甲兵"是宽对。

菅原清公《赋得司马迁》"龙门初降化，禹穴渐研精""三千犹存眼，五百但嫌情""终令万祀下，长作百王祯"是工对；"续孔春秋发，基轩得失明"中的"春"与"秋"、"得"与"失"构成自对；"实录传无地，洪漪游不停"是宽对。

菅原清公《奉和春闺怨》"庭前见舞鸾常显，楼上吹箫凤末臻""要身屡验真知瘦，眼险常啼谩似肥""合欢寂院宁蠲忿，萱草闲堂反召悲""可妬桃花徒映靥，牛憎柳叶尚舒眉""良人不意思归引，贱妾常吟薄命篇""胸上积愁应满百，眼中行泪且成千""頬思嫩听门前鹊，衰面惭当镜里莺"均是工对；"桑下受金君岂咎，机中织锦讵能嘉""春苑看花泣长安，宵闺埋线忆桑乾"是宽对。

朝野鹿取《奉和春闺怨》"十五能歌公主弟，二十工舞季伦家""水上浮萍岂有根，风前飞絮本无蒂""池前怅看鸳比翼，梁上惭对燕双栖""泪如玉箸流无断，发似飞蓬乱复低"是工对；"洛阳城东桃与李，一红一白蹊自成"中的"桃与李""一红一白"构成自对；"锦褥玳筵亲惠密，南鹏东鲸还是轻"中的"锦褥玳筵""南鹏东鲸"构成自对；"如萍如絮往来返，秋去春还积年岁"中的"如萍如絮""秋去春还"构成自对；"似登陇首伤已绝，非入楚宫腰忽细"是宽对。

巨势识人《奉和春闺愁》"绮筵朝共琅玕食，锦褥夜同翡翠帷""金绣罗衣尽啼湿，银庄缕带日瘦缓""昔时送别秋芦白，此日愁思春草萋""柳塞回鸿引群度，杏梁来燕比翼栖""闲庭点点苍苔驳，暗牖依依绿柳低"是工对；"室床春夜无人伴，单寝寒衾谁共暖"中的"无"是副词，"谁"是疑问词，构成邻对；"阶前花积妾不扫，窗外莺啼妾复啼"中的"花""莺"构成邻对；"皇城一去关山远，闺阁连年音信稀""自恨相别不相见，使妾长叹复长思""片时枕上梦中意，几度往还塞外途"是流水对；"双蛾眉上柳叶颦，千念笑中桃花歇"是宽对。

巨势识人《奉和春情》"玉户愁褰苏合帐，花蹊懒曳石榴裙"是工对；"莺啼庭树不堪妾，雁向边关难寄君"是宽对。

嵯峨天皇《长门怨》"秋风惊桂殿，晓月照兰台"是工对；"对镜容华改，调琴怨曲催"是流水对。

嵯峨天皇《婕妤怨》"昭阳辞恩宠，长信独离居"是工对；"团扇含愁咏，秋风怨有余""闲阶人迹绝，冷帐月光虚"是宽对。

巨势识人《奉和婕妤怨》"背时同辇爱，翻怨裂纨情""孤帐秋风冷，空簾晓月明"是工对；"啼颜拭尚湿，愁黛画难成"是流水对。

桑原腹赤《奉和婕妤怨》"昭阳歌舞盛，长信绮罗愁"是工对；"月向空帷落，风经暗叶琉"是宽对。

嵯峨天皇《王昭君》"弱岁辞汉阙，含愁入胡关"是流水对；"沙漠壤蝉鬓，风霜残玉颜"是工对。

良岑安世《奉和王昭君》"魂情还汉阙，形影向胡场"是流水对；"怨逐边风起，愁因塞路长"是工对。

朝野鹿取《奉和王昭君》"寄眉逢雪坏，裁鬓为风残"是工对；"寒树春无叶，胡云秋早寒"是宽对。

藤原是雄《奉和王昭君》"含悲向胡塞，辞宠别长安"是流水对；"马上关山远，愁中行路难"是宽对；"脂粉侵霜减，花簪冒雪残"是工对。

嵯峨天皇《梅花落》"鹍鸣梅院援，花落舞春风"是邻对；"历乱飘铺牠，佛徊颸满空"是工对；"汪香熏枕席，散影度房栊"是宽对。

菅原清公《奉和梅花落》"花点红罗帐，香萦玉镜台"是工对；"榆关消息断，兰户岁年催"是流水对；"未度征人意，空劳锦字回"是宽对。

嵯峨天皇《折杨柳》"花寒边地雪，叶暖妓楼吹"是工对；"久戍归期远，空闺别怨悲"是流水对。

嵯峨天皇《答澄公奉献诗》"杖锡凌溟海，蹑虚历蓬莱""朝家无英俊，法侣隐贤才""祖肩临江上，洗足踏岩隈""梵语翻经阁，钟声听香台""经行人事少，宴坐岁华催"是工对；"形体风尘隔，威仪律节开"是宽对;"羽客亲讲席,山精供茶杯"是流水对。

嵯峨天皇《和光法师游东山之作》"幽栖东岳上,禅坐对林峦"是错综对;"法宇传经久,深山乞食难"是工对;"溪流猿共漱,野飯鬼相餐"是宽对。

藤原冬嗣《扈从梵释寺,应制》"入定老僧不出户,随缘童子未下山"是工对;"法堂寂寂烟霞外,禅室寥寥松竹间"是宽对。

嵯峨天皇《和澄公卧病述怀之作》"对境知皆幻,观空厌此身"中的"皆"是副词,"此"是代词,构成邻对;"柏暗禅庭寂,花明梵宇春"是工对。

仲雄王《和澄公卧病述怀之作》"天台萝月思,佛陇白云情"是工对;"院静芭蕉色,廊虚钟梵声"是宽对。

锦部彦公《题光上人山院》"经行金策振,安坐草衣闲"是工对;"寒竹留残雪,春蔬採旧山"中的"雪"与"山"构成邻对。

藤原冬嗣《奉和伤野女侍中》"鳄年从官陪层秘,华发辞荣返故乡"是流水对;"川月不留残魄影,风灯何□寸烟光"是宽对,"宫姬口实推贞素,列女传文载俭良"是工对。

嵯峨天皇《侍中翁主挽歌词》"哀挽辞京路,客车向暮田"是流水对;"戚里繁华歇,皇家淑德收""月色恒娥惨,星光织女愁"是工对;"悲伤盈旦暮,悽感积春秋"中的"旦暮""春秋"分别构成自对。

菅原清公《奉和侍中翁主挽歌词 二首》"晨曙敛无驻,春花落有期""凤掖荣华尽,为书卜兆通"是宽对;"向朝伤薤露,欲暮泣杨风""汉浦星光缺,秦楼月影空"是工对。

巨势识人《奉和侍中翁主挽歌词》"夜溪生涯尽,佳城艳□沦"中的"溪""城"是地理与宫室相对、构成邻对;"婺星藏远汉,仙桂落虚轮"中的"远汉"与"虚轮"是地理与天文相对,构成邻对;"晓月铭旌出,春山辕马通"中的"晓月"与"春山"是天文与地理相对,构成邻对;"淑问遗仍在,恩荣殁更新""繁箾悲薤露,尽翌送松风"

"洛雪回光罢,巫云行影空"是工对。

藤原冬嗣《和武藏平录事五月访幽人遗迹之作》"玄书明月照,白骨老猿啼"是宽对;"风度松门寂,泉飞石室凄"中的"风"与"泉"是天文与地理相对,构成邻对。

朝野鹿取《飞燕》"衣玄裳素入兰闺,双去双来不独栖"中的"衣玄"与"裳素"、"双去"与"双来"构成自对;"梁上登巢居是逸,簾前向户飞暂低"构成工对。

嵯峨天皇《代神泉古松伤衰歌》"昔从凡木殖上林,过却风霜年几深"是宽对;"不是辞荣好寂寞,还愁禀质抱幽情"是邻对。

仲雄王《奉和代神泉古松伤衰歌》"孤松盘屈薜萝枝,贞节苦寒霜雪知"是流水对;"御□琴台回仙嘱,风入飕飗添清曲"是宽对。

嵯峨天皇《冷然院各赋一物,得涧底松》"薜萝常掛千条重,云雾时笼一盖长"是宽对;"高声寂寂塞炎节,古色苍苍暗夕阳"中的"炎节"与"夕阳"是时令与天文相对、构成邻对。

桑原腹赤《冷然院赋一物,得瀑布水,应制》"惊鹤偏随飞势至,连珠全逐逆流颓"是宽对;"岩头照日犹零雨,石上无云镇听雷"是工对。

桑原广田《冷然院各赋一物,得水中影,应制》"看花疑有馥,听叶不鸣风"是工对;"一鸟还添鸟,孤丛更向丛"构成自对。

滋野贞主《奉和玩春雪》"姑射遥闻一处子,王门时见五车轮"是宽对;"凝黏翠箔悬珠滴,竞入妆楼作玉尘"中的"翠箔"与"妆楼"是器物与宫室相对、构成邻对。

巨势识人《春日侍神泉苑,赋得春月,应制》"窗外曲钩卷疑箔,空中悬镜不关台"是宽对;"渐圆光随汉东蟒,半缺影逐淮南灰"是工对。

滋野贞主《观斗百草,简明执》"红花绿树烟霞处,弱体行疲园径遐"中的"红花绿树"与"弱体行疲"分别构成自对;"荞篱绿刺障萝衣，柳陌青丝遮画眉"是宽对；"菲散蓄虑竞风流，巧笑便娟矜数筹"中的"蓄虑"与"便娟"是人事与形体相对，构成邻对。

嵯峨天皇《赋得陇头秋月明》"关城秋夜净，孤月陇头团"中的"关城"与"陇头"构成错综对；"水咽人肠绝，蓬飞沙塞寒"是宽对；"离笳惊山上，旅雁听云端"是工对。

巨势识人《和野柱史观斗百草简明执之作》"寻花万缨攀桃李，摘叶千回绕蔷薇"是工对；"后将一蕊争两蓓，证者一判筹初负""奇名未尽日又斜，胜人不听后朝报"是宽对。

嵯峨天皇《和内史贞主秋月歌》"云暗空中清辉少，风来吹拂看更皎"是流水对；"形如秦镜出山头，色似楚练疑天晓""皎洁秋悲斑女扇，玲珑夜鉴阮公帷""三更露重络缱鸣，五夜风吹砧杵声""寒声淅沥竹窗虚，晚影萧条柳门疏"是工对；"群阴共盈三五时，四海同朋一月辉""明月年年不改色，看人岁岁白发生"是宽对。

桑原腹赤《同和秋月歌》"历历众星皆掩辉，悠悠万象不逃形""叶映洞庭波里水，珠盈合浦蚌心胎""点彩萧疏杨柳堤，凝华遥裹白云倪""汉边一雁负书叫，外城千家捣衣声"是宽对；"吴江影下寒鸟宿，巫峡光中晓猿啼""长信深宫圆似扇，昭阳秘殿净如练"是工对。

嵯峨天皇《神泉苑九日落叶篇》"自然洒落任朔风，摇飏徘徊满云空""虚条缩槭枫江上，旧盖穿遒荷潭里"是工对；"朝来暮往无常时，北度南飞宁有期"中的"朝来暮往""北度南飞"分别构成自对；"塞外征夫戍辽西，闺中孤妇怨暌携"中的"塞外"与"闺中"是地理与宫室相对，构成邻对。

巨势识人《神泉苑九日落叶篇，应制》"飏空无著千余满，积地不扫尺许深""洞庭随波色泛映，合浦恩风影飘扬""刘安独伤长年叹，屈平多增迟暮忧""紫塞寒风苦铁衣，红楼夜月怨罗帷""衰影遥知楚山桂，余香犹想吴江枫"是工对；"绕丛宛似庄周蝶，度浦遥疑郭泰舟"是宽对；"四时寒暑来且往，一岁荣枯春与秋"中的"寒暑来且往"

"荣枯春与秋"分别构成自对。

巨势识人《和滋内史奉使远行观野烧之作》"状似天河晓星落,色如仙灶暮烟满""寒冰镕尽百谷中,热云蒸落九天空"是工对;"山鸟愁伤构巢树,野人畏著编宇蓬"是宽对。

3.《经国集》对仗分析

《经国集》也采用了多种对仗方式:工对、宽对、邻对、借对、自对、流水对、错综对、扇面对。其中采用工对的汉诗有138首,宽对有92首,邻对26首,借对有1首,自对有3首,流水对有23首,错综对有4首,扇面对有5首。

(1)采用一种对仗方式的汉诗

只采用了一种对仗方式的汉诗有:嵯峨天皇《塞下曲》"汉家天子恩难报,宋尽凶奴岂显身"是工对。

菅原清公《奉和塞下曲》"万里他乡无与晤,遥瞻汉月自南来"是流水对。

菅原清公《奉和塞上曲》中的第二句"将军浴铁向桑乾"与第四句"壮土为恩未识难"构成扇面对。

有智子内亲王《奉和关山月》"悬珠露叶净,临扇霜华清""塞雁晴空断,孤猿晓峡鸣"均是工对。

菅原清公《奉和关山月》"影共征输满,光含旅镜明""龙城照空阵,雁塞□星营"是工对。

滋野贞主《奉和关山月》"弓弯汉卒臂,□挂胡儿鞍""□阵鼓声死,伍营兵气寒"是宽对。

小野岑守《梅花引》"百卉寒无色,梅花独有春"是宽对。

趁德天皇《赞佛》"慧日照千界,慈云覆万生""亿缘成化德,感心演法声"是工对。

藤原冬嗣《见老僧归山,应太上天皇制》"老僧落叶往玄虚,策杖伸腰四克余"是错综对。

嵯峨天皇《和藤是雄春日过安禅师旧院》"草堂空驻松罗月，石室罢翻了义经""护法鬼神何日会，随缘猿鸟竟谁听"是宽对。

嵯峨天皇《与海公饮茶送归山》"香茶酌罢日云暮，稽首伤离望云烟"是流水对。

滋野善永《和惟治中秋日卧疾华严寺堂□宫之作》"古径人来远，霜林鸟道疏""吹螺山寺晓，鸣磬谷风余"是宽对。

源弘《奉和太上天皇访净上人病》"野客时来通幽问，疏钟独返白云间"是宽对。

源常《奉和太上天皇访净上人病》第一句"支公卧病遭居诸"与第三句"山客寻来若相问"构成扇面对。

嵯峨天皇《寄净公山房》"古寺从来绝人踪，吾师坐夏老云峰""幽情独卧秋山里，觉后恭闻五夜钟"是流水对。

嵯峨天皇《和良将军题瀑布下兰若简清大夫之作》"空堂望崖银河发，古殿看溪白虹临""雾雨洒来霭炉气，雷风喷怒乱钟音"是工对。

惟良春道《春道晚听山磬》"镜色每将空性彻，冰华长馨道心虚""鲤浮击磬含风远，于哄鸣钟带雨疏"是工对。

释空海《南山中，新罗适者见过》"吾佳此山不记春，空观云日不见人"是宽对。

释空海《过金山寺》"古㹻①满堂尘暗色，新华落地鸟繁声"是宽对。

释空海《留别青龙寺义操阿阇梨》"同法同门喜遇深，游空白雾忽归岑"是宽对。

释空海《在唐观昶法和尚小山》"看竹看花本国春，人声鸟哢汉家新"是自对。

---

① 㹻（kěn）：古同"啃"，咬；古通"恳"，诚恳。

石上宅嗣《三月三日于西大寺，侍宴应诏》"三升三月启三辰，三日三阳应三春""凤盖凌云临觉苑，鸾舆耀日对禅津""青丝柳陌莺歌足，红蕊桃溪蝶舞新"是工对。

淡海三船《于内道场观虚空藏菩萨会》"凤阙留仙影，龙墀演法音""是空神尚寂，即色理逾深""夕梵闻云岭，朝钟彻雾林"是工对。

淡海三船《赠南山智上人》"得意千年桂，同香四海兰""野人披薜衲，朝隐忘衣冠"是工对。

岛田清田《同安领客感客等礼佛之作》"合掌焚香忘有漏，回心颂偈觉迷津""法风冷冷疑迎晓，天萼辉辉似入春"是工对。

小野年永《夏日同美郎遇雨过菩提寺作》"垂鞭抚辔无所往，便寄玄炉且悽息""古殿磴薰栴檀香，山僧法服薜花色""深窗欲曙凭松暗，绝巘初明衔云萝"是宽对。

平城天皇《咏殿前梅花》"发艳将桃乱，传芳与桂欺""可攀犹可折，堪寄亦堪贻"是工对。

高村田使《奉和殿前梅花》"紧葩承日笑，黄蕊对风开""舞蝶飞更聚，歌莺去且来"是工对。

平城天皇《落梅花》"飘飘投暮牖，散乱拂晨扉""萼尽阴初薄，英疏馥稍微"是工对。

小野岑守《奉和落梅花》"窗前将敛素，簾下未锁红""著面催妆妇，黏衣助女工"是工对。

平城天皇《咏庭梅》"庭梅竞艳色，朝暮正芳菲"是宽对。

有智子内亲王《奉和春日作》"烟轻新草绿，林暖早花芳""余雪落梅院，游丝垂柳塘"是宽对。

菅原清公《奉和春日作》"和风催柳扎，残雪伴梅花""树暖莺能语，丛芳蝶自奢"是工对。

嵯峨天皇《见滋贞主春日病起》"辞阙沈痾久，别来秋复春"是流水对。

嵯峨天皇《和菅清公春雨之作》"京洛嚣尘敛,韦台夕影朦""悬珠新古树,含润短修丛"是工对。

滋野贞主《和菅清公春雨之作》"杏花新色浅,菖叶早茎纤""暮影频来馆,春声不断檐"是工对。

淳和天皇《看源童子书迹》"花间垂露绿毫满,峰际崩云逐点安"是宽对。

释空海《现果诗》中的第一句"青阳一照御苑中"与第三句"春风一起馨香远"构成扇面对,第二句"梅蕊先众发春风"与第四句"花暮相晖照天宫"也构成扇面对。

贺阳丰年《咏樱》"独抱后肘叹,还开仲节英""风前香自远,日下色逾明"是工对。

惟良春道《奉和太上天皇春堂五咏》"清影未尝欺暗室,挑时更使圣明增"是错综对。

滋野贞主《文友见过,赋莺勒情晴字》中的第二句"杂吹新声旧岁情"与第四句"群飞入我晚风晴"是错综对。

滋野贞主《和藤神策大将闭门好静花鸟驯人不胜感什》"松萝宜避骖,苔藓不看尘""叶暗寸余丝,花残数片春"是宽对。

贺阳丰年《咏禁苑鹰生雏》"依昂留圣瞩,神俊狙禅风""理翾情方盛,回眸气不穷"是工对。

淡海福良满《月下听孤雁》"只影霜中没,孤音月下闻""单飞倦缴网,独唳怨离群"是工对。

纪长江《赐看红梅探得争字,应令》"香虽萝衣犹可误,光添妆脸遂应争"是宽对。

滋野善永《九日玩菊花篇应制》"餐英闲作湘南客,饮水延年郦北乡"是工对。

良岑安世《途中九日》"客里三秋暮,途中九日来"是流水对。

巨势识人《九日林亭赋得山亭明月秋应太上天皇制》"云鹤晴飞紫

霄上，野猿清叫清溪口"是工对。

巨势识人《奉和捣衣引》"鸳让独泣窦生妻，捣衣罢华裁初织"是宽对。

嵯峨天皇《青山歌》"乍晴乍暗一旦变，凝烟积翠四时转"是流水对。

平城天皇《旧邑对雪》"如花梅下乱，似絮柳前萦""洁白因逢立，污玄以染成"是工对。

滋野贞主《奉和除夜》"预喜仙龄难老歇，还悲人事易蹉跎""春声北向雁将少，晓听南惊鹭未多"是工对。

惟氏《奉和除夜》"烟岚向暖迎年色，山烛闲燃避世人"是宽对。

淡海福良满《夕宿播州高砂》"凄凄抱霜雪，夜夜宿波澜""钓火遥南岸，渔歌怨北湾"是工对。

朝原道永《咏雪应诏》"春絮萦冬柳，新花发旧梅""王家银作屋，帝里玉为台"是工对。

小野岑守《奉试咏天》"列位三光转，因时万物通""穷阴终谢北，阳煦早惊东""就日望唐帝，披云睹乐公"是工对。

南渊弘贞《奉试咏梁，得尘字》"凤阁将成岁，龙楼结构辰""杏翻华日影，梅起妙歌尘""带紫朝光断，含丹晚色新"是工对。

路永名《不堪奉试》"纤鳞迸浪惭力微，弱羽逢风倦退飞"是工对。

藤原关雄《奉和咏尘》"紫陌暮风发，红尘霭霭生""床中随电影，梁上洗歌声""老氏和光训，庄生守俭情""拂林凝雾薄，飘沼似雨轻""战路从柴曳，妆楼含镜冥"是工对。

菅原善主《奉和咏尘》"遇霖时聚敛，承吹乍雾霏""洛浦生神袜，都城染客衣""朝随行盖起，暮追去轩归"是工对。

惟良春道《和菅大夫晓头闻雁卒尔成篇》"先群飞稍远，后舞来复前""弱羽资风力，危声任月弦"是工对。

瑙高庭《石决明词》中的第一句"七孔本无对"与第三句"胎珠

光未显"构成扇面对。

滋野贞主《奉和清凉殿画壁山水歌》"村乡县邑十州记，诡色环名山海经"是工对。

小野篁《秋云篇，示同舍郎》"初触奉石一片起，盲风吹鬣九围浮"是宽对。

惟良春道《秋云篇，示同舍郎》"下临不测之峥嵘，上仰穷高之空碧"是工对。

嵯峨天皇《和野评事旅行吟》"久戍君为客，幽居我作翁"是工对。

（2）采用两种或两种以上对仗的汉诗

采用两种或两种以上对仗的汉诗有：有智子内亲王《奉和巫山高》"积翠临苍海，飞泉落紫霄"中的"苍海""紫霄"是地理与天文相对，构成邻对；"阴云朝晻暧，宿雨夕飘飖"是工对。

巨势识人《奉和巫山高》"危岩干鸟路，虚谷写雷鸣"是宽对；"云临朝馆起，雨向夕台行"是工对。

嵯峨天皇《和藤是雄旧宫美人入道词》"遁世明皇出帝畿，移居旧邑遭岁时"是流水对；"娇心欲识乖□缚，弱体那堪著草衣""山殿风声秋梵冷，汉窗月色晓禅悲"是工对。

嵯峨天皇《和惟逸人春道秋日卧疾华严山寺精舍之作》"风竹时明合，声钟晓动摇"是宽对；"道心登静境，真性隔尘嚣""阅蔼禅庭禅，观空法界蕉"是工对。

淳和天皇《闻右军曹贞忠入道因简大将军良公》"昨朝剑戟陪丹阁，今夕僧衣向花宫"中的"剑戟"与"僧衣"是器物与衣饰相对，构成邻对；"苔藓密间乏尘垢，松杉攒处有清风""山雾始开无明气，溪泉欲洗梦心聋"是工对。

嵯峨天皇《和御制闻右军曹入道简大将军良公》"尘衣已替薜萝衲，道帷初寒杨柳绵"是工对；"古寺莓苔新跡破，草堂磬梵旧声传""对镜持斋宜野果，观空炉气和山烟"是宽对。

良岑安世《奉和圣制闻右军曹贞忠入道见赐》"功忠非独兵澜士，护国之诚法门人""服色就真道体改，冠痕未减半额分"是工对；"丹阙上书已罢职，缁坛落发不关尘"是流水对；"九熏城里回头望，一乘车前专意臻"中的"城"与"车"是宫室与器物相对，构成邻对；"秋岚晚偈对黄叶，晓月疏钟在白云"是宽对。

三原春上《扈从梵释寺，应制》"銮舆近出王畿外，仙盖高飞天阙中""老僧护怯心弥寂，童子虚餐体既穷""徐出庄梯知俗远，闲游石落觉尘空"是工对；"合掌凝眸寻鹫岭，焚香散蕊拜龙宫""禅扬藓色无冬夏，幽谷松声有隔通"是宽对。

藤原三成《春日山寺，探得春字》"法堂寂寞凡几辰，云树朦胧欲暮春"是宽对；"遥听风中诵经处，定知时有安禅人"是流水对。

良岑安世《登延历寺，拜澄和尚像》"溟海占杯路，天台求法轮"是工对；"道与乾坤远，基将日月均"中的"乾坤"象征天地，构成借对；"炉烟犹似昔，形像正疑真""定室苔封砌，禅房云是邻""登攀春黛里，拜顶暮钟辰"是宽对。

释空海《入山兴》"汝日西山半死士，汝年过半若尸起"是流水对；"南山松石看不厌，南岳清流怜不已"是工对，"莫慢浮华名利毒，莫烧三界火宅里"是宽对。

朝原道永《孟兰盆会悲感归心》"归依三界主，景慕六通贤""拔苦覃穷地，酬恩达昊天""善哉为子道，拔苦遂安亲"是工对；"花飘开法宇，香泛发饥唇"是宽对。

淡海三船《扈从圣德宫寺》"南岳留残影，东州现应身""经生名不成，历世道弥新"是工对；"寻智开明智，求仁得至仁"是自对；"垂文传正法，照武扫凶臣""茂实流千载，英声畅九垠""宝地香花积，钧天梵乐陈"是宽对；"我皇钦佛果，回驾问芳因"是流水对。

淡海三船《听维摩经》"演化方文室，谈玄不二门"是工对；"已观心有种，旋觉理无言""地似毗耶域，人疑妙德尊"是宽对。

淡海三船《和藤六郎出家之作》"戚里辞荣亲，玄门问觉津""法云爱叠彩，惠日更重轮"是工对；"乐道心逾逸，安空理转真"是宽对。

藤原常嗣《秋日登叡山谒澄上人》"贝叶上方界，焚香鹫岭城""轻梵窗中曙，疏钟枕上清"是工对；"甑餐藜藿熟，臼饭练砂成"是宽对；"桐蕉秋露色，鸡犬冷云声"中的"桐蕉"与"鸡犬"是植物与动物相对，构成邻对。

笠仲守《冬日过山门》"香刹青云外，虚廊绝岸倾""水清尘躅断，风静梵音明"是工对；"古石苔为席，新房庵化名"中的"古石"与"新房"是器物与宫室相对，构成邻对。

滋野贞主《和光禅师山房晓风》"雁影吹来古塔上，泉声才足近溪中"是工对；"侵窗老树虽鸣叶，开户妙灯犹护虫"是宽对。

滋野贞主《和澄上人题长宫寺二月十五日寂灭会》"涅槃非实道，尊象是梦金""名字自希绝，经王亦甚深""化流崛山岭，霍留菩提林""一字悲难竭，三车感不任""法座楞伽说，禅房仙掌琴""贝叶传梵启，钟声入谷沈"是工对；"闻经帝释下，捧穀虚堂寻""德水洗尘意，天花落俗襟"是宽对；"绕塔看归雁，思龙讬树阴"是错综对。

安倍吉人《忽闻渤海客礼佛感而赋之》"方丈竹庭维摩室，圆明松盖宝积球"是工对；"玄门非无又非有，顶礼消罪更消忧"中的"非无又非有"是反义关系，"消罪更消忧"是同义关系，构成邻对；"六念鸟鸣萧然处，三归人思几淹留"是宽对。

惟良春道《赋得深山寺，应太上天皇制》"片石观空何劫尽，孤云对境几年深"中的"片石"与"孤云"是地理与天文相对，构成邻对；"纱灯点点千峰夕，月磬寥寥五夜心"是工对。

和气广世《奉和落梅花》"凌空朱早发，竞暖素初飞"是宽对；"送吹香投牖，迎光影拂扉""蕊疏实渐见，叶细荫犹微"是工对。

贺阳丰年《奉和庭梅》"风凉徒苦节，日暖独当仁""竞逢攀折兴，轻散舞储茵"是工对；"封雪犹余影，拾霞未敛新"是宽对。

第三章 韵律分析

嵯峨天皇《早春》"玉律三阳始，年芳万里生"是流水对；"山晴销片雪，地暖动群萌"是工对；"色微沙屿草，哢涉柳园莺"中的"草"与"莺"诗植物与动物相对，构成邻对。

滋野贞主《奉和早春》"淑穆年华早，圭阴渐欲长"是宽对；"舒荣仙籞柳，仰煦古畴杨""北雁非寒侯，南莺是暖阳"是工对。

滋野贞主《奉和观打球》"绣户争开鸬鹊馆，纱窗不闭凤皇楼"是工对；"如钩月度粪阶侧，似点星晴彩骑头"中的"如""似"意思相近，构成合掌对。

嵯峨天皇《春日作》"庭兰萌稚叶，窗柳乱轻丝"是工对；"花色风初暖，莺声日渐迟"中的"花"与"莺"是植物与动物相对，构成邻对。

小野岑守《奉和春日作》"苦寒经暮节，服媛仰初阳"是流水对；"龙凤长楼影，鸳鸯薄瓦霜""窗开青柳色，院闭紫梅芳"是工对。

滋野贞主《奉和春日作》"圣眼阅春霭，芳情从此类"是流水对；"便娟韶吹暖，旖旎岁腴新""紫篲须抽节，青丛欲胜茵"是工对。

藤原卫《奉和春日作》"时去时来秋复春，一荣一醉偏感人"是自对；"容颜忽逐年序变，花鸟恒将岁月新"是宽对。

嵯峨天皇《和藤朝臣春日遇前尚书秋公归病作》"阙下新辞禄，都门旧一疏"是流水对；"幽情吟招隐，孤舆赋闲居""姻景春深色，群萌雪尺余"是宽对。

小野岑守《和藤朝臣春日遇前尚书秋公归病作》"知足慎玄诫，辞盈谢鬼神"是宽对；"贞松百尺节，寒竹四时筠"是工对。

嵯峨天皇《闲庭早梅》"纯素不嫌幽院寂，浓香偏是犯窗来"是工对；"纤纤枯干知初暖，片片寒葩委旧苔"是宽对。

嵯峨天皇《秋千篇》"玉手争来互相推，纤腰结束如鸟飞"是宽对；"初疑巫岭行云度，渐似洛川回雪皎""蹋云双履透树差，曳地长裾扫花却"是工对。

滋野贞主《奉和秋千篇》"或步或车尘影合,半休半戏语声微""初惟浅暗榆槐柳,酷气深浓桃李梨""耸干高横来似落,长绳倒著去如飞""弱腕经营不识罢,轻躬怜爱无意归"是工对;"鬟鬓迎枝蝉冀薄,钏钿礙叶燕阴斜"是宽对。

良岑安世《暇日闲居》"暇日除烦想,春风钻楚词""搪闲啼鸟换,门掩世人稀"是宽对;"初笋篁边出,游丝柳外飞"是工对。

小野岑守《竹树新栽流水远引即有兴把笔直疏得寒字应制》"杂花压栏暖,瀑水击梁寒"是宽对;"侍女开扉听,亲臣卷箔看"是工对。

贺阳丰年《赋桃,应令》"闲径无扫维隐士,成蹊有诧彼将军""风翻丽影遥扬馥,露点鲜光更起文"是工对;"如值上林移植会,垂荫万亩插青车"是宽对。

林婆娑《赋桃,应令》"千岁一花闻旧史,三春坐移照今年""秦客迷源长不返,汉儿延寿几要仙"是宽对;"红华媚日红逾焕,锦色须霞锦更鲜"是工对。

石川广主《同春太咏鬼之什》"鬼神惟不测,冥运入希微"是宽对;"论有形无形,言无道有奇""斋襄未免谴,晋景亦殃随""隐显虽难定,祸淫在可知"是工对。

滋野贞主《临春风效沈约体应制》"香奁拭即飞栖尘,妆粉眠销懊恨人""舞袖欲缝丝屡乱,音书未寄怨愈频"是宽对;"黄莺杂沓谁求媒,素蝶翩翩不倦回"是工对。

滋野贞主《春日奉使入渤海客馆》"鲲壑难辛孤帆度,鲸涛杀怕远情传"是流水对;"春鸿爱暖南江水,旅客看云北海天"是宽对。

仲科善雄《咏禁苑鹰生户雏》"兹禽群岛俊,禁苑数雏生""日日雄姿美,朝朝猛气惊"是工对;"青骹䎶彩胖,素质狎丹庭"是宽对。

大枝直臣《咏燕》"表瑞集齐郡,呈灵入玉筐""栖宇传新语,衔泥寻旧梁"是宽对;"龙潜避爽节,凤举逐喧光"是工对。

藤原令绪《早春途中》"傍峰近听樵客唱,入涧深闻断猿声"是宽对；"关北寒梅花未发，江南暖柳絮先惊"是工对。

嵯峨天皇《九日玩菊花篇》"自分独迟遇重阳，弱干扶疏被曲丘"是宽对；"柔条婀娜影清流，绿叶云布朔风浒"是工对。

嵯峨天皇《山居骤笔》"倚枕山风空肃杀，横琴溪月自逍遥"是工对；"僻居人老文章拙，幽谷年深鬓发凋"是宽对。

良岑安世《良纳言秋山闲饮》"溪厨作酌浊，野院旦焚枯"是工对；"咏兴逍遥事，琴声语笑余"是宽对。

良岑安世《病中九日饮》"卷帘伤暮节，把盏叹颓龄"是流水对；"彭泽黄花味，斋谐赤实声"中的"彭泽"是地名，"斋谐"是人名，地名与人名构成邻对。

橘常主《重阳节得秋虹应制》"首尾分形浮殿阁，雌雄半体跨池塘"是工对；"晴天色爽弦文拖，碧水阴生桥势长"中的"晴天"与"碧水"是天文与地理相对，构成邻对。

释空海《秋山望云雨以忆此心》"白云轻重起山谷，苍岭高低本入室"中的"谷"与"室"是地理与宫室相对，构成邻对；"或洒或飞南北雨，乍飘乍扇东西风"是工对。

安野文继《夜亭晚秋，探得回字，应太上天皇制》"阳面指天森松柏，阴崖满地点莓苔"是工对；"朝烟有色看深浅，夕鸟无心暗往来"是宽对。

惟氏《奉和捣衣引》"匣中掩镜休容饰，机上停梭裂残织""疏节往还绕长信，清音悽断入昭阳"是工对；"随风摇飏罗袖香，映月高低素手凉"是宽对；"穿针泣结连枝缕，含怨缝为万里裳"是流水对。

杨泰师《夜听，捣衣》"不知彩杵重将轻，不悉青碪平不平"是工对；"为当欲救客衣单，为复先愁闺阁寒""昼夜无环日月星，霍岭仙炊杂树叶""苏门客啸向岩肩，花林鸟入羽常引"是宽对。

良岑安世《奉和太上天皇青山歌》"屹巍青山亘千里，嵯峨碧嶂几千寻""孔雀凤凰翔其顶，熊罴犀象栖其阴"是工对；"笼山暗湿长年叶,带日高韬短暑晖"中的"山"与"日"是地理与天文相对,属于邻对;"紫府欲迎仙驾养,青天曾助鹏翼飞"是宽对。

纪长江《奉试赋得秋》"宦渡柳营计应碎,扶风松盖想无衰""白露凝兰洗佩净,文霜杀草惊钟飞"是工对;"捣衣夹室月光冷,织锦中闺恩绪滋""晴空云埃收遥岭,古木蝉蕤咽晚飔"是宽对。

治文雄《奉试赋秋兴》"满江鸿翼乏,平陆菊丛香"中的"鸿"与"菊"是动物与植物相对,构成邻对;"破簾虫网薄,危牖月光凉"是宽对;"成雨叶声乱,收芳草色黄"是工对。

丰前王《奉试赋得陇头秋月明》"桂气三秋挽,冀阴一点轻""傍弓形始望,圆镜晕今倾""薄光波里碎,寒色陇头明""皎洁低胡域,玲珑照汉营"是工对;"漏尽姮娥落,更深顾兔惊"是宽对。

小野篁《奉试赋得陇头秋月明》"戍夫朝蓐食,戎马晓寒鸣""带水城门冷,添风角韵清"是宽对;"色满都护道,光流伙飞营"是工对。

藤原令绪《奉试赋得陇头秋月明》"萧关天气冷,陇上月轮明""皎皎含冰白,辉辉入镜澄""凌霜弓影静,泡露扇阴清""珠华浮雁塞,练色照龙城""忝预昭君曲,长随晋帝行"是工对;"彩比齐纨洽,光同赵璧生"中的"齐纨"与"赵璧"是衣饰与器物相对,构成邻对。

治颖长《奉试赋得陇头秋月明》"定识怀恩客,挥戈从远征"是流水对;"影寒交河道,辉度万里程""胡骑气逾勇,汉营阵杂生"是工对;"水底沈钩璧,叶中寻落星"是宽对。

山田古嗣《奉试赋秋雨》"花浓丛发越,燕度石飞翔"中的"花"与"燕"是植物与动物相对,构成邻对;"已濯兰林佩,更霑薰草香""迎风散斜影,清暑送浮凉"是工对;"似露飘长乐,如尘拂建章"是宽对。

嵯峨天皇《奉和旧邑对雪》"含辉临素扇,呈瑞满冥宵"是宽对;"阴阶飞更积,阳砌结还销""郢曲能安和,羞歌下里调"是工对。

嵯峨天皇《除夜》"启祥孤独迎献节,遁世诗情故隐沦"是工对;

"山雪暮光寒气尽，庭梅晓色暖烟新"是宽对。

贺阳丰年《东宫岁除，应令》"急景方雕节，穷阴复杀年""雪停群岭皎，风紧众林穿""壮齿随宵变，衰客逐浇悛"是工对；"摇山今日赏，锡命百忧蠲"是流水对。

仁明天皇《闲庭雨雪》"玄云聚万岭，素雪飐宫中"中的"岭"与"宫"是地理与宫室相对，构成邻对；"带湿还凝砌，无声自落空"是宽对，"夺失将作白，矫异实为同"是工对。

滋野贞主《闲庭雨雪，探得迷字，应令》"封条树袅重，润翼鸟飞低"中的"树"与"鸟"是植物与动物相对，构成邻对；"珠缀簾弥映，银生榜不迷"是工对。

有智子内亲王《山斋赋初雪》"朝气三冬紧，寒花千里飞"是流水对；"班姬亡扇色，孙子得书辉""涧晓猿无啸，林春鸟不依"是工对。

金雄津《咏雪》"如玉如银雪，自东自北来"是流水对；"园无无絮柳，庭有有花梅""琼室非殷室，瑶台异夏台"是工对。

大枝永野《咏雪》"散絮因风起，凝盐任气来""榭楼皆白玉，草树总花梅"是宽对；"国有丰年瑞，家无闭户哀"是工对。

巧诸胜《冬日途中值雪简左督》"披裘从捷径，策马越关山"是流水对；"鹤发弥添白，鸟头渐欲斑"是工对。

杨泰师《奉和纪朝臣公咏雪诗》"昨夜龙云上，今朝鹤雪新""回影疑神女，高歌似郢人"是工对；"怪看花发树，不听鸟惊春"中的"花"与"鸟"是植物与动物相对，构成邻对。

伊永代《冬日友人田家被酒》"一宅长堤古，良田在西东""冰结波文断，霜飞叶帷空"是宽对；"闲门经柳入，客舍度沟通"是工对。

纪虎继《奉试得治荆璞》"中有连城璧，世无觉彼妍"是流水对；"潜光深谷内，韬彩峻岩边"是工对；"价逐千金重，形将满月圆""冰霜还谢洁，金石岂齐坚"是宽对。

伴成益《奉试得东平树》"地隔连枝异，神幽合意同"是宽对；

"叶衰宁待雪，条靡自因风"是工对。

文真室《奉试咏三》"青鸟居山日，丹鸟表瑞时""殷汤数让位，管仲终固辞"是工对；"韵曲流泉急，入湖江水迟"是宽对。

石川越智人《奉试咏三》"曼情文才长，相如作赋迟"是工对；"鸟影日中挂，猿声峡里悲"中的"日"与"峡"是天文与地理相对，构成邻对。

小野末嗣《奉试赋得王昭君》"一朝辞宠长沙陌，万里愁闻行路难"是宽对；"汉地悠悠随去尽，燕山迢迢犹未殚""青虫鬓影风吹破，黄月颜妆雪点残""高岩猿叫重坛苦，遥岭鸿飞陇水寒"是工对；"出塞笛声肠暗绝，销红罗袖泪无干"是宽对。

鸟高名《奉试得宝鸡祠》"秦政初基代，文公致霸时""绿野朝声散，青郊夕影飞"是工对；"分形难全似，流彩星相疑"是宽对。

中臣良舟《奉和咏尘》"桂宫飞细质，柳陌泛轻光""影逐龙媒乱，形随凤辖扬""带曲生珠履，临歌绕画梁""雨来收不发，风至聚还张"是工对；"镜沉疑雾月，衣染似粉妆"中的"镜"与"衣"是器物与衣饰相对，构成邻对。

中臣良楫《奉和咏尘》"尘影带轩去，暮光将盖归""动息如推理，逍遥似知几"是工对；"形生范宁甗，色化土衡衣"中的"甗"与"衣"是器物与衣饰相对，构成邻对。

菅原清冈《奉和咏尘》"微尘浮大道，霭霭隐垂杨"是宽对，"色暗龙媒垺，形飞凤辇场""徘徊宁有定，动息固无常""因风流细影，似雪散轻光"是工对；"遂舞生罗袜，惊歌起画梁"中的"罗袜"与"画梁"是衣饰与器物相对，构成邻对。

小野春卿《奉试赋得照瞻镜》"背文巧置盘龙体，面彩能衔满月轮""夜裳整下绮罗色，容貌妆前桃李春"是宽对；"玉匣池深朝气彻，金台水冷夜阴申"是工对。

春澄善绳《奉试赋挑灯杖》"若非藜杖老全紧，或景莠茎炎亦焦"

"谬污潟印盘外落，眼分精锐怅中挑""廉吏嫌燃再不赏，神翁有备躬吹杖""宣神正使苏公厉，致用亦令蜀妇纺"是工对；"后有召携宴友朋，华堂四照列羊灯"是宽对。

大枝碕麿《奉试得经炊桐》"春花含日笑，秋叶带霜吟"是工对；"凤影飘枝上，风声散丽音"是宽对。

锦部彦公《看宫人玩扇》"遥似恒娥凭汉月，还疑班子恐秋风"是宽对；"掩鬟影暗宝钏上，随手泪生罗袖中"中的"宝钏"与"罗袖"是器物与衣饰相对，构成邻对。

嵯峨天皇《清凉殿画壁山水歌》"目前栈海起万里阔，笔下山生千仞危""阴云朦朦长不雨，轻烟幂幂无散时""飞壁巘垂萝薜，会岩盘屈衣莓苔"是工对；"空堂寂寞人言少，杂树朦胧暗昏晓"是宽对。

菅原清公《奉和清凉殿画壁山水歌》"垄从危峰将蔽日，峥嵘险涧雁孕遥""绕栋轻云未曾去，窥窗狎鸟经年止"是宽对；"三江森森寻间近，五岳迢迢大里生""飞流落前看鹄桂，重渊回处识蛟盘""荫松恰似八公仙，蹲石俄疑四皓贤""觅饮连猨常接臂，加餐担客长息肩""渔人鼓枻沧浪里，田父牵犁绿岩趾"是工对；"灵禽百貌从心曲，异木千名起笔端"中的"灵禽"与"异木"是动物与植物相对，构成邻对。

都腹赤《奉和清凉殿画壁山水歌》"眇眇蓬莱反掌间，绵绵员峤寸眸里""巨灵赑负蹑岑出，神鳌即藏背鸟起""空青淡著春杨暖，石黛浓施古柏寒""秋花荻浦经年白，春色桃源度岁红""玄鹤云中飞不去，白鸥水上浴犹乾""羽客吹笙无韵调，幽人领爵未曾醮①"是工对；"蜂蝶纷飞宁换丛，烟霞澹荡不复空""群莺林里春不停，积雪岩间夏仍照"是宽对。

滋野贞主《奉和太上天皇秋日作》"玉瑁商氛起，璇闱砧杵劳"中的"玉瑁"与"璇闱"是器物与宫室相对，构成邻对；"寒声初落树，

---

① 醮（jiào）：饮酒干杯；饮尽杯中酒。

秋色欲齐毫"是宽对；"露鹤警新滴，篱鹰换旧绚"是工对。

滋野贞主《秋月夜》"白兔因蓂云叶霁，恒娥窃药仙居塞""渡河未见候输湿，写镜徒怜秋扇团"是宽对；"长乐钟声传漏久，衡阳雁影下水迟""孤飞夜鹊檐枝怨，暗织昆虫机杼悲""年来岁去容华空，古往今来月影同""上郡良家戎津远，边庭荡子塞途穷"是工对。

滋野贞主《和海和尚秋日观神泉苑之作》"回胆肃杀无纷浊，眼沸清泉一细流"是宽对；"三明显照龙池阁，二道薰迎秋蕙楼"是工对。

滋野贞主《秋云篇，示同舍郎》"涉崇山之嵬罪，攀右磴之嵔磊""避晗初深兮谷异，追闲稍远兮岭改""东西引望无行人，前后回看绝世邻"是工对；"野话何关京邑语，云衣不染俗家尘"是宽对。

滋野贞主《奉和渔家 五首》"潺湲绿水与年深，棹歌波声不厌心"是宽对；"水泛经年逢一浦，舟中暗识圣人生"是流水对。

滋野贞主《遥和播州长史丹治中得絮柳请植左大将军闲院之作》"根断叶憔养，纷空絮落贫"是流水对；"星尘移夕建，龙路送朝鳞"是工对。

综上可知，《凌云集》采用了7种对仗方式，工对、宽对、邻对、借对、自对、错综对、扇面对；《文华秀丽集》采用了6种对仗方式，工对、宽对、邻对、借对、自对、流水对；《经国集》采用了8种对仗方式，工对、宽对、邻对、借对、自对、流水对、错综对、扇面对，且三部诗集均使用了工对、宽对、邻对、借对、自对。

第四章　诗题分析

一、诗题类别

接下来主要从"以人物、抒情为题""以植物为题""以动物为题""以器物为题""以地理、场所为题""以文学、佛经为题""以天文、时令为题""以事件为题"八方面着手，对三部诗集的诗题进行归类处理。

《凌云集》中以人物、抒情为题的汉诗有 26 首：《河阳驿经宿有怀京邑》《和左金吾将军藤绪嗣过交野离宫感旧作》《和进士贞主初春过菅祭酒宅，怅然伤怀简布臣藤三秀才作》《饯右亲卫少将军朝嘉通奉使慰抚关东》《赠宾和尚》《赠绵寄空法师》《奉和江亭晚兴，呈左神荣清藤将军》《驾幸南池，后日简大将军》《谒海上人》《留别故人》《别诸友入唐》《逸人词》《高士吟》《伤野将军》《春日代妓》《自山崎乘江赴赞岐，在难波江口，述怀，赠野二郎》《久在外国，晚年归学，知旧零落，已无其人，聊以述怀，简山请益菅原五郎，桃李之报岂无坏》《奉和圣制春女怨》《奉和伤右卫大将军故宿弥御制》《贺赐新集兼谢》《越州别敕使王国父还京》《言志》《被别丰后藤太守》《王昭君》《伏枕吟》《和进士贞主初春过菅祭酒旧宅怅然伤怀之作》。

以植物为题的汉诗有 9 首：《咏桃花》《赋樱花》《神泉苑花宴赋落花篇》《九月九日于神泉苑宴群臣，各赋一物得秋菊》《九月九日侍宴神泉苑，各赋一物，得秋莲，应制》《于神泉苑侍宴，赋落花篇，应制》

《九月九日侍宴神泉苑，各赋一物得秋柳，应制》《于神泉苑侍宴，赋落花篇，应制》《和菅祭酒赋朱雀衰柳作》。

以动物为题只有1首：《和左卫督朝臣嘉通秋夜寓直周庐听早雁之作》。

以器物为题有8首：《和菅清公秋夜途中闻笙》《吏部侍野美闻使边城赐帽袭》《和菅祭酒秋夜途中闻笙之什》《早舟发》《代琴之词》《砂土印佛，应制》《别故人之任赠琴》《秋夜途中闻笙》。

以地理、场所为题的汉诗有24首：《夏日皇太弟南池》《秋日皇太弟池亭赋天字》《秋日入深山》《晚夏神泉苑钓台，同勒深临阴心，应制》《晚夏神泉苑同勒深临阴心，应制》《夏日左大将军藤冬嗣闲居院》《江亭晓兴》《春日游猎，日暮宿江头亭子》《和左大将军藤冬嗣河阳作》《奉和春日游猎日暮宿江头亭子》《奉和圣制宿旧宫，应制》《同元忠初春宴纪千牛池亭之作》《春日归田直疏》《夏日神泉苑钓台，应制》《秋日皇太弟池亭，应制赋园字》《奉和江亭晓兴诗，应制》《奉和春日暮宿江头亭子御制》《远使边城》《九月九日侍宴神泉苑，各赋一物，得秋山》《田家》《早春田园》《涉信浓坂》《夏日陪幸左大将藤原冬嗣闲居院，应制》《春日过友人山庄，探得飞字》。

以文学、佛经为题有2首：《听诵法华经，各赋一品，得方便品，题中取韵》《史记竟宴，赋得传大史自序传》。

以天文、时令为题有9首：《和菅清公赋早雪》《重阳节神泉宛赐宴群臣，勒空通风同》《重阳节神泉苑同赋三秋大有年，题中取韵，尤韵成篇》《九月九日侍宴神泉苑，各赋一物，得秋露，应制》《神泉苑雨中眺瞩，应制》《早秋月夜》《咏雪》《冬日汴州上漂驿逢雪》《奉和御制春朝雨晴，应制》。

以事件为题有12首：《秋晚侍内殿宴》《三月三日侍宴应诏》《三月三日侍宴》（3首）《奉和观佳人蹋歌御制》《游寺》《秋夜卧病》《三月三日侍宴神泉苑，应诏》《咏史》《渤海入朝》《秋日于友人山庄兴饮，探得檐字》。

第四章 诗题分析

《文华秀丽集》中以人物、抒情为题的汉诗有58首:《寻良将军华山庄,将军失期不在》《春日左将军临况》《和金吾将军良安世春齐别筑前王大守还任》《饯美州掾藤吉野,得花字》《留别文友》《敬和左神策大将军春日闲院饯美州藤大守甲州藤判官之作》《春日饯野柱史奉使存问渤海客》《春日别原掾赴任》《秋日别友人》《月夜言离》《早春别阿州伴掾赴任》《卧中简毛学士》《蒙谴外居,聊以述怀,敬简金吾将军》《在边赠友》《奉拜掖庭,简橘尚书》《秋朝听雁,寄渤海入朝高判官释录事》《和渤海大使见寄之作》《春夜宿鸿胪,简渤海入朝王大使》《在边亭赋得山花戏,寄两个领客使并滋三》《和坂领客对月思乡见赠之作》《从出云州书情,寄两个敕使》《史记讲竟,赋得张子房》《赋得季札》《赋得汉高祖》《赋得司马迁》《晚秋述怀》《奉和春闺怨》(3首)《奉和春情》《和伴姬秋夜闺情》《长门怨》《奉和长门怨》《婕妤怨》《奉和婕妤怨》(2首)《王昭君》《奉和王昭君》(4首)《和澄公卧病述怀之作》(3首)《奉和伤野女侍中》(2首)《哭宾和尚》《和菅清公伤忠法师》《侍中翁主挽歌词》(2首)《奉和侍中翁主挽歌词》(4首)《奉和代美人殿前夜合咏之什》《奉和秋夜书怀之作》《奉和重阳节书怀》《书怀呈王中书》。

以植物为题的汉诗有18首:《梅花落》《奉和梅花落》《折杨柳》《奉和折杨柳》《河阳花》(2首)《江边草》《故关柳》《代神泉古松伤衰歌》《奉和代神泉古松伤衰歌》《冷然院各赋一物,得涧底松》《观斗百草,简明执》《和野柱史观斗百草简明执之作》《和野内史留后看殿前梅之作》《夏日赋雨里梅》《奉和观落叶》《神泉苑九日落叶篇》(2首)。

以动物为题有10首:《水上鸥》(2首)《舞蝶》《飞燕》《飞燕》《春和观新燕》(2首)《奉和听新莺》《故关听鸡》《奉和故关听鸡》。

以器物为题有11首:《江上船》(2首)《山寺钟》(3首)《河上船》《冷然院各赋一物,得水中影,应制》《冷然院赋一物,得曝布水,应制》《赋得络纬无机,应制》《山亭听琴》《琴兴》。

以地理、场所为主题的汉诗有20首：《春日嵯峨山院，探得迟字》《春日侍嵯峨山院，採得回字，应制》《春日大弟雅院》《夏日临泛大湖》《秋日冷然院新林池，探得池字，应制》《秋山作，探得泉字，应制》《举和宿蕉居之什》《和光法师游东山之作》《过梵释寺》《扈从梵释寺，应制》（2首）《游北山寺》《题光上人山院》《和尚书右丞良安世铜雀台》《仰同尚书良右丞铜雀台》《同内史滋贞主追和武藏录事平五月访幽人遗跡之作》《和武藏平录事五月访幽人遗跡之作》《访幽人遗跡》《奉和过古关》《河阳桥》。

以文学、佛经为题有1首：《答澄公奉献诗》。

以天文、时令为题有9首：《江头春晓》《春日对雨，探得情字》《五夜月》《和巨内记讬春日四咏》《奉和玩春雪》（2首）《春日侍神泉苑，赋得春月，应制》《赋得陇头秋月明》《和内史贞主秋月歌》。

以事件为题有16首：《奉和春日江亭闲望》（2首）《江楼春望，应制》《夏日左大将军藤原朝臣闲院纳凉，探引得闲字，应制一首》《嵯峨院纳凉，探得归字，应制》《秋夕南池亭子临眺》《奉敕陪内宴诗》《七日禁中陪宴诗》《左兵卫佐藤是雄见授爵之备州谒亲，因以赐诗》《卧病谢故人相问》《和渤海入觐副使公赐对龙颜之作》《奉和卧病重阳节之作》《春和听捣衣》《奉和先韵》《同和前韵》《和滋内史奉使远行观野烧之作》。

《经国集》中以人物、抒情为题的汉诗有37首：《见老僧归山》《和老僧归山，应太上天皇制》《和藤是雄旧宫美人入道词》《与海公饮茶送归山》《闻右军曹贞忠入道因简大将军良公》《和御制闻右军曹入道简大将军良公》《送伴秀才入道》《别男子出家入山》《归休独卧，寄高雄寺空海上人》《南山中，新罗适者见过》《留别青龙寺义操阿闍梨》《在唐观昶法和尚小山》《和藤六郎出家之作》《赠南山智上人》《秋日登叡山谒澄上人》《和光禅师山房晓风》《见滋贞主春日病起》《和藤朝臣春日遇前尚书秋公归病作》（3首）《老翁吟》《春庭友人见过》《和藤神策大将闭门好静花鸟驯人不胜感什》《秋山望云雨以忆此心》《冬日途中值雪简左督》《奉试赋得王昭君》《和野评事旅行吟》《旅行吟》《奉和渔家》（7首）《奉和圣制闻右军曹贞忠入道见赐》《和出云巨太守茶歌》。

以植物为题的汉诗有21首：《梅花引》（2首）《咏殿前梅花》《奉和殿前梅花》《落梅花》《奉和落梅花》（2首）《咏庭梅》《奉和庭梅》《闲庭早梅》《赋新年雪里梅花》《赋桃，应令》（2首）《咏樱》《赐看红梅探得争字，应令》《九日玩菊花篇》《九日玩菊花篇应制》（2首）《看落叶，应令》《奉试得东平树》《奉试得经炊桐》。

以动物为题有9首：《听早莺，示惟山人春道》《和滋贞主城外听莺简前藤中纳言之作》《文友见过，赋莺勒情晴字》《咏禁苑鹰生雏》《咏禁苑鹰生户雏》《月下听孤雁》《咏燕》《和菅大夫晓头闻雁卒尔成篇》《石决明词》。

以器物为题有14首：《春道晚听山磬》《和惟山人春道晚听山磬》《秋千篇》《奉和秋千篇》《奉试咏梁，得尘字》《奉试得治荆璞》《奉和咏尘》（5首）《奉试赋得照瞻镜》《奉试赋挑灯杖》《毚肩》。

以地理、场所为题的汉诗有36首：《塞下曲》《奉和塞下曲》（2首）《奉和塞上曲》《奉和巫山高》（2首）《和藤是雄春日过安禅师旧院》《和惟逸人春道秋日卧疾华严山寺精舍之作》《和惟治中秋日卧疾华严寺堂□宫之作》《春日过山寺观菩萨旧坛》《寄净公山房》《扈从梵释寺，应制》（2首）《禅居》《春日山寺，探得春字》《过金山寺》《扈从圣德宫寺》《冬日过山门》《夏日同美郎遇雨过菩提寺作》《赋得深山寺，应太上天皇制》《奉和太上天皇春堂五咏》（8首）《春日奉使入渤海客馆》《早春途中》《青山歌》《奉和太上天皇青山歌》《夕宿播州高砂》《奉试得宝鸡祠》《和海和尚秋日观神泉苑之作》《遥和播州长史丹治中得絮柳请植左大将军闲院之作》。

以文学、佛教为题有17首：《赞佛》《和良将军题瀑布下兰若简清大夫之作》（2首）《登延历寺，拜澄和尚像》《于内道场观虚空藏菩萨会》《听维摩经》《和澄上人题长宫寺二月十五日寂灭会》《忽闻渤海客礼佛感而赋之》《同安领客感客等礼佛之作》《看源童子书跡》《现果诗》《过因诗》《临春风效沈约体应制》《清凉殿画壁山水歌》《奉和清凉殿画壁山水歌》(3首)。

  以天文、时令为题有46首：《奉和关山月》(3首)《早春》《奉和早春》《春日作》《奉和春日作》(5首)《和菅清公春雨之作》(2首)《山夜》《九日林亭赋得山亭明月秋应太上天皇制》《小池七夕》《重阳节得秋虹应制》《夜亭晚秋，探得回字，应太上天皇制》《奉试赋得秋》《奉试赋秋兴》《奉试赋得陇头秋月明》(4首)《奉试赋秋雨》《旧邑对雪》《奉和旧邑对雪》《除夜》《奉和除夜》(3首)《东宫岁除，应令》《闲庭雨雪》《闲庭雨雪，探得迷字，应令》《山斋赋初雪》《咏雪应诏》《咏雪》(2首)《奉和纪朝臣公咏雪诗》《奉试咏天》《奉和太上天皇秋日作》《秋月夜》《秋云篇，示同舍郎》(4首)。

  以事件为题的汉诗有30首：《问净上人疾》《奉和太上天皇访净上人病》(2首)《入山兴》《孟兰盆会悲感归心》《三月三日于西大寺，侍宴应诏》《早春观打球》《奉和观打球》《同春太咏鬼之什》《暇日闲居》《山居骤笔》《竹树新栽流水远引即有兴把笔直疏得寒字应制》《良纳言秋山闲饮》《病中九日饮》《奉和捣衣引》(2首)《途中九日》《夜听，捣衣》《守岁》《冬日友人田家被酒》《不堪奉试》《奉试咏三》(2首)《看官人玩扇》《渔歌》(6首)。三部诗集中的相关数据如表5所示：

表5 "敕撰三集"诗题主题分布情况

类别 诗集名	《凌云集》 (共91首)		《文华秀丽集》 (共143首)		《经国集》 (共210首)	
以人物、抒情为题	26	28.57%	58	40.56%	37	17.62%
以植物为题	9	9.89%	18	12.59%	21	10.00%
以动物为题	1	1.10%	10	6.99%	9	4.29%

(续表)

类别 诗集名	《凌云集》 （共91首）		《文华秀丽集》 （共143首）		《经国集》 （共210首）	
以器物为题	8	8.79%	11	7.69%	14	6.67%
以地理、场所为题	24	26.37%	20	13.99%	36	17.14%
以文学、佛经为题	2	2.20%	1	0.70%	17	8.10%
以天文、时令为题	9	9.89%	9	6.29%	46	21.90%
以事件为题	12	13.19%	16	11.19%	30	14.29%

二、与唐诗诗题的对照分析

由于唐代是中国古体诗与近体诗的分水岭，而唐诗又在中国古今、中外均极具影响。在日本，中古时期的汉诗人，经过了上代第一部汉诗集《怀风藻》对中国汉诗的模仿与尝试，已经具备一定的汉诗创作素养，且因唐朝盛世的影响和本国政治文化的需要，汉诗创作不仅仅局限于诗人自发的创作，进一步发展到了由天皇敕命编撰汉诗集的程度，于是便出现了"敕撰三集"。所以，本论欲将"敕撰三集"中的汉诗与作为分水岭时期的唐诗作比较分析，而本论中所涉及的唐诗均出自《全唐诗》，是清康熙四十五年（1706年）版本，由彭定求等人编写。

三部诗集中，既有完全与唐诗诗题相同的汉诗，也有与唐诗诗题部分相同的汉诗，还有少数与唐诗诗题完全不同的汉诗。经分析，《凌云集》91首汉诗中有9首汉诗的诗题与唐诗完全相同，有76首与唐诗诗题部分相同，只有6首与唐诗诗题不同。《文华秀丽集》143首汉诗中，有22首与唐诗诗题完全相同，104首与唐诗诗题部分相同，有17首与唐诗诗题不同。《经国集》210首汉诗中有38首与唐诗诗题相同，140首与唐诗诗题部分相同，32首与唐诗诗题不同。所有数据如表6所示：

表6 "敕撰三集"诗题与唐诗诗题对比

对应情况 \ 诗集名	凌云集（共91首）	文华秀丽集（共143首）	经国集（共210首）
与唐诗诗题完全相同	9首	22首	38首
与唐诗诗题部分相同	76首	104首	140首
与唐诗诗题不同	6首	17首	32首

"敕撰三集"中汉诗诗题与唐诗诗题对比分析的百分比如表7所示：

表7 "敕撰三集"诗题与唐诗诗题比百分比

对应情况 \ 诗集名	凌云集（共91首）	文华秀丽集（共143首）	经国集（共209首）
与唐诗诗题完全相同	9.89%	15.38%	18.10%
与唐诗诗题部分相同	83.52%	72.73%	66.67%
与唐诗诗题不同	6.59%	11.89%	15.24%

上表中，三部诗集的汉诗诗题"与唐诗诗题部分相同"一栏，《凌云集》总比例为83.52%，《文华秀丽集》为72.73%，《经国集》是66.67%，呈递减趋势；"与唐诗诗题完全相同"中的比率分别是：9.89%、15.38%、18.10%，呈递增的趋势；"与唐诗诗题不同"部分的比率亦呈递增趋势，分别是6.59%、11.89%、15.24%。

1.《凌云集》诗题

诗集中与唐诗诗题完全相同的汉诗有9首，分别是：《留别故人》与李端、许棠、李欣（3人）的《留别故人》；《早秋月夜》与雍陶《早秋月夜》；《咏雪》与李世民、骆宾王、董思恭、姚合（4人）《咏雪》;《春女怨》与蒋维翰、朱绛《春女怨》;《田家》与柳宗元、王维等8人《田家》;《游寺》同于李咸用《游寺》;《言志》同于唐寅、韩湘《言志》;《咏史》与刘禹锡、卢照邻、白居易、李商隐等15人《咏史》;《王昭君》与胡令能、李商隐、李白、白居易等15人《王昭君》。

与唐诗诗题不同的汉诗有6首:《和左金吾将军藤绪嗣过交野离宫感旧作》《听诵法华经,各赋一品,得方便品,题中取韵》《春日代妓》《奉和伤右卫大将军故宿弥御制》《被别丰后藤太守》《秋日于友人山庄兴饮,探得檐字》。

与唐诗诗题部分相同的汉诗共76首:《赋樱花》,与张籍、王起《赋花》,结构相同,都是"赋花"的形式。

《秋日皇太弟池亭赋天字》《皇太弟池亭应制》,与王建《故梁国公主池亭》《薛十二池亭》均是"某池亭"形式。

《晚夏神泉苑同勒深临阴心,应制》与王湾《丽正殿赐宴同勒天前烟年四韵应制》,均含有"同勒""应制"字样。

《高士吟》与李白《梁甫吟》;《伏枕吟》与白居易《暮江吟》相似,均属于古风"歌""行""吟"中的"吟"。

《夏日陪幸左大将藤原冬嗣闲居院,应制》与沈佺期《陪幸韦嗣立山庄》,萧至忠《陪幸长宁公主林亭》,均含有"陪幸"一词。

《落花篇》(2首)与李商隐《落花》均含有"落花"。

《江亭春兴》与武元衡《春兴》均含有"春兴"。

《和左大将军藤冬嗣河阳作》与宋之问《河阳》均含有"河阳"。

《和左卫督朝臣嘉通秋夜寓直周庐听早雁之作》与杜牧《早雁》均含有"早雁"。

《和菅清公赋早雪》与吴融《赋雪》均含有"赋雪"。

《奉和江亭晚兴,呈左神荣清藤将军》与白居易《晚兴》均含有"晚兴"。

《春日归田直疏》与元稹、白居易《归田》均含有"归田"。

《奉和观佳人蹋歌御制》与刘禹锡、蓝采和《踏歌》均含有"踏歌"。

《奉和御制春朝雨晴》与杜甫、王驾《雨晴》均含有"雨晴"。

《春日过友人山庄，探得飞字》与姚合《过友人山庄》均含有"过友人山庄"。

《和进士贞主初春过菅祭酒旧宅怅然伤怀之作》与李世民、朱庆馀、韦庄《过旧宅》均含有"过旧宅"。

《和菅祭酒赋朱雀衰柳作》与吴仁璧《衰柳》均含有"衰柳"。

《咏桃花》与李乂、赵彦昭、赵彦伯、李峤、苏颋、神龙从臣创作的唐诗《侍宴桃花园咏桃花应制》均是咏桃花。

《谒海上人》与卢纶、李端《夜投丰德寺谒海上人》均是"谒海上人"。

《重阳节神泉宛赐宴群臣，勒空通风同》，与王湾《丽正殿赐宴同勒天前烟年四韵应制》，都有"赐宴"和"勒"。

《重阳节神泉苑同赋三秋大有年，题中取韵，尤韵成篇》与卢照邻《绵州官池赠别同赋湾字》，均有"同赋"，唐诗中含有"同赋"二字诗题的汉诗有20首。

《河阳驿经宿有怀京邑》与孟郊《往河阳宿峡陵，寄李侍御》均有地名"河阳"与动词"宿"。

《春日游猎，日暮宿江头亭子》《奉和宿江头亭子》（2首），与孟浩然《宿建德江》均是"宿某地"形式。

《和冬嗣河阳作》与李商隐《河阳诗》，李贺《河阳歌》，均含有"河阳"。

《和菅清公秋夜途中闻笙》《和菅祭酒闻笙》《途中闻笙》，与刘希夷《嵩岳闻笙》，刘禹锡《秋夜安国观闻笙》均含有"闻笙"。

《和进士贞主初春过菅祭酒宅，怅然伤怀简布臣藤三秀才作》与刘长卿《长沙过贾谊宅》，白居易《过元家履信宅》均含有"过……宅"。

《吏部侍野美闻使边城赐帽裘》与杜甫《端午日赐衣》，李世民《赐萧瑀》均是"赐（某物）"的形式。

《秋晚侍内殿宴》与李峤、上官昭容、刘宪、赵彦昭《立春日侍宴内殿出剪彩花应制》均含有"侍宴"二字，且场所都是"内殿"。

《驾幸南池，后日简大将军》与王昌龄《驾河东》都含有动词"驾"。

《神泉苑雨中眺瞩，应制》与杜牧《雨中作》，均含有"雨中"。

《早舟发》与李白《早发白帝城》均含有"早发"二字。

《三月三日侍宴》（3首）、《三月三日侍宴神泉苑，应诏》（1首），与王维《三月三日勤政楼侍宴应制》《三月三日曲江侍宴应制》均含有"侍宴"二字，且都有相同的时间"三月三日"。

《晚夏神泉苑同勒深临阴心，应制》《夏日神泉苑钓台，应制》，与陆龟蒙《严光钓台》，黄淘《严陵钓台》，均含有"钓台"。

《同元忠初春宴纪千牛池亭之作》，与钱起《陪考功王员外城东池亭宴》，施肩吾《春日宴徐君池亭》，均含有"宴"和"池亭"。

《史记竟宴，赋得传大史自序传》与卢纶《宴席赋得姚美人拍筝歌》，均含有"赋得"二字。

《伤野将军》与温庭筠《和友人伤歌姬》都含有动词"伤"。

《久在外国，晚年归学，知旧零落，已无其人。聊以述怀。简山请益菅原五郎，桃李之报岂无坏》与李洞《述怀二十韵献覃怀相公》均含有"述怀"。

《贺赐新集兼谢》与齐己《谢欧阳侍郎寄示新集》均含有"新集"一词。

《冬日汴州上漂驿逢雪》与刘长卿《逢雪宿芙蓉山主人》，李商隐《九月于东逢雪》均含有"逢雪"二字。

《越州别敕使王国父还京》与高适《别董大》均是"别某人"的形式。

《早春田园》与王维《春中田园作》均是对春季田园进行描写。

《和菅祭酒衰柳作》与白居易《雨中题衰柳》均含有"衰柳"。

《九月九日于神泉苑宴群臣,各赋一物得秋菊》《九月九日侍宴神泉苑,各赋一物,得秋莲,应制》《九月九日侍宴神泉苑,各赋一物得秋露》《九月九日侍宴神泉苑,各赋一物得秋柳》与唐朝李欣的《綮公院各赋一物得初荷》,都是"某处各赋一物得……"的形式。

《夏日皇太弟南池》,与李白《夏日山中》均有"夏日"二字,且"皇太弟南池"与"山中"均是表示场所的词语。

《秋日入深山》与许棠《秋日归旧山》均有"秋日"二字,有移动性动词"入"和"归",及动词的指向"深山"与"旧山",结构相同。

《夏日藤原冬嗣闲居院》与孟浩然《夏日辨玉法师茅斋》均含有"夏日"二字,且均有涉及人物居所,形式相同。

《江亭春兴》与李郢《江亭春霁》结构相同,均是"江亭……"形式,同属春季。

《饯右亲卫少将军朝嘉通奉使慰抚关东》与高适《饯宋八充彭中丞判官之南》相似,均是"饯(某人)"的形式。

《赠宾和尚》《赠绵寄空法师》,与刘沧《赠道者》均是赠出家人。

《奉和江亭晚兴,呈左神荣清藤将军》与韩愈《山中晚兴寄裴侍御》都是"地点+晚兴+呈/寄+人物"的形式。

《奉和宿旧宫》与杜甫《宿赞公房》《宿府》《宿江边阁》,均是"宿某处"的形式。

《自山崎乘江赴赞岐,在难波江口,述怀,赠野二郎》与李白《在水军宴赠幕府诸侍御》都是"在某处赠某人"的句式。

《秋夜卧病》与杜荀鹤《秋日卧病》均是"秋……卧病"形式。

《涉信浓坂》与李商隐《涉洛川》,均是"涉……"的形式。

《渤海入朝》与张说《荆州亭入朝》,均是"……入朝"的形式。

《代琴之词》《逸人词》与刘禹锡《竹枝词》,王翰《凉州词》结构相同。

《奉和江亭晚兴》与宋之问、李郢、赵嘏《江亭晚望》均是"江亭晚……"。

2.《文华秀丽集》诗题

诗集中与唐诗诗题相同的汉诗有 22 首，分别是：《江楼春望》与于武陵《江楼春望》；《春日对雨》与皎然《春日对雨》；《奉和春闺怨》（3 首）与杜荀鹤、程长文、李冶、李频（4 人）《春闺怨》；《奉和春情》与张起、孟浩然、杨凭、杨凝《春情》；《长门怨》《奉和长门怨》，与李白、崔道融、岑参、刘长卿等 36 人《长门怨》；《婕妤怨》《奉和婕妤怨》（2 首）与皇甫冉、李咸用等 13 人《婕妤怨》；《王昭君》《奉和王昭君》（4 首）与胡令能、李商隐、李白、白居易等 11 人《王昭君》；《梅花落》《奉和梅花落》与卢照邻、杨炯、刘方平、沈佺期《梅花落》；《折杨柳》《奉和折杨柳》与李白、杨巨源、张九龄等 22 人《折杨柳》；《游北山寺》与喻凫《游北山寺》相同；《江边草》与白居易《江边草》相同。

与唐诗诗题不同的汉诗有 17 首：《左兵卫佐藤是雄见授爵之备州谒亲，因以赐诗》《和渤海入觐副使公赐对龙颜之作》《赋得司马迁》《江上船》（2 首）《山寺钟》（2 首）《水上鸥》（2 首）《河上船》《故关听鸡》《奉和故关听鸡》《奉和过古关》《冷然院各赋一物，得水中影，应制》《和巨内记讬春日四咏》《赋得络纬无机，应制》《和滋内史奉使远行观野烧之作》。

与唐诗诗题部分相同的汉诗有 104 首：《赋季札》，与周昙《春秋战国门。季札》主题均是季札。

《和金吾将军良安世春齐别筑前王大守还任》与苏颋《春晚送瑕丘田少府还任》，都以"送/别某人还任"为主题。

《侍中翁主挽歌词二首》《奉和侍中翁主挽歌词四首》与温庭筠

《中书令裴公挽歌词二首》，白居易《元相公挽歌词三首》，韩愈《大行皇太后挽歌词三首》，元稹《恭王故太妃挽歌词二首》，白居易《德宗皇帝挽歌词四首》均是挽歌词。

《河阳花》（2首）与吕敞《潘安仁戴星河阳花发》均含有"河阳花"。

《河阳桥》与柳中庸《河阳桥送别》均含有"河阳桥"。

《飞燕》与李峤《拟古东飞伯劳西飞燕》都以"飞燕"为主题。

《琴兴》与白居易《清夜琴兴》，常建《江上琴兴》都含有"琴兴"。

《奉和春日江亭闲望》与宋之问《江亭晚望》都含有"江亭……望"。

《夏日临泛大湖》与张九龄《临泛东湖》都是"临泛某湖"。

《秋日冷然院新林池，探得池字，应制》与白居易《和韩侍郎题杨舍人林池见寄》，都含有"林池"。

《秋夕南池亭子临眺》与王维《汉江临眺》，杜甫《陪郑公秋晚北池临眺》，均含有"某场所临眺"。

《奉敕陪内宴诗》与韩偓《秋雨内宴》，张籍《寒食内宴》，均含有"内宴"一词。

《饯美州掾藤吉野，得花字》《敬和左神策大将军春日闲院饯美州藤大守甲州藤判官之作》与苏颋《饯泽州卢使君赴任》，韦元旦《饯唐州高使君赴任》均含有"饯某人"。

《春日别原掾赴任》《早春别阿州伴掾赴任》与苏颋《饯泽州卢使君赴任》，韦元旦《饯唐州高使君赴任》均是别/饯某人"赴任"。

《月夜言离》与杜甫《月夜忆舍弟》都含有相同场景"月夜"。

《卧中寄简毛学士》与张籍《病中寄白学士拾遗》均含有"寄某人"。

《蒙谴外居，聊以述怀，敬简金吾将军》与杜甫《敬简王明府》均含有"敬简"一词。

《书怀呈王中书》与温庭筠《病中书怀呈友人》都含有"书怀呈某人"。

《卧病谢故人相问》与孟浩然《春晚卧病寄张八》均含有"卧病"一词。

《在边赠友》与韦应物《闲居赠友》均含有"赠友"。

《奉拜掖庭,简橘尚书》与李峤《奉和拜洛应制》都有"奉拜"字样。

《和渤海大使见寄之作》与元稹《酬李浙西先因从事见寄之作》,韩愈《奉酬天平马十二仆射暇日言怀见寄之作》都含有"……见寄之作"。

《春夜宿鸿胪,简渤海入朝王大使》与王昌龄、高适《酬鸿胪裴主簿雨后北楼见赠》都含有"鸿胪"一词。

《在边亭赋得山花戏,寄两个领客使并滋三》与杜甫《戏寄崔评事表侄、苏五表弟、韦大少府诸侄》,都以"寄某人"为主题。

《和坂领客对月思乡见赠之作》与王维、卢照邻《酬比部杨员外暮宿琴台朝跻书阁率尔见赠之作》,高适《酬河南节度使贺兰大夫见赠之作》都含有"……见赠之作"。

《从出云州书情,寄两个敕使》与李白《书情寄从弟邠州长史昭》,刘长卿《赴巴南书情寄故人》相似,都含有"书情寄某人"。

《史记讲竟,赋得张子房》与李白《经下邳圯桥怀张子房》,都是以"张子房"为主题。

《奉和重阳节书怀》与刘禹锡《秋日书怀寄白宾客》《秋日书怀寄河南王尹》,都含有"书怀"一词。

《奉和宿蕉居之什》与朱庆馀《和刘补阙秋园寓兴之什》,都含有"……之什"。

《奉和卧病重阳节之作》与杜荀鹤《秋日卧病》都含有"卧病"一词。

《晚秋述怀》与权龙褒《秋日述怀》，杜甫《秋日荆南述怀三十韵》都含有"……述怀"，且时间均为秋天。

《春和听捣衣》与杨凝《秋夜听捣衣》均含有"听捣衣"。

《和澄公卧病述怀之作》（3首）与骆宾王《和孙长史秋日卧病》，均含有"卧病"一词。

《奉和伤野女侍中》（2首）与温庭筠《和友人伤歌姬》均含有"伤某人"字样。

《同内史滋贞主追和武藏录事平五月访幽人遗跡之作》《和武藏平录事五月访幽人遗跡之作》《访幽人遗跡》与李白《山中与幽人对酌》均含有"幽人"。

《代神泉古松伤衰歌》《奉和代神泉古松伤衰歌》与白居易《题流沟寺古松》，李胄《文宣王庙古松》都是以"古松"为主题。

《奉和代美人殿前夜合咏之什》与李白《代美人愁镜二首》都含有"代美人"一词。

《冷然院赋一物，得曝布水，应制》与李白《望庐山瀑布水二首》，张九龄《湖口望庐山瀑布水》，均含有"瀑布水"。

《和野内史留后看殿前梅之作》《夏日赋雨里梅》与王贞白、王初《春日咏梅花》，孙逖《和常州崔使君咏后庭梅二首》，都是描写"梅"。

《奉和观落叶》《落叶篇》《落叶篇应制》与司空曙《题落叶》，都是对"落叶"进行描写。

《奉和听新莺》与李白《侍从宜春苑奉诏赋龙池柳色初春听新莺百啭歌》均含有"听新莺"。

《江头春晓》与孟浩然《春晓》均含有"春晓"一词。

《夏日左大将军藤原朝臣闲院纳凉，探引得闲字，应制》与严维《夏日纳凉》均含有"夏日纳凉"。

《秋山作》与白居易、张籍《秋山》均含有"秋山"。

《秋日别友人》与戴叔伦、杨凝、黄滔、惟审、长孙佐辅《别友人》

均含有"别友人"。

《在边赠友》与白居易的《赠友》均含有"赠友"。

《和澄公卧病述怀之作》（3首）与卢纶《卧病述怀》均含有"卧病述怀"。

《和尚书右丞良安世铜雀台》《仰同尚书良右丞铜雀台》与王无竞、李咸用、梁琼、王建、薛能、张瑛、罗隐、刘长卿、郑愔、贾至、张氏琰、梁氏琼、宋之问、沈佺期、刘庭琦《铜雀台》均含有"铜雀台"。

《五夜月》与刘方平《夜月》均含有"月夜"。

《奉和观新燕》（2首）与成彦雄、齐己《新燕》均含有"新燕"。

《泠然院各赋一物，得涧底松》与白居易《涧底松》均含有"涧底松"。

《奉和玩春雪》（2首）与韩愈《春雪》均含有"春雪"。

《春日侍神泉苑，赋得春月，应制》与元稹《春月》均含有"春月"。

《观斗百草，简明执》《和野柱史观斗百草简明执之作》与白居易《草》均含有"草"。

《奉和观落叶》《落叶篇》《落叶篇应制》与孔绍安、齐己、王建、王周、孔绍德《落叶》均含有"落叶"。

《赋得陇头秋月明》《奉和秋月明》《和内史贞主秋月歌》《同和秋月歌》与白居易、戎昱《秋月》均含有"秋月"。

《山亭听琴》与孟郊、张乔、罗隐、刘禹锡、王建、王元、王玄《听琴》均含有"听琴"。

《春日嵯峨山院，探得迟字》《春日侍嵯峨山院，探得回字，应制》，与张说《春晚侍宴丽正殿探得开字》，都是"春……（某场所）……探得……字"的结构。

《春日大弟雅院》与宋之问《春日山家》，都是"春日（某场所）"的形式。

《嵯峨院纳凉，探得归字，应制》与韦应物《精舍纳凉》，都是"某处纳凉"的形式。

《寻良将军华山庄，将军失期不在》与皎然《寻陆鸿渐不遇》，贾岛《寻隐者不遇》，丘为《寻西山隐者不遇》，均是"寻某人"形式。

《秋山作》与施肩吾《秋山吟》形式相同。

《七日禁中陪宴》与司空曙《晦日益州北池陪宴》，构成形式都是"时间+场所+陪宴"。

《赋得汉高祖》与王珪、于季子《咏汉高祖》主题均是汉高祖。

《过梵释寺》与王维《过香积寺》都是"过……寺"。

《扈从梵释寺，应制》（2首）与张说《扈从辛韦嗣立山庄应制》，宋之问《扈从登封告成颂应制》都是"扈从……应制"的形式。

《题光上人山院》与贾岛《题李凝幽居》都是"题某处"的形式。

《和菅清公伤忠法师》与温庭筠《和友人伤歌姬》都是"和谁伤某人"形式。

《哭宾和尚》与李白《哭晁卿衡》《哭宣城善酿纪叟》，王维《哭孟浩然》，崔珏《哭李商隐》，柳宗元《哭连州凌员外司马》都是"哭某人"的形式。

《故关柳》与刘皂《边城柳》均是"某处柳"。

《山亭听琴》与殷尧藩《席上听琴》均是"某处听琴"的形式。

《秋日别友人》与陈子昂《春夜别友》均是"某时别友"形式。

《答澄公奉献诗》与王昌龄《答武陵田太守》都是"答……"的形式。

《和光法师游东山之作》与李白《游泰山》，杜甫《游终南山》，都是"游某山"形式。

3.《经国集》诗题

与唐诗诗题完全相同的汉诗有38首：《塞下曲》《奉和塞下曲》（2

首)与李白、王昌龄等33位诗人《塞下曲》相同;《奉和塞上曲》与王昌龄《塞上曲》;《奉和巫山高》(2首)与李贺、卢照邻等6人《巫山高》;《奉和关山月》(3首)与李白、白居易、卢照邻等9人《关山月》;《早春》《奉和早春》与韩愈、白居易等10人《早春》;《春日作》《奉和春日作》(5首)与李中《春日作》;《咏燕》与张九龄、张鷟《咏燕》;《除夜》《奉和除夜》(3首)与白居易、元稹等14人《除夜》;《守岁》与李世民等4人《守岁》;《咏雪》(2首)与骆宾王等4人《咏雪》;《奉和咏尘》(5首)与骆宾王、张说《咏尘》;《秋月夜》与顾非熊《秋月夜》;《奉和渔家》(7首)与张乔、高蟾、贯林(3人)《渔家》。

与唐诗诗题不同的汉诗有32首:《赞佛》《孟兰盆会悲感归心》《听维摩经》《忽闻渤海客礼佛感而赋之》《同安领客感客等礼佛之作》《秋千篇》《奉和秋千篇》《现果诗》《过因诗》《赋桃,应令》(2首)《奉和太上天皇春堂五咏》(8首)《重阳节得秋虹应制》《秋山望云雨以忆此心》《不堪奉试》《奉试得治荊璞》《奉试得东平树》《奉试咏三》(2首)《奉试得宝鸡祠》《奉试赋得照瞻镜》《奉试得经炊桐》《看宫人玩扇》《戤肩》《遥和播州长史丹治中得絮柳请植左大将军闲院之作》。

与唐诗诗题部分相同的汉诗有140首:《落梅花》《奉和落梅花》(2首)与卢照邻、杨炯《梅花落》均含有"梅花"。

《见老僧归山》《见老僧归山,应太上天皇制》,与刘言史、贯林《送僧归山》均有"归山"一词,涉及的人物都是"僧"。

《和藤是雄旧宫美人入道词》与李商隐《和韩录事送宫人入道》,张萧远、韦应物、王建、张籍、项斯《送宫人入道》均含有"宫人入道"。

《和藤是雄春日过安禅师旧院》与卢纶《奉陪侍中春日过武安君庙》都含有"春日过某处"。

《与海公饮茶送归山》,与皎然《九日与陆处士羽饮茶》均含有"与某人饮茶"。

《和惟逸人春道秋日卧疾华严山寺精舍之作》《和惟治中秋日卧疾华严寺堂旧宫之作》与骆宾王《和孙长史秋日卧病》、姚合《和李舍人秋日卧疾言怀》都含有"和某人秋日卧病/疾"。

《春日过山寺观菩萨旧坛》与戴叔伦《与友人过山寺》都含有"过山寺"。

《问净上人疾》与白居易《问刘十九》都是"问……"。

《奉和太上天皇访净上人病》（2首）、《归休独卧，寄高雄寺空海上人》，与刘长卿《送上人》，都含有"上人"。

《闻右军曹贞忠入道因简大将军良公》《和御制闻右军曹入道简大将军良公》《奉和圣制闻右军曹贞忠入道见赐》，与杜甫《闻官军收河南河北》，李白《闻王昌龄左迁龙标有此寄》都含有动词"闻"。

《春日山寺，探得春字》与李隆基《过大哥宅探得歌字韵》《春晚宴两相及礼官丽正殿学士探得风字》，张说《春晚侍宴丽正殿探得开字》都含有"探得……字"。

《春道晚听山磬》《和惟山人春道晚听山磬》，与施肩吾《安吉天宁寺闻磬》，吕温《终南精舍月中闻磬声诗》，"听磬"与"闻磬"是近义词，表达主题基本相同。

《南山中，新罗适者见过》《文友见过，赋莺勒情晴字》，与钱起《山中酬杨补阙见过》，陈羽《山中秋夜喜周士闲见过》，都含有"见过"一词。

《留别青龙寺义操阿阇梨》与王维《夏日过青龙寺谒操禅师》，都含有"青龙寺"。

《在唐观昶法和尚小山》与王翰《观蛮童为伎之作》都含有动词"观"。

《入山兴》与杜牧《山行》都是相同场所"山"。

《于内道场观虚空藏菩萨会》与卢拱《中元日观法事》，都是"观"法会。

《和藤六郎出家之作》与白居易《吹笙内人出家》，裴说《送进士苏瞻乱后出家》，都含有"出家"一词。

《夏日同美郎遇雨过菩提寺作》（2首）与崔道融《溪上遇雨二首》，温庭筠《卢氏池上遇雨赠同游者》，均含有"遇雨"一词。

《赋得深山寺，应太上天皇制》与虞世南《赋得林池作应制》都含有"赋得""应制"。

《咏殿前梅花》《奉和殿前梅花》与王贞白、王初《春日咏梅花》，李建勋《醉中咏梅花》，主题都是"咏梅花"。

《咏庭梅》《奉和庭梅》与刘禹锡《咏庭梅寄人》、张九龄《庭梅咏》，都含有"咏庭梅"。

《早春观打球》《奉和观打球》与沈佺期《幸梨园亭观打球应制》，武平一《幸梨园观打球应制》，杨巨源《观打球有作》均是"观打球"。

《见滋贞主春日病起》与李建勋《春日病中》均含有"春日病"。

《和藤朝臣春日遇前尚书秋公归病作》（3首），与骆宾王《和孙长史秋日卧病》相似。

《看源童子书跡》与柳宗元《段九秀才处见亡友吕衡州书跡》，诗题末尾均含有"书跡"一词，且动词"看"与"见"是近义词。

《暇日闲居》与白居易、张籍《晚秋闲居》，王维《闲居》均含有"闲居"一词。

《竹树新栽流水远引即有兴把笔直疏得寒字应制》与张易之《侍从过公主南宅侍宴得风字应制》都含有"得……字应制"。

《临春风效沈约体应制》与陈子昂《上元夜效小庾体》，皎然《奉和陆使君长源水堂纳凉效曹刘体》，徐铉《寄饶州王郎中效李白体》均是"效……体"。

《春日奉使入渤海客馆》与苏颋《送贾起居奉使入洛取图书因便拜觐》均含有"奉使入……"。

《听早莺，示惟山人春道》与白居易《闻早莺》、陶翰《柳陌听早莺》，都含有"听/闻早莺"。

《和滋贞主城外听莺简前藤中纳言之作》与韦应物《听莺曲》，灵澈《听莺歌》都含有"听莺"。

《咏禁苑鹰生雏》《咏禁苑鹰生户雏》，与柳宗元《笼鹰词》，崔铉《咏架上鹰》，都含有"鹰"。

《九日玩菊花篇》《九日玩菊花篇应制》（2首），与白居易《东园玩菊花》都含有"玩菊花"。

《山居骤笔》与王维《山居秋暝》《山居即事》，都含有"山居"一词。

《病中九日饮》与李白《九日龙山饮》都含"九日饮"。

《九日林亭赋得山亭明月秋应太上天皇制》与高骈《山亭夏日》都含有"山亭"。

《夜亭晚秋，探得回字，应太上天皇制》与白居易《南湖晚秋》，杜牧《边上晚秋》都有"晚秋"一词。

《奉和捣衣引》（2首）、《夜听，捣衣》，与李白、刘希夷《捣衣篇》，杨凝《秋夜听捣衣》，刘禹锡、王建《捣衣曲》，杜甫、吴大江、沈宇《捣衣》都含有"捣衣"一词。

《青山歌》《奉和太上天皇青山歌》，与许棠《青山晚望》，朱湾《九日等青山》都含有"青山"一词。

《看落叶，应令》，与司空曙《题落叶》都含有"落叶"一词。

《冬日途中值雪简左督》，与慧净《冬日普光寺卧疾，值雪简诸旧游》，都含有"值雪简"和"冬日"。

《奉试咏天》与李贺《梦天》，都是以"天"为主题。

《和菅大夫晓头闻雁卒尔成篇》与张九龄《同綦毋学士月夜闻雁》，李益《水宿闻雁》都含有"闻雁"。

《清凉殿画壁山水歌》《奉和清凉殿画壁山水歌》（3首），与李白《当涂赵炎少府粉图山水歌》，顾况《嵇山道芬上画山水歌》，都含有

"山水歌"。

《和海和尚秋日观神泉苑之作》与王卓《观北番谒庙》，都含有"观某处"。

《秋云篇，示同舍郎》（4首），与骆宾王《秋晨同淄川毛司马秋九咏，秋云》，都有"秋云"一词。

《禅居》与李欣《无尽上人东林禅居》，储光义《题昈上人禅居》均含有"禅居"。

《咏庭梅》与刘禹锡《咏庭梅寄人》均含有"咏庭梅"。

《老翁吟》与白居易《原陵老翁吟》均含有"老翁吟"。

《山夜》与王绩《山夜调琴》，张说《山夜闻钟》均含有"山夜"。

《渔歌》（6首），与李珣、孙光宪、张志和、魏承班《渔歌子》均含有"渔歌"。

《梅花引》（2首）与崔道融《梅花》均含有"梅花"。

《闲庭早梅》与张渭、柳宗元、齐己《早梅》均含有"早梅"。

《和菅清公春雨之作》（2首）与李商隐《春雨》均含有"春雨"。

《赋新年雪里梅花》与崔道融、李煜《梅花》均含有"梅花"。

《和藤神策大将闭门好静花鸟驯人不胜感什》与李白、白居易、孟郊、李中、李治《感兴》均含有"感兴"。

《月下听孤雁》与杜甫、崔涂、储嗣宗《孤雁》均含有"孤雁"。

《早春途中》与韩愈《早春》均含有"早春"。

《良纳言秋山闲饮》与张籍、白居易《秋山》、陶翰《秋山夕兴》均含有"秋山"。

《小池七夕》与白居易、温庭筠、杜牧、杜审言、韦应物、李商隐、宋之问、张文恭、沈佺期、崔国辅、德容等的《七夕》、李峤《同赋山居七夕》均含有"七夕"。

《奉试赋秋兴》与杜甫《秋兴》均含有"秋兴"。

《奉试赋得陇头秋月明》（4首）与白居易、戎昱《秋月》均含有

"秋月"。

《奉试赋秋雨》与温庭筠、薛能、李中《秋雨》均含有"秋月"。

《看落叶，应令》与孔绍安、修睦、齐己、王建、王周、孔绍德《落叶》均含有"落叶"。

《咏雪应诏》《奉和纪朝臣公咏雪诗》与李世民、骆宾王、董思恭、姚合《咏雪》，均含有"咏雪"。

《旧邑对雪》《奉和旧邑对雪》，与杜甫、李商隐、齐己、高骈、子兰、许浑、裴说《对雪》，皇甫冉《奉和对雪》，都含有"对雪"一词。

《东宫岁除，应令》与唐孝谦《岁除》均含有"岁除"。

《闲庭雨雪》《闲庭雨雪，探得迷字，应令》与皇甫冉《雨雪》均含有"雨雪"。

《山斋赋初雪》与吴融《赋雪》均含有"赋雪"。

《冬日友人田家被酒》与王维、王绩、司空曙、杨颜、顾况、李建勋、王建、欧阳修、聂夷中、柳宗元《田家》均含有"田家"。

《奉试赋挑灯杖》与骆宾王《挑灯杖》均含有"挑灯杖"。

《奉和太上天皇秋日作》与高适《秋日作》均含有"秋日作"。

《和野评事旅行吟》《旅行吟》与孟郊、崔道融《旅行》均含有"旅行"。

《寄净公山房》与李商隐《寄令狐郎中》都是"寄……"的形式。

《送伴秀才入道》与王勃《送杜少府之任蜀州》都是"送某人做某事"的句式。

《扈从梵释寺，应制》（2首），与张说《扈从辛韦嗣立山庄应制》都是"扈从……应制"的结构。

《过金山寺》与王维《过香积寺》都是"过某寺"的形式。

《赠南山智上人》与刘长卿《送灵澈上人》《送方外上人》都是"赠/送某上人"句式。

《秋日登叡山谒澄上人》与王维《夏日过青龙寺谒操禅师》都是

"某时某处谒某人"。

《冬日过山门》与骆宾王《冬日过故人任处士书斋》都是"冬日过某处"。

《同春太咏鬼之什》（3首）与齐己《和郑谷郎中幽栖之什》，朱庆馀《和刘补阙秋园寓兴之什》均是"同/和某人……之什"。

《途中九日》《病中九日》与王勃《蜀中九日》均是"……九日"形式。

《夕宿播州高砂》与李白《夜宿山寺》都是"夕/夜宿某处"。

《石决明词》与刘禹锡《竹枝词》结构形式相同。

《和良将军题瀑布下兰若简清大夫之作》（2首）与胡皓《和宋之问寒食题临江驿》均是"和某人题……"形式。

《别男子出家入山》与杨郇伯《送妓人出家》都是"送/别某人出家"。

《登延历寺，拜澄和尚像》与李白《登金陵凤凰台》均含有"登某处"。

《归休独卧，寄高雄寺空海上人》（2首）与孟浩然《奉中感秋寄远上人》，韦应物《听嘉陵江水声寄深上人》都是"寄……上人"形式。

《三月三日于西大寺，侍宴应诏》与王维《三月三日勤政楼侍宴应制》均是"三月三日某处侍宴"形式。

《和澄上人题长宫寺二月十五日寂灭会》，与孟浩然《同王九题就师山房》，都是"和/同某人题……"形式。

《咏樱》与贺知章《咏柳》都是"咏"某植物。

《奉试咏梁，得尘字》与骆宾王、张说《咏尘》，都是"咏……"形式。

《和出云巨太守茶歌》，与温庭筠《西陵道士茶歌》，都是"……茶歌"形式。

三部诗集中80%以上的汉诗诗题与唐诗诗题有不同程度的相似，

《凌云集》中"与唐诗诗题完全相同"的汉诗有9首,"部分相同"的汉诗有76首,共计85首,占总数91首的93.41%;《文华秀丽集》中"与唐诗诗题完全相同"的汉诗有22首,"部分相同"的汉诗有104首,共计126首,占总数143首的88.11%;《经国集》中"与唐诗诗题完全相同"的汉诗有38首,"部分相同"的汉诗有140首,共计178首,占总数210首的84.76%。

第五章 诗语分析

一、诗语意象

三部诗集在描述季节、景色、情感、烘托氛围时，使用了多种事物门类，具体如下所示：

《凌云集》——植物：樱花、桃花、菊、梅、柳、松、蒹葭、荷、芳荑、古木、荆棘、薜萝、柏、蓐、槐、竹、梧、树、橘柚、莲、草、青萍

动物：蟋蟀、鸟、雁、蝉、猿、雀、凤凰、鱼、鲲、燕、鹄、虫、蜂、蝶、鸡、马、鹤

天文地理：月、霞、云、空、露、烟、风、天、雪、雷、泉、霜、雨、日、水、山、瀑布、星、虹

乐器：琴、簧、羌笛、管、笙、笛

季节：春、夏、秋、冬

《文华秀丽集》——植物：草、莓苔、柳、梅、松、松萝（薜萝）、枫林、橘、芦、竹、蔷薇、薛、梧、花、树、杨、菊、桑、桃花、李、浮萍、杏、衫、藤、柏、桂、枫

动物：鸡、猿、鸟、鹤、鹃、雁（鸿）、鸾、虫、凤、马、鸥、蝉、玳筵、鹏、鲸、鸳鸯、莺、鹂（黄鹂）、蝴蝶、燕

天文地理：月、云、泉、溪、风、雨、石、雷、日、湖、海、洲、

池、星、山、烟、雪、霜、露、冰、霞、雾

乐器：琴、箫、琵琶、角、管

季节：春、冬、秋、夏

《经国集》——植物：梅、柳、杨、草、木、竹、苔、莓苔、松、杉、芭蕉、苏、野果、桃、李、桂、兰、桐、花、杏（杏花）、菖叶、梨、笋、樱树、菊、松萝、芦

动物：猿、狐、雁、鸟、鹄（天鹅）、鲤、马、鹅、鸽、莺、凤鸾、鸡、犬、虫、鸳鸯、龙凤、蝉、燕、蝴蝶、孔雀、熊、犀牛、象、鹤、鹭、鸥、蜂、鹰、鹊、兔、鸠、牛

天文地理：雪、月、霜、泉、云、雨、雷电、露、沧海、烟、霞、日、风、宵、雾、溪清流、山、水、石、峰、霭、星、海、冰、尘、河、江

乐器：螺、磬、琴、笛

季节：秋、春、冬、夏

据以上可知，三部诗集均涉及的植物有：菊、梅、柳、松、松萝（薜萝）、竹、草；动物有：鸟、雁、蝉、猿、蝶、鸡、马、鹤、凤凰、燕、虫；天文地理有：月、霞、云、露、烟、风、雪、雷、泉、霜、雨、日、山、星；乐器：琴。

其中，菊、梅、柳、草分别与秋季、冬季、夏季、春季应景，如：《九月九日于神泉苑宴群臣，各赋一物得秋菊》"旻商季序重阳节，菊为开花艳千官。蕊耐朝风今日笑，荣霑夕露此时寒。把盈玉手流香远，摘人金杯辨色难。闻道仙人好所服，对之延寿动心看"；《夏日左大将军藤冬嗣闲居院》"避暑时来闲院里，池亭一把钓鱼竿。回塘柳翠夕阳暗，曲岸松声炎节寒。吟诗不厌捣香茗，乘兴偏宜听雅弹。暂对清泉涤烦虑，况乎寂寞日成欢"；《奉和春日游猎日暮宿江头亭子》"二月平臬春草浅，千乘犯晓出城中。鹓鸯遥似星光落，菟尽还疑月影空。合晴征船唯见火，连宵浦树岂分红。今朝圣想期何后，不异周王猎渭风"；《除

夜》"欲眠不眠坐除夜，云天此夜秀芳春。启祥孤独迎献节，遁世诗情故隐沦。山雪暮光寒气尽，庭梅晓色暖烟新。生涯已见六年促，形影相随一老身"。以上四首诗在吟咏春夏秋冬四季时，分别采用了"草、柳、菊、梅"四类植物。

松、雁、蝉、猿、鸟、马、鸡、琴、月、星、霞、云、日、烟、泉、雪、霜、山等多用于送别、游览、述怀诗中，如：送别诗《赠宾和尚》"宾公运迹星霜久，万事无情爱寂然。水月寻常冷空性，风雷未敢动安禅。苦行独老山中室，盥漱偏宜林下泉。遥想焚香观念处，寥寥日夜著云烟"中使用了"星、霜、水、月、风、雷、泉、云、烟"；游览诗《江头春晓》"江头亭子人事暌，倚枕唯闻古戍鸡。云气湿衣知近岫，泉声惊寝觉邻溪。天边孤月乘流疾，山里饥猿到晓啼。物候虽言阳和未，汀州春草欲萋萋"中提及的有"鸡、云气、泉、月、猿、草"；述怀诗《晚秋述怀》"节候萧条岁将阑，闺门静闲秋日寒。云天远雁声宜听，担树晚蝉引欲殚。菊潭带露余花冷，荷浦含霜旧盏残。寂寂独伤四运促，粉纷落叶不胜看"中使用了"日、云、天、雁、蝉、菊、荷、露、霜"等。

乐器多用于哀伤、闺怨诗，如：闺怨诗《长门怨》"日暮深宫里，重门闭不开。秋风惊桂殿，晓月照兰台。对镜容华改，调琴怨曲催。君恩难再望，买得长卿才"中采用了乐器"琴"；哀伤诗《和尚书右丞良安世铜雀台》"昔时魏武帝，台树起城阿。遗令奏弦管，空帷舞绮罗。每对平□月，追思怨恨多。西陵挥泪望，松槚复如何"采用的乐器是"弦管"。

二、与唐诗诗语的对照分析

此部分主要从"与唐诗主题相同且句式或用语相同""与唐诗主题不同但句式或用语相同"两方面来分析诗集中的诗语。《凌云集》除了嵯峨天皇《江亭晓兴》一首汉诗之外，其余90首汉诗均有诗句与唐诗诗句的诗语或句式相同。其中，与唐诗主题相同且用语或句式相同的汉诗有18首,占诗集汉诗总数的19.78%;与唐诗主题不同但句式或用语相同的汉诗有72首,占诗集汉诗总数的79.12%。

《文华秀丽集》143首汉诗均有诗句与唐诗诗句的诗语或句式相同。与唐诗主题相同且用语或句式相同的汉诗有41首,占总数143首的28.67%;与唐诗主题不同但句式或用语相同的汉诗有102首,占总数143首的71.33%。

《经国集》除了惟良春道《送伴秀才入道》,尼和氏《禅居》,释空海《留别青龙寺义操阿阇梨》,滋野贞主《和菅清公春雨之作》,释空海《过因诗》,石川广主《同春太咏鬼之什》,嵯峨天皇《听早莺,示惟山人春道》,嵯峨天皇《山夜》,常光守《守岁》,春澄善绳《奉试赋挑灯杖》,瑙高庭《石决明词》,滋野贞主《奉和清凉殿画壁山水歌》,藤原三成《渔歌》,滋野贞主《遥和播州长史丹治中得絮柳请植左大将军闲院之作》14首汉诗之外,其余196首汉诗均有诗句与唐诗诗句的诗语或句式相同。其中,与唐诗主题相同且用语或句式相同的汉诗共有68首,占总数210首的32.38%;与唐诗主题不同但句式或用语相同的汉诗共有128首,占总数210首的60.95%。

1. 与唐诗主题相同且句式或用语相同

(1)《凌云集》

此部分共有18首,分别是:平城上皇《咏桃花》"灼灼桃花最可怜""千笑共开映暮烟""愿以成蹊枝叶下",分别与苏颋《侍宴桃花园咏桃花应制》"桃花灼灼有光辉",李世民《咏桃》"向日分千笑",李乂《侍宴桃花园咏桃花应制》"绮萼成蹊遍纂芳"中"灼灼""千笑""成蹊"相同。

嵯峨天皇《神泉苑花宴赋落花篇》"芳菲歇尽无由驻""红英落处莺乱鸣""紫萼散时蝶群惊",分别与李咸用《绯桃花歌》"争教此物芳菲歇",杨巨源《杨花落》"红英落尽绿尚早",杜甫《花底》"紫萼扶千蕊"中的"芳菲歇""红英落""紫萼"相同。

嵯峨天皇《夏日皇太弟南池》"潭香闻得芰荷间",与孟浩然《夏日浮舟过陈大水亭／浮舟过滕逸人别业》"潭香闻芰荷"中的"潭香闻芰荷"相同。

嵯峨天皇《重阳节神泉苑赐宴群臣,勒空通风同》"霁色敞秋空",与王涯《九月九日勤政楼下观百僚献寿》"霁色入仙楼"中"霁色"相同。

嵯峨天皇《钱右亲卫少将军朝嘉通奉使慰抚关东》"远使边城抚残虏""乡心杳杳切归想,客路悠悠稀故人",与杜牧《送沈士赴苏州,李中丞招以诗赠行》"残虏为犬豕""残虏"相同,与陈陶《送金卿归新罗》"乡心遥渡海,客路再经春",刘长卿《毗陵送邹结先赴河南充判官》"客路方经楚,乡心共渡河"中"乡心""客路"相同。

嵯峨天皇《赠宾和尚》"宾公运跡星霜久""水月寻常冷空性",分别与朗士元《赠韦司直》"客来吴地星霜久",钱起《送僧归日本》"水月通禅寂"中的"星霜久""水月"相同。

嵯峨天皇《赠绵寄空法师》"禅关近日消息断""京邑如今花柳宽",分别与温庭筠《赠楚云上人》"尽日闭禅关",韩愈《送诸葛觉往随州读书》"京邑有旧庐"中的"禅关""京邑"相同。

从五位下行内膳正仲雄《谒海上人》"寝兴思马鸣""字母弘三乘",分别与孟郊《隐士》"寝兴思其义",许浑《冬日宣城开元寺赠元孚上人》"妙理三乘达"中"寝兴""三乘"相同。

从四位下行播磨守贺阳朝臣丰年《三月三日侍宴应诏》"锡宴紫微中""皇欢被物忽",分别与李白《宫中行乐词八首》"盈盈在紫微",苏颋《兴庆池侍宴应制》"皇欢未使恩波极"中的"紫微""皇欢"相同。

从四位下行播磨守贺阳朝臣丰年《三月三日侍宴三首,其三》"松竹同宜古",与王勃《三月曲水宴得烟字》"松石偏宜古"中的"宜古"

相同。

内藏头从五位上兼左马头美浓守小野朝臣岑守《别故人之任赠琴》"素琴申旧意"，与李白《月夜听卢子顺弹琴》"幽人弹素琴"中的"素琴"相同。

从五位上行式部少辅管原朝臣清公《冬日汴州上漂驿逢雪》"不分琼瑶屑"，与柳宗元《酬王二十舍人雪中见寄》"今朝蹋作琼瑶迹"中"琼瑶"相同。

从五位上行式部少辅管原朝臣清公《越州别敕使王国父还京》"我是东蕃客"，与高适《睢阳酬别畅大判官》"丈夫拔东蕃"中的"东蕃"相同。

从五位下行日向权守淡海真人福良满《早春田园》"已迷帝王力"，与李峤《田》"宁知帝王力"中的"帝王力"相同。

散位从五位下仲科宿祢善雄《秋夜卧病》"知命送非优"，与刘商《春日卧病》"今日方知命"中"知命"相同。

外从五位上行山城介高丘宿弥第越《三月三日侍宴神泉苑，应诏》"元巳宴华林""恩波□谢深"，分别与李世民《春日玄武门宴群臣》"驻辇华林侧"，赵良器《三月三日曲江侍宴》"恩波海外流"中的"华林""恩波"相同。

文章生相模权博士大初位下桑原公腹赤《春日过友人山庄，探得飞字》"何独汉阴老"，与储光义《过新丰道中》"归从汉阴老"中的"汉阴老"相同。

内藏头从五位上兼左马头美浓守小野朝臣岑守《奉和圣制春女怨》"宿昔蛾眉迷自身"，与李白《春怨》"深坐颦蛾眉"中"蛾眉"相同。

（2）《文华秀丽集》

此部分共有41首，分别是：嵯峨天皇《和金吾将军良安世春齐别筑前王大守还任》"离心积日风烟远""回首前程指落晖""闻猿夜夜转依依"，分别与刘长卿《喜朱拾遗承恩拜命赴任上都》"沧洲离别风烟远",刘长卿《送皇甫曾赴上都》"回首川长共落晖",李治《送韩揆之江西》"别恨转依依"中的"风烟远""回首""落晖""转依依"相同。

嵯峨天皇《史记讲竟,赋得张子房》"英风万古传",与李白《经下邳圯桥怀张子房》"怀古钦英风"中"英风"相同。

嵯峨天皇《长门怨》"秋风惊桂殿",与李白《长门怨二首》"桂殿长愁不记春"中"桂殿"相同;巨势识人《奉和长门怨》"孤思不暂安",与刘皋《长门怨》"营营孤思通"中"孤思"相同。

嵯峨天皇《婕妤怨》"昭阳辞恩宠,长信独离居""团扇含愁咏,秋风怨有余",桑原腹赤《奉和婕妤怨》"昭阳歌舞盛,长信绮罗愁",与翁绶《婕妤怨》"花落昭阳谁共辇,月明长信独登楼",皇甫冉《婕妤怨》"由来咏团扇,今已值秋风"中"昭阳""长信""团扇""秋风"相同。

嵯峨天皇《王昭君》"弱岁辞汉阙""含愁入胡关",与无名氏《王昭君》"朝辞汉阙去",陈昭《昭君词》"胡关逐望新"中"汉阙""胡关"相同。

良岑安世《奉和王昭君》"形影向胡场""愿为孤飞雁,岁岁一南翔",与卢照邻《昭君怨》"形影向金微","愿逐三秋雁,年年一度归"句式相同。

淳和天皇《饯美州掾藤吉野,得花字》"今宵倐忽言离别""莫怨白云千里远",分别与李咸用《送河南韦主簿归京》"世乱敢言离别易",高适《夜别韦司士》"莫怨他乡暂离别"中的"言离别""莫怨"相同。

小野岑守《留别文友》"文友存亡半是新",与杜甫《赠高式颜》"自失论文友"中的"文友"相同。

巨势识人《敬和左神策大将军春日闲院饯美州藤大守甲州藤判官之作》"离弦频透鹤声弹""音书屡寄往来看",分别与戴淑伦《酬别刘九郎评事传经同泉字》"举袂掩离弦"，施肩吾《赠别王炼师往罗浮》"别后音书寄与谁"中的"离弦""音书"相同。

巨势识人《春日饯野柱史奉使存问渤海客》"芳惜睽离但有觞""迟日未销边路雪""山里猿啼朗月光"，分别与李商隐《送千牛李将军赴阙五十韵》"睽离动素诚"，李端《送窦兵曹》"御桥迟日暖"，刘长卿《重送裴郎中贬吉州》"猿啼客散暮江头"中的"睽离""迟日""猿啼"相同。

桑原腹赤《月夜言离》"天文月兔尚同光"，与杜荀鹤《与友人话别》"月兔走入海"中的"月兔"相同。

纪末守《早春别阿州伴掾赴任》"一朝衔命远离别""欲识我魂随子去"，分别与王昌龄《送郑判官》"辀车衔命奉恩辉"，刘长卿《送张栩扶侍之睦州》"东征随子去"中的"衔命""随子去"相同。

小野岑守《在边赠友》"班秩边城久""夕来梦帝畿""弦望年频改"，分别与罗隐《寄易定公乘亿侍郎》"班秩通乌府"，杜审言《赠苏味道》"朋游满帝畿"，高适《苦雨寄房四昆季》"弥望无端倪"中的"班秩""帝畿""弥望"相同。

坂上今雄《秋朝听雁，寄渤海入朝高判官释录事》"不如关陇雁"，与骆宾王《早秋出塞寄东台详正学士》"溪月明关陇"中的"关陇"相同。

王孝廉《和坂领客对月思乡见赠之作》"谁言千里隔"，与施肩吾《对月忆嵩阳故人》"嵩阳故人千里隔"中的"千里隔"相同。

王孝廉《春日对雨，探得情字》"疑是雨师知圣意"，与施肩吾《江南积雨后》"雨师一日三回到"中的"雨师"相同。

仲雄王《赋得汉高祖》"汉祖承尧绪"，与王珪《咏汉高祖》"汉祖起丰沛"相同。

仲雄王《奉和重阳节书怀》"寰中农时涝旱事""帝念黔首不登年"，分别与杨廉《奉和九月九日登慈恩寺浮图应制》"辉焕满寰中"，崔元翰《奉和圣制重阳旦日百寮曲江宴示怀》"帝念资勤恤"中的"寰中""帝念"相同。

桑原腹赤《春和听捣衣》"寒楼月下万家场",与刘希夷《捣衣篇》"君看月下参差影"中的"月下"相同。

菅原清公《奉和梅花落》"香萦玉镜台",与杨炯《梅花落》"愁看玉镜台"中"玉镜台"相同。

嵯峨天皇《过梵释寺》"云岭禅扃人踪绝""梵宇本无尘滓事""法筵唯有薜萝僧",分别与韦应物《四禅精舍登览悲旧,寄朝宗、巨川兄弟》"攀云造禅扃",王维《游悟真寺》"梵宇聊凭视",李适《七月十五日题章敬寺》"法筵会早秋"中的"禅扃""梵宇""法筵"相同。

淳和天皇《扈从梵释寺,应制》"午后寻真幸日宫""四五老僧迎凤辇""危磴岩头拂雾通",分别与皇甫冉《和郑少尹祭中岳寺北访萧居士越上方》"寻真到隐居",李适、卢藏用《奉和九日登慈恩寺浮图应制》"凤辇乘朝霁",耿湋《甘泉寺》"拂雾涌秋华"中的"寻真""凤辇""拂雾"相同。

多清贞《香刹青岩顶》"香刹青岩顶""梵语闻无餍""尘心伏不惊""定水晚来声",分别与宋之问《奉和幸大荐福寺》"香刹中天起",李嘉祐《奉陪韦润州游鹤林寺》"梵语问多罗",张翚《游栖霞寺》"顿觉尘心变",白居易《题玉泉寺》"闲心对定水"中的"香刹""梵语""尘心""定水"相同。

锦部彦公《题光上人山院》"梵宇深峰里""经行金策振",分别与宋之问《登禅定寺阁》"梵宇出三天",刘长卿《送惠法师游天台,因怀智大师故居》"落日独摇金策去"中的"梵宇""金策"相同。

嵯峨天皇《和尚书右丞良安世铜雀台》"遗令奏弦管""空帷舞绮罗",与沈佺期、宋之问《铜雀台》"千秋遗令开""绮罗君不见"中"遗令""绮罗"相同。

桑原腹赤《仰同尚书良右丞铜雀台》"西陵向月看""漳河与妾

涕",与王勃《铜雀妓二首》"西陵松槚冷""漳河望邺城"中"西陵""漳河"相同。

菅原清公《奉和侍中翁主挽歌词二首》"向朝伤薤露""秦楼月影空",与权德舆《赠魏国宪穆公主挽歌词二首》"睿词悲薤露""秦楼晓月残"中"薤露""秦楼"相同;巨势识人《奉和侍中翁主挽歌词二首》"佳城艳□沦""晓月铭旌出""繁笳悲薤露",与刘长卿《故女道士婉仪太原郭氏挽歌词》"佳城日易曛",白居易《元相公挽歌词三首》"铭旌官重威仪盛",权德舆《赠魏国宪穆公主挽歌词二首》"睿词悲薤露"中的"佳城""铭旌""薤露"相同。

佐伯长继《春和观新燕》"差池羽翼如徃年",与齐己《新燕》"差池自有便"中"差池"相同。

嵯峨天皇《代神泉古松伤衰歌》"昔从凡木殖上林""帝者爱贞赐恩顾",与廖匡图《松》"始将凡木斗荣枯",吴武陵《贡院楼北新栽小松》"拂槛爱贞容"中"凡木""爱贞"相同。

仲雄王《奉和代神泉古松伤衰歌》"孤松盘屈薜萝枝""贞节苦寒霜雪知""不敢幽怀戻恩顾",与李白《南轩松》"南轩有孤松",周存《禁中春松》"几岁含贞节",白居易《玩松竹二首》"幽怀一以合"中"孤松""贞节""幽怀"相同。

嵯峨天皇《冷然院各赋一物,得涧底松》"郁茂青松生幽涧",与李峤《松》"森森幽涧陲"中"幽涧"相同。

滋野贞主《奉和玩春雪》"姑射遥闻一处子""竞入妆楼作玉尘",与刘庭琦《奉和圣制瑞雪篇》"姑射山中符圣寿",秦韬玉《春雪》"玉尘如糁满春朝"中的"姑射""玉尘"相同。

巨势识人《春日侍神泉苑,赋得春月,应制》"须看冀叶夹阶开",与元稹《月三十韵》"冀叶标新朔"中的"冀叶"相同。

嵯峨天皇《和内史贞主秋月歌》"色似楚练疑天晓""皎洁秋悲斑女扇""五夜风吹砧杵声""不从姮娥窃药遁",分别与元稹《月三十韵》"徐收楚练机"，李端《和李舍人直中书对月见寄》"素魄近成班女扇"，王良会《和武相公中秋夜西蜀锦楼望月得清字》"飘飘砧杵声"，罗隐《秋夕对月》"姮娥谩偷药"中的"楚练""班女扇""砧杵声""姮娥……药"相同。

桑原腹赤《同和秋月歌》"叶映洞庭波里水""尧蓂荚满自谙历""仙桂花开谁所栽""吴江影下寒乌宿""长信深宫圆似扇，昭阳秘殿净如练"，分别与卢照邻《明月引》"洞庭波起兮鸿雁翔"，徐夤《月》"邵诜树老尧蓂换"，杜牧《长安夜月》"仙桂动秋声"，杨凌《江上秋月》"月色吴江上"，王昌龄《长信怨》"长信宫中秋月明，昭阳殿下捣衣声"中的"洞庭波""尧蓂""仙桂""吴江""长信宫""昭阳殿"相同。

巨势识人《琴兴》"知音者或但子期"，与李峤《琴》"子期如可听"中的"子期"相同。

多清贞《游北山寺》"梵语闻无餍""尘心伏不惊""定水晚来声"，与李嘉祐《奉陪韦润州游鹤林寺》"梵语问多罗"，张翚《游栖霞寺》"顿觉尘心变"，白居易《题玉泉寺》"闲心对定水"中"梵语""尘心""定水"相同。

淳和天皇《春日侍嵯峨山院，採得回字，应制》"鸟啭遥闻缘阶壑，花香近得抱窗梅"，与沈佺期《奉和春日幸望春宫应制》"林香酒气元相入，鸟啭歌声各自成"中的"鸟啭""……香"相同。

(3)《经国集》

此部分汉诗共有 68 首。分别是：嵯峨天皇《塞下曲》"百战功多苦边城""汉家天子恩难报""宋尽匈奴岂显身"，与李白《塞下曲》"横戈从百战""远忆边城儿""天兵出汉家"中的"百战""边城""汉家"相同。

菅原清公《奉和塞下曲》"天山秋早雪花开""遥瞻汉月自南来"，与李白《塞下曲》"五月天山雪""弯弓辞汉月"中的"天山""汉月"相同。

巨势识人《奉和塞下曲》"胡儿塞月晓吹笳",与江为《塞下曲》"胡儿移帐寒笳绝"中的"胡儿""笳"相同。

菅原清公《奉和塞上曲》"塞虏草枯膝已寒""将军浴铁向桑乾""龙沙日夜风霜烈",分别与武元衡《塞下曲》"草枯马蹄轻",许浑《塞下曲》"夜战桑乾北",李白《塞下曲》"战士卧龙沙"中的"草枯""桑乾""龙沙"相同。

有智子内亲王《奉和巫山高》"飞泉落紫霄""别有晓猿叫",分别与陆敬《巫山高》"高高入紫霄",张九龄《巫山高》"唯有巴猿啸"中的"紫霄""猿"相同。

巨势识人《奉和巫山高》"巫岭巴东峙",与皇甫冉《巫山高》"巫峡见巴东"中的"巴东"相同;"危岩千鸟路,虚谷泻雷鸣"与郑世翼《巫山高》"危峰入鸟道,深谷泻猿声"句式相似;"云临朝馆起,雨向夕台行"与皇甫冉《巫山高》"云藏神女馆,雨到楚王宫"句式相似。

小野岑守《梅花引》(2首)"水精窗外一株梅""君王帐里香风来",分别与杨炯《梅花落》"窗外一株梅""香逐便风来"中的"窗外一株梅""风来"相同。

嵯峨天皇《见老僧归山》"白云深处是僧家",与杜牧《山行》"白云深处有人家"均是"白云深处……家"句式。

藤原冬嗣《见老僧归山,应太上天皇制》"策杖伸腰四克余",与李中《送圆上人归庐山》"策杖临风拂袖还"的"策杖"相同。

嵯峨天皇《和藤是雄春日过安禅师旧院》中"空山独闭应禅扃""随缘猿鸟竟谁听",分别与韦应物《四禅精舍登览悲旧,寄朝宗巨川兄弟》"攀云造禅扃",皎然《奉同卢使君幼平游精舍寺》"猿鸟定中闻"中的"禅扃""猿鸟"相同。

嵯峨天皇《与海公饮茶送归山》"香茶酌罢白云暮",与灵一《与元居士青山潭饮茶》"坐饮香茶爱此山"中的"香茶"相同。

嵯峨天皇《和惟逸人春道秋日卧疾华严山寺精舍之作》"道心登静

境,真性隔尘嚣",分别与王维《蓝田山石门精舍》"道心及牧童",刘商《同徐城季明府游重光寺题晃师壁》"真性知无住"中的"道心""真性"相同。

源常《奉和太上天皇访净上人病》"古寺莓苔人访疏",与戴淑伦《卧病》"莓苔积雨深"中的"莓苔"相同。

嵯峨天皇《和良将军题瀑布下兰若简清大夫之作》"空堂望崖银河发,古殿看溪白虹临""雾雨洒来霑炉气",分别与李白《望庐山瀑布二首》"疑是银河落九天""隐若白虹起""日照香炉生紫烟"中的"银河""白虹""炉"相同。

源弘《和良将军题瀑布下兰若简清大夫之作》"涌珠飞釜分万壑""四时每听奔雷响",分别与李忱《瀑布联句》"千岩万壑不辞劳",杜甫《天池》"闻道奔雷黑"中的"万壑""奔雷"相同。

释空海《在唐观昶法和尚小山》"还识君情不染尘",与白居易《赠张处士山人》"虽到尘中不染尘"中的"不染尘"相同。

淡海三船《扈从圣德宫寺》"回驾问芳因",与皇甫冉《奉和独孤中丞游法华寺》"回驾独依然"中的"回驾"相同。

惟良春道《赋得深山寺,应太上天皇制》"上方来往路难寻""片石观空何劫尽""纱灯点点千峰夕""尘机不得更相侵",分别与白居易《留题开元寺上方》"上方风景清",刘禹锡《巫山神女庙》"片石亭亭号女郎",严维《宿法华寺》"纱灯古殿深",白居易《宿简寂观》"卧觉尘机泯"中的"上方""片石""纱灯""尘机"相同。

嵯峨天皇《早春》"哢涉柳园莺""唯有归飞雁",分别与顾况《春怀》"园莺啼已倦",贾至《西亭春望》"北雁归飞入窅冥"中的"园莺""归飞"相同。

有智子内亲王《奉和春日作》"烟轻新草绿""游丝垂柳塘",分别与李商隐《春游》"烟轻惟润柳",王周《问春》"游丝垂幄雨依依"中的"烟轻""柳""游丝"相同。

菅原清公《奉和春日作》"年光处处赊"，与王绩《初春》"醉客喜年光"中的"年光"相同。

嵯峨天皇《和菅清公春雨之作》"崇朝云气晴"，与张九龄《和崔尚书喜雨》"崇朝遍九垓"中的"崇朝"相同。

淡海福良满《月下听孤雁》"孤音月下闻""单飞倦缴网"，分别与灵澈《听莺歌》"孤音清泠啭素枝"，赵嘏《旅馆闻雁别友人》"单飞谁见此生劳"中的"孤音""单飞"相同。

嵯峨天皇《九日玩菊花篇》"如何仙菊笑东篱""盈把陶令"，分别与徐夤《追和白舍人咏白牡丹》"槛边几笑东篱菊"，李商隐《菊花》"陶令篱边色"中的"笑东篱""陶令"相同。

巨势识人《奉和捣衣引》"通宵砧杵未为足""剪力欲倦玉手冷"，分别与杨凝《秋夜听捣衣》"砧杵闻秋夜"中的"砧杵"，李白《捣衣篇》"玉手开缄长后息"中的"玉手"相同。

惟氏《奉和捣衣引》"捣齐纨，捣楚练"，与刘希夷《捣衣篇》"欲向楼中萦楚练，还来机上裂齐纨"中的"楚练""齐纨"相同。

杨泰师《夜听，捣衣》"明月峡中似听猿""此时独自闺中闻，此夜谁知湖眸缩"，与李白《捣衣篇》"明月高高刻漏长"中的"明月"相同；与刘希夷《捣衣篇》"此时秋月可怜明，此时秋风别有情"句式相似。

丰前王《奉试赋得陇头秋月明》"漏尽姮娥落，更深顾兔惊""寒色陇头明"，分别与杜甫《月》"斟酌姮娥寡"，韩愈《和和崔舍人咏月二十韵》"净堪分顾兔"，王维《陇头吟》"陇头明月迥临关"中的"姮娥""顾兔""陇头"相同。

治颖长《奉试赋得陇头秋月明》"胡骑气逾勇""影寒交河道"，与张籍《陇头行》"胡骑夜入凉州城"，无可《中秋月》"影寒池更澈"中的"胡骑""影寒"相同。

藤原令绪《奉试赋得陇头秋月明》"皎皎含冰白，辉辉入镜澄"

"彩比齐纨洽，光同赵璧生"，分别与顾封人《月中桂树》"皎皎舒华色，亭亭丽碧空"，李峤《秋山望月酬李骑曹》"色带银河满，光含玉露开"句式相似。

山田古嗣《奉试赋秋雨》"秋雨正滂沛"，与白居易《喜雨》"须臾滂沛雨飘空"中的"滂沛""雨"相同。

嵯峨天皇《奉和旧邑对雪》"含辉临素扇，呈瑞满冥宵""郢曲能安和，羞歌下里调"，分别与骆宾王《咏雪》"含辉明素篆"，无可《小雪》"呈瑞下深宫"，李白《对雪奉饯任城六父秩满归京》"燕歌落胡雁，郢曲回阳春"中的"含辉""呈瑞""郢曲""……歌"相同。

嵯峨天皇《除夜》"启祥孤独迎献节"，与李世民《除夜》"献节启新芳"中的"献节"相同。

有智子内亲王《奉和除夜》"不觉蹉跎岁月除""阴涧冰消泉响虚"，与白居易《岁暮》"亦从岁月除"，李世民《除夜》"冰消出镜水"中的"岁月除""冰消"相同。

惟氏《奉和除夜》"泉石不知老将至"，与白居易《除夜寄微之》"家山泉石寻常忆"中的"泉石"相同。

仁明天皇《闲庭雨雪》"带湿还凝砌"，与裴虔馀《早春残雪》"曲槛霜凝砌"中的"凝砌"相同；"玄云聚万岭，素雪飏宫中"，与钱起《禁闱玩雪寄薛左丞》"玄云低禁苑，飞雪满神州"句式相同。

有智子内亲王《山斋赋初雪》"朔气三冬紧"，与上官仪《咏雪应诏》"禁园凝朔气"中的"朔气"相同。

金雄津《咏雪》"瑶台异夏台"，与许浑《看雪》"客醉瑶台曙"中的"瑶台"相同。

大枝永野《咏雪》"散絮因风起""国有丰年瑞""但伤东郭履"，分别与李建勋《和元宗元日大雪登楼》"狂洒玉墀初散絮"，罗隐《雪》"尽道丰年瑞"，李商隐《崔处士》"雪中东郭履"中的"散絮""丰年瑞""东郭履"相同。

中臣良楫《奉和咏尘》"形生范宁甑",与张说《咏尘》"独怜范甑下"中的"范甑"相同。

菅原清冈《奉和咏尘》"遂舞生罗袜,惊歌起画梁""色暗龙媒埒,形飞凤辇场",与张说《咏尘》"仙浦生罗袜""思绕画梁飞"中的"生罗袜""画梁"相同,与"夕伴龙媒合,朝游凤辇归"句式相同,即:"……龙媒……,……凤辇……"。

中臣良舟《奉和咏尘》"影逐龙媒乱,形随凤辖扬",与张说《咏尘》"夕伴龙媒合,朝游凤辇归"句式相同。

菅原善主《奉和咏尘》"洛浦生神袜,都城染客衣""朝随行盖起,暮追去轩归",分别与张说《咏尘》"仙浦生罗袜,神京染素衣",白居易《暮归》"朝随烛影出,暮趁鼓声还"句式相同。

小野春卿《奉试赋得照瞻镜》"野魅出精不隐身""如今可用妍媸鉴",分别与刘禹锡《磨镜篇》"野魅真形出",席豫《奉和敕赐公主镜》"妍媸冰鉴里"中的"野魅""妍媸"相同。

杨泰师《奉和纪朝臣公咏雪诗》"昨夜龙云上,今朝鹤雪新""幽兰难可继",与骆宾王《咏雪》"龙云玉叶上,鹤雪瑞花新""幽兰不可俪"中的"龙云""鹤雪""幽兰"相同。

菅原清公《奉和关山月》"影共征轮满,光含旅镜明",与卢照邻《关山月》"影移金岫北,光断五门前"均是"影……,光……"句式。

有智子内亲王《奉和关山月》中的"皎洁关山月,流光万里明",与张九龄《秋夕望月》"清迥江城月,流光万里同"均含有"流光万里"。

大枝硗麿《奉试得经炊桐》"擢干峄阳岑,森森秀众林",与李峤《桐》"孤秀峄阳岑,亭亭出众林"均是"……峄阳岑,……众林"句式;"几番动桂阴""长作五弦琴",与李峤《桐》"秋月弄圭阴""谁谓作鸣琴"中的"圭阴""琴"相同。

嵯峨天皇《渔歌》（5首）；有智子内亲王《奉和渔家》2首；滋野贞主《奉和渔家》（5首），均为"七七三三七"句式，与张志和《渔歌子》句式相同，其中"桃花春水带浪游"，与张志和《渔歌子》"桃花流水鳜鱼肥"句式相似。

惟氏《和出云巨太守茶歌》"兽炭须臾炎气盛"，与秦韬玉《采茶歌》"兽炭潜然虬珠吐"中的"兽炭"相同。

朝原道永《咏雪应诏》"欲载千箱咏"，与李商隐《忆雪》"欲俟千箱庆"均是"欲……千箱……"句式。

伊永代《冬日友人田家被酒》"冰结波文断，霜飞叶帷空"，与皇甫冉《寄刘方平大谷田家》"冰结泉声绝，霜清野翠浓"，均是"冰结……，霜……"句式。

嵯峨天皇《和藤是雄旧宫美人入道词》"遁世明皇出帝畿""坐向苍天怨别离"，分别与戴叔伦《汉宫人入道》"萧萧白发出宫门"，张萧远《送宫人入道》"闻向瑶台尽泪垂"句式相似。

良岑安世《奉和圣制闻右军曹贞忠入道见赐》"九熏城里回头望，一乘车前专意臻"，与李商隐《和韩录事送宫人入道》"九支灯下朝金殿，三素云中侍玉楼"句式相似。

藤原三成《春日山寺，探得春字》"遥听风中诵经处"，与薛逢《定山寺》"遥闻上界翻经处"都是"遥闻/听……经处"句式。

贺阳丰年《奉和庭梅》"宫里一梅树，寒花尚入春"，与杨炯《梅花落》"窗外一株梅，寒花五出开"句式相似。

嵯峨天皇《问净上人疾》"须疗身是真药王"，与钱起《静夜酬通上人问疾》"舍毫问药王"中的"药王"相同。

2. 与唐诗主题不同但用语或句式相同

（1）《凌云集》

此部分有72首，分别是：嵯峨天皇《秋日皇太弟池亭赋天字》"玄圃秋云肃",与武平一《奉和幸白鹿观应制》"玄圃灵芝秀"中的"玄圃"相同。

平城上皇《赋樱花》"含笑亘三阳""昔在幽岩下",分别与侯冽《花发上林》"花发三阳盛",张易之《奉和圣制夏日游石淙山》"山中日暮幽岩下"中的"三阳""幽岩下"相同。

嵯峨天皇《春日游猎,日暮宿江头亭子》"三春出猎重城外,四望江山势转雄",与卢照邻《春晚山庄率题二首》"顾步三春晚,田园四望通"中的"三春""四望"相同。

从五位下行日向权守淡海真人福良满《被别丰后藤太守》"悲泪数行流""边声四面起""遂兔马蹄承落日""征船暮入连天水""为思周卜遇非熊",与卢照邻《同崔录事哭郑员外》"仆本多悲泪",骆宾王《早秋出塞寄东台详正学士》"边声入听喧",张蠙《蓟北书事》"戍楼承落日",元稹《楚歌十首》"三峡连天水",王维《和仆射晋公扈从温汤(时为右补阙)》"罢猎见非熊"中的"悲泪""边声""承落日""连天水""非熊"相同。

嵯峨天皇《神泉苑花宴赋落花篇》"见取花光林表出""造化宁假丹青笔",分别与张九龄《奉和圣制早登太行山率尔言志》"戈鋋①林表出",刘禹锡《奉和司空裴相公中书即事通简旧僚之作》"日运丹青笔"中的"林表出""丹青笔"相同。

嵯峨天皇《夏日皇太弟南池》"纳凉储贰南池里",与元稹《四皓庙》"屈作储贰宾"中的"储贰"相同。

嵯峨天皇《夏日左大将军藤冬嗣闲居院》"回塘柳翠夕阳暗,曲岸松声炎节寒",与李贺《兰香神女庙(三月中作)》"松香飞晚华,柳渚含日昏"中均含有"松""柳"。

嵯峨天皇《河阳驿经宿有怀京邑》"虽听山猿助客叫""谁能不忆

---

① 鋋(chán):本意是古代一种铁柄短矛。也泛指短矛。

帝京春",与白居易《答春》"其奈山猿江上叫""从道风光似帝京"中的"山猿""帝京"相同。

嵯峨天皇《和左金吾将军藤绪嗣过交野离宫感旧作》"荆棘不知歌舞处""空望浮云转伤心",分别与李商隐《北齐二首》"何劳荆棘始堪伤",李白《送友人》"浮云游子意"中的"荆棘""浮云"相同。

嵯峨天皇《和左大将军藤冬嗣河阳作》"河阳雨气更生寒""万里长江入海宽""晓猿悲吟谁断得",分别与杜甫《后出塞五首》"暮上河阳桥",刘禹锡《偶作二首》"万里长江水",岑参《下外江舟怀终南旧居》"杉冷晓猿悲"中的"河阳""万里长江""晓猿悲"相同。

嵯峨天皇《和左卫督朝臣嘉通秋夜寓直周庐听早雁之作》"潘郎作赋兴情融""感杀周庐寓直者",分别与皇甫冉《寄刘方平》"潘郎作赋年",李隆基《春台望》"周庐徼道纵横转"中的"潘郎作赋""周庐"相同。

嵯峨天皇《和菅清公秋夜途中闻笙》"吹笙写得凤皇吟""新声宛转遥夜振,妙响联绵远风沉",分别与卢藏用《奉和幸安乐公主山庄应制》"箫楼韵逐凤凰吟",李煜《菩萨蛮·铜簧韵脆锵寒竹》"新声慢奏移莛玉",卢照邻《和王奭秋夜有所思》"妙响入云涯"中的"凤凰吟""新声""妙响"相同。

嵯峨天皇《和菅清公赋早雪》"云晴朔方早雪降""班姬秋扇已无色",与李隆基《平胡》"云开静朔方",宋之问、沈佺期《望月有怀》"班姬取扇侍"中"朔方""班姬"相同。

嵯峨天皇《和进士贞主初春过营祭酒宅,怅然伤怀简布臣藤三秀才作》"书阁闲来冬变春""犹恨门前断旧宾",分别与李群玉《请告南归留别同馆(中元作)》"书阁乍离情黯黯",白居易《赠晦叔忆梦得》"犹恨尊前欠老刘"中的"书阁""犹恨……前"相同。

嵯峨天皇《听诵法华经,各赋一品,得方便品,题中取韵》"从风清梵响犹长",与李商隐《和人题真娘墓》"出云清梵想歌筵"中的

"清梵"相同。

嵯峨天皇《吏部侍野美闻使边城赐帽裘》"岁晚严冬寒最切",与刘沧《留别崔滫秀才昆仲》"岁晚虫鸣寒露草"中的"岁晚"相同。

嵯峨天皇《秋日入深山》"听里清猿啼古木,望前寒雁杂凉飔",与牟融《处厚游杭,作诗寄之》"书沈寒雁云边影,梦绕清猿月下愁"中的"清猿""寒雁"相同。

淳和天皇《九月九日侍宴神泉苑,各赋一物,得秋露,应制》"未央阙侧承双掌,长信宫中起只啼",分别与杨巨源《春日奉献圣寿无疆词十首》"年年未央阙",王昌龄《长信怨》"长信宫中秋月明"中的"未央阙""长信宫中"相同。

淳和天皇《秋晚侍内殿宴》"微臣荷德良无力""当时圣主赐霑泽",分别与喻坦之《陈情献中丞》"荷德力须倾",白居易《送韦侍御量移金州司马》"春欢雨露同沾泽"中的"荷德""沾泽"相同。

淳和天皇《奉和春日游猎日暮宿江头亭子,应制》"二月平皋春草浅""连宵浦树岂分红",分别与孟浩然《南归阻雪》"积雪覆平皋",孟浩然《登鹿门山怀古》"浦树遥莫辨"中的"平皋""浦树"相同。

淳和天皇《奉和江亭晚兴,呈左神荣清藤将军》"我后巡方春日晚""归雁群鸣起回汀",分别与李隆基《轩游宫十五夜》"巡方赴洛师",李商隐《细雨》"萧洒傍回汀"中的"巡方""回汀"相同。

藤原冬嗣《和菅祭酒秋夜途中闻笙之什》"退食飞樱上玉京""风生柳际传鸾响,月照槐间写凤形",与刘沧《月夜闻鹤唳》"终逐烟霞上玉京"中的"上玉京"相同;与白居易《七言十二句赠驾部吴郎中七兄》"风生竹夜窗间卧,月照松时台上行"均以"风生……,月照……"起句。

藤原冬嗣《奉和圣制宿旧宫,应制》"前栽细菊吐新心",与杜甫《九日奉寄严大夫》"重岩细菊斑"中的"细菊"相同。

藤原冬嗣《神泉苑雨中眺瞩,应制》"雨气三秋冷",与杜审言

《登襄阳城》"旅客三秋至"中的"三秋"相同。

淳和天皇《驾幸南池,后日简大将军》"南池叶暗惟初密",与骆宾王《和王记室从赵王春日游陀山寺》"叶暗龙宫密"中的"叶暗"相同。

从三位行常陆守菅野朝臣真道《晚夏神泉苑同勒深临阴心,应制》"王母仙园近,龙宫宝殿深""纵赏凤舆临",分别与杜甫《秋兴八首》"西望瑶池降王母",宋之问《灵隐寺》"龙宫锁寂寥",杜甫《赠李八秘书别三十韵》"差肩列凤舆"中的"王母""龙宫""凤舆"相同。

从五位下行内膳正仲雄《早舟发》"天际片帆征",与孟浩然《早寒江上有怀》"孤帆天际看"中的"天际""帆"相同。

从五位下行内膳正仲雄《谒海上人》"栖迟忌剧务",与高适《使青夷军入居庸三首》"栖迟愧宝刀"中的"栖迟"相同。

从四位下行播磨守贺阳朝臣丰年《三月三日侍宴三首,其三》"露晞心已肃",与徐九皋《关山月》"露晞光渐没"中的"露晞"相同。

从四位下行播磨守贺阳朝臣丰年《留别故人》"涉江悲望遥""云路别魂销",分别与李白《拟古》"涉江弄秋水",王维《赋得秋日悬清光》"云路岂悠悠"中的"涉江""云路"相同。

从四位下行播磨守贺阳朝臣丰年《同元忠初春宴纪千牛池亭之作》"深寄契寒松",与孟郊《小隐吟》"洗情深寄玄"中的"深寄"相同。

从四位下行播磨守贺阳朝臣丰年《别诸友入唐》"数君为国器""轩鳍鲲海悠",分别与刘禹锡《许给事见示哭工部刘尚书诗因命同作》"济时成国器",罗邺《献池州庚员外》"鲲海已知劳鹤使"中的"国器""鲲海"相同。

从四位下行播磨守贺阳朝臣丰年《史记竟宴,赋得传大史自序传》"博瞻剑三千""张辅趁孤秀""尽魄悬声价",与杜甫《寄岳州贾司马六丈、巴州严八使君两阁老五十韵》"流落剑三千",刘长卿《送裴四判官赴河西军试》"英资挺孤秀",刘禹锡《浙西李大夫述梦四十韵并浙东元相公酬和斐然继声》"对频声价出"中"剑三千""孤秀""声价"相同。

从四位下行播磨守贺阳朝臣丰年《代琴之词》"奔溜春秋坏""愿载重轮响",分别与李白《玉真公主别馆苦雨赠卫尉张卿二首》"潈潈①奔溜闻",刘长卿《至德三年春正月时谬蒙差摄海盐令闻王师收二京……五十韵》"白日重轮庆"中的"奔溜""重轮"相同。

从四位下行播磨守贺阳朝臣丰年《逸人词》"但想荣期三乐趣",与白居易《偶作》"荣期三乐歌"中的"荣期三乐"相同。

从四位下行播磨守贺阳朝臣丰年《高士吟》"寄言燕雀徒,宁知鸿鹄路",与高适《同群公秋登琴台》"燕雀满檐楹,鸿鹄抟扶摇"中"燕雀""鸿鹄"相同。

从四位下行播磨守贺阳朝臣丰年《伤野将军》"屈指驰三略",与白居易《哭诸故人,因寄元八》"屈指数年世"中的"屈指"相同。

左兵卫督从四位下兼行但马守良岑朝臣安世《九月九日侍宴神泉苑,各赋一物,得秋莲,应制》"神泉御苑霜氛下""波收隐士三秋盖",分别与李世民《出猎》"寒野霜氛白",杜甫《洗兵马》"隐士休歌紫芝曲"中的"霜氛""隐士"相同。

左兵卫督从四位下兼行但马守良岑朝臣安世《早秋月夜》"三秋三五夜",与白居易《效陶潜体诗十六首》"中秋三五夜"中的"三五夜"相同。

正五位下行纪伊守藤原朝臣道雄《咏雪》"雨师风猎玄花",与黄滔《闰八月》"唯恐雨师风伯意"中的"雨师"相同。

正五位下行纪伊守藤原朝臣道雄《春日代妓》"箧里郁金未薰衣",与李贺《恼公》"薰衣避贾充"中的"薰衣"相同。

正五位下林宿祢娑婆《自山崎乘江赴赞岐,在难波江口,述怀,赠

---

① 潈(cóng):水流会合的地方;急流;水声。

野二郎》"指海共朝宗""渔火通宵烈""远树似生江",分别与张九龄《忝官二十年尽在内职,及为郡尝积恋,因赋诗焉》"江流去朝宗",姚合《题河上亭》"渔火入窗明",皮日休《忆洞庭观步十韵》"远树点黑槊"中的"朝宗""渔火""远树"相同。

正五位下林宿祢娑婆《久在外国,晚年归学,知旧零落,已无其人。聊以述怀。简山请益菅原五郎,桃李之报岂无坏》"忘筌无故友,倾盖有新期",与骆宾王《游兖部逢孔君自卫来,欣然相遇若旧》"倾盖金兰合,忘筌玉叶开"中的"倾盖""忘筌"相同。

从五位上行大外记兼因幡介上毛野朝臣颖人《春日归田直疏》"世途如此苦""何处遇春恩",分别与白居易《晚归香山寺,因咏所怀》"世途多险艰",张说《奉和圣制爱因巡省途次旧居应制》"春恩蛰更苏"中的"世途""春恩"相同。

内藏头从五位上兼左马头美浓守小野朝臣岑守《于神泉苑侍宴,赋落花篇,应制》"銮驾早来遍历览""昔闻一县荣河阳""今见仙源避秦汉""金罍百味自能醇",分别与高骈《蜀路感怀》"銮驾西巡陷几州",李欣《古塞下曲》"春色度河阳",刘长卿《奉陪郑中丞自宣州解印,与诸侄宴馀干后溪》"何劳问秦汉",李白《襄阳歌》"何如月下倾金罍"中的"銮驾""河阳""秦汉""金罍"相同。

外从五位上行山城介高丘宿弥第越《于神泉苑侍宴,赋落花篇,应制》"飞去落丹墀""一连一断点仙衣",与杜甫《夔府书怀四十韵》"战瓦落丹墀",杜甫《雨不绝》"行云莫自湿仙衣"中"落丹墀""湿仙衣"相同。

内藏头从五位上兼左马头美浓守小野朝臣岑守《夏日神泉苑钓台,应制》"水近纶偏尽""浦暗橘柚阴",分别与刘长卿《感怀》"水近偏逢寒气早",苏颋《边秋薄暮》"浦暗渔舟入"中的"水近""浦暗"相同。

内藏头从五位上兼左马头美浓守小野朝臣岑守《九月九日侍宴神泉

苑,各赋一物得秋柳,应制》"短暑晚斜星舍冷""恩煦之余未先秋",分别与李端《鲜于少府宅看花》"夏日同短暑",欧阳詹《太原旅怀呈薛十八侍御齐十二奉礼》"恩煦胡凋疏"中的"短暑""恩煦"相同。

内藏头从五位上兼左马头美浓守小野朝臣岑守《秋日皇太弟池亭,应制赋园字》"高秋八月气将肃""南皮之赏不足言",与岑参《送费子归武昌》"高秋八月归南楚",孟郊《同年春燕》"南皮献清词"中"高秋八月""南皮"相同。

内藏头从五位上兼左马头美浓守小野朝臣岑守《奉和观佳人踢歌御制》"巫岭朝云应敛行""金谷新园无复荣",分别与张子容《巫山》"巫岭岩峣天际重",刘禹锡《杨柳枝词九首》"金谷园中莺乱飞"中的"巫岭""金谷园"相同。

内藏头从五位上兼左马头美浓守小野朝臣岑守《奉和江亭晓兴诗,应制》"传舍前长枕江侧""不虑銮舆九天临""晓猿莫作断肠叫",分别与白居易《宿诚禅师山房题赠》"视身如传舍",王维《奉和圣制从蓬莱向兴庆阁道中留春雨中春望之作应制》"銮舆迥出千门柳",顾况《竹枝曲》"肠断晓猿声渐稀"中的"传舍""銮舆""肠断晓猿"相同。

内藏头从五位上兼左马头美浓守小野朝臣岑守《奉和春日暮宿江头亭子御制》"□郡客馆作重闱""蜃气朝涵泻卤微",分别与武三思《奉和春日游龙门应制》"清吹入重闱",白居易《东南行一百韵寄通州元九侍御澧州李十一舍人……窦七校书》"蜃气海浮图"中的"重闱""蜃气"相同。

内藏头从五位上兼左马头美浓守小野朝臣岑守《奉和伤右卫大将军故宿弥御制》"蠢尔虾夷不息乱""羽书力斗月夜传""谕勋须初卫青前""殿马长吟从恋主""良弓久橐不复弦""伏石犹留一发穿",分别与白居易《寓意诗五首》"蠢尔树间虫",岑参《轮台歌奉送封大夫出师西征》"羽书昨夜过渠黎",王维《老将行》"卫青不败由天幸",李白《君子有所思行》"厩马散连山",刘禹锡《韩信庙》"苍黄钟室后良弓",陈子良《赞德上越国公杨素》"弯弧穿伏石"中的"蠢尔""羽书""卫青""厩马""良弓"相同。

内藏头从五位上兼左马头美浓守小野朝臣岑守《贺赐新集兼谢》"履薄春冰遂谢危""秘府新诗许独披""谁谓鸿私典骗骗",分别与李峤《晚秋喜雨》"紫宸兢履薄",韦应物《送雷监赴阙庭》"秘府擢文儒",岑参《过梁州奉赠张尚书大夫公》"恩德继鸿私"中的"履薄""秘府""鸿私"相同。

内藏头从五位上兼左马头美浓守小野朝臣岑守《砂土印佛,应制》"檀印一点玉沙上""八十妙好废丹青",分别与贯休《桐江闲居作十二首》"静室焚檀印",杜甫《丹青引赠曹将军霸》"丹青不知老将至"中的"檀印""丹青"相同。

内藏头从五位上兼左马头美浓守小野朝臣岑守《远使边城》"黄昏极嶂哀猿叫""雪犯风牵不加寒""旅客期时边愁断",分别与杜甫《奉赠太常张卿二十韵》"槛束哀猿叫",元稹《忆杨十二》"风牵卧柳丝",王昌龄《从军行七首》"撩乱边愁听不尽"中的"哀猿叫""风牵""边愁"相同。

从五位上行式部少辅管原朝臣清公《九月九日侍宴神泉苑,各赋一物,得秋山》"三山漂眇沧瀛外""五岳嵯峨赤县中",与李白《三山漂眇沧瀛外》"流芳播沧瀛",李白《赠宣城赵太守悦》"赤县扬雷声"中"沧瀛""赤县"相同。

从五位上行式部少辅管原朝臣清公《秋夜途中闻笙》"皇城陌上槐风隶""天汉波间桂月明""金商鸾曲秋声亮",分别与白居易《集贤池答侍中问》"主人晚入皇城宿",张籍《秋夜长》"天汉东西月色光",李治《九月九日》"初律启金商"中的"皇城""天汉""金商"相同。

征夷副将军从五位下行陆奥介小野朝臣永见《田家》"结庵居三径""糟糠宁满腹",分别与陆龟蒙《京口与友生话别》"寻僧助结庵",白居易《二年三月五日斋毕开素当食偶吟赠妻弘农郡君》"家贫共糟糠"中的"结庵""糟糠"相同。

征夷副将军从五位下行陆奥介小野朝臣永见《游寺》"久倦樊笼苦""息心归六度",分别与吕温《和舍弟让笼中鹰》"动触樊笼倦",义净、慧净《与无行禅师同游鹫岭瞻奉……杂言诗》"六时愍生遵六度"中的"樊笼""六度"相同。

从五位下行日向权守淡海真人福良满《言志》"弧树轮囷久",与秦韬玉《桧树》"翠云交干瘦轮囷"中的"轮囷"相同。

左大史正六位上兼行伊势权大掾坂上忌寸今继《涉信浓坂》"溪深景易曛""乡关何处在",分别与李白《寻高凤石门山中元丹丘》"溪深古雪在",崔颢《黄鹤楼》"日暮乡关何处是"中的"溪深""乡关何处"相同。

左大史正六位上兼行伊势权大掾坂上忌寸今继《咏史》"陶潜不狎世",与王维《偶然作六首》"陶潜任天真"中的"陶潜"相同。

从六位下守大内记大伴宿弥氏上《渤海入朝》"自从明皇御宝历""乃知玄德已深远""片席聊悬南北吹""占星水上非无感",分别与白居易《贺雨》"皇帝嗣宝历",崔道融《过隆中》"玄德苍黄起卧龙",元稹《古决绝词》"一任东西南北吹",沈佺期《扈从出长安应制》"太史占星应"中的"宝历""玄德""南北吹""占星"相同。

从七位上守少内记滋野宿弥贞主《夏日陪幸左大将藤原冬嗣闲居院,应制》"寂然闲院当驰道""横琴玳席倚岩居",分别与岑参《与高适薛据同登慈恩寺浮图》"青槐夹驰道",张籍《山中秋夜》"横琴当月下"中的"驰道""横琴"相同。

从七位上守少内记滋野宿弥贞主《王昭君》"朔雪翩翻沙漠暗""边霜惨烈陇头寒""行行常望长安日",与李白《千里思》"朔雪乱边花",李益《听晓角》"边霜昨夜堕关榆",张说《幽州新岁作》"遥遥西向长安日"中"朔雪""边霜""长安日"相同。

第五章 诗语分析

　　从八位上守播磨权少缘多治比真人清贞《奉和御制春朝雨晴,应制》"残虹卷半规""梅香深浅度",分别与岑参《早秋与诸子登虢州西亭观眺》"残虹挂陕北",元稹《生春二十首》"梅香密气融"中的"残虹""梅香"相同。

　　从八位上守播磨权少缘多治比真人清贞《和菅祭酒赋朱雀衰柳作》"两两三三夹道斜""畴昔荣华都不见",与白居易《和刘郎中曲江春望见示》"宫墙夹道斜",李白《赠郭将军》"畴昔雄豪如梦里"中"夹道斜""畴昔"相同。

　　陆奥少目从八位下桑原公宫作《伏枕吟》"沉痾送岁""衣悬鹑兮化缁""书晶蓬室晚萤辉",分别与钱起《海上卧病寄王临》"妙年即沉痾",骆宾王《宿山庄》"化缁类秦袭",杜甫《垂老别》"弃绝蓬室居"中的"沉痾""化缁""蓬室"相同。

　　文章生相模权博士大初位下桑原公腹赤《秋日于友人山庄兴饮,探得檐字》"扪萝试一瞻""吏隐两相兼",分别与李白《游泰山六首》"扪萝欲就语",杜甫《东津送韦讽摄阆州录事》"怜君吏隐兼"中的"扪萝""吏隐兼"相同。

　　荫孙无位巨势朝臣志缨人《和进士贞主初春过菅祭酒旧宅怅然伤怀之作》"间庭宿草无复扫""虚院孤松自依声""但见平生风月处",分别与白居易《梦微之》"咸阳宿草八回秋",方干《赠乾素上人》"庭际孤松随鹤立",尚颜《言兴》"江山风月处"中的"宿草""孤松""风月处"相同。

　　藤原冬嗣《和菅祭酒秋夜途中闻笙之什》"风生柳际传鸾响,月照槐间写凤形",与白居易《七言十二句赠驾部吴郎中七兄》"风生竹夜窗间卧,月照松时台上行"均是"风生……,月照……"句式。

　　文章生相模权博士大初位下桑原公腹赤《春日过友人山庄,探得飞字》"烟没主人柳""何独汉阴老""野童驱犊去",分别与钱起《下第题长安客舍》"空馀主人柳",储光义《过新丰道中》"归从汉阴老",

苏味道《始背洛城秋郊瞩目奉怀台中诸侍御》"野童来捃拾"中的"主人柳""汉阴老""野童"相同。

(2)《文华秀丽集》

此部分有 102 首,分别是:嵯峨天皇《和菅清公伤忠法师》"腊老烟□里""归真摄化形",分别与白居易《送文畅上人东游》"貌依年腊老",刘长卿《故女道士婉仪太原郭氏挽歌词》"归真道艺超"中的"腊老""归真"相同。

巨势识人《奉和春日江亭闲望》"园林半灼灼,原野尽芊芊""山光霁后绿,江气晚来鲜",分别与李白《送客归吴》"岛花开灼灼,汀柳细依依",崔湜"山光晴后绿,江色晚来清"句式相似。

仲雄王《奉和春日江亭闲望》"猿深云树峡""山馆凤庭遐""洲暖长芦芽""还同星渚查",分别与刘长卿《馀干夜宴奉钱前苏州韦使君新除婺州作》"向夜一猿深",李峤《槐》"花落凤庭隈",于武陵《南游》"洲暖水花开",刘禹锡《同乐天和微之深春二十首》"桥峻通星渚"中的"猿深""凤庭""洲暖""星渚"相同。

小野岑守《江楼春望,应制》"春雨濛濛江楼黑""四海朝宗归圣王",与白居易《寒食卧病》"春雨濛濛榆柳色",佚名《杂曲歌辞。太和第五彻》"四海朝宗会百川"中"春雨濛濛""四海朝宗"相同。

嵯峨天皇《江头春晓》"倚枕唯闻古戍鸡""天边孤月乘流疾""山里饥猿到晓啼""汀洲春草欲萋萋",分别与刘禹锡《秋江晚泊》"古戍见旗迴",李白《答王十二寒夜独酌有怀》"孤月沧浪河汉清",鲍溶《山中冬思二首》"饥猿无声啼",钱起《崔十四宅问候》"春草欲萋萋"中的"古戍""孤月""饥猿""春草欲萋萋"相同。

嵯峨天皇《春日嵯峨山院,探得迟宇》"气序如今春欲老""杨柳未悬伸月眉""唯余风动暮猿悲",分别与白居易《岁晚旅望》"阴惨阳舒气序牵",李贺《昌谷诗》"月眉谢郎妓",王勃《麻平晚行》"风急暮猿清"中的"气序""月眉""暮猿"相同。

嵯峨天皇《春日大弟雅院》"阳砌虽看新柳色""阴阶常点旧苔斑""就暖晴花开簾外""欲巢时鸟啄庭间",分别与刘长卿《至德三年春正月时谬蒙差摄海盐令闻王师收二京……五十韵》"未央新柳色",刘得仁《题邵公禅院》"阴阶竹扫苔",岑参《送严黄门拜御史大夫再镇蜀川兼觐省》"晴花间赤旗",张说《和张监游终南》"时鸟戏幽松"中的"新柳色""阴阶""晴花""时鸟"相同。

嵯峨天皇《夏日临泛大湖》"水国追凉到""洲色暗苍芦""清猿北屿呼",分别与孟浩然《洛下送奚三还扬州》"水国无边际",司空图《杂题九首》"洲色海烟春",孟浩然《湖中旅泊,寄阎九司户防》"清猿不可听"中的"水国""洲色""清猿"相同。

巨势识人《嵯峨院纳凉,探得归字,应制》"岩间避暑隐松帷",与卢照邻《羁卧山中》"雪尽松帷暗"中的"松帷"相同。

淳和天皇《秋夕南池亭子临眺》"莫愁白日岩头曛",与高适《别董大二首》"千里黄云白日曛""莫愁前路无知己"中的"白日""莫愁"相同。

朝野鹿取《秋山作,探得泉字,应制》"千峰万岭寒叶翩""羽客裳斑蜕气度""隐人带绿女萝悬",分别与岑参《天山雪歌送萧治归京》"千峰万岭雪崔嵬",宋之问《送司马道士游天台》"羽客笙歌此地违",孟郊《游华山云台观》"时韵女萝弦"中的"千峰万岭""羽客""女萝"相同。

勇山文继《春日左将军临况》"洒扫荆扉望风久""今日高车过下官",分别与王维《留别山中温古上人兄并示舍弟缙》"荆扉但洒扫",王维《送荣别驾赴华州》"高车入郡舍"中的"荆扉""高车"相同。

王孝廉《奉敕陪内宴诗》"海国来朝自远方""日宫座外何攸见",分别与殷尧藩《金陵上李公垂侍郎》"海国微茫散晓暾",韩偓《登南神光寺塔院》"日宫紫气生冠冕"中的"海国""日宫"相同。

释仁贞《七日禁中陪宴诗》"入朝缨国惭下客""七日承恩作上宾"

"更见凤声无妓态",分别与白居易《寄献北都留守裴令公》"多惭下客叨"、张籍《送白宾客分司东都》"恩许宫曹作上宾"、张祜《周员外席上观柘枝》"凤声初歇翅齐张"中的"下客""作上宾""凤声"相同。

嵯峨天皇《左兵卫佐藤是雄见授爵之备州谒亲,因以赐诗》"别时节修春云暮""为谒慈亲辞帝京""邑里儿童欢相待""马蹋云山乡念切""猿啼海峤助羁行",分别与卢纶《春日瀍亭同苗员外寄皇甫侍御》"坐见春云暮",白居易《琵琶行》"我从去年辞帝京",王维《赠房卢氏琯》"邑里多鸡鸣",徐夤《尚书荣拜恩命夤疾中辄课恶诗二首以申攀赞》"马蹋浮云不见踪",刘长卿《重送裴郎中贬吉州》"猿啼客散暮江头"中的"春云暮""辞帝京""邑里""马蹋""猿啼"相同。

巨势识人《秋日别友人》"林叶翩翩秋日曛""万里流光远送君",分别与李嘉祐《入睦州分水路忆刘长卿》"猿吟秋日曛",王昌龄《宿瀍上寄侍御玙弟》"万里流光带"中的"秋日曛""流光"相同。

淳和天皇《卧中简毛学士》"不解韶光著砌梅",与白居易《早春独游曲江》"韶光眼共明"中的"韶光"相同。

仲雄王《蒙谴外居,聊以述怀,敬简金吾将军》"儒家偏随樽俎趣""诘且淹除伏奏时""终离节会簪缨列""独漏寰瀛云雨施""外候仍言天听卑",分别与韩愈《桃源图》"礼数不同樽俎异",储光羲《晚次东亭献郑州宋使君文》"朝看伏奏归",李峤《和同府李祭酒休沐田居》"列位簪缨序",方干《处州献卢员外》"清声渐出寰瀛外",白居易《寄唐生》"庶几天听卑"中的"樽俎""伏奏""簪缨""寰瀛""天听卑"相同。

仲雄王《书怀呈王中书》"海行千里入帝城""君门九重未通藉",分别与张蠙《喜友人日南回》"重入帝城何寂寞",顾况《宫词》"君门一入无由出"中的"帝城""君门"相同。

仲雄王《卧病谢故人相问》"门客问初通",与方干《寄灵武胡常侍》"青云直上路初通"中的"初通"相同。

小野岑守《奉拜掖庭，简橘尚书》"别有殊恩拜掖庭"，分别与杜甫《送鲜于万州迁巴州》"他日有殊恩"，沈佺期《长门怨》"长门次掖庭"中的"殊恩""掖庭"相同。

坂上今继《和渤海大使见寄之作》"里云边辞国远""三春烟里望乡迷""交情自与古人齐"，分别与许浑《将离郊园留示弟侄》"久贫辞国远"，宋之问《发端州初入西江》"洲转望乡迷"，李白《口号赠征君鸿》"君与古人齐"中的"辞国远""望乡迷""与古人齐"相同。

滋野贞主《春夜宿鸿胪，简渤海入朝王大使》"枕上宫钟传晓漏""云间宾雁送春声"，分别与张少博《雪夜观象阙待漏》"九门传晓漏"，杜甫《云间宾雁送春声》"宾雁下襄州"中"传晓漏""宾雁"相同。

桑原腹赤《和渤海入觐副使公赐对龙颜之作》"苍波路几千""就日远朝天""庆自紫霄降""应悦听薰弦"，分别与杜甫《桃竹杖引，赠章留后》"苍波喷浸尺度足"，刘禹锡《武陵书怀五十韵》"就日秦京远"，李白《东武吟》"清切紫霄迥"，岑羲《奉和春日幸望春宫应制》"空知率舞听薰弦"中的"苍波""就日""紫霄""听薰弦"相同。

王孝廉《在边亭赋得山花戏，寄两个领客使并滋三》"初开似笑听无声""残片何时赠客情"，分别与刘长卿《别严士元》"闲花落地听无声"，杨发《残花》"残片逐风回"中的"听无声""残片"相同。

良岑安世《赋得季札》"所谓吴季札""晏子终纳色"，与韩翃《宴吴王宅》"听歌吴季札"，柳宗元《咏史》"晏子亦垂文"中的"吴季札""晏子"相同。

菅原清公《赋得司马迁》"禹穴渐研精""终令万祀下""长作百王祯"，分别与李白《送二季之江东》"禹穴藏书地"，贾至《燕歌行》"军容武备赫万祀"，李世民《赋尚书》"既承百王末"中的"禹穴""万祀""百王"相同。

小野岑守《举和宿蕉居之什》"昔从骖驾曳裾出""今配龙舆锵佩回"，分别与刘孝孙《游灵山寺》"骖驾历祇园"，武三思《奉和春日游龙门应制》"龙舆上翠微"中的"骖驾""龙舆"相同。

仲科善雄《奉和秋夜书怀之作》"始反安仁秋兴年""晓月光硫禁掖前",分别与李峤《池》"安仁动秋兴",白居易《西掖早秋直夜书意》"凉风起禁掖"中的"安仁""秋兴""禁掖"相同。

小野岑守《奉和卧病重阳节之作》"圣躬违和日数回""令节重阳倏忽来",分别与杜甫《收京三首》"无乃圣躬劳",宋之问《奉和九日幸临渭亭登高应制得欢字》"令节三秋晚"中的"圣躬""令节"相同。

姬大伴氏《晚秋述怀》"节候萧条岁将阑""菊潭带露余花冷",分别与崔峒《送韦八少府判官归东京》"云山一别岁将阑",李白《忆崔郎中宗之游南阳遗吾孔子琴,抚之潸然感旧》"时过菊潭上"中的"岁将阑""菊潭"相同。

菅原清公《奉和春闺怨》"早朝褰幌出栏楯""家是宫东宋王邻""独赖耶娘偏爱重""角枕罗帐恨无穷""宵闺埋线忆桑乾""颇思嫩听门前鹊""愿君莫学班定远",分别与陆龟蒙《纪梦游甘露寺》"栏楯横半壁",邵谒《金谷园怀古》"衔冤报宋王",杜甫《兵车行》"耶娘妻子走相送",白居易《新昌闲居,招杨郎中兄弟》"纱巾角枕病眠翁",刘长卿《穆陵关北逢人归渔阳》"匹马向桑乾",白居易《寓意诗五首》"门前雀罗张",陈子昂《和陆明府赠将军重出塞》"宁知班定远"中的"栏楯""宋王""耶娘""角枕""桑乾""门前雀""班定远"相同。

朝野鹿取《奉和春闺怨》"二十工舞季伦家""洛阳城东桃与李""锦褥玳筵亲惠密""南鹏东鲸还是轻""良人上马远从征""似登陇首伤己绝""非入楚宫腰忽细",分别与骆宾王《畴昔篇》"自言轻侮季伦家",刘希夷《代悲白头翁》"洛阳城东桃李花",白居易《柘枝词》"苍头铺锦褥",司空曙《送翰林张学士岭南勒圣碑》"度岭逐南鹏",杜审言《送崔融》"书记远从征",张九龄《饯王尚书出边》"夏云登陇首",杨师道《阙题》"楚宫腰细本传名"中的"季伦家""洛阳城东桃李""锦褥""南鹏""远从征""陇首""楚宫腰细"相同。

第五章　诗语分析

　　巨势识人《奉和春闺愁》"郁金帐里写娥眉""锦褥夜同翡翠帷""昼夜吁嗟涕如雪""单寝寒衾谁共暖""杏梁来燕比翼栖",分别与宋之问《王昭君》"非妾妒娥眉",元稹《梦游春七十韵》"潜褰翡翠帷",李白《寄远十一首》"乱愁心,涕如雪",白居易《冬至夜怀湘灵》"寒衾不可亲",韦应物《燕衔泥》"杏梁朝日巢欲成"中的"娥眉""翡翠帷""涕如雪""寒衾""杏梁"相同。

　　巨势识人《奉和婕妤怨》"翻怨裂纨情""愁黛画难成""闻来歌吹声",分别与吴大江《捣衣》"那堪裂纨素",卢照邻《折杨柳》"露叶凝愁黛",储光羲《长安道》"暗闻歌吹声"中的"裂纨""愁黛""歌吹声"相同。

　　菅原清公《奉和王昭君》"陇月分行镜""谁堪毡帐所""永代绮罗房",分别与杜甫《宿赞公房》"陇月向人圆",王建《古从军》"毡帐依山谷",秦韬玉《贫女》"蓬门未识绮罗香"中的"陇月""毡帐""绮罗"相同。

　　藤原是雄《奉和王昭君》"含悲向胡塞""马上关山远",分别与张柬之《出塞》"电断冲胡塞",李白《紫骝马》"白雪关山远"中的"胡塞""关山远"相同。

　　朝野鹿取《奉和王昭君》"远嫁匈奴域""罗衣泪不干""胡云秋早寒""阏氏非所愿",分别与陈子昂《答韩使同在边》"辛苦事匈奴",李白《经乱离后天恩流夜郎忆旧游书怀赠江夏韦太守良宰》"罗衣舞春风",贯休《古塞下曲七首》"胡云惭惭微",李白《琴曲歌辞。蔡氏五弄。秋思二首》"阏氏黄叶落"中的"匈奴""罗衣""胡云""阏氏"相同。

　　嵯峨天皇《梅花落》"历乱飘铺牥""散影度房栊",分别与韩愈《咏雪赠张籍》"历乱竟谁催",上官仪《赋得弱柳鸣秋蝉》"散影玉阶柳"中的"历乱""散影"相同。

　　嵯峨天皇《和光法师游东山之作》"幽栖东岳上""法宇传经久",

— 205 —

分别与杜甫《八哀诗。故秘书少监武功苏公源明》"读书东岳中",严维、贯休《哭灵一上人》"法宇栋梁倾"中的"东岳""法宇"相同。

嵯峨天皇《和澄公卧病述怀之作》"柏暗禅庭寂""花明梵宇春",分别与孟浩然《腊月八日于剡县石城寺礼拜》"竹柏禅庭古",段成式《游长安诸寺联句。崇义坊招福院。赠诸上人联句》"烧馀梵宇香"中的"禅庭""梵宇"相同。

仲雄王《和澄公卧病述怀之作》"天台萝月思""卧痾如入定",分别与李白《赠王判官,时余归隐,居庐山屏风叠》"天台绿萝月",刘禹锡《观棋歌送儇师西游》"有时凝思如入定"中的"天台萝月""如入定"相同。

巨势识人《和澄公卧病述怀之作》"猿鸟狎梵宇""鬼神护法筵""涧花当佛笑,峰月向僧悬",分别与王维《游悟真寺》"梵宇聊凭视",李适《七月十五日题章敬寺》"法筵会早秋",王维《从岐王夜宴卫家山池应教》"涧花轻粉色,山月少灯光"中的"梵宇""法筵""涧花""月"相同。

藤原冬嗣《奉和伤野女侍中》"川月不留残魄影""风灯何□寸烟光""宫姬口实推贞素",分别与薛能《郊居答客》"川月照黄昏",杜甫《漫成一绝》"风灯照夜欲三更",顾况《拟古三首》"吾惟抱贞素"中的"川月""风灯""贞素"相同。

桑原腹赤《奉和伤野女侍中》"崦嵫暮晷不留年""阅水咽云孝子泉""何崇盗药求仙台",分别与徐夤《西》"日下崦嵫景懒收",白居易《浔阳岁晚,寄元八郎中、庚三十二员外》"阅水年将暮",白居易《寻王道士药堂,因有题赠》"仙台试为检名看"中的"崦嵫""阅水""仙台"相同。

嵯峨天皇《侍中翁主挽歌词》"生涯如逝川""戚里繁华歇",分别与鲍溶《古意》"良辰如逝川",骆宾王《春日离长安客中言怀》"戚里对平津"中的"如逝川""戚里"相同。

嵯峨天皇《同内史滋贞主追和武藏录事平五月访幽人遗跡之作》"严扃松作盖""虚室石为床""契道乘空复",分别与张九龄《和许给事中直夜简诸公》"严扃万户深",柳宗元《法华寺石门精舍三十韵》"虚室有函丈",郑谷《赠泗口苗居士》"维摩契道心"中的"严扃""虚室""契道"相同。

藤原冬嗣《和武藏平录事五月访幽人遗跡之作》"幽遁长无返""玄书明月照""怀古独凄凄",分别与杨浚《题武陵草堂》"适知幽遁趣",白居易《新昌新居书事四十韵,因寄元郎中、张博士》"玄书字五千",刘沧《早行》"策马独凄凄"中的"幽遁""玄书""独凄凄"相同。

平五月《访幽人遗跡》"借问幽栖客""丹灶早收烟""不觉泪潺湲",分别与钱起《江行无题一百首》"为问幽栖客",李商隐《幽人》"丹灶三年火",杜甫《湘江宴饯裴二端公赴道州》"掩抑泪潺湲"中的"幽栖客""丹灶""泪潺湲"相同。

嵯峨天皇《江上船》"一道长江通千里""风帆远没虚无里""疑是仙查欲上天",与皇甫冉《宿淮阴南楼酬常伯能》"沧波一望通千里",刘得仁《宿普济寺》"幡飐虚无里",刘禹锡《和仆射牛相公追感韦裴六相登庸皆四十馀……并见寄之作》"仙查旧路望回旋"中的"通千里""虚无里""仙查"相同。

朝野鹿取《江上船》"已似飞龙游云里""还看翔风入天边",分别与李贺《恼公》"骨出似飞龙",沈佺期《奉和圣制幸礼部尚书窦希玠宅》"天临翔风转"中的"似飞龙""翔风"相同。

嵯峨天皇《江边草》"青青唯见王孙草""风光就暖芳气新",分别与罗隐《杜处士新居》"翠敛王孙草",崔立之《赋得春风扇微和》"远近芳气新"中的"王孙草""芳气新"相同。

藤原冬嗣《故关柳》"故关折罢人烟稀""古堞荒凉余杨柳",分别与杜甫《北风》"六合人烟稀",刘长卿《送常十九归嵩少故林》"古堞萧条晚噪鸦"中的"人烟稀""古堞"相同。

良岑安世《五夜月》"正逢山顶孤明月""一看圆镜羁情断",分别与骆宾王《寒夜独坐游子多怀简知己》"独有孤明月",耿湋《华州客舍奉和崔端公春城晓望》"郢曲缓羁情"中的"孤明月""羁情"相同。

仲雄王《河上船》"晴初驻跸驰玄览""一点孤浮江上船",分别与贺知章《奉和圣制送张说上集贤学士赐宴赋得谟字》"西学垂玄览",刘采春《啰唝曲六首》"生憎江上船"中的"玄览""江上船"相同。

仲雄王《水上鸥》"行客近起清江北""况乎玄化及飞浮",分别与李商隐《江上》"清江北望楼",刘禹锡《华清词》"小臣感玄化"中的"清江北""玄化"相同。

朝野鹿取《水上鸥》"不劳行侣见群鸥",与杜甫《客至》"但见群鸥日日来"中的"群鸥"相同。

嵯峨天皇《山寺钟》"晚到江村高枕卧""梦中遥听半夜钟",分别与许棠《送裴拾遗宰下邽》"县斋高枕卧",白居易《题清头陀》"百尺禅庵半夜钟"中的"高枕卧""半夜钟"相同。

仲雄王《山寺钟》"天籁相和幽洞谷,余音过尽白云峰",分别与刘禹锡《庙庭偃松诗》"韵含天籁宿斋时",徐铉《和张少监舟中望蒋山》"间断白云峰"中的"天籁""白云峰"相同。

滋野贞主《山寺钟》"一道闻来初夜钟",与许浑《舟次武陵寄天竺僧无昼》"卧闻初夜钟"中的"初夜钟"相同。

仲雄王《河阳桥》"上承紫宸长栱宿""下送苍海永朝潮",分别与白居易《与沈、杨二舍人阁老同食敕赐樱桃玩物感恩因成十四韵》"红樱降紫宸",韦应物《寇季膺古刀歌》"高山成谷苍海填"中"紫宸""苍海"相同。

滋野贞主《和巨内记讬春日四咏》"禀性将凡鸟□□",与李咸用《物情》"禀性高卑各自然"中的"禀性"相同。

嵯峨天皇《飞燕》"望里遥闻燕语声",与孟郊《赠城郭道士》"望里失却山"中的"望里"相同。

朝野鹿取《飞燕》"衣玄裳素入兰闺""双去双来不独栖",分别与谢偃《杂曲歌辞。踏歌词》"顾步出兰闺",卢照邻《长安古意》"双去双来君不见"中的"兰闺""双去双来"相同。

小野年永《春和观新燕》"遥经圣眼奏新声""还嗟未狎鸳鸯帐",分别与权德舆《奉和礼部尚书酬杨著作竹亭歌》"更奏新声白雪歌",杜牧《送人》"鸳鸯帐里暖芙蓉"中的"奏新声""鸳鸯帐"相同。

小野岑守《奉和听新莺》"帝梧犹寒未易就""涩音近恩先杂沓""弱羽承煦早差池""小臣授命戎麾远",分别与贺知章《奉和圣制送张说上集贤学士赐宴赋得谟字》"翾飞舞帝梧",孟郊《楚竹吟酬卢虔端公见和湘弦怨》"众浊响杂沓",郑袞《好鸟鸣高枝》"弱羽愿差池",骆宾王《晚度天山有怀京邑》"行后戎麾远"中的"帝梧""杂沓""弱羽""戎麾远"相同。

嵯峨天皇《故关听鸡》"唯余长短晓鸡声""孟尝没后年代久",分别与罗隐《筹笔驿》"唯余岩下多情水",白居易《和答诗十首。和思归乐》"孟尝平居时"中的"唯余""孟尝"相同。

桑原腹赤《奉和故关听鸡》"霸道寝来是旧城""人鸡独送司晨声""自分阳精应觉晓""如今不为孟尝惊",分别与齐己《送徐秀才之吴》"吴都霸道昌",李益《闻鸡赠主人》"胶胶司晨鸣",王翰《飞燕篇》"明月薄蚀阳精昏",李白《与诸公送陈郎将归衡阳》"世人皆比孟尝君"中的"霸道""司晨""阳精""孟尝"相同。

宫原村继《奉和过古关》"皇猷远被车书同""关路长开古镇空",分别与杨师道《奉和正日临朝应诏》"皇猷被寰宇",储光羲《登秦岭作,时陷贼归国》"复使车书同",白居易《社日关路作》"晚景函关路"中的"皇猷""车书同""关路"相同。

上毛野颖人《奉和代美人殿前夜合咏之什》"久厌幽溪何处托""朝家假贷御楼傍""已后春恩任圣皇",分别与钱起《山中酬杨补阙见过》"幽溪鹿过苔还静",吴融《太湖石歌》"初疑朝家正人立",张说《奉和圣制爱因巡省途次旧居应制》"春恩蛰更苏"中的"幽溪""朝家""春恩"相同。

桑原腹赤《冷然院赋一物,得曝布水,应制》"兼山杰出院中险""惊鹤偏随飞势至""何劳绝粒访天台",分别与高适《同吕员外酬田著作幕门军西宿盘山秋夜作》"刁斗兼山静",吕温《和舍弟让笼中鹰》"九天飞势在",白居易《仲夏斋戒月》"始知绝粒人",孙逖《送周判官往台州》"登陆访天台"中的"兼山""飞势""绝粒""访天台"相同。

桑原广田《冷然院各赋一物,得水中影,应制》"孤丛更向丛""天文遥降耀",分别与白居易《重阳席上赋白菊》"中有孤丛色似霜",苏颋《奉和圣制幸礼部尚书窦希玠宅应制》"自有天文降"中的"孤丛""天文降"相同。

藤原冬嗣《奉和玩春雪》"春雪纷纷降九天""壬貌氛氲珊瑚殿,银华缭绕玳瑁筵""绝愧敢和阳春曲""还娱影俪南风弦",分别与刘禹锡《送工部张侍郎入蕃吊祭》"云官降九天",王勃《落花落》"氛氲绕高树""影拂妆阶玳瑁筵",白居易《裴常侍以题蔷薇架十八韵见示因广为三十韵以和之》"寡和阳春曲",卢仝《秋梦行》"沉吟再理南风弦"中的"降九天""氛氲""玳瑁筵""和阳春曲""南风弦"相同。

滋野贞主《观斗百草,简明执》"三阳仲月风光暖""晓镜照颜妆黛毕""华筵但使前人羞",分别与李适《中和节赐百官燕集因示所怀》"仲月风景暖",白居易《对镜》"晓镜秋容相对时",李商隐《过伊仆射旧宅》"华筵俄后逝波穷"中的"仲月""晓镜"相同。

巨势识人《和野柱史观斗百草简明执之作》"结伴共言斗百草""拥裙集绮筵",分别与刘禹锡《白舍人曹长寄新诗,有游宴之盛,因以戏酬》"若共吴王斗百草",陈子昂《春夜别友人二首·其一》"金樽对绮筵"中的"斗百草""绮筵"相同。

桑原腹赤《和野内史留后看殿前梅之作》"夙分为官树",与温庭筠《送客偶作》"官树陌尘何太劳"中的"官树"相同。

淳和天皇《夏日赋雨里梅》"夕雨时霑叶复低""不辞实重枝将折",分别与王维《田家》"夕雨红榴拆",杜甫《送赵十七明府之县》"连城为宝重"中的"夕雨""宝重"相同。

滋野贞主《奉和观落叶》"点著闲筵不湿衣""闻道璇玑秋月暮""圣年宫树待黄飞",分别与刘庭琦《奉和圣制瑞雪篇》"罗衣点著浑是花",陆龟蒙《奉和袭美公斋四咏次韵。新竹》"恭闻禀璇玑",刘禹锡《杨柳枝》"隋家宫树拂金堤"中的"点著""璇玑""宫树"相同。

嵯峨天皇《赋得陇头秋月明》"关城秋夜净,孤月陇头团""蓬飞沙塞寒",分别与杨师道《陇头水》"陇头秋月明,陇水带关城",贺朝《从军行》"来雁遥传沙塞寒"中的"陇头""关城""沙塞寒"相同。

小野岑守《奉和秋月明》"我行都护道""经陟陇头难""水添鞞鼓咽""月湿鐡衣寒""怒发屡冲冠",分别与杨师道《陇头水》"阵开都护道""陇头秋月明",苏颋《边秋薄暮》"边风思鞞鼓",高骈《言怀·恨乏平戎策》"身挂铁衣寒",戴休珽《古意》"怒发冲冠壮"中的"都护道""陇头""鞞鼓""铁衣寒""怒发冲冠"相同。

菅原清公《赋得络纬无机,应制》"岁暮倡楼冷""远送寄金微",分别与白居易《杂曲歌辞。悲哉行》"暮有倡楼期",卢照邻《昭君怨》"形影向金微"中的"倡楼""金微"相同。

嵯峨天皇《神泉苑九日落叶篇》"自然洒落任朔风""熙熙春心未伤尽""倏忽复逢秋气悲""塞外征夫戍辽西""闺中孤妇怨睽携",分别与崔道融《梅花》"朔风如解意",白居易《贺雨》"万心春熙熙",皇甫冉《招隐寺送阎判官还江州》"离别那逢秋气悲",张祜《塞下曲》"分兵远戍辽",张说《新都南亭送郭元振卢崇道》"胜寄坐睽携",刘长卿《送崔使君赴寿州》"淮南木叶正惊秋"中的"朔风""熙熙""逢秋气悲""戍辽""睽携"相同。

巨势识人《神泉苑九日落叶篇,应制》"晚节商天朔气侵""洞庭随波色泛映""合浦恩风影飘杨""绕丛宛似庄周蝶""度浦遥疑郭泰舟""已见淮南木叶落""还逢天北雁书归",分别与骆宾王《夕次蒲类津》"晚风连朔气",温庭筠《赠少年》"秋风叶下洞庭波",皇甫冉《太常魏博士远出贼庭江外相逢因叙其事》"心同合浦叶",张泌《长安道中早行》"浮生已悟庄周蝶",李白《赠宣城宇文太守兼呈崔侍御》"思同郭泰船",刘长卿《送崔使君赴寿州》"淮南木叶正惊秋",王勃《九日怀封元寂》"当忆雁书归"中的"朔气""洞庭波""合浦""庄周蝶""郭泰船""淮南木叶""雁书归"相同。

巨势识人《和滋内史奉使远行观野烧之作》"皇华辞宅远有期""色如仙灶暮烟满""雄光列列看更明",分别与刘长卿《送裴四判官赴河西军试》"皇华难久留",王泠然《夜光篇》"初谓炼丹仙灶里",李贺《送沈亚之歌·并序》"雄光宝矿献春卿"中的"皇华""仙灶""雄光"相同。

良岑安世《山亭听琴》"松萝院里月明时""一闻烧尾手下响""三峡流泉座上知",分别与刘长卿《和中丞出使恩命过终南别业》"松萝深旧阁",张仲谋《题搔口》"尝闻烧尾便拏空",李白《答杜秀才五松见赠》"弹为三峡流泉音"中的"松萝""烧尾""三峡流泉"相同。

嵯峨天皇《折杨柳》"花寒边地雪",与苏颋《扈从温泉奉和姚令公喜雪》"花寒爱玉楼"中的"花寒"相同。

巨势识人《奉和折杨柳》"杨柳东风序""攀折欲寄谁""城头晓角悲",分别与王之涣《送别》"杨柳东风树""近来攀折苦",顾况《听角思归》"梦破城头晓角哀"中的"杨柳东风""攀折""城头晓角"相同。

朝野鹿取《秋山作,探得泉字,应制》"千峰万岭寒叶翩",与岑参《天山雪歌送萧治归京》"千峰万岭雪崔嵬"中的"千峰万岭"相同。

淳和天皇《秋日冷然院新林池,探得池字,应制》"何劳整驾向瑶池"，与李峤《上清晖阁遇雪》"何须辙迹向瑶池"句式相同。

王孝廉《从出云州书情，寄两个敕使》"北雁长天引旅情"，与高适《饯宋八充彭中丞判官之岭南》"北雁送驰驿"中的"北雁"相同。

淳和天皇《夏日左大将军藤原朝臣闲院纳凉，探引得闲字，应制》"迎夏岩苔玳瑁斑""避景追风长松下""知贪鸾驾忘器处"，分别与沈佺期《春闺》"园花玳瑁斑"，王维《与卢员外象过崔处士兴宗林亭》"科头箕踞长松下"，崔湜《侍宴长宁公主东庄应制》"鸾驾一游盘"中的"玳瑁斑""长松下""鸾驾"相同。

仲雄王《寻良将军华山庄，将军失期不在》"平明骑历山中路""蹋石溪行驼自迟""一径南斜门树入"，分别与王昌龄《芙蓉楼送辛渐》"平明送客楚山孤"，白居易《山路偶兴》"蹋石穿云壑"，温庭筠《题卢处士山居》"一径入云斜"中的"平明""蹋石""一径"相同。

巨势识人《春日别原掾赴任》"暮山江上一猿吟""此日交颐无可赠"，分别与刘长卿《汉阳献李相公》"暮山江上卷帘愁"，刘禹锡《和董庶中古散调词赠尹果毅》"潺湲涕交颐"中的"暮山江上""交颐"相同。

巨势识人《奉和春情》"玉户愁褰苏合帐""花蹊懒曳石榴裙"，分别与张若虚《春江花月夜》"玉户帘中卷不去"，杜审言《戏赠赵使君美人》"桃花马上石榴裙"中的"玉户""石榴裙"相同。

巨势识人《和伴姬秋夜闺情》"比来朔雁度千番""遥想燕山凉气早""唯知晓镜玉颜残"，分别与李商隐《离思》"朔雁传书绝"，骆宾王《边夜有怀》"燕山去不穷"，元稹《离思五首》"自爱残妆晓镜中"中的"朔雁""燕山""晓镜"相同。

嵯峨天皇《答澄公奉献诗》"夏久老天台""杖锡凌溟海""羽客亲讲席""山精供茶杯"，分别与李端《赠衡岳隐禅师》"杖锡入天台"，权德舆《酬陆四十楚源春夜宿虎丘山对月寄梁四敬之兼见贻之作》"雄词鼓溟海"，许浑《天竺寺题葛洪井》"羽客炼丹井"，卢纶《慈恩寺石磬歌》"山精木魅不可听"中的"天台""溟海""羽客""山精"相同。

藤原冬嗣《扈从梵释寺,应制》"入定老僧不出户""永劫津梁今自得",分别与施肩吾《题山僧水阁》"老僧跌坐入定时",朗士元《双林寺谒傅大士》"津梁及后人"中的"入定""津梁"相同。

嵯峨天皇《哭宾和尚》"大士古来无住著""生前萝席空留月""梵宇长怀失栋梁""缁素共愁面礼罢",分别与沈佺期《九真山净居寺谒无碍上人》"大士生天竺",李德裕《首夏清景想望山居》"累榭空留月",殷尧藩《送景玄上人还山》"梵宇传来金贝叶",武元衡《秋日台中寄怀简诸僚》"尘埃缁素襟"中的"大士""空留月""梵宇""缁素"相同。

嵯峨天皇《河阳花》"三春二月河阳县",与宋之问《河阳》"昔日河阳县"中的"河阳县"用语相同;藤原冬嗣《河阳花》"阿阳风土饶春色""吹入江中如濯锦",分别与李逢吉《再赴襄阳,辱宣武相公贻诗,今用奉酬》"江汉饶春色",孔绍德《登白马山护明寺》"露花疑濯锦"中的"饶春色""濯锦"相同。

嵯峨天皇《舞蝶》"无心处处舞春风",与李峤《燕》"颉颃舞春风"中的"舞春风"相同。

(3)《经国集》

此部分共有 128 首,分别是:布瑠高庭《小池七夕》"不知飞鹊意",与张南史《和崔中丞中秋月》中"不知飞鹊意"诗句完全相同。

淳和天皇《扈从梵释寺,应制》"午后寻真幸龙宫",与李正封《禅门寺暮钟》"黄昏发地殷龙宫"中的"龙宫"相同。

菅原清公《奉和清凉殿画壁山水歌》"三江淼淼寻间近,五岳迢迢大里生""渔人鼓枻沧浪里,田父牵犁绿岩趾""绕栋轻云未曾去",分别与李白《侠客行》"三杯吐然诺,五岳倒为轻",杜甫《夔府书怀四十韵》"田父嗟胶漆,行人避蒺藜",白居易《游悟真寺诗》"绕栋云回旋"中的"三……""五岳""田父""……人""绕栋云"相同。

都腹赤《奉和清凉殿画壁山水歌》"玄鹤云中飞不去,白鸥水上浴犹乾""石黛浓施古柏寒""绵绵员峤寸眸里""巨灵赑负蹑岑出",分别与李白《江上吟》"仙人有待乘黄鹤,海客无心随白鸥",李白《求崔山人百丈崖瀑布图》"石黛刷幽草",顾况《送从兄使新罗》"几路通员峤",白居易《题海图屏风》"赑屃牵不动"中的"……鹤""白鸥""石黛""员峤""赑"相同。

嵯峨天皇《寄净公山房》"吾师坐夏老云峰",与方干《赠诗僧怀静》"坐夏莓苔合"中"坐夏"相同。

嵯峨天皇《和御制闻右军曹入道简大将军良公》"尘衣已替薛萝衲""古寺莓苔新跡破",分别与戎昱《送王明府入道》"不惮薛萝寒",刘长卿《寻南溪常山道人隐居》"莓苔见履痕"中的"薛萝""莓苔"相同。

安倍吉人《忽闻渤海客礼佛感而赋之》"玄门非无又非有,顶礼消罪更消忧""三归人思几淹留",分别与骆宾王《于紫云观赠道士》"玄门启曙关",慧宣《秋日游东山寺寻殊昙二法师》"心欢即顶礼",李治《谒慈恩寺题奘法师房》"自得会三归"中的"玄门""顶礼""三归"相同。

滋野贞主《春日奉使入渤海客馆》"苍茫渤海几千里""鲲鳖难辛孤帆度""春鸿爱暖南江水",分别与李欣《送刘四赴夏县》"足下长途几千里",刘长卿《别严士元》"日斜江上孤帆影",钱起《送包何东游》"春鸿刷归翼"中的"几千里""孤帆""春鸿"相同。

滋野贞主《奉和关山月》"戍上孤明月",与骆宾王《寒夜独坐游子多怀简知己》"独有孤明月"中的"孤明月"相同。

高野天皇《赞佛》中"慧日照千界,慈云万覆生"分别与骆宾王《和王记室从赵王春日游陀山寺》"慧日皎重轮",李峤《奉和幸大荐福寺应制》"慈云动沛篇"中的"慧日""慈云"相同。

嵯峨天皇《春日过山寺观菩萨旧坛》"禅扃闭云春山寒""林下苔封万古坛"，分别与韦应物《四禅精舍登览悲旧，寄朝宗巨川兄弟》"攀云造禅扃"，白居易《葺池上旧亭》"苔封旧瓦木"中的"禅扃""苔封"相同。

滋野善永《和惟治中秋日卧疾华严寺堂□宫之作》"策杖到云居""霜林鸟道疏"，分别与李益《宣上人病中相寻联句》"策杖迎诗客"，姚合《酬李廓精舍南台望月见寄》"林静鸟巢疏"中的"策杖""鸟……疏"相同。

源弘《奉和太上天皇访净上人病》"野客时来通幽问，疏钟独返白云间。"，分别与齐己《谢南平王赐山鸡》"上台爱育通幽细"，李中《送圆上人归庐山》"听猿重入白云间"中的"通幽""白云间"相同。

惟良春道《春道晚听山磬》"鲤浮击磬含风远"，与元稹《何满子歌》"迢迢击磬远玲玲"中的"击磬"相同。

嵯峨天皇《和惟山人春道晚听山磬》"黄昏磬发烟宵中"，与崔涂《晚次修路僧》"更闻清磬发"中的"磬发"相同。

良岑安世《别男子出家入山》"尘烦不可侵""野缝青葛衲""杖锡岩苔上""提瓶涧水浔""雪岭白云深"，分别与戴叔伦《留宿罗源西峰寺示辉上人》"尘烦暂觉清"；张籍《樵客吟》"采得齐梢青葛束"；杜甫《宿赞公房》"杖锡何来此"；杜甫《示侄佐》"侵篱涧水悬"；戴叔伦《游少林寺》"香径白云深"中的"尘烦""青葛""杖锡""涧水""白云深"相同。

良岑安世《登延历寺，拜澄和尚像》"溟海占杯陆""天台求法轮""道与乾坤远""定室苔封砌""登攀春黛里""拜顶暮钟辰"，分别与李白《九日登山》"合沓出溟海"；白居易《赠僧五首，清闲上人》"法轮移向洛中来"；杜甫《寄高适》"楚隔乾坤远"；刘沧《经无可旧居兼伤贾岛》"苍苔封砌竹成竿"；白居易《赠同座》"春黛双蛾嫩"；刘长卿《龙门八咏，渡水》"千山暮钟发"中的"溟海""法轮""乾坤远"

"苔封砌""春黛""暮钟"相同。

小野岑守《归休独卧，寄高雄寺空海上人》"空色将有无""慧刀岂因砥""五明探真密""七觉汩神理""幸遇沧浪清""濯缨欣缨仕""恩贷虽曲私""投之以桃李""宠辱惊难息，是非纷易似"，分别与陈子昂《感遇诗》"空色皆寂灭"，慧宣《秋日游东山寺寻殊昙二法师》"慧刀幸已逢"，杜牧《洛下送张曼容赴上党召》"七叶汉貂真密近"，宋之问《扈从登封告成颂应制》"宗禋仰神理"，杜甫《同元使君春陵行》"兴含沧浪清"，韩愈《县斋有怀》"濯缨起江湖"，徐浩《谒禹庙》"恩贷题舆重"，白居易《岁暮枉衢州张使君书并诗，因以长句报之》"反投桃李报琼琚"中的"空色""慧刀""真密""神理""神理""濯缨""恩贷""投桃李"相同；"宠辱惊难息，是非纷易似""弥天许道安，四海惭凿齿"，分别与陈子昂《夏日晖上人房别李参军崇嗣》"是非纷妄作，宠辱坐相惊"，广宣《早秋降诞日献寿二首应制》"磐地山河壮，弥天福寿长"句式相似。

释空海《南山中，新罗适者见过》"吾佳此山不记春""新罗道者幽寻意"，分别与李白《长门怨》"桂殿长愁不记春"，贯休《寄怀楚和尚二首》"谩有参寻意"中的"不记春""寻意"相同。

释空海《过金山寺》"经行观礼自心感"，与李义府《在嶲①州遥叙封禅》"观礼纵华夷"中的"观礼"相同。

释空海《入山兴》"山神木魅是为瘅""京城御苑桃李红""尧舜禹汤与桀纣""八元十乱将五臣""西嫱嫫母支离体"，分别与韦应物《鼋头山神女歌》"山精木魅不敢亲"，李白《长干行》"颜色桃李红"，杜牧《池州送孟迟先辈》"尧舜禹汤文武周孔皆为灰"，任希古《和左仆射燕公春日端居述怀》"妫庭赞五臣"，吕岩《题广陵妓屏》"嫫母西施共此身"中的"山精木魅""桃李红""尧舜禹汤""五臣""嫫母"

---

① 嶲（juàn）：古地名，在今中国山东省东阿县西。

相同。

　　朝原道永《孟兰盆会悲感归心》"归依三界主，景慕六通贤""花飘开法宇""拔苦遂安亲"，分别与王建《七泉寺上方》"归依向禅师"，柳宗元《零陵春望》"凝情空景慕"，严维《哭灵一上人》"法宇栋梁倾"，独孤及《送义乌韦明府》"陈力复安亲"中的"归依""景慕""法宇""安亲"相同。

　　石上宅嗣《三月三日于西大寺，侍宴应诏》"青丝柳陌莺歌足，红蕊桃溪蝶舞新"，分别与李峤《二月奉教作》"柳陌莺初啭"，张籍《无题》"桃溪柳陌好经过"中的"柳陌莺""桃溪"相同。

　　淡海三船《听维摩经》"谈玄不二门""旋觉理无言""人疑妙德尊"，分别与孟浩然《题融公兰若》"谈玄殊未已"，李白《秋夕书怀》"旋觉天地轻"，杜甫《醉时歌》"德尊一代常坎坷"中的"谈玄""旋觉""德尊"相同。

　　藤原常嗣《秋日登叡山谒澄上人》"城东一岑耸""焚香鹫岭城""鸡犬冷云声""方知南岳晴"，分别与李德裕《追和太师颜公同清远道士游虎丘寺》"釜岑耸霄半"，白居易《重修香山寺毕，题二十二韵以纪之》"祇园鹫岭头"，张祜《歌》"珠贯碧云声"，杜甫《望岳》"南岳配朱鸟"中的"岑耸""鹫岭""云声""南岳"相同。

　　笠仲守《冬日过山门》"香刹青云外，虚廊绝岸倾""水清尘躅断，风静梵音明""森然萝树下，独听暮钟声"，分别与宋之问《奉和幸大荐福寺》"香刹中天起"，温庭筠《题竹谷神祠》"虚廊日照旗"，陆龟蒙《奉和袭美太湖诗二十首。晓次神景宫》"人间附尘躅"，李群玉《法华微上人盛话金山境胜，旧游在目，吟成此篇》"潮门梵音静"，杜甫《山寺》"吾知多萝树"，杜牧《寄题甘露寺北轩》"烟笼隋苑暮钟声"中的"香刹""虚廊""尘躅""梵音""萝树""暮钟声"相同。

　　滋野贞主《和光禅师山房晓风》"孤峰仰与白云同""百籁相和山更静，禅心弥观世间空"，与皇甫冉《秋夕寄怀契上人》"客至孤峰扫白云",李峤《石淙》"鸟和百籁疑调管",白居易《答次休上人》"禅心不合生分别"中的"孤峰白云""百籁""禅心"相同。

滋野贞主《和澄上人题长宫寺二月十五日寂灭会》"闻经帝释下,捧縠虚堂寻""绕塔看归雁,思龙讬树阴""德水洗尘意,天花落俗襟",分别与贯休《蜀王入大慈寺听讲》"帝释镜中遥仰止",戎昱《客堂秋夕》"北风微雨虚堂秋",李中《经古寺》"绕塔堆黄叶",李商隐《送千牛李将军赴阙五十韵》"大卤思龙跃",李商隐《寄太原卢司空三十韵》"德水萦长带",杜牧《池州送孟迟先辈》"奉披尘意惊",崔道融《汉宫词》"天花落殿堂"中的"帝释""虚堂""绕塔""思龙""德水""尘意""天花落……"相同。

安倍吉人《忽闻渤海客礼佛感而赋之》"方丈竹庭维摩室,圆明松盖宝积球",分别与白居易《病假中南亭闲望》"小亭方丈间",白居易《以镜赠别》"圆明独不歇"中的"方丈""圆明"相同。

岛田清田《同安领客感客等礼佛之作》"回心颂偈觉迷津",与李白《江夏送张丞》"回首泣迷津"中的"回……""迷津"相同。

小野年永《夏日同美郎遇雨过菩提寺作》"垂鞭抚辔无所往""深窗欲曙凭松暗""绝巘初明衔云萝",分别与李世民《冬狩》"抚辔更招忧",李群玉《感春》"深窗落花思",李白《玉真公主别馆苦雨赠卫尉张卿二首》"昏雾横绝巘"中的"抚辔""深窗""绝巘"相同。

平城天皇《咏殿前梅花》"仲春虽少暖,梅树向惊时。发艳将桃乱,传芳与桂欺",分别与韦应物《县斋》"仲春时景好",白居易《代书诗一百韵寄微之》"惊时为别离",李德裕《鸳鸯篇》"菖花发艳无人识",李峤《梨》"传芳瀚海中"中的"仲春""惊时""发艳""传芳"相同。

高村田使《奉和殿前梅花》"紧葩承日笑""舞蝶飞更聚,歌莺去且来",分别与白居易《有木诗》"叶密独承日",郑谷《春阴》"舞蝶歌莺莫相试"中的"承日""舞蝶""歌莺"相同。

平城天皇《落梅花》"飘飘投暮牖""谁为怡芳菲",分别与李白《游泰山》"飘飘下九垓",韩愈《晚春》"百般红紫斗芳菲"中的"飘飘""芳菲"相同。

小野岑守《奉和落梅花》"晚树梅花落,轻飞竞满空""华篇终寡和",分别与许浑《夏日戏题郭别驾东堂》"晚树垂朱实",刘禹锡《柳花词》"轻飞不假风",顾况《酬漳州张九使君》"华篇讵能酬"中的"晚树""轻飞""华篇"相同。

和气广世《奉和落梅花》"凌空朱早发""承晖擅芳菲",分别与刘禹锡《令狐相公见示赠竹二十韵仍命继和》"凌空势方起",韩愈《晚春》"百般红紫斗芳菲"中的"凌空""芳菲"相同。

平城天皇《咏庭梅》"庭梅竞艳色""苑花一乱飞",分别与殷益《看牡丹》"艳色随朝露",钱起《见上林春雁翔青云》"朝出苑花飞"中的"艳色""苑花飞"相同。

嵯峨天皇《早春观打球》"大呼伐鼓催筹急",分别与高适《燕歌行》"摐金伐鼓下榆关",王岳灵《闻漏》"催筹当午夜"中的"伐鼓""催筹"相同。

滋野贞主《奉和观打球》"蕃臣入觐逢初暖""纱窗不闭凤皇楼""武事从斯弱见输",分别与姚鹄《襄州献卢尚书》"藩臣皆竞师兵略",李白《月夜金陵怀古》"官没凤凰楼",杜牧《洛中送冀处士东游》"武事何骏壮"中的"藩臣""凤凰楼""武事"相同。

嵯峨天皇《春日作》"庭兰萌稚叶""春来伤节候,幽兴复熙熙",分别与白居易《二月一日作,赠韦七庶子》"庭兰紫芽出",刘沧《夏日登慈恩寺》"晚景风蝉催节候",白居易《三适赠道友》"怡怡复熙熙"中的"庭兰""节候""复熙熙"相同。

小野岑守《奉和春日作》"苦寒经暮节,服媛仰初阳。龙凤长楼影,鸳鸯薄瓦霜""一听虞韶美",分别与岑参《暮秋山行》"千念集暮节",刘禹锡《和乐天宴李周美中丞宅池上赏樱桃花》"初阳动暄妍",韩愈

《辛卯年雪》"龙凤交横飞",薛能《升平词》"鸳瓦霜消湿"中的"暮节""初阳""龙凤""瓦霜"相同。

滋野贞主《奉和春日作》"圣眼阅春霭,芳情从此了类""便娟韶吹暖""紫篸须抽节,青丛欲胜茵""初使咏潜鳞",分别与高适《登广陵栖灵寺塔》"暮时结春霭",白居易《题灵隐寺红辛夷花,戏酬光上人》"芳情乡思知多少",徐彦伯《拟古三首》"便娟丝管清",白居易《食笋》"紫篸坼故锦",司空曙《早夏寄元校书》"青丛花尽蝶来稀",杜甫《秋野五首》"潜鳞输骇浪"中的"春霭""芳情""便娟""紫篸""青丛""潜鳞"相同。

藤原卫《奉和春日作》"时去时来秋复春",与白居易《题赠定光上人》"林下秋复春"中的"秋复春"相同。

嵯峨天皇《见滋贞主春日病起》"辞阙沈疴久""赖逢阳气照",分别与白居易《除夜寄微之》"共惜盛时辞阙下",《郊陶潜体诗》"赖逢家酝熟"中的"辞阙""赖逢"相同。

嵯峨天皇《和藤朝臣春日遇前尚书秋公归病作》"阙下新辞禄""孤舆赋闲居""松月晓窗虚",分别与杜甫《北征》"拜辞诣阙下",王勃《郊兴》"春日赋闲居",孟浩然《宿业师山房期丁大不至》"松月生夜凉"中的"阙下""闲居""松月"相同。

小野岑守《和藤朝臣春日遇前尚书秋公归病作》"贞松百尺节,寒竹四时筠""独将疏氏伦",分别与刘希夷《公子行》"愿作贞松千岁古",元稹《解秋十首》"寒竹秋雨重",韦应物《奉酬处士叔见示》"即此同疏氏"中的"贞松""寒竹""疏氏"相同。

上毛野颖人《和藤朝臣春日遇前尚书秋公归病作》"未及悬车乞骸骨,明皇恩宠带平章""近江太有鲈鱼脍",分别与白居易《官俸初罢,亲故见忧,以诗谕之》"又及悬车岁",崔道融《銮驾东回》"别无惆怅似明皇",李白《秋下荆门》"此行不为鲈鱼鲙"中的"悬车""明皇""鲈鱼鲙"相同。

嵯峨天皇《闲庭早梅》"纯素不嫌幽院寂""纤纤枯干知初暖",分别与元稹《春病》"落花幽院深",韩愈《答张十一功曹》"筼筜竞长纤纤笋"中的"幽院""纤纤"相同。

嵯峨天皇《老翁吟》"生来无意羡王公""醉卧芳林花柳风",分别与岑参《送王著作赴淮西幕府》"岂复羡王公",王翰《凉州词》"醉卧沙场君莫笑"中的"羡王公""醉卧"相同。

嵯峨天皇《秋千篇》"正是寒食节,共怜秋千好""初疑巫岭行云度,渐似洛川回雪皎""曳地长裾扫花却""数举不知香气尽,频低宁顾金钗落""西日斜 未还家",分别与白居易《六年寒食洛下宴游,赠冯、李二少尹》"丰年寒食节",刘长卿《过鹦鹉洲王处士别业》"共怜芳杜色",张子容《巫山》"巫岭岩峣天际重",孟浩然《行至汝坟寄卢征君》"洛川方罢雪",皎然《述祖德赠湖上诸沈》"长裾曳地干王侯",贾岛《送陈商》"联翩曾数举",韦庄《女冠子》"频低柳叶眉",李群玉《戏赠姬人》"但知谑道金钗落",王维《田园乐》"策杖林西日斜"中的"寒食节""共怜""巫岭""洛川""长裾曳地""数举""频低""金钗落""西日斜"相同。

滋野贞主《奉和秋千篇》"初惟浅暗榆槐柳""弱腕经营不识罢",分别与张九龄《奉和圣制次成皋先圣擒建德之所》"王业初惟艰",杜易简《湘川新曲二首》"弱腕随桡起"中的"初惟""弱腕"相同。

淳和天皇《看源童子书跡》"峰际崩云逐点安",与李白《献从叔当涂宰阳冰》"崩云使人惊"中的"崩云"相同。

有智子内亲王《赋新年雪里梅花》"想像宫中婵娟处,暗知黄鸟稍相催",与李白《飞龙引》"后宫婵娟多花颜",苏味道《正月十五夜》"玉漏莫相催"中的"婵娟""相催"相同。

良岑安世《暇日闲居》"搪闲啼鸟换,门掩世人稀""春风钻楚词",分别与王维《从岐王过杨氏别业应教》"兴阑啼鸟换",张籍《送韦评事归华阴》"出见世人稀"中的"啼鸟换""世人稀"相同。与皎然《送李秀才赴婺州招》"秋风入楚词"均是"……风……楚词"句式。

小野岑守《竹树新栽流水远引即有兴把笔直疏得寒字应制》"亲臣卷箔看",与成彦雄《晓》"佳人卷箔临阶砌"中的"卷箔"相同。

释空海《现果诗》"青阳一照御苑中,梅蕊先众发春风",与孟浩然《岘山钱房琯、崔宗之》"青阳一觐止",杜甫《江南》"梅蕊腊前破"中的"青阳""梅蕊"相同。

贺阳丰年《赋桃,应令》"成蹊有诧彼将军""垂荫万亩插青车",分别与李世民《赋得李》"成蹊正可寻",包何《阙下芙蓉》"广云垂荫开难落"中的"成蹊""垂荫"相同。

林婆娑《赋桃,应令》"千岁一花闻旧史""红华媚日红逾焕""秦客迷源长不返,汉儿延寿几要仙",分别与杜甫《冬日洛城北谒玄元皇帝庙》"世家遗旧史",罗隐《和禅月大师见赠》"秀似谷中花媚日",李商隐《和孙朴韦蟾孔雀咏》"秦客被花迷",司空图《河湟有感》"汉儿尽作胡儿语"中的"旧史""花媚日""秦客""汉儿"相同。

贺阳丰年《咏樱》"樱树乃舒荣",与韦应物《县斋》"草木渐舒荣"中的"舒荣"相同。

上毛野颖人《春庭友人见过》"席门花自新""虽异陈平德",分别与高适《行路难》"席门穷巷出无车",李白《南奔书怀》"陈平终佐汉",杜甫《社日》"陈平亦分肉"中的"席门""陈平"相同。

南渊永河《奉和太上天皇春堂五咏》(4首)"幽楼自从嫌玳瑁""偃息依之代负扆""兰膏更加夜过半",分别与李白《去妇词》"尝嫌玳瑁孤",白居易《采诗官-监前王乱亡之由也》"一人负扆常端默",李贺《伤心行》"灯青兰膏歇"中的"玳瑁""负扆""兰膏"相同。

净野夏嗣《奉和太上天皇春堂五咏》"春堂云母屏",与杜甫《奉酬薛十二丈判官见赠》"无心云母屏"中的"云母屏"相同。

惟良春道《奉和太上天皇春堂五咏》(3首)"春堂南郭几""更有

千年灵寿杖",分别与柳宗元《饮酒》"蔼蔼南郭门",姚合《陕下厉玄侍御宅五题•竹里径》"纱巾灵寿杖"中的"南郭""灵寿杖"相同。

滋野贞主《临春风效沈约体应制》"春风澹荡起""初从青苹末""香奁拭即飞栖尘""绿动龙蟠叶""黄莺杂沓谁求媒",分别与李白《相逢行》"春风正澹荡",孟云卿《新安江上寄处士》"啸起青苹末",李煜《挽词》"香奁已染尘",孟郊《赠建业契公》"衣上不栖尘",李频《送陆肱旧吴兴》"绿动浪花春",韩愈《奉陵行》"群臣杂沓驰后光"中的"春风澹荡""青苹末""香奁""绿动""杂沓"相同。

嵯峨天皇《和滋贞主城外听莺简前藤中纳言之作》"邃谷黄莺无俦侣""涩啼一唤旧知音",分别与白居易《郊陶潜体诗》"窗晦无俦侣",张祜《题灵彻上人旧房》"满堂诗板旧知音"中的"无俦侣""旧知音"相同。

滋野贞主《文友见过,赋莺勒情晴字》"杂吹新声旧岁情""不弄疏篱花树色,群飞入我晚风晴",分别与骆宾王《望月有所思》"边声杂吹衰",杜甫《陪郑广文游何将军山林》"疏篱带晚花",殷尧藩《游山南寺》"樱桃花落晚风晴"中的"杂吹""疏篱""晚风晴"相同。

滋野贞主《和藤神策大将闭门好静花鸟驯人不胜感什》"松萝宜避骖",与李白《姑敦十咏》"松萝蔽幽洞"中的"松萝"相同。

贺阳丰年《咏禁苑鹰生雏》"神俊狙禅风",与杜甫《天育骠骑歌》"别养骥子怜神俊"中的"神俊"相同。

仲科善雄《咏禁苑鹰生户雏》"兹禽群岛俊""素质狎丹庭",分别与储光义《群鸦咏》"兹禽亦翱翔",白居易《和答诗十首•答桐花》"移尔献丹庭"中的"兹禽""丹庭"相同。

滋野善永《九日玩菊花篇应制》"盈把□随陶元亮""霜潭五美奉遐龄",分别与贾岛《送南康姚明府》"却笑陶元亮",耿㳠《送崔明府赴青城》"霜潭浮紫菜"中的"陶元亮""霜潭"相同。

嵯峨天皇《山居骤笔》"鱼鸟清机复寥寥""横琴溪月自逍遥""莫

言吾侣隐须招",分别与储嗣宗《和茅山高拾遗忆山中杂题五首。山泉》"香味清机仙府回",贯休《闻赤松舒道士下世》"琴弹溪月侧",刘希夷《夜集张諲所居》"谁道隐须招"中的"清机""溪月""隐须招"相同。

良岑安世《良纳言秋山闲饮》"欣将轩冕客",与白居易《题东武丘寺六韵》"寄言轩冕客"中的"轩冕客"相同。

良岑安世《途中九日》"客里三秋暮",与杜甫《归来》"客里有所过"中的"客里"相同。

良岑安世《病中九日饮》"秋中菊酒情""把盏叹颓龄""彭泽黄花味",分别与王之涣《九日送别》"今日暂同芳菊酒",温庭筠《过孔北海墓二十韵》"流落后颓龄",李白《赠从孙义兴宰铭》"彭泽纵名杯"中的"菊酒""颓龄""彭泽"相同。

巨势识人《九日林亭赋得山亭明月秋应太上天皇制》"山寂寂,月团团""运谢时代空有有",分别与王维《送友人归山歌》"山寂寂兮无人",韩愈《夕次寿阳驿题吴郎中诗后》"马头惟有月团团",李百药《谒汉高庙》"运谢年逾远"中的"山寂寂""月团团""运谢"相同;"秋天如水高且虚,上有明月无根株。流光洞澈空山里",与张籍《短歌行》"青天荡荡高且虚,上有白日无根株。流光暂出还入地"均是"……天……高且虚,上有……无根株。流光……"句式。

橘常主《重阳节得秋虹应制》"试望秋虹远近光""首尾分形浮殿阁",分别与苏颋《饯郢州李使君》"试望秋阴积",张籍《送邵州林使君》"郭外相连排殿阁"中的"试望""殿阁"相同。

释空海《秋山望云雨以忆此心》"千年万岁颜色同",与杜甫《百忧集行》"老妻睹我颜色同"中的"颜色同"相同。

安野文继《夜亭晚秋,探得回字,应太上天皇制》"阴崖满地点莓苔""夕鸟无心暗往来。老病交侵秋已暮",分别与李德裕《早秋龙兴寺江亭闲眺忆龙门山居寄崔张旧从事》"阴崖积幽薛",孟浩然《途次望乡》

"天寒夕鸟来",刘禹锡《乐天是月长斋鄙夫此时愁卧里间非远云雾难披因以……惊禅》"年与病交侵"中的"阴崖""夕鸟""交侵"相同。

嵯峨天皇《青山歌》"青山峻极兮摩苍穹,造化神功兮势转雄",分别与岑参《与高适薛据同登慈恩寺浮图》"七层摩苍穹"、李白《望庐山瀑布水》"仰观势转雄"中的"摩苍穹""势转雄"相同;"风萧萧兮雨濛濛",与徐铉《亚元舍人不替深知猥贻佳作三篇清绝不敢轻……庶资一笑耳》"风瑟瑟兮雨萧萧"句式相同。

良岑安世《奉和太上天皇青山歌》"屹巍青山亘千里""色映刘王汾水流""带日高韬短晷晖""紫府欲迎仙驾养""华封劝我帝乡意",分别与贾至《相和歌辞。燕歌行》"崇山沃野亘千里"、岑参《虢州后亭送李判官使赴晋绛》"君去试看汾水上"、李端《鲜于少府宅看花》"夏日同短晷"、李商隐《无题》"紫府仙人号宝灯"、徐铉《纳后夕侍宴》"华封倾祝意"中的"亘千里""汾水""短晷""紫府""华封"相同。

纪长江《奉试赋得秋》"宦渡柳营计应碎""则知潘鬓飒如丝",分别与王维《观猎》"还归细柳营"、元稹《酬翰林白学士代书一百韵》"潘鬓去年衰"中的"柳营""潘鬓"相同。

治文雄《奉试赋秋兴》"满江鸿翼乏,平陆菊丛香""闭户叹潘郎",分别与李白《君道曲》"小白鸿翼于夷吾"、李白《姑孰十咏。陵歊台》"杂花间平陆"、武元衡《酬严维秋夜见寄》"骑省潘郎思"中的"鸿翼""平陆""潘郎"相同。

滋野善永《看落叶,应令》"万叶纷纷岁欲阑""金井梧桐虽摇落",分别与刘禹锡《和乐天洛下雪中宴集寄汴州李尚书》"风雪相和岁欲阑"、王昌龄《长信怨》"金井梧桐秋叶黄"中的"岁欲阑""金井梧桐"相同。

平城天皇《旧邑对雪》"骊歌犹寡和",与李白《留别曹南群官之江南》"骊歌兰蕙芳"中的"骊歌"相同。

滋野贞主《奉和除夜》"预喜仙龄难老歇",与徐彦伯《侍宴桃花园》"预喜仙游复摘来"中的"预喜"相同。

贺阳丰年《东宫岁除,应令》"急景方雕节,穷阴复杀年""壮齿随宵变""衰客逐浇悛""锡命百忧蠲",分别与白居易《岁暮》"穷阴急景坐相催,壮齿韶颜去不回",戴叔伦《将游东都留别包谏议》"衰客惭墨绶",刘禹锡《送工部张侍郎入蕃吊祭》"锡命礼容全"中的"急景""穷阴""壮齿""衰客""锡命"相同。

滋野贞主《闲庭雨雪,探得迷字》"封条树褭重",与李峤《十一月奉教作》"雪冻近封条"中的"封条"相同。

淡海福良满《夕宿播州高砂》"夕次高砂浦""渔歌怨北湾",分别与白居易《初出蓝田路作》"夕次蓝桥水",李白《赠友人》"渔歌游海滨"中的"夕次""渔歌"相同。

巧诸胜《冬日途中值雪简左督》"策马越关山""鹤发弥添白",分别与高适《蓟中作》"策马自沙漠",白居易《懒放二首》"鹤发头慵裹"中的"策马""鹤发"相同。

南渊弘贞《奉试咏梁,得尘字》"凤阁将成岁,龙楼结构辰",与白居易《履道新居二十韵》"辞章留凤阁,班籍寄龙楼"中的"凤阁""龙楼"相同。

路永名《不堪奉试》"纤鳞进浪惭力微,弱羽逢风倦退飞",与柳宗元《诏追赴都回寄零陵亲故》"每忆茎鳞游尺泽,翻愁弱羽上丹霄"中的"茎鳞""弱羽"相同。

纪虎继《奉试得治荆璞》"中有连城璧""潜光深谷内",分别与陈子昂《答洛阳主人》"再取连城碧",李白《赠嵩山焦炼师》"潜光隐嵩岳"中的"连城碧""潜光"相同。

伴成益《奉试得东平树》"东平灵感木""地隔连枝异,神幽合意同",分别与李白《赠刘都使》"东平刘公干",贾岛《寄李辀侍郎》"地隔太行馀",骆宾王《夏日游目聊作》"神幽体自轻"中的"东平"

"地隔""神幽"相同。

文真室《奉试咏三》"殷汤数让位,管仲终固辞""长下董生帷",分别与李峤《茅》"殷汤祭雨旋",徐夤《断酒》"坐右新铭管仲辞",朱湾《咏玉》"独下董生帏"中的"殷汤""管仲辞""董生帏"相同。

石川越智人《奉试咏三》"相如作赋迟""久下仲舒帷""鸟影日中挂,猿声峡里悲",分别与杨炯《和刘侍郎入隆唐观》"相如作赋才",张说《酬崔光禄冬日述怀赠答》"学广仲舒帷",张祜《送杨秀才往虁州》"鸟影沉沙日,猿声隔树烟"中的"相如作赋""仲舒帷""鸟影""猿声"相同。

鸟高名《奉试得宝鸡祠》"陈仓北坂下",与杜甫《寄岳州贾司马六丈、巴州严八使君两阁老五十韵》"阴散陈仓北"中的"陈仓"相同。

藤原关雄《奉和咏尘》"紫陌暮风发,红尘霭霭生",与刘禹锡《玄都观桃花》"紫陌红尘拂面来"中的"紫陌""红尘"相同。

锦部彦公《看宫人玩扇》"还疑班子恐秋风""朝朝应入楚王梦",分别与李贺《感讽》"班子泣衰红",孟浩然《送王七尉松滋,得阳台云》"婵娟流入楚王梦"中的"班子""楚王梦"相同。

惟良春道《和菅大夫晓头闻雁卒尔成篇》"霜雁犹翩翩,随阳南楚天",分别与阴行先《和张燕公湘中九日登高》"连翩霜雁来",钟蒨《别诸同志》"随阳来万里"中的"霜雁""随阳"相同。

仲雄王《巇肩》"君不见汉家壮士",与卢纶《冬日登城楼有怀因赠程腾》"君不见汉家边将在边庭"中的"汉家"相同。

嵯峨天皇《清凉殿画壁山水歌》"淼漫涛如随风急""空堂寂寞人言少""驰眼看知丹青妙"分别与李峤《和杜学士旅次淮口阻风》"淼漫烟波阔",陈羽《题舞花山大师遗居》"空堂寂寞闭灯影",郎士元《题尹真人祠》"我来始悟丹青妙"中的"淼漫""空堂寂寞""丹青妙"相同。

第五章　诗语分析

　　滋野贞主《奉和太上天皇秋日作》"露鹤警新滴""悲哉为气也"，分别与李商隐《酬别令狐补阙》"警露鹤辞侣"，白居易《悲哉行》"悲哉为儒者"中的"露鹤""悲哉为……"相同。

　　滋野贞主《秋月夜》"恒娥窃药仙居塞""衡阳雁影下水迟"，分别与李白《感遇四首》"昔余闻姮娥，窃药驻云发"，杜甫《舟出江陵南浦，奉寄郑少尹》"衡阳雁影徂"中的"姮娥""窃药""衡阳雁影"相同。

　　滋野贞主《和海和尚秋日观神泉苑之作》"御路萧疏杨柳影""眼沸清泉一细流""三明显照龙池阁""不殊昔与大比丘"，分别与孟郊《洛桥晚望》"榆柳萧疏楼阁闲"，李欣《与诸公游济渎泛舟》"汱泉数眼沸"，孟浩然《来阇黎新亭作》"三明给苑才"，冯涓《自嘲绝句》"悔不长安大比丘"中的"萧疏""眼沸""三明""大比丘"相同。

　　滋野贞主《秋云篇，示同舍郎》"居诸恍惚易蹉跎""仙围欲烂柯""疋马玄黄策不倦"，分别与白居易《冀城北原作》"日月互居诸"，窦常《哭张仓曹南史》"闲情欲烂柯"，王建《闻故人自征戍回》"人悴马玄黄"中的"居诸""烂柯""马玄黄"相同。

　　小野篁《秋云篇，示同舍郎》"登山临水耶楚望"，与白居易《龙门下作》"登山临水咏诗行"中的"登山临水"相同。

　　惟良春道《秋云篇，示同舍郎》"青山兮阒寂""下临不测之峥嵘"，分别与王维《赠徐中书望终南山歌》"望青山兮不归"，杜甫《游悟真寺诗》"下临不测渊"中的"青山""下临不测"相同。

　　滋野善永《秋云篇，示同舍郎》"栋里云兮时卷舒""山寂历意幽清"，分别与皇甫冉《刘侍御朝命许停官归侍》"栋里云藏雨"，张说《灉湖山寺》"空山寂历道心生"中的"栋里云""山寂"相同。

　　嵯峨天皇《和野评事旅行吟》"久戍君为客，幽居我作翁"，分别与郭震《塞上》"久戍人将老"，杜甫《佳人》"幽居在空谷"中的"久戍""幽居"相同。

小野岑守《旅行吟》"客里白头翁",与杜甫《归来》"客里有所过"中的"客里"相同。

淳和天皇《闻右军曹贞忠入道因简大将军良公》"今夕僧衣向花宫"与于鹄《送宫人入道归山》"许著黄衣向玉峰",均是"……衣向……"句式。

淡海三船《和藤六郎出家之作》"法云爱叠彩,惠日更重轮",与骆宾王《和王记室从赵王春日游陀山寺》"祥河疏叠涧,慧日皎重轮"均是"……叠……,慧日……重轮"句式;"戚里辞荣亲,玄门问觉津""乐道心逾逸",分别与李隆基《过大哥宅探得歌字韵》"戚里申高宴",岑参《送严诜擢第归蜀》"擢第去荣亲",骆宾王《于紫云观赠道士》"玄门启曙关",朱庆馀《赠陈逸人》"乐道辞荣禄"中的"戚里""荣亲""玄门""乐道"相同。

小野岑守《奉试咏天》"列位三光转,因时万物通",与苏颋《奉和圣制登太行山中言志应制》"顺动三光注,登临万象悬。"均是"……三光……,……万象(物)……"句式。

小野末嗣《奉试赋得王昭君》"汉地悠悠随去尽,燕山迢迢犹未殚",与骆宾王《边夜有怀》"汉地行逾远,燕山去不穷"中"汉地""燕山"相同;"青虫鬓影风吹破,黄月颜妆雪点残",与白居易《燕诗示刘叟》"青虫不易捕,黄口无饱期"均是"青虫……,黄……"句式。

小野篁《奉试赋得陇头秋月明》"色满都护道,光流伙飞营",与杨师道《陇头水》"阵开都护道,剑聚伏波营"句式相似,且含有相同词语"都护道""营"。

大枝直臣《咏燕》"表瑞集齐郡""龙潜避爽节,凤举逐喧光""衔泥寻旧梁""可谓识行藏",分别与李隆基《温汤对雪》"表瑞良在兹",李乂《奉和幸大荐福寺》"龙潜想旧居",岑文本《奉述飞白书势》"凤举崩云绝",刘禹锡《浪淘沙》"衔泥燕子争归舍",孟郊《遣兴联句》

"孔颜识行藏"中的"表瑞""龙潜""凤举""衔泥""识行藏"相同。

纪长江《赐看红梅探得争字,应令》"香虽萝衣犹可误,光添妆脸遂应争""倘因委质瑶阶侧",分别与孟浩然《采樵作》"山风拂萝衣",岑参《和祠部王员外雪后早朝即事》"光添银烛晃朝衣",李咸用《小松歌》"参差簇在瑶阶侧"中的"萝衣""光添""瑶阶侧"相同。

藤原令绪《早春途中》"平旦挥鞭城外出""入涧深闻断猿声",分别与岑参《早上五盘岭》"平旦驱驷马",张贲《和皮陆酒病偶作》"可怜空作断猿声"中的"平旦""断猿声"相同。

淡海三船《于内道场观虚空藏菩萨会》"凤阙留仙影,龙墀演法音",与李治《九月九日》"凤阙澄秋色,龙闱引夕凉"均是"凤阙……,龙……"句式。

淡海三船《赠南山智上人》"得意千年桂,同香四海兰",与岑参《成王挽歌》"幽山悲旧桂,长坂怆馀兰"中均含有"桂""兰"。

三原春上《扈从梵释寺,应制》"銮舆近出王畿外",与王维《奉和圣制从蓬莱兴庆阁道中留春雨中春望之应制》"銮舆迥出千门柳"句式相似,均是"銮舆……出……"。

滋野贞主《奉和早春》"圭阴渐欲长"与李桥《桐》"秋月弄圭阴"中的"圭阴"相同。

路永名《不堪奉试》"纤鳞迸浪惭力微,弱羽逢风倦退飞",与柳宗元《诏追赴都回寄零陵亲故》"每忆茎鳞游尺泽,翻愁弱羽上丹霄"中的"茎鳞""弱羽"相同。

第六章 结 语

　　本书主要从"体式""韵律""诗题""诗语"四大方面详细分析了三部诗集中的汉诗。首先，整体概述了"敕撰三集"的相关情况，分析得出三部诗集中均有诗作的诗人共 9 位：嵯峨天皇、淳和天皇、藤原冬嗣、良岑安世、小野岑守、管原清公、仲科善雄、滋野贞主、仲雄王。其中，所有汉诗作者中入选汉诗数量最多的是嵯峨天皇，《凌云集》中有 22 首、《文华秀丽集》中有 34 首、《经国集》中有 36 首，共有 92 首汉诗；其次是滋野贞主有 33 首，小野岑守有 30 首，仲雄王 16 首，淳和天皇 16 首，菅原清公 16 首，良岑安世 14 首，藤原冬嗣 10 首，仲科善雄 3 首。

　　体式方面，《凌云集》中，五言绝句 4 首、五言律诗 17 首、五言排律 0 首、五言古诗 19 首、七言绝句 3 首、七言律诗 10 首、七言排律 0 首、七言古诗 32 首，杂言 6 首。其中，五言共 40 首，占汉诗总数 91 首的 43.96%，七言有 45 首，占 49.45%；古体诗（含杂言）有 57 首，占 62.64%，近体诗有 34 首，占 37.36%。《文华秀丽集》五言绝句 1 首、五言律诗 17 首、五言排律 2 首、五言古诗 30 首、七言绝句 7 首、七言律诗 6 首、七言排律 0 首、七言古诗 69 首、杂言 11 首。其中，五言共 50 首，占汉诗总数的 34.97%，七言有 82 首，占 57.34%；古体诗（含杂言）有 109 首，占 76.91%，近体诗有 34 首，占 23.09%。《经国集》五言绝句 2 首、五言律诗 28 首、五言排律 10 首、五言古诗 53 首、七言绝句13首、七言律诗7首、七言排律0首、七言古诗55首、杂言42首。其中，五言共93首，占汉诗总数210首的44.29%，七言有75首，占35.71%；古体诗（含杂言）有150首，占71.43%，近体诗有60首，占28.57%。

对仗方面，《凌云集》采用了9种对仗方式：工对、宽对、邻对、借对、错综对、扇面对、自对、合掌对、流水对。其中使用工对的汉诗有62首，宽对有38首，邻对有4首，借对有5首，错综对有1首，扇面对有3首，自对有8首，合掌对有1首，流水对有4首。《文华秀丽集》采用了8种对仗方式：工对、宽对、邻对、流水对、自对、借对、扇面对、错综对。其中采用工对的汉诗有74首，宽对有66首，邻对有19首，流水对有16首，自对有8首，借对有1首，扇面对2首，错综对3首。《经国集》也采用了8种对仗方式：工对、宽对、邻对、借对、自对、流水对、错综对、扇面对。其中采用工对的汉诗有138首，宽对有92首，邻对26首，借对有1首，自对有3首，流水对有23首，错综对有4首，扇面对有5首。

诗题方面，首先从诗题的用语着手，从"以人物、抒情为题""以植物为题""以动物为题""以器物为题""以地理、场所为题""以文学、佛经为题""以天文、时令为题""以事件为题"八方面归纳分析了三部诗集中汉诗的诗题。《凌云集》与以上分类对应的诗题数量分别是：26、9、1、8、24、2、9、12；《文华秀丽集》与以上分类对应的诗题数分别是：58、18、10、11、20、1、9、16；《经国集》与以上分类对应的诗题数分别是：37、21、9、14、36、17、46、30。与唐诗诗题用语进行比较分析得知，《凌云集》91首汉诗中有9首汉诗的诗题与唐诗诗题完全相同，有76首与唐诗诗题部分相同，只有6首与唐诗诗题不同；《文华秀丽集》143首汉诗中，有22首与唐诗诗题完全相同，104首与唐诗诗题部分相同，有17首与唐诗诗题不同；《经国集》210首汉诗中有38首与唐诗诗题相同，140首与唐诗诗题部分相同，32首与唐诗诗题不同。

　　诗语方面，三部诗集均涉及的植物有菊、梅、柳、松、松萝（薜萝）、竹、草；动物有鸟、雁、蝉、猿、蝶、鸡、马、鹤、凤凰、燕、虫；天文地理有：月、霞、云、露、烟、风、雪、雷、泉、霜、雨、日、山、星；乐器有琴。其中，菊、梅、柳、草分别与秋季、冬季、夏季、春季应景，松、雁、蝉、猿、鸟、马、鸡、琴、月、星、霞、云、日、烟、泉、雪、霜、山等多用于送别、游览、述怀诗中，乐器多用于哀伤、闺怨诗。然后，又从"与唐诗主题相同且句式或用语相同""与唐诗主题不同但句式或用语相同"两方面来分析了诗集中的诗语。《凌云集》除了嵯峨天皇《江亭晓兴》一首汉诗之外，其余90首汉诗均有诗句与唐诗诗句的诗语或句式相同。其中，与唐诗主题相同且用语或句式相同的汉诗有18首，占诗集汉诗总数的19.78%；与唐诗主题不同但句式或用语相同的汉诗有72首，占诗集汉诗总数的79.12%。

　　《文华秀丽集》143首汉诗均有诗句与唐诗诗句的诗语或句式相同。与唐诗主题相同且用语或句式相同的汉诗有41首，占总数143首的28.67%，与唐诗主题不同但句式或用语相同的汉诗有102首，占总数143首的71.33%。

　　《经国集》除了14首汉诗之外，其余196首汉诗均有诗句与唐诗诗句的诗语或句式相同。其中，与唐诗主题相同且用语或句式相同的汉诗共有68首，占总数210首的32.38%；与唐诗主题不同但句式或用语相同的汉诗共有128首，占总数210首的60.95%。

附录：《凌云集》《文华秀丽集》《经国集》诗集全文

凌云集

凌云集序

从五位上左马头兼内藏头美浓守臣　小野朝臣岑守上

臣岑守言：魏文帝有曰："文者经国之大业，不朽之盛事。年寿有时而尽，荣乐止乎其身。"信哉。伏惟，皇帝陛下，握衮紫极，御辨丹霄。春台展熙，秋茶蕚繁。叡知天纵，艳藻神授。犹且学以助圣，问而增裕也。属世机之静谧，讬琴书而终日。叹光阴之易暮，惜斯文之将地。爰诏臣等，撰集近代以来篇什。臣以不才，忝承丝纶命。汗代大匠，伤手为期。臣今所集，掩其瑕疵，举其警奇，以表一篇尽善之未易。得道不居上，失时不降下。无言存亡，一依爵次。至若御制令制，名高象外，韵绝环中。岂臣等能所议乎。而殊被诏旨，敢以採择。冰夷赞洋咏井之见，不及大阳升化草之明。斯迷博我以文，欲罢不能。辱因编载，捲轴生光。犹川含珠而水清，渊沈玉而岸润。起自延历元年，终于弘仁五年，【桓武帝至嵯峨帝之御世也。】作者二十三人，诗总九十首，合为一卷，名曰《凌云新集》。臣之此撰，非臣独断。与从五位上行式部少辅菅原朝臣清公、大学助外从五位下勇山连文继等，再三议。犹有不尽。必经天鉴。从四位下行播磨守臣贺阳朝臣丰年，当代大才也，迨缘病不朝。臣就问简呈，更无异谕，从此定焉。臣岑守，谨言。

太上天皇　御制二首　平城上皇
001 咏桃花　一首
　　春花百种何为艳　灼灼桃花最可怜　气则严兮应制冠　味惟甘矣可求仙
　　一香同发薰朝吹　千笑共开映暮烟　愿以成蹊枝叶下　终天长树玉阶边

002 赋樱花
　　昔在幽岩下　光华照四方　忽逢攀折客　含笑亘三阳
　　送气时多少　乘阴复短长　如何此一物　擅美九春场

御制廿二首　嵯峨天皇
003 神泉苑花宴赋落花篇
　　过半青春何所催　和风数重百花开　芳菲歇尽无由驻　爱唱文雄赏宴来
　　见取花光林表出　造化宁假丹青笔　红英落处莺乱鸣　紫萼散时蝶群惊
　　借问浓香何独飞　飞来满坐堪袭衣　春园遥望佳人在　乱杂繁花相映辉
　　点珠颜缀髻鬟吹　人怀中、娇态闲　朝攀花、暮折花　攀花力尽衣带赊
　　未厌芬芳徒徙倚　留连林表晚光斜　妖姬一玩已为乐　不畏春

风总吹落
　　对此年叶绝可怜　一时风景岂空捐

004　重阳节神泉宛赐宴群臣，勒空通风同
　　登临初九日　霁色敞秋空　树听寒蝉断　云征远雁通
　　晚巢犹含露　衰枝不畏风　延祥盈把菊　商宴古今同

005　九月九日于神泉苑宴群臣，各赋一物得秋菊
　　旻商季序重阳节　菊为开花宴千官　蕊耐朝风今日笑　荣霑夕露此时寒
　　把盈玉手流香远　摘人金杯辨色难　闻道仙人好所服　对之延寿动心看

006　重阳节神泉苑同赋三秋大有年，题中取韵，尤韵成篇
　　旻气何寥郭　登高望悠悠　大田获丰稔　从此岁工休
　　芳荑筵上荐　时菊盏中浮　林洞逢摇落　池清为潦收
　　蟋蟀藏声晓　蒹葭变色洲　重阳常宜宴　况复有年秋

007　夏日皇太弟南池
　　纳凉储贰南池里　尽洗烦襟碧水湾　岸影见知杨柳处　潭香闻得芰荷间
　　风来前浦收烟远　鸟散后林欲暮闲　天下共言贞万国　何劳羽翼访商山

008　秋日皇太弟池亭赋天字　五言
　　玄圃秋云肃　池亭望爽天　远声惊旅雁　寒引听林蝉
　　岸柳堆初□　潭荷叶欲穿　萧然幽兴处　院里满茶烟

009 秋日入深山
　　历览那逢节序悲　深山忽感宋生词　牛天极嶂烟气入　暗地幽溪日影迟
　　听里清猿啼古木　望前寒雁杂凉飔　炎氛盛夏风犹冷　况□高秋落照时

010 夏日左大将军藤冬嗣闲居院
　　避暑时来閒院里　池亭一把钓鱼竿　回塘柳翠夕阳暗　曲岸松声炎节寒
　　吟诗不厌捣香茗　乘兴偏宜听雅弹　暂对清泉涤烦虑　况乎寂寞日成欢

011 河阳驿经宿有怀京邑
　　河阳亭子经数宿　月夜松风恼旅人　虽听山猿助客叫　谁能不忆帝京春

012 江亭晓兴
　　今宵旅宿江村驿　渔浦渔歌响夜亭　水气眼中来湿枕　松声觉后暗催听
　　天边晓月看如镜　户外朝山望似屏　记得烟霞春兴足　况乎河畔草青青

013 春日游猎，日暮宿江头亭子
　　三春出猎重城外　四望江山势转雄　遂兔马蹄承落日　追禽鹰翮拂轻风
　　征船暮入连天水　明月孤悬欲晓空　不学夏王荒此事　为思周卜遇非熊

014　和左大将军藤冬嗣河阳作
　　节序风光全就暖　河阳雨气更生寒　千峰积翠笼山暗　万里长江入海宽
　　晓猿悲吟谁断得　朝花巧笑真堪看　非唯物色催春兴　别有泉声落云端

015　和左金吾将军藤绪嗣过交野离宫感旧作
　　追想昔时过旧馆　悽凉泪下忽霑襟　废村已见人烟断　荒院唯闻鸟雀吟
　　荆棘不知歌舞处　薜萝独向恋情深　看花故事谁能语　空望浮云转伤心

016　和左卫督朝臣嘉通秋夜寓直周庐听早雁之作
　　凉秋八月惊塞鸿　早报寒声杂远空　绝域传书全汉信　关门表弓守胡戎
　　凌云阵影低天末　叫夜遥音振水中　葵女弹琴清曲响　潘郎作赋兴情融
　　朝搏渤懈事南度　夕宿烟霞耐朔风　感杀周庐寓直者　终宵不寝意无穷

017　和菅清公秋夜途中闻笙
　　秋欲弹时闻怪音　吹笙写得凤皇吟　鸣簧出曲添羌笛　列管催调协雅琴
　　新声宛转遥夜振　妙响联绵远风沉　途中暂听肠应断　况复仙郎有兴心

018　和菅清公赋早雪
　　　云晴朔方早雪降　从天落地本亡声　班姬秋扇已无色　孙子夜书独有明
　　　梅柳此时花与絮　楼台并是银将琼　虽言委积未盈尺　须贺初冬瑞气呈

019　和进士贞主初春过菅祭酒宅，怅然伤怀简布臣藤三秀才作一绝　贞主，或本作真生。
　　　书阁闲来冬变春　梅花独笑向啼人　虽知世上必然理　犹恨门前断旧宾

020　听诵法华经，各赋一品，得方便品，题中取韵
　　　春暮禅心何寂寞　恭恭倾耳听经王　甚深知慧极难解　微妙因缘岂易量
　　　续火香炉烟不灭　从风清梵响犹长　唯归一乘权立二　引入群生有万方

021　吏部侍野美闻使边城赐帽裘
　　　岁晚严冬寒最切　忠臣为国向边城　貂裘暖帽宜羁旅　特赠卿之万里行

022　饯右亲卫少将军朝嘉通奉使慰抚关东　探得臣
　　　远使边城抚残虏　禁中赐饯送良臣　离庭物候虽初夏　向处风烟未换春
　　　乡心杳杳切归想　客路悠悠稀故人　别后卿能应努力　莫愁千里多苦辛

023 赠宾和尚

宾公运跡星霜久　万事无情爱寂然　水月寻常冷空性　风雷未敢动安禅

苦行独老山中室　盟啾偏宜林下泉　遥想焚香观念处　寥寥日夜著云烟

024 赠绵寄空法师　绵，目录作锦。

间僧久住云中岭　遥想深山春尚塞　松柏斜知甚静默　烟霞不解几年餐

禅关近日消息断　京邑如今花柳宽　菩萨莫嫌此轻赠　为救施者世间难

令制五首　皇太弟（淳和）

025 九月九日侍宴神泉苑，各赋一物，得秋露，应制

蓐收警节秋云老　百卉初腓露已凄　池际凝荷残叶折　岸头洗菊早花低

未央阙侧承双掌　长信宫中起只啼　谬忝恩筵何所赋　晞阳湛湛被群黎

026 秋晚侍内殿宴

李序将除风既冷　禁垣木叶共含秋　当时圣主赐霑泽　不测鸿恩分外优

舞态近□看处变　歌声遥入听中留　微臣荷德良无力　但寿天基献山丘

027 奉和春日游猎日暮宿江头亭子，应制

二月平皋春草浅　千乘犯晓出城中　鹁鸶遥似星光落　冤尽还

疑月影空

　　合晴征船唯见火　连宵浦树岂分红　今朝圣想期何后　不异周王猎渭风

028　奉和江亭晚兴，呈左神荣清藤将军
　　我后巡方春日晚回銮驻驿次江亭　水流长制天然带　山势多奇造化形
　　岸上松声眠里雨　舟中火色望前星　烟霞欲曙难潮落　归雁群鸣起回汀

029　驾幸南池，后日简大将军
　　南池叶暗惟初密　圣主追凉过小臣　此地从来天临处　林花再得遇阳春
　　芜蹊更辗先时跡　旧构还成昔日新　海岳鸿恩何以报　愿当粉骨化灰尘

参议左近卫大将从三位兼行春宫大夫美作守藤原冬嗣　三首
030　神泉苑雨中眺瞩，应制　一首　探得初字。
　　雨气三秋冷　凉风四面初　芦洲未低雁　芳饵自群鱼
　　岸水飞还落　池荷卷且舒　从天恩盏下　不醉也焉如

031　和菅祭酒秋夜途中闻笙之什
　　高天日暮多秋感　退食飞樱上玉京　游子吹笙乘甲夜　一长一短恼人情
　　风生柳际传鸾响　月照槐间写凤形　完议虞音从此听　跄跄鸟兽满皇城

附录：《凌云集》《文华秀丽集》《经国集》诗集全文

032 奉和圣制宿旧宫，应制　一首

　　林泉旧邸久阴阴　今日三秋锡再临　宿殖高松全古节　前栽细菊吐新心

　　荒凉灵沼龙还驻　寂历稜岩凤更寻　不异沛中闻汉筑　讴歌滥续大风音

从三位行常陆守菅野朝臣真道　一首

033 晚夏神泉苑同勒深临阴心，应制　一首

　　王母仙园近　龙宫宝殿深　追凉天驿幸　纵赏凤舆临

　　竹疏长竿节　松倾小盖阴　醉臣迷圣造　唯有岁寒心

从五位下行内膳正仲雄　二首　仲雄王

034 早舟发

　　早旦偏舟发　微茫海未晴　浦边孤树远　天际片帆征

　　钓火收残焰　榜歌送迥声　悠悠云水里　乡思转伤情

035 谒海上人　韵勒遇树住澍句孺务雾芋聚赋趣

　　道者良虽众　胜会不易遇　寝兴思马鸣　俯仰谒龙树

　　一得遭吾师　归贪卍寓住　飞流驯道眼　卍动殖润慈澍

　　字母弘三乘　真言演四句　石泉洗钵童　炉炭煎茶孺

　　眺瞩存闲静　栖迟忌剧务　宝幢拂云日　香刹干烟雾

　　瓶口挑时花　瓷心盛野芋　磬鸣员梵彻　钟响老僧聚

　　流览竺乾经　观释千硫赋　受持灌顶法　顿入一如趣

从四位下行播磨守贺阳朝臣丰年　十三首

036 三月三日侍宴应诏

　　锡宴紫微中　皇欢被物忽　布恩优月令　分思激春风

柳叶依丝绿　樱花拂舞红　同兹霑德寓　具醉也融融

037　三月三日侍宴应诏　三首　其一
　　　间春开曲水　乘节施阳煦　献寿千祥溢　含漱万国附
　　　姻霞处处□　飞鸟番番遇　殊冀高游日　义和总辔驻

038　三月三日侍宴　三首　其二
　　　紫禁疏佳诏　青阳乐禊风　布帷分柳绿　袭佩挺兰红
　　　品汇春芳遍　早高夏预通　自然相率舞　何待后夔工

039　三月三日侍宴　三首　其三
　　　禊赏千斯岁　恩荣一伴春　露晞心已肃　云上庆还申
　　　松竹同宜古　莺花并状新　欢余良景暮　日御借乌轮

040　晚夏神泉苑钓台，同勒深临阴心，应制
　　　神泉苑里多雄胜　楼观飞惊倒水深　玉树长堆跨帝圃　珠流曝布写天临
　　　千端赫赫承春换　百品差池仰夏阴　今日优游何所乐　群臣同有钓璜心

041　留别故人
　　　一兹阻面□　百里块班条　交譬分张切　涉江悲望遥
　　　风途飞蕊散　云路别魂销　唯有流天月　相忆寄秋宵

042　同元忠初春宴纪千牛池亭之作
　　　以我粗疏性　闲斋喜遇逢　贞交符水石　深寄契寒松
　　　酒湛情弥畅　琴幽赏自从　还暂久会日　条已令邕容

043　别诸友入唐
　　数君为国器　万里涉长流　奋翼鹏天眇　轩鳍鲲海悠
　　登山眉目结　临水泪何收　但此僊天处　空见白云浮

044　史记竟宴，赋得传大史自序传
　　宏材承五百　博瞻剑三千　第穴遗文借　梧嶷古册全
　　灰中尺庆起　识大日官传　张辅趁孤秀　日明耻独贤
　　名高良史籍　身毁妒臣年　尽魄悬声价　爱言陵谷迁

045　代琴之词
　　讬根方据险　抽干已临危　奔溜春秋坏　衡飚岁月吹
　　侍人谁复说　仙道幸先知　愿载重轮响　高飞九寓垂

046　逸人词
　　闲庭幽贞士　　休虑洁既攸　　明心高　玩晚秋
　　但想荣期三乐趣　还从汙漫九坂游

047　高士吟
　　一室何堪扫　九州岂足涉　寄言燕雀徒　宁知鸿鹄路

048　伤野将军
　　蝦夷构乱久　择将属吾贤　屈指驰三略　扬眉出二权
　　鬓头勋未展　马革志方宣　完士何难过　徒悲凶问传

左兵卫督从四位下兼行但马守良岑朝臣安世　二首
049　九月九日侍宴神泉苑，各赋一物，得秋莲，应制
　　神泉御苑霜氛下灵沼秋莲过半黄　露泛穿杯拙生玉　风吹旧眼

无复香

波收隐士三秋盖　浦落幽人九月裳　妖艳佳人望已断　为因圣主水亭傍

050　早秋月夜
　　　三秋三五夜　夜久夜风凉　虫网露悬白　树条叶未黄

正五位下行纪伊守藤原朝臣道雄　二首
051　咏雪
　　　纷纷白雪从千里　荧荧漉漉一何斜　疑是天中梅柳地　雨师风猎玄花

052　春日代妓　古诗体
　　　通夜妆楼独画眉　春朝拟向歌舞台　筐里郁金未薰衣　圣君数度使人催

正五位下林宿祢娑婆　二首
053　自山崎乘江赴赞岐，在难波江口，述怀，赠野二郎
　　　泛流催梶棹　指海共朝宗　渔火通宵烈　商帆拂曙逢
　　　遥山疑接漠　远树似生江　可叹乘桴客　营营不得容

054　久在外国，晚年归学，知旧零落，已无其人。聊以述怀。简山请益菅原五郎，桃李之报岂无坏。
　　　晚年归学馆　旧识几相辞　物是人非日　悲来乐去时
　　　忘筌无故友　倾盖有新期　欲绕平生事　居然泪不持

附录：《凌云集》《文华秀丽集》《经国集》诗集全文

从五位上行大外记兼因播介上毛野朝臣颖人　一首
055　春日归田直疏
　　　于禄终无验　归田入弊门　庭荒唯壁立　篱失独花存
　　　空手饥方至　低头日已昏　世途如此苦　何处遇春恩

内藏头从五位上兼左马头美浓守小野朝臣岑守　十三首
056　杂言。于神泉苑侍宴，赋落花篇，应制
　　　三阳二月春云半　杂树众花笑且散　銮驾早来遍历览　奇香诡色互留玩
　　　昔闻一县荣河阳　今见仙源避秦汉　此时澹荡吹和风　落蕊因之满远空
　　　梅院不扫寸余紫　桃源委积尽所红　看花落　　落花寂寂听无声
　　　青黄赤白天然染　南北东西非有情　游蝶息寻叶初见　群蜂罢酿草才生
　　　待花宴花宴　何太合良辰　玉管千调无他曲　金罍百味自能醇
　　　台上美人夺花彩　拦中花彩如美人　人花两两共相对　谁得分明伪与真
　　　借问花节有期否　花开花落亿万春

057　夏日神泉苑钓台，应制
　　　钓台新结构　浮柱出从深　水近纶偏尽　轩低竿直临
　　　岸喧瀑布落　浦暗橘柚阴　自仰中孚化　同欣在落心

058　九月九日侍宴神泉苑，各赋一物得秋柳，应制
　　　九月高飏吹暮柳　千条缩折无复柔　寒馨寥亮室留笛　衰荫凄

凉不障楼

　　短暑晚斜星舍冷　边山尽唱塞途修　哀生虽谢对霜勒　恩煦之余未先秋

059　秋日皇太弟池亭，应制赋园字

　　高秋八月气将肃　叡兴幽寻太弟园　古地犹居帝城里　抔池体势绝烦喧

　　梨庭带露冷果落　芦蒲生风水叶翻　忆昔欲谕吴李重　南皮之赏不足言

060　奉和观佳人蹋歌御制

　　春女春妆言不及　无量无数满华庭　心娇胆小羞蹋步　声里微微寿千龄

　　洛津回雪当韬影　巫岭朝云应敛行　河汤旧县先亡色　金谷新园无复荣

　　泣眼看看不曾厌　徒然夺魂亦损明　还知人间仙路近　重见桃李目前生

061　杂言，奉和圣制春女怨

　　春女怨　春日长兮怨复长　闻道阳和煦万物　何偏寒妾一空床

　　为愁心死君不数　缘耻颜销谁假妆　慈母教喻遂相泣　伴侪戏慰还共伤

　　独对镜台试拂尘　影中唯见憔悴人　平生容色不曾似　宿昔蛾眉迷自身

　　春女怨　吁嗟薄命良可怜　庭前隐映茂青草　阶上班班点碧钱

林暮归禽入檐哈　　园曛游蝶抱花眠　　幽园独寝危魂魘　　单枕梦啼粉颜穿
　　君若欲老肠断处　　高楼明月晓孤悬

062　奉和江亭晓兴诗，应制　目录作晚兴
　　传舍前长枕江侧　　滔滔流水日夜深　　本期旅客千里到　　不虑銮舆九天临
　　桌唱全闻边俗语　　漂歌半杂上都音　　晓猿莫作断肠叫　　四海为家帝者心

063　奉和春日暮宿江头亭子御制
　　君主猎罢日云暮　　江上邮亭驻彩舆　　钻石山流汲御井　　□郡客馆作重闬
　　鸡潮晓落波澜急　　蜃气朝涵泻卤微　　室乏草泽今在否　　应知天子同载归

064　奉和伤右卫大将军故宿弥御制
　　蠢尔蝦夷不息乱　　羽书力斗月夜传　　此时承命凿凶出　　千里战胜厌捷旋
　　援武当居贰师右　　谕勋须初卫青前　　岂图丹壑潜相代　　知与不知共潜然
　　廏马长吟从恋主　　良弓久櫜不复弦　　柳条还生百中碎　　伏石犹留一发穿
　　马鬣新封未及燥　　燕泥旧感欲觉先　　滋蓁唯泣早朝露　　古木空浮薄暮烟
　　天子哀伤下神笔　　悠悠功德日月悬　　魂婴倘君无所昧　　应载殊宠照重泉

065　贺赐新集兼谢
　　　贸贸庸人识多踬　举言不顾累相随　偏恩哀赞神笔丽　谬失枢机味所宜
　　　慎口三缄知光毁　悔过泗马性空驰　俯焦塞战末喻极　履薄春冰遂谢危
　　　谁谓鸿私典骦骦　免千国典被虚吹　天门中使赐临辱　秘府新诗许独披
　　　花径还开欲落笑　柳园尚看郁贸垂　一生非分恩涯久　万死何阶报不訾

066　砂土印佛，应制　目录作砂上即佛
　　　檀印一点玉沙上　尊容倏忽手下生　四八灵相省工巧　八十妙好废丹青
　　　风来吹拂终填灭　诚见应不久□停　唯有如如理法体　坦然无坏亦无成

067　远使边城
　　　王事古来趁靡监　长途马上岁云阑　黄昏极嶂哀猿叫　明发渡头孤月团
　　　旅客期时边愁断　谁能坐识行路难　唯余敕赐表与帽　雪犯风牵不加寒

068　别故人之任赠琴
　　　素琴申旧意　尘秒不嫌君　单父思良宰　武城望雅闻
　　　重财非子好　轻赠是吾分　每对他乡月　须弹慰离群

从五位上行式部少辅管原朝臣清公　四首

069　九月九日侍宴神泉苑，各赋一物，得秋山
　　　三山漂眇沧瀛外　五岳嵯峨赤县中　防霞古松千载翠　待风花叶九秋红
　　　落泉曝布悬飞鹄　晴雨收丝闭薄虹　仁者乐之何所寄　国家襟带在西东

070　秋夜途中闻笙
　　　皇城陌上槐风肃　天汉波间桂月明　不知谁家郎第几　写鸾摸凤以吹笙
　　　金商鸾曲秋声亮　玉管成文夜响清　王子偶仙何处在　落滨遗态使人惊

071　冬日汴州上漂驿逢雪
　　　云霞未辞旧　梅柳忽逢春　不分琼瑶屑　来霑旅客巾

072　越州别敕使王国父还京
　　　我是东蕃客　怀恩入圣唐　欲归情未尽　别泪湿衣裳

征夷副将军从五位下行陆奥介小野朝臣永见　二首

073　田家
　　　结庵居三径　灌园养一生　糟糠宁满腹　泉石但欢情
　　　水里松低影　风前竹动声　聊输太平祝　独守小山亭

074　游寺
　　　久倦樊笼苦　来寻解脱津　息心归六度　改跡仰三轮
　　　水月非真晓　空花是伪春　今朝升觉路　何处犯迷尘

从五位下行日向权守淡海真人福良满　三首

075　早春田园
　　　寒牖五出花举厨一樽酒　已迷帝王力　安辨天地久
　　　四分一顷田　门外五株柳　羞堪助贫兴　何更贪富有

076　言志
　　　弧树轮囷久　三秋零落期　风霜日夜积　荣曜待何时

077　被别丰后藤太守　目录作被谴别丰后藤太守。谴字疑有误，意改。
　　　故乡何处在　天际白云浮　归雁遥将没　漂查去不留
　　　边声四面起　悲泪数行流　今日生死别　何年间白头

散位从五位下仲科宿祢善雄　一首

078　秋夜卧病
　　　卧来频改岁　年去复逢秋　照月三更静　无人四壁幽
　　　养形方已省　知命送非优　唯有风前树　摇落使人然

外从五位上行山城介高丘宿弥第越　二首

079　三月三日侍宴神泉苑，应诏
　　　我皇微乐事　元巳宴华林　寿爵山府久　恩波□谢深
　　　看花前后落　听鸟短长吟　既醉仍余舞　何开树石音

080　杂言，于神泉苑侍宴，赋落花篇，应制
　　　落花飞　　　飞去落丹墀　　本谓随风落　　　方知彼化归

乍往乍还浮御盏　一连一断点仙衣　无心草木犹余恋　况复微臣醉恩危

左大史正六位上兼行伊势权大掾坂上忌寸今继　二首

081　涉信浓坂

积石千里峻　危途九折分　人迷边地雪　马蹑半天云

岩冷花难笑　溪深景易曛　乡关何处在　客思转纷纷

082　咏史

陶潜不狎世　州里倦尘埃　始觉幽栖好　长歌归去来

琴中唯得趣　物外已忘怀　柳掩先生宅　花薰处士杯

遥寻南岳径　高啸北窗隈　嗟尔千年后　遗声一美哉

从六位下守大内记大伴宿弥氏上　一首

083　渤海入朝

自从明皇御宝历　悠悠渤海再三朝　乃知玄德已深远　归化纯情是最昭

片席聊悬南北吹　一船长冷去来潮　占星水上非无感　就日遥恩眷我尧

从七位上守少内记滋野宿弥贞主　二首

084　夏日陪幸左大将藤原冬嗣闲居院，应制

寂然闲院当驰道　祇侯仙舆洒一路　酌茗药室经行入　横琴玳席倚岩居

松阴绝冷午时后　花气犹薰风罢余　水上青苹莫赴浪　君王少选爱游鱼

085　王昭君
　　朔雪翩翩沙漠暗　边霜惨烈陇头寒　行行常望长安日　曙色东方不忍看

从八位上守播磨权少缘多治比真人清贞　二首
086　奉和御制春朝雨晴，应制
　　雨晴宸眺远　云罢彼苍披　朝露悬余滴　残虹卷半规
　　梅香深浅度　柳色短长垂　氛气从斯没　翅心就尧曦

087　和菅祭酒赋朱雀衰柳作
　　皇城陌上杨将柳　两两三三夹道斜　畴昔荣华都不见　今时憔悴一应嗟
　　霜寒著树非真叶　霏雪封枝是伪花　既就尧衢待恩煦　阿谁更忆陶潜家

陆奥少目从八位下桑原公宫作　一首
088　伏枕吟
　　劳伏枕　　　伏枕不胜思　沉痾送岁　　力尽魂危
　　鬓谢蝉兮垂白　衣悬鹑兮化缁　悽然感物　　物是人非
　　抚孤枕以耿耿　陟屺岵而依依　怅云花于遽落　嗟风树于俄衰
　　池台渐毁　　僮仆先离　客断柳门群雀噪　书晶蓬室晚萤辉
　　月鉴帷兮影冷　风拂牖兮声悲　听离鸿之晓咽　睹别鹤之孤飞

心倒绝兮悽今日　　泪潺湲兮想昔时　　荣枯但理矣　　　　倚伏同须期
　　　特皇天之祐善　　折灵药以何为

文章生相模权博士大初位下桑原公腹赤　二首

089　春日过友人山庄，探得飞字
　　　入春今几日　闻道数莺飞　烟没主人柳　花薰客子衣
　　　野童驱犊去　山叟负薪归　何独汉阴老　此间可绝机

090　秋日于友人山庄兴饮，探得檐字
　　　闻有幽栖地　扪萝试一瞻　白云杯下起　黄菊掌中黏
　　　野近兽驯座　林磷鸟望檐　登临不外俗　吏隐两相兼

荫孙无位巨势朝臣志缨人　一首

091　和进士贞主初春过菅祭酒旧宅怅然伤怀之作
　　　间庭宿草无复扫　虚院孤松自依声　但见平生风月处　春朝花鸟惨人情

文华秀丽集

文华秀丽集序

从五位下守大舍人头兼信浓守臣　仲雄王上

　　臣仲雄言：凌云集者，陆奥守臣小野岑守等之所撰也。起于延历元年，逮于弘仁五载，凡所缀缉九十二篇。自厥以来，文章间出。未逾四祀，卷盈百余。岂非□□储聪，制文之无虚月，朝英国俊，掞藻之靡绝时哉。或气骨弥高，谐风骚于声律。或轻清渐长，映绮丽于艳流。可谓轹变椎而增华，水生水以加励。英声因而掩后，逸价藉而冠先。至琼环与木李齐晖。肃艾将兰芬杂彩。实由缃缇未异，箧笥仍同者矣。正三位大纳言兼行左近卫大将陆奥出羽按察使臣藤原朝臣冬嗣，奉敕臣等撰焉。臣谨与从五位上行式部少辅兼阿波守臣菅原朝臣清公、从五位下行大学助纪传博士臣勇山连文继、从六位下守大内记臣滋野宿尔贞主、从七位下守少内记兼行播磨少目臣桑原公腹赤等，各相平论甄定。取舍若有难审，上禀睿摹。先漏凌云者，今议而录之。并皆以类题敘。取其易阅。凡作者廿六人、诗一百四十八首。分为三卷，名曰'文华秀丽集'。凤掖宸章，龙闱令制，别降纶旨，俯同缥帙。而天尊地卑，君唱臣和。故略作者之数，编採摭之中。臣谬以散材，恭侍诠简，重承天涣，虔制兹序。臣仲雄上。

文　华　秀　丽　集　　　卷　上

从五位下守大舍人头兼信浓守臣仲雄王等奉敕撰

・游览

001　江头春晓　一首

　　　江头亭子人事暌　倚枕唯闻古戍鸡　云气湿衣知近岫　泉声惊寝觉邻溪

　　　天边孤月乘流疾　山里饥猿到晓啼　物候虽言阳和未　汀洲春草欲萋萋

御制【嵯峨天皇】001

002　春日嵯峨山院，探得迟宇　一首
　　气序如今春欲老　嵯峨山院暖光迟　峰云不觉侵梁栋　溪水寻常对簾帷
　　莓苔踏破经年发　杨柳未悬伸月眉　此地幽闲人事少　唯余风动暮猿悲

　　　　　　　　　　　　　　　　　　　同【嵯峨天皇】　002

003　春日侍嵯峨山院，採得回字，应制　一首
　　嵯峨之院埃尘外　乍到幽情兴偏催　鸟啭遥闻缘阶甃　花香近得抱窗梅
　　攒松岭上风为雨　绝涧流中石作雷　地势幽深光易暮　銮舆且待莫东回

　　　　　　　　　　　　　　　　　　　令制【淳和天皇】　003

004　春日大弟雅院　一首
　　诗家有兴来雅院　雅院由来绝世闲　阳砌虽看新柳色　阴阶常点旧苔斑
　　就暖晴花开簾外　欲巢时鸟啄庭间　此地端居玩风景　寂寥人事暂无关

　　　　　　　　　　　　　　　　　　　御制【嵯峨天皇】　004

005　奉和春日江亭闲望　一首
　　凝流派上思　降跸对红花　野甸宸哀远　川皋睿望赊
　　猿深云树峡　鹤立浪痕沙　古橡松萝院　春窗杨柳家
　　水乡渔浦近　山馆凤庭遐　老圃锄迟日　商帆舣早霞
　　岸阴生液乳　洲暖长芦芽　绚服侍臣马　垂鬐公主车
　　驿门临迥陌　亭子隐高葩　幸赖陪夫览　还同星渚查

　　　　　　　　　　　　　　　　　　　　　　仲雄王　005

006　奉和春日江亭闲望　一首
　　　浩荡三仲□　春晴万里天　园林半灼灼　原野尽芊芊
　　　日暖鸳鸯水　风和杨柳烟　山光霁后绿　江气晚来鲜
　　　远树绕湖小　长波接海连　潮生孤屿没　雾卷巨帆悬
　　　草色洲中短　花香窗外传　归声闻去雁　春响送鸣鹃
　　　流静看游艇　溪幽听落泉　舆余日已暮　江月照仙眠
　　　　　　　　　　　　　　　　巨识人【巨势识人】　006

007　江楼春望，应制　一首
　　　春雨濛濛江楼黑　悠悠云树尽微茫　桥头孤立一竿柱　湖口竟入千许桥
　　　麦垅新色荒村绿　枫林初叶钓家香　滔滔流水何所似　四海朝宗归圣王
　　　　　　　　　　　　　　　　野岑守【小野岑守】　007

008　夏日临泛大湖　一首
　　　水国追凉到　乘舟泛大湖　风前翻浪起　云里落帆弧
　　　浦香浓卢橘　洲色暗苍芦　邑女採莲伴　村翁钓鱼徒
　　　畏景西山没　清猿北屿呼　淞洄与不已　弭棹转归舻
　　　　　　　　　　　　　　　　御制【嵯峨天皇】　008

009　夏日左大将军藤原朝臣闲院纳凉，探引得闲字，应制一首
　　　此院由来人事少　况乎水竹每成闲　送春蔷棘珊瑚色　迎夏岩苔玳瑁斑
　　　避景追风长松下　提琴捣茗老梧间　知贪鸾驾忘器处　日落西山不解还
　　　　　　　　　　　　　　　　令制【淳和天皇】　009

附录：《凌云集》《文华秀丽集》《经国集》诗集全文

010　嵯峨院纳凉，探得归字，应制　一首
　　君王倦热来兹地　兹地清闲人事稀　池际追凉依竹影　岩间避暑隐松帷
　　千年驳藓覆阶密　一片晴云亘岭归　山院幽深无所有　唯余朝暮泉声飞

巨识人【巨势识人】010

011　秋日冷然院新林池，探得池字，应制　一首
　　君王本自耽幽趣　泉石初看此地奇　积水全含湖里色　重岩不谢硖中危
　　径栽晚竹春余粉　岁浅新林未拱枝　景物仍堪游圣目　何劳整驾向瑶池

令制【淳和天皇】011

012　秋夕南池亭子临眺　一首
　　池亭气冷秋风度　吹入波心乱水文　明月东山看渐出　莫愁白日岩头曛

令制【淳和天皇】012

013　秋山作，探得泉字，应制　一首
　　八月秋山凉吹传　千峰万岭寒叶翩　羽客裳斑蜺气度　隐人带绿女萝悬
　　溪生浓雾织薄縠　水写轻雷引飞泉　入谷犹知玄牝道　登峦何近白云天

朝鹿取【朝野鹿取】013

014　寻良将军华山庄，将军失期不在　一首
　　　君家白云东岭下　昨对官内暮相期　平明骑历山中路　蹋石溪行驺自迟
　　　一径南斜门树入　弧亭松色女萝飔　塘头伫立不看至　落日寒虫鸣草时
　　　　　　　　　　　　　　　　　　仲雄王　014

·宴集

015　春日左将军临况　一首
　　　洒扫荆扉望风久　尊卑礼融未成欢　微诚有感降恩顾　欲酌春醪心自宽
　　　檐下闲花光艳燆　篱前修竹影檀栾　何图一损台门缨　今日高车过下官
　　　　　　　　　　　　　　　　勇文继【勇山文继】　015

016　奉敕陪内宴诗　一首
　　　海国来朝自远方　百年一醉谒天裳　日宫座外何攸见　五色云飞万岁光
　　　　　　　　　　　　　　　　　　王孝廉　016

017　七日禁中陪宴诗　一首
　　　入朝缨国惭下客　七日承恩作上宾　更见凤声无妓态　风流变动一国春
　　　　　　　　　　　　　　　　　　释仁贞　017

018　春日对雨，探得情字　一首
　　　主人开宴在边厅　客醉如泥等上京　疑是雨师知圣意　甘滋芳

— 260 —

润洒羁情

王孝廉　018

·饯别

019　和金吾将军良安世春齐别筑前王大守还任　一首
　　星使去年入主畿　今年事毕万里归　山随客路春光送　人至他乡交结稀
　　离心积日风烟远　回首前程指落晖　独在羁亭伤别意　闻猿夜夜转依依

御制【嵯峨天皇】　019

020　左兵卫佐藤是雄见授爵之备州谒亲，因以赐诗　一首
　　别时节修春云暮　为谒慈亲辞帝京　邑里儿童欢相待　村中耆耋拜邀迎
　　马蹋云山乡念切　猿啼海峤助羁行　虽言客路多芳草　莫学王孙不归情

御制【嵯峨天皇】　020

021　饯美州掾藤吉野，得花字　一首
　　今宵倏忽言离别　不虑分飞似落花　莫怨白云千里远　男儿何处是非家

令制【淳和天皇】　021

022　留别文友　一首
　　一朝从吏十年许　文友存亡半是新　固为同道无新旧　但悲我作万里人

野岑守【小野岑守】　022

023　敬和左神策大将军春日闲院饯美州藤大守甲州藤判官之作　一首

　　　杜鹃啼序春将阑　闲院花亭饯两官　飞鸟始乘鸟翼去　离弦频透鹤声弹

　　　乡心远树孤云跡　客路边山片月寒　一别情期勿暂忘　音书屡寄往来看

巨识人【巨势识人】　　023

024　春日饯野柱史奉使存问渤海客　一首

　　　使乎远欲事皇皇　芳惜暎离但有觞　迟日未销边路雪　暖烟遍著主人杨

　　　天涯马踏浮云影　山里猿啼朗月光　策骑翩翩何处至　春风千里海西乡

巨识人【巨势识人】　　024

025　春日别原掾赴任　一首

　　　良俦木自非易得　之子为别最情深　水国天边千里远　暮山江上一猿吟

　　　白鸥狎人随丢舳　青草连湖傍客心　此日交颐无可赠　相思空有泪沾襟

巨识人【巨势识人】　　025

026　秋日别友人　一首

　　　林叶翩翩秋日曛　行人独向边山云　唯余天际孤悬月　万里流光远送君

巨识人【巨势识人】　　026

027　月夜言离　一首
　　地势风牛虽异域　天文月兔尚同光　思君一似云间影　夜夜相随到远乡

　　　　　　　　　　　　　　　　　桑腹赤【桑原腹赤】　027

028　早春别阿州伴掾赴任　一首
　　一朝衔命远离别　上月春初风尚寒　欲识我魂随子去　羁亭夜夜梦中看

　　　　　　　　　　　　　　　　　　　纪末守　028

· 赠答
029　卧中简毛学士　一首
　　今年有闰春犹冷　不解韶光著砌梅　风夜忽闻窗外馥　卧中想得满枝开

　　　　　　　　　　　　　　　　　令制【淳和天皇】　029

030　蒙谴外居，聊以述怀，敬简金吾将军　一首
　　儒家偏随樽俎趣　帝宅朝例不生知　当年忝奉端闱礼　诘旦淹除伏奏时
　　厚壤焦情无踏处　高弩负谴更何祈　终离节会簪缨列　独漏寰瀛云雨施
　　阁外空闻歌管响　阶前隔见舞台姬　昏归耻对闺中妾　夜卧强谈床上儿
　　过重功轻心自解　恩深责浅几铭肌　君门出入虽无制　外候仍言天听卑

　　　　　　　　　　　　　　　　　　　仲雄王　030

263

031　书怀呈王中书　一首
　　边旅十年老时明　海行千里入帝城　君门九重未通藉　闲卧窗树晚莺声

　　　　　　　　　　　　　　　　　　　仲雄王　031

032　卧病谢故人相问　一首
　　卧来旬向历　门客问初通　为君思倒纪屐　衰貌不胜风

　　　　　　　　　　　　　　　　　　　仲雄王　032

033　在边赠友　一首　离合
　　班秩边城久　夕来梦帝畿　衿霑异县泪　衣缓故乡围
　　弦望年频改　弓鞍力稍非　绵绵千累路　帛素寄双飞

　　　　　　　　　　　　　　　　　野岑守【小野岑守】　033

034　奉拜掖庭，简橘尚书　一首
　　朔平门卫不敢入　别有殊恩拜掖庭　美女花簪传芳命　一言犹是粉骨情

　　　　　　　　　　　　　　　　　野岑守【小野岑守】　034

035　秋朝听雁，寄渤海入朝高判官释录事　一首
　　大海途难涉　孤舟未得回　不如关陇雁　春去复秋来

　　　　　　　　　　　　　　　　　坂今雄【坂上今雄】　035

036　和渤海大使见寄之作　一首
　　宾亭寂寞对青□　处处登临旅念悽　万里云边辞国远　三春烟里望乡迷
　　长天去雁催归思　幽谷来莺助客啼　一面相逢如旧识　交情自

与古人齐

　　　　　　　　　　　　　坂今继【坂上今继】　　036

037　春夜宿鸿胪，简渤海入朝王大使　一首
　　枕上宫钟传晓漏　云间宾雁送春声　辞家里许不胜感　况复他乡客子情

　　　　　　　　　　　　　滋贞主【滋野贞主】　　037

038　和渤海入觐副使公赐对龙颜之作　一首
　　渤海望无极　苍波路几千　占云遥骤水　就日远朝天
　　庆自紫霄降　恩将丹化宣　以君吴札耳　应悦听薰弦

　　　　　　　　　　　　　桑腹赤【桑原腹赤】　　038

039　在边亭赋得山花戏，寄两个领客使并滋三　一首
　　芳树春色色甚明　初开似笑听无声　主人每日专攀尽　残片何时赠客情

　　　　　　　　　　　　　　　　王孝廉　　039

040　和坂领客对月思乡见赠之作　一首
　　寂寂采明夜　团团白月轮　几山明影彻　万象水天新
　　弃妾若生怅　羁情对动神　谁言千里隔　能□两乡人

　　　　　　　　　　　　　　　　王孝廉　　040

041　从出云州书情，寄两个敕使　一首
　　南风海路连归思　北雁长天引旅情　赖有锵锵双凤伴　莫愁多日住边亭

　　　　　　　　　　　　　　　　王孝廉　　041

文华秀丽集　卷中
从五位下守大舍人头兼信浓守臣仲雄王等奉敕撰

・咏史

042　史记讲竟，赋得张子房　一首
受命师汉祖　英风万古传　沙中义初发　山中感弥玄
形容类处女　计书挠强灌　封敌反谋散　招翁储贰全
定都是刘说　违宰劝萧贤　追从赤松子　避世独超然
　　　　　　　　　　　　　　　御制【嵯峨天皇】　042

043　赋得季札　一首
所谓吴季札　芳命冠古今　交贤情若旧　当让义逾深
晏子终纳色　孙文不听琴　还将一宝剑　空报徐君心
　　　　　　　　　　　　　　　良安世【良岑安世】　043

044　赋得汉高祖　一首
汉祖承尧绪　龙颜应晦冥　豁如有大度　生事未曾营
住在中阳里　微班泗上亭　吕公惊缨相　王媪感奇灵
望气秦皇厌　寻云吕后停　径关创汉统　军旅入咸京
揆乱资三杰　膺天聚五星　乌江穷楚项　轵道降秦婴
命革登乾极　时平戢甲兵　绛侯重厚者　刘氏遂安宁
　　　　　　　　　　　　　　　　　　仲雄王　044

045　赋得司马迁　一首
汉史惟司马　高才为代生　龙门初降化　禹穴渐研精
续孔春秋发　基轩得失明　三千犹存眼　五百但嫌情
实录传无地　洪漪游不停　终令万祀下　长作百王祯

— 266 —

附录：《凌云集》《文华秀丽集》《经国集》诗集全文

菅清公【菅原清公】　045

・述怀

046　奉和重阳节书怀　一首
　　寰中农时涝旱事　帝念黔首不登年　强乘客擒文雄罢　却□伶人侍乐悬
　　菊浦早花霜下发　荷潭寒叶水阴穿　灾不胜德古来在　况乎神哀辅自天

仲雄王　046

047　举和宿蕉居之什　一首
　　君王一去池馆废　四海为家感旧来　昔从骖驾曳裾出　今配龙舆锵佩回
　　檐前枯柳看后树　岸曲长松听初栽　汉筑□□□尽　况乎沛唱复相催

野岑守【小野岑守】　047

048　奉和秋夜书怀之作　一首
　　今兹圣主无疆算　始反安仁秋兴年　感发良霄不寐久　况乎闻雁白云天
　　清风吹起上林树　晓月光硫禁掖前　当庆贞松不凋叶　谁论蒲柳望秋迁

仲善雄【仲科善雄】　048

049　奉和卧病重阳节之作　一首
　　圣躬违和日数回　令节重阳倏忽来　时菊不知高宴罢　黄花一两殿前开

| | | | 野岑守【小野岑守】 049 |

050 晚秋述怀 一首
　　节候萧条岁将阑　　闺门静闲秋日寒　　云天远雁声宜听　　担树晚蝉引欲殚
　　菊潭带露余花冷　　荷浦含霜旧盏残　　寂寂独伤四运促　　粉纷落叶不胜看

| | | | 姬大伴氏 050 |

· 艳情

051 奉和春闺怨 一首
　　怨妇含情不能寐　　早朝褰幌出栏楯　　自言楚国名倡族　　家是宫东宋王邻
　　独赖耶娘偏爱重　　何图见者以为神　　庭前见舞鸾常显　　楼上吹箫凤末臻
　　四五芳期当顺礼　　出从君子正为嫔　　男儿好事方有□　　□□从□□□年
　　荡子别来多岁月　　挪堪夜夜掩空扉　　要身屡验真知瘦　　眼险常啼谩似肥
　　合欢寂院宁蠲忿　　萱草闲堂反召悲　　可妒桃花徒映靥　　牛憎柳叶尚舒眉
　　心如煎　　　　　　眼不眠　　　　　　良人不意思归引　　贱妾常吟薄命篇
　　胸上积愁应满百　　眼中行泪且成千　　君不见闺怨□□颜华直为思君　　塞路遐　　奈何征人大无意　　一别十年音信赊
　　桑下受金君岂咎　　机中织锦讵能嘉　　罗帐空　　角枕冻　　角枕罗

帐恨无穷

春苑看花泣长安　宵闺埋线忆桑乾　颓思嫩听门前鹊　衰面惭当镜里莺

愿君莫学班定远　慊慊徒老白云端

菅清公【菅原清公】　051

052　奉和春闺怨　一首

妾本长安恣骄奢　衣相面色一似花　十五能歌公主弟　二十工舞季伦家

使君南来爱风声　春日东嫁洛阳城　洛阳城东桃与李　一红一白蹊自成

锦褥玳筵亲惠密　南鹏东鲸还是轻　贱妾中心欢未尽　良人上马远从征

出门唯见扬鞭去　行路不知几日程　尚怀报国恩义重　谁念春闺愁怨情

纱窗闭　　　　别鹤唳　　　　似登陇首伤已绝　非入楚宫腰忽细

水上浮萍岂有根　风前飞絮本无蒂　如萍如絮往来返　秋去春还积年岁

守空闺妾独啼虚　坐尘暗室阶草萋　池前怅看鸳比翼　梁上惭对燕双栖

泪如玉箸流无断　发似飞蓬乱复低　丈夫何时凯歌归　不堪独见落花飞

落花飞尽颜欲老　早返应看片时好

朝鹿取【朝野鹿取】　052

053 奉和春闺愁 一首

　　妾年妖艳二八时　　灼灼容华桃李姿　　幸得良夫怜玉貌　　郁金帐里写娥眉

　　绮筵朝共琅玕食　　锦褥夜同翡翠帷　　谁虑遗君向戎路　　恩情婉恋忽相遗

　　皇城一去关山远　　闺阁连年音信稀　　自恨相别不相见　　使妾长叹复长思

　　长思长叹红颜老　　客子何心还不早　　君不见　妾离别　　昼夜吁嗟涕如雪

　　双蛾眉上柳叶颦　　千念笑中桃花歇　　室床春夜无人伴　　单寝寒衾谁共暖

　　金绣罗衣尽啼湿　　银庄缕带日瘦缓　　又不见　守空闺　　闺中怨坐意常迷

　　昔时送别秋芦白　　此日愁思春草萋　　阶前花积妾不扫　　窗外莺啼妾复啼

　　柳塞回鸿引群度　　杏梁来燕比翼栖　　闲庭点点苍苔驳　　暗牖依依绿柳低

　　晚来嫩织机中锦　　愁向高楼明月弧　　片时枕上梦中意　　几度往还塞外途

　　　　　　　　　　　　　　　　　　　　　　　　　巨识人【巨势识人】　　053

054 奉和春情 一首

　　孤闺已遇芳菲月　　顿使春情几许纷　　玉户愁褰苏合帐　　花蹊懒曳石榴裙

　　莺啼庭树不堪妾　　雁向边关难寄君　　绝恨龙城征客□　　年年远隔万重云

　　　　　　　　　　　　　　　　　　　　　　　　　巨识人【巨势识人】　　054

055　和伴姬秋夜闺情　一首
　　比来朔雁度干番　一个封书本曾看　遥想燕山凉气早　谁堪砧杵捣衣难
　　真珠暗箔秋风闭　杨柳疏窗夜月寒　不计别怨经岁序　唯知晓镜玉颜残
　　　　　　　　　　　　　　　　　　巨识人【巨势识人】　055

056　长门怨　一首
　　日暮深宫里　重门闭不开　秋风惊桂殿　晓月照兰台
　　对镜容华改　调琴怨曲催　君恩难再望　买得长卿才
　　　　　　　　　　　　　　　　　　御制【嵯峨天皇】　056

057　奉和长门怨　一首
　　日夕君门闭　孤思不暂安　尘生秋帐满　月向夜床寒
　　星怨靥难霁　云愁鬓欲残　唯余旧时当　犹入梦中看
　　　　　　　　　　　　　　　　　　巨识人【巨势识人】　057

058　婕妤怨　一首
　　昭阳辞恩宠　长信独离居　团扇含愁咏　秋风怨有余
　　闲阶人迹绝　冷帐月光虚　久罢后庭望　形将岁时除
　　　　　　　　　　　　　　　　　　御制【嵯峨天皇】　058

059　奉和婕妤怨　一首
　　背时同辇爱　翻怨裂纨情　孤帐秋风冷　空帘晓月明
　　啼颜拭尚湿　愁黛画难成　绝妒昭阳近　闻来歌吹声
　　　　　　　　　　　　　　　　　　巨识人【巨势识人】　059

060　奉和婕妤怨　一首
　　年色诚难保　妾人独自尤　昭阳歌舞盛　长信绮罗愁
　　月向空帷落　风经暗叶琉　银环终不赐　嫡爱永成秋
　　　　　　　　　　　　　　　　桑腹赤【桑原腹赤】　060

061　春和听捣衣　一首
　　双双秋雁数般翔　闺妾当惊边已霜　何处捣衣宵达旦　寒楼月下万家场
　　暗中不辨杵低举　枕上唯闻声抑扬　守夜宫钟乍相和　应通长信复昭阳
　　　　　　　　　　　　　　　　桑腹赤【桑原腹赤】　061

・乐府

062　王昭君　一首
　　弱岁辞汉阙　含愁入胡关　天涯千万里　一去更无还
　　沙漠壤蝉鬓　风霜残玉颜　唯余长安月　照送几重山
　　　　　　　　　　　　　　　　御制【嵯峨天皇】　062

063　奉和王昭君　一首
　　房地何辽远　关山不忍行　魂情还汉阙　形影向胡场
　　怨逐边风起　愁因塞路长　愿为孤飞雁　岁岁一南翔
　　　　　　　　　　　　　　　　良安世【良岑安世】　063

064　奉和王昭君　一首
　　御狄宁无计　微躯镇一方　泣随重塞尽　愁向远天长
　　陇月分行镜　胡冰冻旅装　谁堪氈帐所　永代绮罗房
　　　　　　　　　　　　　　　　菅清公【菅原清公】　064

附录:《凌云集》《文华秀丽集》《经国集》诗集全文

065　奉和王昭君　一首
　　远嫁匈奴域　罗衣泪不干　寄眉逢雪坏　裁鬟为风残
　　寒树春无叶　胡云秋早寒　阏氏非所愿　异类谁能安
　　　　　　　　　　　　　　　　朝鹿取【朝野鹿取】　065

066　奉和王昭君　一首
　　含悲向胡塞辞宠别长安　马上关山远　愁中行路难
　　脂粉侵霜减　花簪冒雪残　琵琶多哀怨　何意更为弹
　　　　　　　　　　　　　　　　藤是雄【藤原是雄】　066

067　梅花落　一首
　　鹧鸣梅院援　花落舞春风　历乱飘铺地　佛徊飔满空
　　汪香熏枕席　散影度房栊　欲验伤离苦　应闻羌笛中
　　　　　　　　　　　　　　　　御制【嵯峨天皇】　067

068　奉和梅花落　一首
　　春风吹物暖　朝夕荡庭梅　花点红罗帐　香萦玉镜台
　　榆关消息断　兰户岁年催　未度征人意　空劳锦字回
　　　　　　　　　　　　　　　　菅清公【菅原清公】　068

069　折杨柳　一首
　　杨柳正乱丝　春深攀折宜　花寒边地雪　叶暖妓楼吹
　　久戍归期远　空闺别怨悲　短箫无异曲　总是长相思
　　　　　　　　　　　　　　　　御制【嵯峨天皇】　069

070　奉和折杨柳　一首
　　杨柳东风序　千条摇飔时　边山花映□　虚牖叶颦眉

楼上春萧怨　城头晓角悲　君行音信断　攀折欲寄谁

　　　　　　　　　　　　　　　巨识人【巨势识人】　　070

・梵门

071　　答澄公奉献诗　一首
　　　远傅南岳教　夏久老天台　杖锡凌溟海　蹑虚历蓬莱
　　　朝家无英俊　法侣隐贤才　形体风尘隔　威仪律节开
　　　袒肩临江上　洗足踏岩隈　梵语翻经阅　钟声听香台
　　　经行人事少　宴坐岁华催　羽客亲讲席　山精供茶杯
　　　深房春不暖　花雨自然来　赖有护持力　定知绝轮回

　　　　　　　　　　　　　　　御制【嵯峨天皇】　　071

072　　和光法师游东山之作　一首
　　　幽栖东岳上　禅坐对林峦　法宇传经久　深山乞食难
　　　溪流猿共潄　野饭鬼相餐　击磬云峰里　暮春不退寒

　　　　　　　　　　　　　　　御制【嵯峨天皇】　　072

073　　过梵释寺　一首
　　　云岭禅扃人踪绝　昔将今日再攀登　幽奇岩嶂吐泉水　老大杉松离旧藤
　　　梵宇本无尘滓事　法筵唯有薜萝僧　忽销烦想夏还冷　欲去淹留暂不能

　　　　　　　　　　　　　　　御制【嵯峨天皇】　　073

074　　扈从梵释寺，应制　一首
　　　君王机暇倦炎热　午后寻真幸日宫　四五老僧迎凤辇　久除有结意恒守

附录：《凌云集》《文华秀丽集》《经国集》诗集全文

飞栈树秒空云过　危磴岩头拂雾通　瞻仰尊容缠网尽　还疑自入鹫峰中

令制【淳和天皇】　074

075　扈从梵释寺，应制　一首
一人问道登梵释　梵释肃然太幽闲　入定老僧不出户　随缘童子未下山
法堂寂寂烟霞外　禅室寥寥松竹间　永劫津梁今自得　嚣尘何处更相关

藤冬嗣【藤原冬嗣】　075

076　和澄公卧病述怀之作　一首
闻公云峰里　卧病欲契真　对境知皆幻　观空厌此身
柏暗禅庭寂　花明梵宇春　莫嫌应化久　为济梦中人

御制【嵯峨天皇】　076

077　和澄公卧病述怀之作　一首
古寺北林下　高僧毛骨清　天台萝月思　佛陇白云情
院静芭蕉色　廊虚钟梵声　卧痾如入定　山鸟独来鸣

仲雄王　077

078　和澄公卧病述怀之作　一首
吾师山上寺　讬疾卧云烟　猿鸟狎梵宇　鬼神护法筵
涧花当佛笑　峰月向僧悬　已觉非真有　观身自得痊

巨识人【巨势识人】　078

079　游北山寺　一首
　　香刹青岩顶　登攀指世情　高檐松上出　危路竹间行
　　梵语闻无餍　尘心伏不惊　寥寥云树里　定水晚来声
　　　　　　　　　　　　　　　　　　　多清贞　079

080　题光上人山院　一首
　　梵宇深峰里　高僧住不还　经行金策振　安坐草衣闲
　　寒竹留残雪　春蔬採旧山　相谈酌绿茗　烟火暮云间
　　　　　　　　　　　　　　　　　　　锦彦公【锦部彦公】　080

・哀伤

081　和尚书右丞良安世铜雀台　一首
　　昔时魏武帝　台树起城阿　遗令奏弦管　空帷舞绮罗
　　每对平□月　追思怨恨多　西陵挥泪望　松榄复如何
　　　　　　　　　　　　　　　　　　　御制【嵯峨天皇】　081

082　仰同尚书良右丞铜雀台　一首
　　忆昔妓堂好　君情应未阑　一朝雄志减　千载爵□寒
　　北上临风咏　西陵向月看　漳河与妾涕　日夜流无干
　　　　　　　　　　　　　　　　　　　桑腹赤【桑原腹赤】　082

083　奉和伤野女侍中　一首
　　鳄年从官陪层秘　华发辞荣返故乡　川月不留残魄影　风灯何□寸烟光
　　宫姬口实推贞素　列女传文载俭良　圣主非常动哀感　魂而有识应慰亡
　　　　　　　　　　　　　　　　　　　藤冬嗣【藤原冬嗣】　083

附录:《凌云集》《文华秀丽集》《经国集》诗集全文

084　奉和伤野女侍中　一首

　　思媚一人容发老　　崦嵫暮晷不留年　　孤坟对月贞女碣　　阅水咽云孝子泉

　　柳絮父词身后在　　兰纷妇德世间传　　古来蒿里为谁邑　　今日松门闭鬼挺

　　野暗骖嘶通白雾　　山空挽响入黄烟　　何崇盗药求仙台　　不朽哀荣降圣篇

　　　　　　　　　　　　　　　　　　　　　　　　　桑腹赤【桑原腹赤】　084

085　哭宾和尚　一首

　　大士古来无住著　　名山晦迹老风霜　　随缘化体厌尘久　　归正真机忽灭亡

　　松掩旧□犹郁茂　　草暗新塔渐荒凉　　生前萝席空留月　　没后金炉谁添香

　　禅林时见擢技干　　梵宇长怀失栋梁　　缁素共愁面礼罢　　遥遥仰拜向西方

　　　　　　　　　　　　　　　　　　　　　　　　　御制【嵯峨天皇】　085

086　和菅清公伤忠法师　一首

　　腊老烟□里　　归真摄化形　　不知何世界　　出现救苍生

　　　　　　　　　　　　　　　　　　　　　　　　　御制【嵯峨天皇】　086

087　侍中翁主挽歌词　二首

　　生涯如逝川　　不虑忽升仙　　哀挽辞京路　　客车向暮田

　　声传女侍简　　别怨艳阳年　　唯有孤坟外　　悲风吹松烟

　　戚里繁华歇　　皇家淑德收　　悲伤盈旦暮　　悽感积春秋

　　月色恒娥惨　　星光织女愁　　一闻萧管曲　　日夜泪同流

　　　　　　　　　　　　　　　　　　　　　　　　　御制【嵯峨天皇】　087

088　奉和侍中翁主挽歌词　二首
　　百年嗟易辞　过隙几何时　晨暮敛无驻　春花落有期
　　桃蹊长掩迹　万里忽迎辒　虽觉生涯理　人情尚可悲
　　凤掖荣华尽　为书卜兆通　向朝伤薤露　欲暮泣杨风
　　汉浦星光缺　秦楼月影空　定知云雨貌　长绝口台中
　　　　　　　　　　　　　　　　菅清公【菅原清公】　088

089　奉和侍中翁主挽歌词　二首
　　夜溪生涯尽　佳城艳□沦　婺星藏远汉　仙桂落虚轮
　　淑问遗仍在　恩荣殁更新　冥途无节候　何处复知春
　　晓月铭旌出　春山辕马通　繁笳悲薤露　尽翣送松风
　　洛雪回光罢　巫云行影空　可嗟桃李貌　长掩重泉中
　　　　　　　　　　　　　　　　巨识人【巨势识人】　089

090　同内史滋贞主追和武藏录事平五月访幽人遗跡之作　一首
　　悽然□幽客　隙骨晒风霜　岁月经书古　烟萝仙灶亡
　　严扃松作盖　虚室石为床　契道乘空复　泥中独自伤
　　　　　　　　　　　　　　　　御制【嵯峨天皇】　090

091　和武藏平录事五月访幽人遗跡之作　一首
　　幽遁长无返　捐身万事瞑　玄书明月照　白骨老猿啼
　　风度松门寂　泉飞石室凄　白云不可见　怀古独凄凄
　　　　　　　　　　　　　　　　藤冬嗣【藤原冬嗣】　091

092　访幽人遗跡　一首
　　借问幽栖客　悠悠去几年　玄经空秘卷　丹灶早收烟
　　影歇青松下　声留白骨前　因今访古跡　不觉泪潺湲
　　　　　　　　　　　　　　　　　　　　　　平五月　092

文华秀丽集　　卷下
从五位下守大舍人头兼信浓守臣仲雄王等奉敕撰

・杂咏

河阳十咏　四首　以三字为题，以终字为韵。

093　河阳花　十咏四首之一
　　　三春二月河阳县　□□从来富于花　花落能红复能白　山岚频下万条斜

御制【嵯峨天皇】　　093

094　江上船　十咏四首之二
　　　一道长江通千里　漫漫流水漾行船　风帆远没虚无里　疑是仙查欲上天

御制【嵯峨天皇】　　094

095　江边草　十咏四首之三
　　　春日江边何所好　青青唯见王孙草　风光就暖芳气新　如此年年观者老

御制【嵯峨天皇】　　095

096　山寺钟　十咏四首之四
　　　晚到江村高枕卧　梦中遥听半夜钟　山寺不知何处在　旅馆之东第一烽

御制【嵯峨天皇】　　096

奉和河阳十咏 二首
097 河阳花 十咏二首之一
　　　阿阳风土饶春色　一县千家无不花　吹入江中如濯锦　乱飞机上夺女沙

　　　　　　　　　　　　藤冬嗣【藤原冬嗣】　　097

098 故关柳 十咏二首之二
　　　故关折罢人烟稀　古堞荒凉余杨柳　春到尚开旧时色　看过行客几回久

　　　　　　　　　　　　藤冬嗣【藤原冬嗣】　　098

奉和河阳十咏 一首
099 五夜月 十咏一首之一
　　　客子无眠投五夜　正逢山顶孤明月　一看圆镜羁情断　定识闺中亿不歇

　　　　　　　　　　　　良安世【良岑安世】　　099

奉和河阳十咏 四首
100 河上船 十咏四首之一
　　　晴初驻跸驰玄览　一点孤浮江上船　为虚物精不相怨　乘吹遥度浪中天

　　　　　　　　　　　　　　　仲雄王　100

101 水上鸥 十咏四首之二
　　　行客近起清江北　御览烟鸣水刷鸥　鸥性必驯无取意　况乎玄化及飞浮

　　　　　　　　　　　　　　　仲雄王　101

附录：《凌云集》《文华秀丽集》《经国集》诗集全文

102　山寺钟　十咏四首之三
　　古寺馆东山翠下　日暮噭啡响疏钟　天籁相和幽洞谷　余音过尽白云峰

　　　　　　　　　　　　　　　仲雄王　102

103　河阳桥　十咏四首之四
　　别馆云林相映出　门南修路有河桥　上承紫宸长栱宿　下送苍海永朝潮

　　　　　　　　　　　　　　　仲雄王　103

奉和河阳十咏　二首
104　江上船　十咏二首之一
　　江潮漫漫流几年　日夜送迎往还船　已似飞龙游云里　还看翔风入天边

　　　　　　　　　　　　朝鹿取【朝野鹿取】　104

105　水上鸥　十咏二首之二
　　河阳别宫对江流　不劳行徃见群鸥　能知人意狎不去　或泝或淞与波游

　　　　　　　　　　　　朝鹿取【朝野鹿取】　105

奉和河阳十咏　一首
106　山寺钟　十咏一首之一
　　行虬屡写江楼静　一道闻来初夜钟　谙识山僧岩水噭　焚香合掌拜尊容

　　　　　　　　　　　　滋贞主【滋野贞主】　106

和巨识人春日四咏 二首
107 舞蝶 和春日二首之一
　　数群胡蝶飞乱空 杂色纷纷花树中 本自不因弦管响 无心处处舞春风

　　　　　　　　　　　　　御制【嵯峨天皇】　　107

108 飞燕 和春日二首之二
　　望里遥闻燕语声 双飞来徃羽仪轻 木期借屋初乳子 还趾空为汉后名

　　　　　　　　　　　　　御制【嵯峨天皇】　　108

和巨内记讬春日四咏 一首
109 飞燕 和春日一首之一
　　衣玄裳素入兰闺 双去双来不独栖 梁上登巢居是逸 簾前向户飞暂低

　　　　　　　　　　　　　朝鹿取【朝野鹿取】　　109

110 和巨内记讬春日四咏 一首
　　故年剪瓜今春归 栋宇改修猜未依 禀性将凡鸟□□ 再三飞到狎籐帷

　　　　　　　　　　　　　滋贞主【滋野贞主】　　110

111 春和观新燕 一首
　　海燕新来度春天 差池羽翼如徃年 既能忘却苍波远 朝夕欲巢画梁边

　　　　　　　　　　　　　佐长继【佐伯长继】　　111

附录：《凌云集》《文华秀丽集》《经国集》诗集全文

112　春和观新燕　一首

　　早燕双飞入曙晴　遥经圣眼奏新声　还嗟未狎鸳鸯帐　先负汉家妖艳名

　　　　　　　　　　　　　　　　野年永【小野年永】　112

113　奉和听新莺　一首

　　听新莺　　　莺声新兮人帷旧　御柳初暖仰狎狎　帝梧犹寒未易就

　　涩音近恩先杂杳　弱羽承煦早差池　小臣授命戎麀远　万里沙场欲伤离

　　边亭节物花鸟异　料得谁门笛中吹

　　　　　　　　　　　　　　　　野岑守【小野岑守】　113

114　故关听鸡　一首

　　烽火不传罢关城　唯余长短晓鸡声　孟尝没后年代久　谁客今鸣令人惊

　　　　　　　　　　　　　　　　御制【嵯峨天皇】　114

115　奉和故关听鸡　一首

　　霸道寝来是旧城　人鸡独送司晨声　自分阳精应觉晓　如今不为孟尝惊

　　　　　　　　　　　　　　　　桑腹赤【桑原腹赤】　115

116　奉和过古关　一首

　　皇猷远被车书同　关路长开古镇空　白马时来无吏问　东西行客日夜通

　　　　　　　　　　　　　　　　宫村继【宫原村继】　116

117　代神泉古松伤衰歌　一首
　　　昔从凡木殖上林　过却风霜年几深　帝者爱贞赐恩顾　水亭忽构频近临
　　　本森沉　今憔悴　长条缩折乏苍翠　不是辞荣好寂寞　还愁禀质抱幽情

　　　　　　　　　　　　　　　　　　　　　御制【嵯峨天皇】　　117

118　奉和代神泉古松伤衰歌　一首
　　　孤松盘屈薜萝枝　贞节苦寒霜雪知　御□琴台回仙嘱　风入飕飗添清曲
　　　森翠宜看轩月阴　还羞不材近天临　自然色衰无他故　不敢幽怀戾恩顾

　　　　　　　　　　　　　　　　　　　　　　　　仲雄王　　118

119　奉和代美人殿前夜合咏之什　一首
　　　久厌幽溪何处讬　朝家假贷御楼傍　即今自入仙园里　已后春恩任圣皇

　　　　　　　　　　　　　　　　　　毛颖人【上毛野颖人】　　119

120　冷然院各赋一物，得涧底松　一首
　　　郁茂青松生幽涧　经年老大未知霜　薜萝常挂千条重　云雾时笼一盖长
　　　高声寂寂塞炎节　古色苍苍暗夕阳　木自不堪登岭上　唯余风入韵宫商

　　　　　　　　　　　　　　　　　　　　　御制【嵯峨天皇】　　120

附录：《凌云集》《文华秀丽集》《经国集》诗集全文

121　冷然院赋一物，得曝布水，应制　一首
　　兼山杰出院中险　一道长泉曳布开　惊鹤偏随飞势至　连珠全逐逆流颓
　　岩头照日犹零雨　石上无云镇听雷　畴昔耳闻今眼见　何劳绝粒访天台

　　　　　　　　　　　　　桑腹赤【桑原腹赤】　121

122　冷然院各赋一物，得水中影，应制　一首
　　万象无须匠　能图绿水中　看花疑有馥　听叶不鸣风
　　一鸟还添鸟　孤丛更向丛　天文遥降耀　应为潭心空

　　　　　　　　　　　　　桑广田【桑原广田】　122

123　奉和玩春雪　一首
　　观春雪　　　春雪纷纷降九天　壬貌氛氲珊瑚殿　银华缭绕玳瑁筵
　　后庭粉壁三更晓　上苑□□一夜然　绝愧敢和阳春曲　还娱影俪南风弦

　　　　　　　　　　　　　藤冬嗣【藤原冬嗣】　123

124　奉和玩春雪　一首
　　玩春雪　　　雪影翩翩暗西邻　姑射遥闻一处子　王门时见五车轮
　　凝黏翠箔悬珠滴　竞入妆楼作玉尘　欲伴仙园梅李树　从风洒落艳阳春

　　　　　　　　　　　　　滋贞主【滋野贞主】　124

125　春日侍神泉苑，赋得春月，应制　一首
　　春天霁静无纤弱　皎洁孤明挂月来　窗外曲钩卷疑箔　空中悬镜不关台
　　渐圆光随汉东蜂　半缺影逐淮南灰　尧帝当时何计历　须看冀叶夹阶开

　　　　　　　　　　　　　　巨识人【巨势识人】　125

126　观斗百草，简明执　一首
　　三阳仲月风光暖　美少繁荙春意奢　晓镜照颜妆黛毕　相将戏逐觅红花
　　红花绿树烟霞处　弱体行疲园径退　芍药花　蘼芜叶　随攀迸落受轻纱
　　荞篱绿刺障萝衣　柳陌青丝遮画眉　环坐各相猜　他妓亦寻来
　　试倾双袖口　先出一枝梅　千叶不同样　百花是异香
　　楼中皆艳灼　院里悉芬芳　院里悉千叶不同样百花是异香楼中皆艳灼【院里悉以下至此恐衍】
　　菲散蓄虑竞风流　巧笑便娟秒数筹　斗罢不求勋绩显　华筵但使前人羞

　　　　　　　　　　　　　　滋贞主【滋野贞主】　126

127　和野柱史观斗百草简明执之作　一首
　　闻道春色遍园中　闺里春情不可穷　结伴共言斗百草　竞来先就一枝丛
　　寻花万缨攀桃李　摘叶千回绕蔷薇　或取倒葩或尖蕚　人人相隐不相知

— 286 —

彼心猜我我猜彼　　窃遣小儿行密窥　　团栾七八者　　　　重楼粉窗下
百香怀里薰　　　　数样掌中把　　　　拥裙集绮筵　　　　此首杂华钿
相催犹未出　　　　相让不肯先　　　　斗百草　　　　　　斗千花
矜有嗤无意递奢　　初出红茎敌紫叶　　后将一蕊争两葩　　证者一判筹初负
奇名未尽日又斜　　胜人不听后朝报　　脱赠罗衣耻向家
　　　　　　　　　　　　　　　　　巨识人【巨势识人】　127

128　和野内史留后看殿前梅之作　一首
凤分为官树　　开荣不畏寒　　向南仙仗从　　临北彩花残
待蝶香犹富　　藏莺影未宽　　虽知先众木　　尚恨后天看
　　　　　　　　　　　　　　　　　桑腹赤【桑原腹赤】　128

129　夏日赋雨里梅　一首
庭梅入夏惟初晴　　夕雨时霏叶复低　　不辞实重枝将折　　预恨无人迫七兮
　　　　　　　　　　　　　　　　　令制【淳和天皇】　129

130　奉和观落叶　一首
塞丽落叶簾前雨　　点著闲筵不湿衣　　闻道璇玑秋月暮　　圣年宫树待黄飞
　　　　　　　　　　　　　　　　　滋贞主【滋野贞主】　130

131　赋得陇头秋月明　一首
关城秋夜净　　孤月陇头团　　水咽人肠绝　　蓬飞沙塞寒

离笳惊山上　旅雁听云端　征戍乡思切　闻猿愁不宽
　　　　　　　　　　　　　　　　　御制【嵯峨天皇】　　131

132　奉和先韵　一首
　　　反覆天骄性　元我戎未安　我行都护道　经陟陇头难
　　　水添鞞鼓咽　月湿鐡衣寒　独提敕赐剑　怒发屡冲冠
　　　　　　　　　　　　　　　野岑守【小野岑守】　　132

133　赋得络纬无机，应制　一首
　　　岁暮倡楼冷　征夫消息希　思虽宁有忆　谁为织寒衣
　　　细纬元无杼　疏经不待机　足成如可借　远送寄金微
　　　　　　　　　　　　　　　菅清公【菅原清公】　　133

134　和内史贞主秋月歌　一首
　　　天秋夜静月光来　半捲珠簾满轮开　举手欲攀谁能得　披襟抱影岂重怀
　　　云暗空中清辉少　风来吹拂看更皎　形如秦镜出山头　色似楚练疑天晓
　　　群阴共盈三五时　四海同朋一月辉　皎洁秋悲斑女扇　玲珑夜鉴阮公帏
　　　洞庭叶落秋已晚　虏塞征夫久忘归　贱妾此时高楼上　衔情一对不胜悲
　　　三更露重络纬鸣　五夜风吹砧杵声　明月年年不改色　看人岁岁白发生
　　　寒声淅沥竹窗虚　晚影萧条柳门疏　不从姮娥窃药遁　空闺对月恨离居
　　　　　　　　　　　　　　　　　御制【嵯峨天皇】　　134

135　同和前韵　一首
　　钟鸣漏尽夜行息　月照无私幽显明　历历众星皆掩辉　悠悠万象不逃形
　　亭亭光自岭头来　渐入高楼正徘徊　叶映洞庭波里水　珠盈合浦蚌心胎
　　尧蓂荚满自谙历　仙桂花开谁所栽　点彩萧疏杨柳堤　凝华遥裹白云倪
　　吴江影下寒鸟宿　巫峡光中晓猿啼　长信深宫圆似扇　昭阳秘殿净如练
　　西园公宴本忘倦　北地胡人应好战　占募狂夫久从征　料知照剑独横行
　　汉边一雁负书叫　外城千家捣衣声　月落月升秋欲晚　妾人何耐守闺情

桑腹赤【桑原腹赤】　135

136　神泉苑九日落叶篇　一首
　　寥廓秋天露为霜　山林晚叶并芸黄　自然洒落任朔风　摇飏徘徊满云空
　　朝来暮往无常时　北度南飞宁有期　岁月差驰徒逼迫　川皋变化迭盛衰
　　熙熙春心未伤尽　倏忽复逢秋气悲　商飚掩乱吹洞庭　遂叶翩翻动寒声
　　寒声起兮洞庭波　随波泛泛流不已　虚条缩槭枫江上　旧盖穿邅荷潭里
　　塞外征夫戍辽西　闺中孤妇怨睽携　容华销歇为秋暮　心事相违多惨悽
　　观落叶　断人肠　淮南木叶新雁翔　对此长年悲　含情多

所思
　　吁嗟潘岳兴　　　感叹泪空垂　　　秋云晚　　　　无物不萧条
　　坐见寒林落叶飘

　　　　　　　　　　　　　　　　　　　　　御制【嵯峨天皇】　136

137　神泉苑九日落叶篇，应制 一首
　　晚节商天朔气侵　严霜夜雨变秋林　高飘一猎欲吹尽　洒落寒声万叶吟
　　来往本无何处定　东西偏任自然心　飐空无著千余满　积地不扫尺许深
　　观落叶兮落林塘　半分红兮半分黄　洞庭随波色泛映　合浦恩风影飘杨
　　绕丛宛似庄周蝶　度浦遥疑郭泰舟　四时寒暑来且往　一岁荣枯春与秋
　　刘安独伤长年叹　屈平多增迟暮忧　紫塞寒风苦铁衣　红楼夜月怨罗帷
　　已见淮南木叶落　还逢天北雁书归　观落叶　落林中　林中叶
　　衰影遥知楚山桂　余香犹想吴江枫　谁使变化能若此　一时万物不相同
　　唯余上林凌霜叶　岁寒之后独青葱

　　　　　　　　　　　　　　　　　　　　　巨识人【巨势识人】　137

138　和滋内史奉使远行观野烧之作　一首
　　皇华辞宅远有期　行踏云山腊月时　疋马驱驰忽逢夜　瞑曚暗色迷所之

谁村野火客行边　不待月晖见朗天　初著孤丛微燎发　须臾逆散万山然

炎烂纷飞无暂断　冬时不寒还生援　状似天河晓星落　色如仙灶暮烟满

寒冰镕尽百谷中　热云蒸落九天空　山鸟愁伤构巢树　野人畏著编宇蓬

忽起边风吹焦声　雄光列列看更明　长途今夜不知暗　屡策轻蹄独照行

巨识人【巨势识人】　　138

139　山亭听琴　一首

山客琴声何处奏　松萝院里月明时　一闻烧尾手下响　三峡流泉座上知

良安世【良岑安世】　　139

140　琴兴　一首

独居想像嵇生兴　静室一弄五弦琴　形如龙凤性闲寂　声韵山水响幽深

极金微一曲　万柏无倦时　伯牙弹尽天下曲　知音者或但子期

子期伯牙殁来久　鸣琴千载□□□

巨识人【巨势识人】　　140

经国集

经国集序

东宫学士从五位下臣　滋野朝臣贞主上

　　臣闻:"天肇书契,奎主文章。古有採诗之官,王者以知得失。"故文章者,所内宣上下之象,明人伦之敘。穷理尽性,以究万物之宜者也。且文质彬彬,然后君子。譬犹衣裳之有绮縠,翔鸟之有羽仪。楚汉以来,词人踵武。洛汭江左,其流尤隆。扬雄法言之愚,破道而有罪。魏文典谕之智,经国而无穷。是知文之时义大矣哉。虽齐梁之时,风骨已丧。周隋之日,规矩不存。而沿浊更清,袭故还新。必所擬之不异,乃暗合乎曩篇。夫贫贱则慑于饥寒,富缨则流于逸乐。遂营目口之务,而遗千载之功。是以古之作者,寄身于翰墨,见意于篇篇。不託飞驰之势,而声名自传于后。在君上则天文之壮观也,在臣下则王佐之良媒也。才何世而不奇,世何才而不用。方今梁园临安之操,瞻笔精英。缙绅俊民之才,讽託惊拔。或强识稽古,或射策绝伦。或苞蓄神奇,或潜摸旧制。伏惟,皇帝陛下,教化简朴,文明郁兴。以为,传闻不如亲见,谕古未若征今。爰诏正三位行中纳言兼右近卫大将春宫大夫良岑朝臣安世,令臣等鸠访斯文也。词有精粗,滥吹须辨。文非一骨,备善维杂。芳无琳琅盈光,琬琰圆色。则取虬龙片甲,麒麟一毛。既而太上圣皇,推玉玺而踪寂。皇帝叡主,受昭华而德隆。共勉积学之添明,固要博文之助道。慧性并懋,天才俱聪。雅操飞文,似两龙之分烛。与寄擒藻,疑双曦之齐晖。紧健之词,体物殊耸。清拔之气，缘情增高。宝纽染毫，无胜负于八体。翡翠开匣，不优劣于六书。尧之克让文思，舜之浚哲好问。先圣后圣，其揆一焉。又先岁升霞之驾，叡藻犹遗当代。重轮之光，精华弥盛。臣阅史籍之卷，未有如此之时。但至如制令，不敢评论。特降纶言，尚俾商确。尺表测景，日月不以缺其辉。寸管候时，阴阳无以锁其节。遂使龙蛇同穴，龟鱼共渊，屈荆山之光，和碱砆之质。自庆云四年，迄于天长四载，作者百七十八人。赋十七首、诗九百十七首、序五十一首、对策三十八首，分为两帙，编成廿卷。名曰'经国集'。冀映日月而长悬，争鬼神而将奥。先入秀丽者，即不刊之书也。彼所漏脱，今用兼收。人以爵分，文以类聚。然年代远近，人文存亡，搜而未尽，阙而俟后。谨与参议从四位上行式部大辅臣南渊朝臣弘贞、从四位上行大举头兼文章博士播磨权守臣菅原清公、从四位下行东宫学士臣安野宿祢文继、正五位下守中务大辅臣安部朝臣吉人等，详举甄收，无所隐秘。臣等学非饱跖，智异聚沙。朱愚之上，逼以严命，辞而不获。敢以参议、爵次姓名列之如左。谨上。

天长四年五月十四日

经国集　　卷第一　　赋类
春宫学士从五位下臣滋野朝臣贞主等奉敕撰
赋类
001　春江赋

仲月春气满江乡，新年物色变河阳。江霞照出辞寒彩，海气晴来就暖光。柳悬岸而烟中绽，桃夹堤以风后香。望春江兮骋目，观清流之洋洋。或漫兮似不流，或渺兮逝不留。长之难可识，浚之谁能测。兹可谓春气动而著于江色也。是以，羽族翱翔，鳞群颉颃。缤纷杂沓，载来载行。咀嚼初藻，吞茹新荇。各各吟叫，处处相望。涉人回楫，与渊客而为伦。渔童构宇，接鲛室而同磷。随波澜之渺邈，转舳舻而寻津。菱歌于是频淞沂，客子于是不胜春。兹可谓江村春而感于情人也。于时，花飞江岸，草长河畔，蝶态纷纭，莺声撩乱。游览未已日落涘。夜在江亭，高枕卧矣。江上月，浪中明。静如练而云间发光，与水而共清清。山风入于户牖兮，听飕飑乎松声。归雁欲辞汀洲去，饥猿转动羁旅情。归旅乘春心转幽，江南江北事遨游。总为春深多感叹，年年江望得销忧。

太上天皇【嵯峨天皇】　001

002　重阳节菊花赋

白藏气季，文月天高，霜零漂漂，商风骚骚。观物理于盛衰兮，知造化之异时。林何树而不摇落，原何草而不具腓。岂若芳菊神奇。在枯独滋，蔓延藿靡，缘岸被坻，花实星罗，茎叶霜布，香飘朝风，色照夕露。于是日当重阳，高宴华堂，正开玳席，傍引引贤。阳随桓景而访古，就陶潜以命觞。擒赏心于翰墨，听丝竹之清商。于时众芳雕，寒菊笑、殊蓊郁、独照曜。或素或黄，满庭芬馥。淑媛望兮移步，妖姬劝兮属目。攘溺腕而採嫩，擢纤手以摘花。珠颜俄尔益艳，云髻忽焉重钗。期採摘于盈把兮，爰逍遥乎日斜。亦有钟生趁其五美，屈子餐其落英。观神仙之灵药，忘尘俗之世情，感雁序于薄晚兮。伤落叶乎秋声。时属长年之多叹，还欣斯花之延龄。

太上天皇【嵯峨天皇】　002

003　小山赋

夫四序之交代，经万古以无私。草逢春而花锦，树入夏而叶帏。秋气悲兮落实，冬风急兮塞枝。观节物之如此，觉世人之盛衰。开瀛岳兮靡觏，望帝乡兮难期。顾为山之在进，想覆篑之不移。事孰有缨，会心无卑。构微岫于庭际，引细流于堂垂。天下有山，地中生木，小人以远，君子所育。虽乏习坎之势，岂谢设险之德。坐酌损之泽西,临制节之水北。尔乃参差簧土,日度不障,皎洁坳地。风动而爱漾。松倚岸兮倾盖,石澄流兮泛镜。云片覆兮岭阴,月半出兮溪映,鸟乍鸣兮迁木,我若遗兮委命。嗟大造之珠品,诚卑细而同庆。于是摄深思于一指,跨鲲海而无居。骋幽情于万物,据蚁垤而有余。信夫不出户墉而知矣,何必历览山水而尚诸。聊讬文之在兹,式写心之所如。乱曰:四节递谢兮,万物荣枯。视昔异代兮,知后同途。高尚在心兮,坳地足只。清净委命兮,崑岳蔑尔。禽兽不群兮,何必避世。箪瓢为乐兮,聊以卒岁。为而不恃兮,孰知其德。燕处超然兮,唯道是则。

石宅嗣【石上宅嗣】　003

004　和石上卿小山赋

惟峻极之降神,据命世之伟人,择仁里而独放,追义跡而自珍。既自公而畅俗,亦退私以寻真。高卧吏隐之际,幽居道德之邻。叹东海之肥遁,恨北山之隐沦。于是荣阿阁兮临一边,建庵室兮奏五弦。岩构砺齿之石,池涌洗耳之泉。鱼喁水而相戏,鸟择木而争迁。植贞松于情岳,挺幽兰于心田,冒霜霰兮增劲,引岚烟兮翻妍。时招拔茅之客,乍对窃药之仙。一丘一壑,三益三乐,优游仁智之薮,皓荡经史之阁。冲玄其志,高素其致。莹神兮泉石,息肩兮人事。或举目而高吟,或负手而长喟,睹徙溟之垂天,玩枪榆之控地。惟消遥之在我,何夸仙之足冀。嗟夫宠辱若惊,缨贱混情,既无谋于异道,唯有应于同声。乐大玄于尚白,悲化缁于拾青。且得丘园之趣,焉知宝宾之名。乱曰:玄之又玄兮,畅我情性。材与不材兮,处我运命。缠牵之长兮,累彼千里。池馆之寂兮,纵兹一已。吾生有疑兮,世事无当。忘蹄得兔兮,临岐亡羊。大鹏小鷃兮,相去几许。左琴右书兮,理驾此处。

阳丰年【贺阳丰年】　004

005 枣赋

一天之下，八极之中，园池绵邈，林麓斗茸。奇木殊名而万品，神叶分区以千丛。持西母之玉枣，丽成王之圭桐。何则卜深居而荣紫襟，移盘根以茂彤庭。餐地养之淳渥，禀天生之异灵。依金阙而播彩，随玉管而流形。周本枝于百卉，植声誉于千龄。尔其秋实抱丹心而泛色，春花含素质而飞馨。朝承周雨汉露，夕犯许月陈星。当晚节而愈美，带凉风以莫零。石虎瞻而类角，李老玩而此瓶。投海传缪公之远虑，在箧开方朔之幽襟。鸡心钓名洛浦，牛头味趁华林。斯诚皇恩广被草木，圣化实及豚鱼。何必秦松授乎封赏，周桑载乎经书。

藤宇合【藤原宇合】 005

006 和和少辅鹡鸰赋

何陶冶之多端，包万类兮流彩。惟雍渠之微鸟，居一物兮含灵。禀玉衡之散彩，衔金水之淳精。常悽渚而任性，或在原而劳生。若乃韶风澹荡，景色淑美，惟雄惟雌，爰孳爰尾，就河畔之青草，讬孤栖于茂里。外则蒙密兮亭重，内则渤朗兮芳通。视厅雕兮不能□，窥乌鸢兮安得知。已异暮燕之易覆，宁同园鸠之极危。尔乃化素卵于翼下，破白玉而出雏。思饮啄之未习，劳哺育而忘躯。既而吉日良辰，天晴云低，振尾愁翻，将雏离栖。出丛簿兮乱飞，集水滨兮群啼。或居南居北，或向东向西，振斑翼而对母，开黄吻而乞哺。咨众雏之已幼，专仰恃于一母。故不择处兮苦求，置宁居兮匪息。显毛翮之既短，悯翩翻之无方。故得虫兮不独赏，得粒兮不独食。伊兹鸟之无智，何兹爱之无极。于是，岭含斜影，庭生半阴，素领窥梁，丹莺宿林。独念众雏之晚食，乘反照而悲吟。至如求多得少，哺繁食稀。贫生之养母，见之增悲。寡妇之提孩，对之酸鼻。至如且行且摇，则飞□鸣。兄之友弟，弟之事兄。闻之忽感动。彼天晴之自然，非是自习之所成。谁其谓之异类，诚知契于生灵。

仲雄王　006

007　和和少辅鹡鸰赋

观羽族之群类，伟原上之连钱，挺参差之毛翮，施背腹之素玄。受含养于造化，任亭毒于自然，从运命兮举动，与时节兮推迁。谢斑彩于翡翠，谢贪秽于鸱鸢。望羊角以无及，并鹿鸣以成篇。既薄双翔之入藻，讵异孤鬻之回弦。及至星缠青陆，气变苍天，见飞幕之难恃，思草芥之不全。逮峻岭之极危，就翳苍之安禅，生雏两个，共哺同翩。下集金门之内，颉颃玉阶之前。荫息所得，进退靡捐。伊鸟之征陋，何处身之笃虔。雕武慧以见羁，鹰隼猛以被挛。非鹤胫之当断，岂凫足之可延。勤恩爱乎一己，盛孝敬乎维贤。于是，欢文之会友，美德之有邻。同狂简之小识，异斐然之为赋。攀桃李以报兰桂，唱下里以和阳春。

菅清人【菅原清人】　007

008　啸赋　并序

清公少好音乐，长而尚耽。虽云造次，心未暂舍。然而性与好背，事与意违。未曾手抚一弦，口吹一管，至乎池亭景落，物色将凉，吟咏乍疲，继之以啸。洪纤在口，修短任心。无曲不写，无歌不习。乃知音声之妙，莫过于啸。援笔赋之，聊以写想。

伊八音之雅伦，共五声而变会。导神祇之滞郁，发阴场之冥昧。谐奇调于律吕，驰妙响于竽籁。或金石之铿锵，或鼙鼓之琅瑲。尔其制器，凌重岩而过松庭，涉危涧而入篁町。首岐襄专虑，班倕量程，铄耆桥揉，镂锼经营，皆因人以成事，犹假物以振声。惟此啸之作音，在唇吻而浮沈。意在竹而写笙笛，想归丝以像瑟琴,发春林之莺𫛳,亮晓岩之猿吟。分一气于角羽,取众响于凌深。畅山水之曲弄,流吴越之讴吟。尔乃韵无常调,无出不妙,观无定时,有兴是要。非拘栖鸡之曙鸣,不守皋鹤之夜叫。避龙声之阵阶,谢凤翼之入庙。至如苏门之巅,听鼓吹之唢然,印山之上,惊林溪之动焉。擅美前哲,见述往篇,复有晋将城里,胡贼感乘月之妍,赵子江上,船人见呼风之玄。是乃非止从容之散适,抑亦济厄之奇权。故虽非感神之妙器,犹识微艺之可宣。

菅清公【菅原清公】　008

009　重阳节神泉苑,赋秋可哀

秋可哀兮,哀年序之早寒,天高爽兮云渺渺,气肃飒兮露团团。庭潦收而水既净,林蝉疏以引欲殚。燕先社日蛰岩岭,雁杂凉气叫江洲。荷潭带冷无全叶,柳岸衔霜枝不柔。寒服时授,熟稼杂收。秋可哀兮,哀草木之摇落。对晚林于变摔兮,听秋声乎萧索,望芳菊之丘阜,看幽兰之皋泽。年华荏苒行将阑,物候蹉跎已回薄。楚客悲哉之词,晋郎感与之作。秋可哀兮,哀秋夜之长遥。风凛凛,月照照,卧对风月正萧条。窗前地叶那堪听,枕上未眠欲终宵。到晓城边谁捣衣,泠泠夜响去来飞。不是愁人犹多感,深闺何况怨别离。蹉跎四运易行迈,惆怅三秋绝可悲。

太上天皇〔在祚〕【嵯峨天皇】　009

010　重阳节神泉苑,赋秋可哀,应制

秋可哀兮,哀秋景之短晖。天廓落而气肃,日凄清以光微。潦收流洁兮,霜降林稀。蝉饮露而声切,雁冒雾以行迟。屏除热之轻扇,授御枣之寒衣。秋可哀兮,哀百卉之渐死。叶思吴江之枫,波忆洞庭之水。草变貌以换袋蒂,树□容而悬子。秋可哀兮,哀荣枯之有时。送春光之可乐,逢秋序之可悲。嗟摇落之多感,良无伤而不滋。悽承辨于岳兴,想拊衾于湛词。粤採萸房辟恶,复摘菊蕊之延期。小臣常有蒲柳性,恩煦不畏严霜飞。

皇帝〔在东宫〕【淳和天皇】　　010

011　重阳节神泉苑,赋秋可哀,应制

秋可哀兮,哀初月之微凉。火度天而西流,金应律以为玉。蟋蟀吟兮壁幽寂,蝉蜩鸣兮野苍茫。睹桐林之早雕,感节物而增伤。白日兮爱短,玄夜兮自长。秋可哀兮,哀仲月之收成。天高兮气静,潭冷兮水清。燕背巢而北去,鸿含芦以南征。家家畏兮朔方气,户户起兮捣衣声。秋可哀兮,哀季月之薄寒。寒眉颦于陌柳,晚佩落于庭兰。窈窕挑悴萸兮鸳鸯席,簪缨饮菊兮翡翠楼。痛风景之萧索,悲摇落之暮秋。

良安世【良岑安世】　　011

012　重阳节神泉苑,赋秋可哀,应制

秋可哀兮,哀清商之初凉。高旻凄兮林蔼变,厚壤肃兮山发黄。听征鸿之遵渚,晔素领之辞梁。秋可哀兮,哀具物之具腓。送悠阳之暮曜,承瞳胧之初辉。潭鸟鸣兮音冷,岸萤落兮火微。秋可哀兮,哀水木之清幽。属君王景祚,陪帝者之佳游。献千秋之寿爵,荷万代之天休。

仲雄王　　012

013　重阳节神泉苑,赋秋可哀,应制

秋可哀兮,哀三秋之爽节。潦行收而水净,云既廓以天洁。望朝露之团团,听夕风之烈烈。秋可哀兮,哀秋物之变衰。草辞翠以委薄,叶带红而去枝。寒园柳落蝉声断,晚浦芦枯雁郁悲。秋可哀兮,感秋情之易惊。兰幸佩以擢秀,菊忆杯而含馨。皇欢爱发,叡兴自生。资神泉之开敞，降恩席以延英。钧天奏乐，磬地寿祯。俱醉重重心未尽，义和冀驻向西晶。

　　　　　　　　　　　　　　　　菅清公【菅原清公】　　013

014　重阳节神泉苑，赋秋可哀，应制

　　秋可哀兮，哀岁时之如流。季白鹰节，百工具休。秋何处而不兴，兴何秋而不愁。却暑絺于匣里，御寒飔于轻裘。伤曹子之恻祖，叹淮王之感忧。秋可哀兮，哀物候之凄清。野改色以草槭，林代状以枝轻。转花心于风上，惊叶影于秋声。霜凝菊兮萧萧，露留荷兮冷冷。望离鸿之高矞，听檐虫之潜鸣。秋可哀兮，哀短景之微阳。火迁行而增分，日回晷而收光。晚蝉吟菸疏柳，夜兔临于户堂。君王发言以形惆怅，掞擒叡以挺天章。虽悲零落之序，欣奉名辰之昌。

　　　　　　　　　　　　　　　　和真纲【和气真纲】　　014

015　重阳节神泉苑，赋秋可哀，应制

　　秋可哀兮，哀秋气之依依。望景宇而高爽，瞻林沼以澄稀。树在庭前而并槭，草非塞外以具衰。菊方新而欲暮，兰虽败而犹芳。物色直置如此，自然堪断人肠。秋可哀兮，哀岁序之沥过。观摇落以起感，履代谢而自嗟。惜百年之过半，怆一生之蹉跎。陪重阳之庆席，知品汇之同类。虽对秋天之凄景，何异冬日之可爱。

　　　　　　　　　　　　　　　　科善雄【仲科善雄】　　015

016　重阳节神泉苑，赋秋可哀，应制

　　秋可哀兮，哀光阴之不驻。叹凉气之夺热，痛盲风之落树。一叶增长年之思，独杵悲征夫之戍。秋可哀兮，哀群物之雕残。柳敛眉于天苑，菊映貌于故栏，彩燕去而林巢阒，文鱼聚以苔水寒。思虫苦于晚织，旅雁倦于路难。何四运之有信，实大块之多端。

　　　　　　　　　　　　和仲世【和气仲世】　　016

017　重阳节神泉苑，赋秋可哀，应制

　　秋可哀兮，哀秋候之萧然。潘郎可哀之叹，楚客悲哉之篇。虫惨悽而声冷，露呬咜而泣悬。班姬酷怨因轻扇，青女微霜自旻天。却细絺于云匣，授寒服于香筵。秋可哀兮，哀卉木之洒落。具物缩悴，爽气辽廓。烟断崇岭，云愁幽溪。淮南木叶声虚散，上苑枫林阴未薄。幕下巢室燕早辞，湖中洲喧雁始归。节灰尚如此，情人谁不悲。秋可哀兮，哀秋晖之易斜。岩筵扫叶，藤杯挹霞。朗吟听竹树，夕照倒水砂。脆柳暮兮观疏星，丛兰蔚兮闻浓馨。物色暂虽使人感，潭花但喜益仙龄。

　　　　　　　　　　　　滋贞主【滋野贞主】　　017

经国集　　卷第十　　诗九

　　　　　　春宫学士从五位下臣滋野朝臣贞主等奉敕撰乐府

018　七言，塞下曲　一首

　　百战功多苦边尘　沙上万里不见春　汉家天子恩难报　宋尽凶奴岂显身

　　　　　　　　　　太上天皇〔在祚〕【嵯峨天皇】　　018

019　七言，奉和塞下曲　一首

　　天山秋早雪花开　征客心消上苑梅　万里他乡无与晤　遥瞻汉月自南来

　　　　　　　　　　　　菅清公【菅原清公】　　019

020　七言，奉和塞下曲　一首
　　胡儿塞月晓吹笳　梅柳虽春未见花　为报国恩不敢死　边亭万里老风沙

　　　　　　　　　　　　　　　巨识人【巨势识人】　　020

021　七言，奉和塞上曲〔太上天皇在祚〕　一首
　　虏塞草枯膝已寒　将军浴铁向桑乾　龙沙日夜风霜烈　壮士为恩未识难

　　　　　　　　　　　　　　　菅清公【菅原清公】　　021

022　五言，奉和巫山高〔太上天皇在祚〕　一首
　　巫山高且峻　瞻望几岩岩　积翠临苍海　飞泉落紫霄
　　阴云朝晻暧　宿雨夕飘飘　别有晓猿叫　寒声古木条

　　　　　　　　　　　　　　　公主【有智子内亲王】　　022

023　五言，奉和巫山高〔太上天皇在祚〕　一首
　　巫岭巴东峙　云崖貌削成　危岩干鸟路　虚谷写雷鸣
　　云临朝馆起　雨向夕台行　秋月狐猿曙　肠断旅游情

　　　　　　　　　　　　　　　巨识人【巨势识人】　　023

024　五言，奉和关山月〔太上天皇在祚〕　一首
　　皎洁关山月　流光万里明　悬珠露叶净　临扇霜华清
　　塞雁晴空断　孤猿晓峡鸣　那湛空阁妾　未慰相思情

　　　　　　　　　　　　　　　公主【有智子内亲王】　　024

025　五言，奉和关山月〔太上天皇在祚〕　一首
　　关山秋宿月　夜冷月弥清　影共征输满　光含旅镜明

龙城照空阵　雁塞□星营　还入高楼里　空令思妇情

　　　　　　　　　　　菅清公【菅原清公】　　025

026　五言，奉和关山月〔太上天皇在祚〕　一首
　　戍上孤明月　恒将太白看　弓弯汉卒臂　□挂胡儿鞍
　　□阵鼓声死　伍营兵气寒　嫦娥如有意　应照妾汎澜

　　　　　　　　　　　滋贞主【滋野贞主】　　026

027　七言，梅花引　二首
　　水精窗外一株梅　拟纳芬芳压砌栽　地近恩煦花早发　君王帐里香风来
　　百卉寒无色　梅花独有春　欲添新妆美　洒看妓楼人

　　　　　　　　　　　野岑守【小野岑守】　　027

梵门

028　五言，赞佛　一首
　　慧日照千界　慈云覆万生　亿缘成化德　感心演法声

　　　　　　　　　　　高野天皇【趁德天皇】　　028

029　七言，见老僧归山　一首
　　道性本来尘事遐　独将衣钵向二烟霞　定知行尽秋山路　白云深处是僧家

　　　　　　　　　　　太上天皇【嵯峨天皇】　　029

030　七言，见老僧归山，应太上天皇制　一首
　　老僧落叶往玄虚　策杖伸腰四克余　自语一还不更出　乞城无若卧云居

　　　　　　　　　　　藤冬嗣【藤原冬嗣】　　030

031　七言，和藤是雄旧宫美人入道词　一首
　　遁世明皇出帝畿　移居旧邑遣岁时　忽从此地升云后　唯有空居恋宠姬
　　访道初停罗绮艳　剃头新□比丘尼　娇心欲识乖□缚　弱体那堪著草衣
　　山殿风声秋梵冷　汉窗月色晓禅悲　焚香持诵寒林寂　坐向苍天怨别离
　　　　　　　　　　　　　　　　　　　　太上天皇【嵯峨天皇】　　031

032　和藤是雄春日过安禅师旧院　一首
　　释子归真炎凉变　空山独闭应禅扃　草堂空驻松罗月　石室罢翻了义经
　　护法鬼神何日会　随缘猿鸟竟谁听　道心拭泪礼遗迹　何恨化身不久停
　　　　　　　　　　　　　　　　　　　　太上天皇【嵯峨天皇】　　032

033　七言，与海公饮茶送归山　一首
　　遭俗相分经数年　今秋晤语亦良缘　香茶酌罢日云暮　稽首伤离望云烟
　　　　　　　　　　　　　　　　　　　　太上天皇【嵯峨天皇】　　033

034　和惟逸人春道秋日卧疾华严山寺精舍之作　一首
　　绝顶华严寺　云深溪路遥　道心登静境　真性隔尘嚣
　　阅蔼禅庭禅　观空法界蕉　天花硫邃洞　香气度烟霄
　　风竹时明合　声钟晓动摇　转经山月下　羸病转寥寥
　　　　　　　　　　　　　　　　　　　　太上天皇【嵯峨天皇】　　034

附录：《凌云集》《文华秀丽集》《经国集》诗集全文

035　和惟治中秋日卧疾华严寺堂□宫之作　一首
　　病中秋欲暮　策杖到云居　古径人来远　霜林鸟道疏
　　飞云心不定　身世是浮虚　月色孤猿绝　岑声一夜初
　　吹螺山寺晓　鸣磬谷风余　兰若迟回久　寥寥卧草庐
　　　　　　　　　　　　　　　　滋善永【滋野善永】　035

036　七言，春日过山寺观菩萨旧坛　一首
　　禅扃闭云春山寒　林下苔封万古坛　菩萨化身灭后事　空余岁月白云残
　　　　　　　　　　　　　　　　太上天皇【嵯峨天皇】　036

037　七言，问净上人疾　一首
　　闻公暂病卧山房　空报钟声不上堂　道性如思幽客问　须疗身是真药王
　　　　　　　　　　　　　　　　太上天皇【嵯峨天皇】　037

038　七言，奉和太上天皇访净上人病　一首
　　高僧几岁养清闲　病里天花映暮山　野客时来通幽问　疏钟独返白云间
　　　　　　　　　　　　　　　　源弘〔年十六〕　038

039　七言，奉和太上天皇访净上人病　一首
　　支公卧病遣居诸　古寺莓苔人访疏　山客寻来若相问　自言身世浮云虚
　　　　　　　　　　　　　　　　源常〔年十六〕　039

040　七言，寄净公山房　一首
　　古寺从来绝人踪　吾师坐夏老云峰　幽情独卧秋山里　觉后恭闻五夜钟

　　　　　　　　　　　　　　　　　太上天皇【嵯峨天皇】　040

041　七言，闻右军曹贞忠入道因简大将军良公　一首
　　久厌轮回多苦事　遥思听法鹫峰中　昨朝剑戟陪丹阁　今夕僧衣向花宫
　　苔苏密间乏尘垢　松杉攒处有清风　芭蕉疏纳新惯著　贝叶真经诵未工
　　山雾始开无明气　溪泉欲洗梦心聋　夜来坐念因缘理　了得皆空空亦空

　　　　　　　　　　　　　　　　　皇帝【淳和天皇】　041

042　七言，和御制闻右军曹入道简大将军良公　一首
　　伊昔边头侠少年　今为末将禁庭前　归心厌俗兵戈罢　仰拜彤闱谢皇天
　　尘衣已替薛萝衲　道帷初寒杨柳绵　古寺莓苔新跡破　草堂磬梵旧声传
　　对镜持斋宜野果　观空炉气和山烟　虽逢圣代多雨露　别是素怀奉金仙

　　　　　　　　　　　　　　　　　太上天皇【嵯峨天皇】　042

043　七言，奉和圣制闻右军曹贞忠入道见赐　一首
　　功忠非独兵澜士　护国之诚法门人　丹阙上书已罢职　缁坛落发不关尘
　　九熏城里回头望　一乘车前专意臻　服色就真道体改　冠痕未

减半额分

　　秋岚晚偈对黄叶　晓月疏钟在白云　行道偏虽深萝处　悬心犹是为明君

良安世【良岑安世】　043

044　七言，送伴秀才入道　一首

　　厌见风尘上下情　欲云栖去学无生　妻孥弃在人间□　遥锡钵寻象外行

　　盥漱应随溪水暮　观身静坐进钟声　不知别后相思伴　何处烟霞访姓名

惟春道【惟良春道】　044

045　七言，扈从梵释寺，应制〔太上天皇在祚〕　一首

　　君王机暇倦夏日　午后寻真幸龙宫　四五老僧迎凤辇　形如槁木心恒空

　　飞栈树抄踏云过　石灯岩头拂烟通　不待缘终象法尽　而今此处仰世雄

皇帝〔在东宫〕【淳和天皇】　045

046　扈从梵释寺，应制　一首

　　脱逸

清夏野【清原夏野】　046

047　扈从梵释寺，应制　一首

　　銮舆近出王畿外　仙盖高飞天阙中　合掌凝眸寻鹫岭　焚香散蕊拜龙宫

　　老僧护怯心弥寂　童子虚餐体既穷　徐出庄梯知俗远　闲游石

落觉尘空
　　　禅扬藓色无冬夏　幽谷松声有隔通　宾眼今看真如理　是著□□□□□

　　　　　　　　　　　　　　　　　三春上【三原春上】　047

048　五言，禅居　一首
　　　棲隐多归趣　从来重练耶　驾言寻此处　此处几经过
　　　烟泛暗山树　霞昭莹野花　禅居无异物　微月入岩河

　　　　　　　　　　　　　　　　　　　　　　尼和氏　048

049　七言，春日山寺，探得春字　一首
　　　法堂寂寞凡几辰　云树朦胧欲暮春　遥听风中诵经处　定知时有安禅人

　　　　　　　　　　　　　　　　　藤三成【藤原三成】　049

050　七言，和良将军题瀑布下兰若简清大夫之作　一首
　　　瀑布一边一山寺　高车访道远追寻　空堂望崖银河发　古殿看溪白虹临
　　　雾雨洒来霭炉气　雷风喷怒乱钟音　澹肢僧蔼流悬水　盥漱独行禅定心

　　　　　　　　　　　　　　　　　太上天皇【嵯峨天皇】　050

051　七言，和良将军题瀑布下兰若简清大夫之作　一首
　　　传闻兰若无人到　瀑布高流过半天　涌珠飞釜分万壑　连波洒落成一川
　　　四时每听奔雷响　远近同看白鹄悬　此地幽闲禅诵客　烦尘洗涤几千年

　　　　　　　　　　　　　　　　　　　源弘〔年十六〕　051

052　春道晚听山磬　一首
　　知君策马到云居　古岸悬流数里余　镜色每将空性彻　冰华长磬道心虚
　　鲤浮击磬含风远　于哄鸣钟带雨疏　终日洗尘看不足　铜瓶汲取夜禅初
　　　　　　　　　　　　　　　惟春道【惟良春道】　　052

053　七言，和惟山人春道晚听山磬　一首
　　黄昏磬发烟霄中　点点悠杨带山风　林下暗堂卧听磬　禅心观念法皆空
　　　　　　　　　　　　　　　太上天皇【嵯峨天皇】　　053

054　五言，别男子出家入山　一首
　　我有一儿子　尘烦不可侵　天纵成道器　童齿拔禅心
　　新负心经帙　初谙梵字音　野缝青葛衲　□□绿罗襟
　　杖锡岩苔上　提瓶涧水浔　苦行何处所　雪岭白云深
　　　　　　　　　　　　　　　良安世【良岑安世】　　054

055　五言，登延历寺，拜澄和尚像　一首
　　溟海占杯路　天台求法轮　芳踪踞冠国　应化不留身
　　道与乾坤远　基将日月均　炉烟犹似昔　形像正疑真
　　定室苔封砌　禅房云是邻　登攀春黛里　拜顶暮钟辰
　　　　　　　　　　　　　　　良安世【良岑安世】　　055

056　五言，归休独卧，寄高雄寺空海上人　一首
　　三千二法界　一十三生死　空色将有无　俄顷复忽矣
　　影花假艳娇　风火期灭已　宠辱惊难息　是非纷易似

圣人独出鉴　独卧白云里　忍铠讵为穿　慧刀岂因砥
五明探真密　七觉洎神理　护戒鹅得性　依慈鸽知时
垂萝宜缀衲　盘木便凭几　野院醉茗茶　溪香饱兰宦
昔余深结义　自尔十余纪　真谛怜俗物　缁衣交素履
弥天许道安　四海惭凿齿　幸遇沧浪清　濯缨欣缨仕
荣华尚贪进　盈满未能止　恩贷虽曲私　□庸虚忝揆
励铅求一割　策驷思千里　日往月还来　慎终愿如始
归休乐闲寂　在躁忘嚣滓　披帙游玄妙　弹琴玩山水
寄言陵薮客　大隐隐朝市　偏将琼琚报　投之以桃李

　　　　　　　　　　　　　　　野岑守【小野岑守】　056

057　七言，南山中，新罗适者见过　一首
　　吾佳此山不记春　空观云日不见人　新罗道者幽寻意　持锡飞来恰如神

　　　　　　　　　　　　　　　　　　　　释空海　057

058　七言，过金山寺　一首
　　古猊满堂尘暗色　新华落地鸟繁声　经行观礼自心感　一两僧人不审名

　　　　　　　　　　　　　　　　　　　　释空海　058

059　七言，留别青龙寺义操阿阇梨　一首
　　同法同门喜遇深　游空白雾忽归岑　一生一别难再见　非梦思中数数寻

　　　　　　　　　　　　　　　　　　　　释空海　059

附录：《凌云集》《文华秀丽集》《经国集》诗集全文

060　七言，在唐观昶法和尚小山　一首
　　看竹看花本国春　　人声鸟哢汉家新　　见君庭际小山色　　还识君情不染尘

　　　　　　　　　　　　　　　　　　　　　　　　　释空海　060

061　杂言，入山兴　一首
　　间师何意入深寒　　深岳崎岖太不安　　上也苦　下时难　山神木魅是为瘅
　　君不见　君不见　京城御苑桃李红　　灼灼纷纷颜色同　　一开雨一散风
　　飘上飘下落园中　　春女群来一手折　　春莺翔集喙飞空　　君不见君不见
　　王城城裹神泉水　　一沸一流速相似　　前沸后流几许千　　流之流之入深渊
　　不入深渊转转去　　何日何时更竭矣　　君不见　君不见　九州八岛无量人
　　自古今来无常身　　尧舜禹汤与桀纣　　八元十乱将五臣　　西嫱嫫母支离体
　　谁能保得万年春　　缨人贱人总死去　　死去死去作灰尘　　歌堂舞阁野狐里
　　如梦如泡电影宾兮堪断肠　　君知否　君知否　人如此　汝何长　朝夕思
　　汝日西山半死士　　汝年过半若尸起　　住也住也一无益　　行矣行矣不须止
　　去来去来大空师　　莫住莫住乳海子　　南山松石看不厌　　南岳清流怜不已
　　莫慢浮华名利毒　　莫烧三界火宅里　　斗薮早入法身里

　　　　　　　　　　　　　　　　　　　　　　　　　释空海　061

062　五言，盂兰盆会悲感归心　一首
　　归依三界主　景慕六通贤　拔苦覃穷地　酬恩达昊天
　　花飘开法宇　香泛发饥唇　既请如来教　还休饿鬼神
　　善哉为子道　拔苦遂安亲
　　　　　　　　　　　　　　朝道永【朝原道永】　062

063　七言，三月三日于西大寺，侍宴应诏〔高野天皇在祚〕一首
　　三升三月启三辰　三日三阳应三春　凤盖凌云临觉苑　鸾舆耀日对禅津
　　青丝柳陌莺歌足　红蕊桃溪蝶舞新　幸属无为梵城赏　还知有截不离真
　　　　　　　　　　　　　　石宅嗣【石上宅嗣】　063

064　五言，于内道场观虚空藏菩萨会〔高野天皇在祚〕一首
　　凤阙留仙影　龙墀演法音　是空神尚寂　即色理逾深
　　夕梵闻云岭　朝钟彻雾林　幸从无漏界　长绝有为心
　　　　　　　　　　　　　　淡三船【淡海三船】　064

065　五言，扈从圣德宫寺〔高野天皇在祚〕一首
　　南岳留残影　东州现应身　经生名不成　历世道弥新
　　寻智开明智　求仁得至仁　垂文传正法　照武扫凶臣
　　茂实流千载　英声畅九垠　我皇钦佛果　回驾问芳因
　　宝地香花积　钧天梵乐陈　方知圣与圣　玄德永相邻
　　　　　　　　　　　　　　淡三船【淡海三船】　065

附录：《凌云集》《文华秀丽集》《经国集》诗集全文

066　五言，听维摩经　一首
　　　演化方文室谈玄不二门　已观心有种　旋觉理无言
　　　地似毗耶域　人疑妙德尊　谁知从此会　顿入总持园
　　　　　　　　　　　　　　　　　　　淡三船【淡海三船】　066

067　五言，和藤六郎出家之作　一首
　　　戚里辞荣亲　玄门问觉津　法云爱叠彩　惠日更重轮
　　　乐道心逾逸　安空理转真　高风如可望　从子谢嚣尘
　　　　　　　　　　　　　　　　　　　淡三船【淡海三船】　067

068　五言，赠南山智上人　一首
　　　独居穷巷侧　知己在幽山　得意千年桂　同香四海兰
　　　野人披薜衲　朝隐忘衣冠　至思何处所　远在白云端
　　　　　　　　　　　　　　　　　　　淡三船【淡海三船】　068

069　五言，秋日登叡山谒澄上人　一首
　　　城东一岑耸　独负叡山名　贝叶上方界　焚香鹫岭城
　　　甑餐藜藿熟　白饭练砂成　轻梵窗中曙　疏钟枕上清
　　　桐蕉秋露色　鸡犬冷云声　高阳丹丘地　方知南岳晴
　　　　　　　　　　　　　　　　　　　藤常嗣【藤原常嗣】　069

070　冬日过山门　一首
　　　香刹青云外　虚廊绝岸倾　水清尘躅断　风静梵音明
　　　古石苔为席　新房庵化名　森然萝树下　独听暮钟声
　　　　　　　　　　　　　　　　　　　　　　笠仲守　070

071　七言，和光禅师山房晓风　一首
　　孤峰仰与白云同　到晓深寒满院风　雁影吹来古塔上　泉声才足近溪中
　　侵窗老树虽鸣叶　开户妙灯犹护虫　百籁相和山更静　禅心弥观世间空

　　　　　　　　　　　　　　　　　滋贞主【滋野贞主】　　071

072　和澄上人题长宫寺二月十五日寂灭会〔韵不改〕　一首
　　种好六年备　昏衢仰映临　涅槃非实道　尊象是梦金
　　名字自希绝　经王亦甚深　化流崛山岭　霍留菩提林
　　一字悲难竭　三车感不任　闻经帝释下　捧榖虚堂寻
　　绕塔看归雁　思龙讬树阴　不常犹不住　非蠹亦非今
　　法座楞伽说　禅房仙掌琴　贝叶传梵启　钟声入谷沈
　　德水洗尘意　天花落俗襟　如来不生灭　照薰修□心

　　　　　　　　　　　　　　　　　滋贞主【滋野贞主】　　072

073　七言，忽闻渤海客礼佛感而赋之　一首
　　闻君今日化城游　真趣寥寥禅跡幽　方丈竹庭维摩室　圆明松盖宝积球
　　玄门非无又非有　顶礼消罪更消忧　六念鸟鸣萧然处　三归人思几淹留

　　　　　　　　　　　　　　　　　安吉人【安倍吉人】　　073

074　七言，同安领客感客等礼佛之作　一首
　　禅堂寂寂架海滨　远客时来访道真　合掌焚香忘有漏　回心颂偈觉迷津
　　法风冷冷疑迎晓　天莺辉辉似入春　随喜君之微妙意　犹是同

见崛山人

　　　　　　　　　　　　　　岛清田【岛田清田】　　074

075　七言，夏日同美郎遇雨过菩提寺作　一首
　　　晚景云蒸雨初下　游人半湿青山侧　垂鞭抚辔无所往　便寄玄炉且偬息　古殿磴薰栴檀香
　　　山僧法服薜花色　深窗欲曙凭松暗　绝巘初明衔云萝　谁识心田先种因　希夷觉路仰余德

　　　　　　　　　　　　　　野年永【小野年永】　　075

076　七言，赋得深山寺，应太上天皇制　一首
　　　上方来往路难寻　塔庙青山祇树林　片石观空何劫尽　孤云对境几年深
　　　纱灯点点千峰夕　月磬寥寥五夜心　到此能令身世忘　尘机不得更相侵

　　　　　　　　　　　　　　惟春道【惟良春道】　　076

经国集　　卷十一　　诗十
春宫学士从五位下臣滋野朝臣贞主等奉敕撰

杂咏一
077　五言，咏殿前梅花　一首
　　　仲春虽少暖　梅树向惊时　发艳将桃乱　传芳与桂欺
　　　可攀犹可折　堪寄亦堪贻　倘有临羹和　能无致味滋

　　　　　　　　　　　　　　平城天皇〔在东宫〕　　077

078　五言，奉和殿前梅花　一首
　　忽见三春木　芳花一种催　紧葩承日笑　黄蕊对风开
　　舞蝶飞更聚　歌莺去且来　和羹如可适　以此作盐梅
　　　　　　　　　　　　　　　　　　高田使【高村田使】　078

079　五言，落梅花　一首
　　二月去过半　梅花始正飞　飘飘投暮牖　散乱拂晨扉
　　萼尽阴初薄　英疏馥稍微　再阳犹未听　谁为悚芳菲
　　　　　　　　　　　　　　　　　　平城天皇〔在东官〕　079

080　五言，奉和落梅花　一首
　　晚树梅花落　轻飞竞满空　窗前将敛素　簾下未锁红
　　著面催妆妇　黏衣助女工　华篇终寡和　何独郢之中
　　　　　　　　　　　　　　　　　　野岑守【小野岑守】　080

081　五言，奉和落梅花　一首
　　凌空朱早发　竞暖素初飞　送吹香投牖　迎光影拂扉
　　蕊疏实渐见　叶细荫犹微　愿遇重阳日　承晖擅芳菲
　　　　　　　　　　　　　　　　　　和广世【和气广世】　081

082　五言，咏庭梅　一首
　　庭梅竞艳色　朝暮正芳菲　可怜春风下　苑花一乱飞
　　　　　　　　　　　　　　　　　　平城天皇〔在东官〕　082

083　互言，奉和庭梅　一首
　　宫里一梅树　寒花尚入春　风凉徒苦节　日暖独当仁
　　封雪犹余影　拾霞未敛新　竞逢攀折兴　轻散舞储茵
　　　　　　　　　　　　　　　　　　阳丰年【贺阳丰年】　083

附录：《凌云集》《文华秀丽集》《经国集》诗集全文

084　五言，早春　一首

　　玉律三阳始　年芳万里生　山晴销片雪　地暖动群萌
　　色微沙屿草　哢涉柳园莺　唯有归飞雁　连连回北声

　　　　　　　　　　　　　太上天皇〔在祚〕【嵯峨天皇】　084

085　五言，奉和早春〔太上天皇在祚〕　一首

　　淑穆年华早　圭阴渐欲长　舒荣仙籞柳　仰煦古畴杨
　　北雁非寒侯　南莺是暖阳　春人释旧服　何处不新妆

　　　　　　　　　　　　　滋贞主【滋野贞主】　085

086　七言，早春观打球〔使渤海客奏此乐〕　一首

　　芳春烟草早朝晴　使客乘时出前庭　回杖飞空疑初月　奔球转地似流星
　　左擬右承当门竞　分行群踏虬雷声　大呼伐鼓催筹急　观者犹嫌都易成

　　　　　　　　　　　　　太上天皇【嵯峨天皇】　086

087　七言，奉和观打球　一首

　　蕃臣入觐逢初暖　初暖芳时戏打球　绣户争开鸡鹊馆　纱窗不闭凤皇楼
　　如钩月度冀阶侧　似点星晴彩骑头　武事从斯弱见输　输家妒死数千筹

　　　　　　　　　　　　　滋贞主【滋野贞主】　087

088　五言，春日作　一首

　　闰是新正后　阳和二月时　庭兰萌稚叶　窗柳乱轻丝
　　花色风初暖　莺声日渐迟　春来伤节侯　幽兴复熙熙

　　　　　　　　　　　　　太上天皇〔在祚〕【嵯峨天皇】　088

089　五言，奉和春日作　一首
　　近来风日丽　万物奢春光　烟轻新草绿　林暖早花芳
　　余雪落梅院　游丝垂柳塘　鸿雁初遵渚　归飞向朔方
　　　　　　　　　　　　　　　　　公主【有智子内亲王】　089

090　五言，奉和春日作　一首
　　苦寒经暮节　服媛仰初阳　龙凤长楼影　鸳鸯薄瓦霜
　　窗开青柳色　院闭紫梅芳　一听虞韶美　能令三月忘
　　　　　　　　　　　　　　　　　野岑守【小野岑守】　090

091　五言，奉和春日作　一首
　　岁去才移月　年光处处赊　和风催柳扎　残雪伴梅花
　　树暖莺能语　丛芳蝶自奢　一驰千里目　春思忽纷拏
　　　　　　　　　　　　　　　　　菅清公【菅原清公】　091

092　五言，奉和春日作　一首
　　圣眼阅春霭　芳情从此类　便娟韶吹暖　旖旎岁腴新
　　紫箨须抽节　青丛欲胜茵　金提轻冻罢　初使咏潜鳞
　　　　　　　　　　　　　　　　　滋贞主【滋野贞主】　092

093　五言，奉和春日作　一首
　　时去时来秋复春　一荣一醉偏感人　容颜忽逐年序变　花鸟恒将岁月新
　　　　　　　　　　　　　　　　　藤卫【藤原卫】　093

094　五言，见滋贞主春日病起　一首
　　辞阙沈痾久　别来秋复春　赖逢阳气照　喜见更生人
　　　　　　　　　　　　太上天皇〔在祚〕【嵯峨天皇】　094

— 318 —

095　五言，和藤朝臣春日遇前尚书秋公归病作　一首
　　阙下新辞禄　都门旧一疏　幽情吟招隐　孤舆赋闲居
　　烟景春深色　群萌雪尺余　夜来琴酒意　松月晓窗虚
　　　　　　　　　　　太上天皇〔在祚〕【嵯峨天皇】　　095

096　五言，和藤朝臣春日遇前尚书秋公归病作　一首
　　伊人登仕久闲养卧芳春　知足慎玄诫　辞盈谢鬼神
　　贞松百尺节　寒竹四时筠　应识千年后　独将疏氏伦
　　　　　　　　　　　野岑守【小野岑守】　　096

097　五言，和藤朝臣春日遇前尚书秋公归病作　一首
　　未及悬车乞骸骨　明皇恩宠带平章　近江太有鲈鱼脍　定识休闲寿命长
　　　　　　　　　　　毛颖人【上毛野颖人】　　097

098　七言，闲庭早梅　一首
　　庭前独有早花梅　上月风和满树开　纯素不嫌幽院寂　浓香偏是犯窗来
　　纤纤枯干知初暖　片片寒葩委旧苔　自恨无因佳丽折　徒然老夫野人栽
　　　　　　　　　　　太上天皇【嵯峨天皇】　　098

099　五言，和菅清公春雨之作　一首
　　崇朝云气晴　密雨泛春空　京洛嚣尘敛　韦台夕影朦
　　悬珠新古树　含润短修丛　芳泽被群物　莺华二月中
　　　　　　　　　　　太上天皇〔在祚〕【嵯峨天皇】　　099

100　五言，和菅清公春雨之作　一首
　　有浑公私遍　初令东作霶　杏花新色浅　菖叶早茎纤
　　暮影频来馆　春声不断檐　群芳从此出　何处见寒潜
　　　　　　　　　　　　　滋贞主【滋野贞主】　　100

101　七言，老翁吟　一首
　　世有不羁一老翁　生来无意羡王公　入门忘却贫与贱　醉卧芳林花柳风
　　　　　　　　　　　　　太上天皇【嵯峨天皇】　　101

102　杂言，秋千篇　一首
　　幽闺人　　　　妆梳早　　　　正是寒食节　　共怜秋千好
　　长绳高悬芳枝　窈窕翩翩仙客姿　玉手争来互相推　纤腰结束如鸟飞
　　初疑巫岭行云度　渐似洛川回雪皎　春风吹休体自轻　飘飘空里无厌情
　　佳丽秋千为造作　古来唯惜春光过清明　蹋云双履透树差　曳地长裾扫花却
　　数举不知香气尽　频低宁顾金钗落　婵娟娇态今欲休　攀绳未下好风流
　　教人把著忽飞去　空使伴俦暂淹留　西日斜　未还家　此节犹传禁火
　　遂无灯　月为灯　秋千树下心难歇　欲去踟蹰竟不能
　　　　　　　　　　　　　太上天皇〔在祚〕【嵯峨天皇】　　102

附录：《凌云集》《文华秀丽集》《经国集》诗集全文

103　杂言，奉和秋千篇　一首

　　寒食节　　　　　周旧制　　　　　禁火余风犹未废　丽景虽多雄胜壤

　　光华未若帝乡霁　相将容豫自何怜　昨日烟林採摘人　借问游踪攸向处

　　秋千好树一园春　自凌且　　　　　欲暮时　　　　　后辈趁来满路晖

　　或步或车尘影合　半休半戏语声微　初惟浅暗榆槐柳　酷气深浓桃李梨

　　耸干高横来似落　长绳倒著去如飞　常人熟得新者畏　往岁遄停今年迟

　　弱腕经营不识罢　轻躬怜爱无意归　花与饰　饰与花　一香发变色奢

　　鬌髻迎枝蝉冀薄　釖钿礙叶燕阴斜　非唯玮态秋千工　妇容妇德亦妇功

　　明日更期斗百草　君王花树芳菲中

　　　　　　　　　　　　　　　　　滋贞主【滋野贞主】　　103

104　七言，看源童子书跡　一首

　　花间垂露绿毫满　峰际崩云逐点安　上代神灵吾所听　谁言今日眼前看

　　　　　　　　　　皇帝〔在东官〕【淳和天皇】　　104

105　七言，赋新年雪里梅花　一首

　　春光初动塞犹紧　一株梅花雪里开　想像宫中蝉娟处　暗知黄鸟稍相催

　　　　　　　　　　　　　　公主【有智子内亲王】　　105

106　五言，暇日闲居　一首
　　暇日除烦想　春风钻楚词　搪闲啼鸟换　门掩世人稀
　　初笋篁边出　游丝柳外飞　寥寥高枕卧　庭树落花时
　　　　　　　　　　　　　　　　良安世【良岑安世】　106

107　五言，竹树新栽流水远引即有兴把笔直疏得寒字应制〔太上天皇在祚〕　一首
　　竹树新成荫　春光始欲阑　杂花压栏暖　瀑水击梁寒
　　侍女开扉听　亲臣卷箔看　非经山河远　即坐得考盘
　　　　　　　　　　　　　　　　野岑守【小野岑守】　107

108　七言，现果诗　一首
　　青阳一照御苑中　梅蕊先众发春风　春风一起馨香远　花暮相晖照天宫
　　　　　　　　　　　　　　　　释空海　108

109　七言，过因诗　一首
　　莫道比花今年发　应知往岁下种因　因缘相感枝干耸　何况近日遇早春
　　　　　　　　　　　　　　　　释空海　109

110　七言，赋桃，应令〔平成天皇在祚。一说在东宫。〕　一首
　　武陵仙萼本纷纷　南国容花未足云　闲径无扫维隐士　成蹊有诧彼将军
　　风翻丽影遥扬馥　露点鲜光更起文　如值上林移植会　垂荫万亩插青车
　　　　　　　　　　　　　　　　阳丰年【贺阳丰年】　110

111　七言，赋桃，应令〔平成天皇在祚。一说在东宫。〕　一首
　　千岁一花闻旧史　三春坐移照今年　红华媚日红逾焕　锦色须霞锦更鲜
　　秦客迷源长不返　汉儿延寿几要仙　欲知此树成蹊德　真臭芬芳自可怜
　　　　　　　　　　　　　　　　　　林婆娑　111

112　五言，咏樱　一首
　　早花春梢抄　樱树乃舒荣　独抱后肘叹　还开仲节英
　　风前香自远　日下色逾明　试赋临年萼　仙龄几个迎
　　　　　　　　　　　　阳丰年【贺阳丰年】　112

113　五言，春庭友人见过　一首
　　春气不嫌人　席门花自新　虽异陈平德　欣惊长者尘
　　　　　　　　　　　毛颖人【上毛野颖人】　113

114　杂言，奉和太上天皇春堂五咏　四首
　　御春堂　春堂六扇屏　淡墨图形尚可辨　朝云归处巫山晴〔右屏〕
　　御春堂　春堂苔藓床　幽栖自从嫌玳瑁　寻常石上又水傍〔右床〕
　　御春堂　春堂灼灼玮　兰人高情天下小　偃息依之代负扆〔右几〕
　　御春堂　春堂灼灼灯　兰膏更加夜过半　隐抓双花连影登〔右灯〕
　　　　　　　　　　　　南永河【南渊永河】　114

115　杂言，奉和太上天皇春堂五咏　一首
　　　侍春堂　春堂云母屏　屈伸随用无定意　唯期日夜对龙扃
〔右屏〕

　　　　　　　　　　　　　　　　　净夏嗣【净野夏嗣】　　115

116　杂言，奉和太上天皇春堂五咏　三首
　　　卧春堂　春堂疏竹簾　幽眺不眠复不卷　闲宅向晓月钩纤
〔右簾〕
　　　卧春堂　春堂南郭几　更有千年灵寿杖　相携与尔扶坐起
〔右几〕
　　　卧春堂　春堂独夜灯　清影未尝欺暗室　挑时更使圣明增
〔右灯〕

　　　　　　　　　　　　　　　　　惟春道【惟良春道】　　116

117　五言，同春太咏鬼之什　一首
　　　鬼神惟不测　冥运入希微　论有形无形　言无道有奇
　　　斋襄未免谴　晋景亦殊随　隐显虽难定　祸淫在可知

　　　　　　　　　　　　　　　　　石广主【石川广主】　　117

118　杂言，临春风效沈约体应制〔太上天皇在祚〕　一首
　　　临春风　　　春风澹荡起　　　初从青苹末　　　过拂琁闺里
　　　香奁拭即飞栖尘　妆粉眠销懊恨人　舞袖欲缝丝屡乱　音书未寄怨愈频
　　　绿动龙蟠叶　　红惊凤脑花　　柳絮非同处　　海芬是满家
　　　黄莺杂沓谁求媒　素蝶翩翩不倦回　一道风情如有感　吹簾似

令荡天开

　　　　　　　　　　　　　滋贞主【滋野贞主】　　118

119　七言，春日奉使入渤海客馆　一首
　　苍茫渤海几千里　五两舟中送一年　鲲壑难辛孤帆度　鲸涛杀怕远情传
　　春鸿爱暖南江水　旅客看云北海天　晓来莫惊单宿梦　他乡觉后不胜怜

　　　　　　　　　　　　　滋贞主【滋野贞主】　　119

120　七言，听早莺，示惟山人春道　一首
　　春归物色早莺飞　晓啭初归人不归　寂寂空房无与听　春寒独恨薛萝帷

　　　　　　　　　　　　　太上天皇【嵯峨天皇】　　120

121　七言，和滋贞主城外听莺简前藤中纳言之作　一首
　　邃谷黄莺无俦侣　冬天不语在荒林　年来更遇阳春候　涩啼一唤旧知音

　　　　　　　　　　　　　太上天皇【嵯峨天皇】　　121

122　七言，文友见过，赋莺勒情晴字　一首
　　春莺出自环林里　杂吹新声旧岁情　不弄疏篱花树色　群飞入我晚风晴

　　　　　　　　　　　　　滋贞主【滋野贞主】　　122

123　五言，和藤神策大将闭门好静花鸟驯人不胜感什　一首
　　阴吏雨相得　嫌喧暂断宾　松萝宜避骖　苔藓不看尘

叶暗寸余丝　花残数片春　蒙牵风月好　非是道栖人
　　　　　　　　　　　　　　　　　　滋贞主【滋野贞主】　　123

124　五言，咏禁苑鹰生雏　一首
　　　峻岭增巢鸟　生雏禁苑中　依昂留圣瞩　神俊狙禅风
　　　理翾情方盛　回眸气不穷　愿栖仙阁下　将助鲁臣忠
　　　　　　　　　　　　　　　　　　阳丰年【贺阳丰年】　　124

125　五言，咏禁苑鹰生户雏　一首
　　　兹禽群鸟俊　禁苑数雏生　日日雄姿美　朝朝猛气惊
　　　青骸羁彩胖　素质狎丹庭　愿以凌云翼　长输逐雀诚
　　　　　　　　　　　　　　　　　　科善雄【仲科善雄】　　125

126　五言，月下听孤雁　一首
　　　边亭夜已阑　一雁晓声寒　只影霜中没　孤音月下闻
　　　单飞倦缴网　独唳怨离群　欲传羁客泪　若个故乡云
　　　　　　　　　　　　　　　　　　淡福良【淡海福良满】　　126

127　五言，咏燕　一首
　　　表瑞集齐郡　呈灵入玉筐　龙潜避爽节　凤举逐喧光
　　　栖宇传新语　衔泥寻旧梁　去来不失候　可谓识行藏
　　　　　　　　　　　　　　　　　　枝直臣【大枝直臣】　　127

128　七言，赐看红梅探得争字，应令　一首
　　　二月寒除春欲暖　摇山花树梅先惊　即今红蕊满枝发　仙萼寨
　　簾感兴情
　　　香虽萝衣犹可误　光添妆睑遂应争　倘因委质瑶阶侧　朝夕徒

仰少阳明

　　　　　　　　　　　　　　　　　　纪长江　　128

129　七言，早春途中　一首
　　平旦挥鞭城外出　林村雨霁早春生　傍峰近听樵客唱　入涧深闻断猿声
　　关北寒梅花未发　江南暖柳絮先惊　愁中路远行不尽　为有羁人故乡情

　　　　　　　　　　　　　　　藤令绪【藤原令绪】　129

经经国集　　卷十三　　诗十二
春宫学士从五位下臣滋野朝臣贞主等奉敕撰
杂咏三
130 杂言，九日玩菊花篇　一首
一首
　　沉寥兮旻穹萧索兮凉风　潦行收兮池沼洁　鞾稍殒兮林莽空
　　菊之为草兮　寒花露更芳　自分独迟遇重阳　弱干扶疏被曲丘
　　柔条婀娜影清流　绿叶云布朔风浒　紫苍星罗南雁翔　逸趣此时开野宴
　　登高远望坐花院　玩菊花菊花靴黄　粉葩寂寂无人见　独携菊酒虑情素
　　各□幽栖少与晤　花开花落秋将暮　秋去秋来人复故　人物蹉跎皆变衰
　　如何仙菊笑东篱　看花纵赏机事外　闲兴攀花令节宜　盈把陶令

趁美钟生　　　吾与二人爱晚荣　　古今人共味　　　能除疠病亦延龄

太上天皇【嵯峨天皇】　130

131　杂言，九日玩菊花篇应制　一首
　玩芳菊　　　几芬芬　　　延寿时浮王弘酒　空嗟盈把夕阳曛

源明〔时年十三〕　131

132　杂言，九日玩菊花篇应制　一首
　萋萋菊芳绕清潭　始有寒花一雁南　岸芭□早滋　朝夜露余香
　盈把□随陶元亮　登高欲访费长房　餐英闲作湘南客　饮水延年郿北乡
　玩黄花　　　黄花无厌日将斜　影入三秋□宛浦　人传往事旧龙沙
　叶如云　花似星　纷纷几处满山亭　自有心中彭祖术　霜潭五美奉遐龄

滋善永【滋野善永】　132

133　七言，山夜　一首
　移居今夜萝薜眠　梦里山鸡报晓天　不觉云来衣暗湿　即知家近深溪边

太上天皇【嵯峨天皇】　133

134　七言，山居骤笔　一首
　孤云秋色暮萧条　鱼鸟清机复寥寥　倚枕山风空肃杀　横琴溪

月自逍遥

僻居人老文章拙　幽谷年深鬓发凋　萝户闲来无一事　莫言吾侣隐须招

太上天皇【嵯峨天皇】　　134

135　五言，良纳言秋山闲饮　一首

遁世云山里　秋深掩弊庐　溪厨作酌浊　野院旦焚枯
咏兴逍遥事　琴声语笑余　欣将轩冕客　俱醉晚林虚

良安世【良岑安世】　　135

136　五言，途中九日　一首

客里三秋暮　途中九日来　相留间行旅　如何菊花开

良安世【良岑安世】　　136

137　五言，病中九日饮　一首

闻说重阳至　秋中菊酒情　卷簾伤暮节　把盏叹颓龄
彭泽黄花味　斋谐赤实声　非无登望忆　惟力不堪行

良安世【良岑安世】　　137

138　杂言，九日林亭赋得山亭明月秋应太上天皇制　一首

秋天如水高且虚　上有明月无根株　流光洞澈空山里　林下孤亭静者居
住来一饵不死药　已得一生长为乐　山寂寂　月团团　仙怅无眠山夜寒
千山一霜物衰朽　运谢时代空有有　云鹤晴飞紫霄上　野猿清叫清溪口
月正午转明　古萝松下照幽情　今夕即重阳　　　　　　　　月樽唯

是更生香

　　　　　　　　　　　　　　　　巨识人【巨势识人】　　138

139　五言，小池七夕　一首
　　星夕卧池边　遥胆肆远天　不知飞鹊意　何似达神仙
　　　　　　　　　　　　　　　　瑠高庭【布瑠高庭】　　139

140　七言，重阳节得秋虹应制〔太上天皇在祚〕　一首
　　君王出豫重阳序　试望秋虹远近光　首尾分形浮殿阁　雌雄半体跨池塘
　　晴天色爽弦文拖　碧水阴生桥势长　别有梦中华渚度　千年一圣诞明王

　　　　　　　　　　　　　　　　　　　　橘常主　　140

141　七言，秋山望云雨以忆此心　一首
　　白云轻重起山谷　苍岭高低本入室　或洒或飞南北雨　乍飘乍扇东西风
　　唯有一虚湛不变　千年万岁颜色同　欲言□□傍烟色　天水含晖秋月通

　　　　　　　　　　　　　　　　　　　　释空海　　141

142　七言，夜亭晚秋，探得回字，应太上天皇制　一首
　　无能白首侍池台　不厌闲亭俯岩隈　阳面指天森松柏　阴崖满地点莓苔
　　朝烟有色看深浅　夕鸟无心暗往来　老病交侵秋已暮　恩私假借暂徘徊

　　　　　　　　　　　　　　　　安文继【安野文继】　　142

附录：《凌云集》《文华秀丽集》《经国集》诗集全文

143　杂言，奉和捣衣引〔太上天皇在祚〕　一首

妇家体　　　　　生来十年不出门　　四教传受慈母言　　始修法度何严重

妇功之营无与论　春天蚕作蟹收丝　　秋景织经霜授衣　　从此即今劳所务

招携娅娜几家姬　衣初捣　　　　　　捣衣之难若寒早　　女须鸣石秋声击

叔虞封枝月影抱　判是歌舞无劳曲　　通宵砧杵未为足　　音韵埙篪不相让

响□添珮暗连续　万杵千砧意岂齐　　殊令怨者就中悽　　雁度相思苏子妾

鸳让独泣窦生妻　捣衣罢华裁初织　　四阿向转风萧疏　　剪力欲倦玉手冷

刻针还嫌线**脚粗**　不知肥瘦异于今　宽窄仍准别时襟　　君不见陇头水

　　　　　　　　是妾悽切抚衣音

　　　　　　　　　　　　　　　　　　　　　巨识人【巨势识人】　　143

144　杂言，奉和捣衣引〔太上天皇在祚〕　一首

秋欲阑　闺门寒　风瑟瑟　露团团　遥忆仍伤边戍事　征人应苦客衣单

匣中掩镜休容饰　机上停梭裂残织　借问捣衣何处好　南楼窗下多月色

芙蓉杵　锦石砧　出自华阴与凤林　捣齐纨　捣楚练　星汉西回心气倦

随风摇飏罗袖香　映月高低素手凉　疏节往还绕长信　清音悽断入昭阳

就灯影　来玉房　力尺量短长　　　穿针泣结连枝缕　含怨缝

为万里裳

莫怪腰圈畴昔异　昨来入梦君容悴

惟氏　144

145　七言，夜听，捣衣　一首

霜大月照夜河明　客子思归别有情　厌坐长宵愁欲死　忽闻邻女捣衣声

声来断续因风至　夜久星低无暂止　自从别国不相闻　今在他乡听相似

不知彩杵重将轻　不悉青碪平不平　遥怜体弱多香汗　预□更深劳玉腕

为当欲救客衣单　为复先愁闺阁寒　虽忘容仪难可问　不知遥意怨无端

寄异土兮无新识　想同心兮长叹息　此时独自闺中闻　此夜谁知湖眸缩

千寻海水尺地停　晨昏不霁烟霞雾　昼夜无环日月星　霍岭仙炊杂树叶

苏门客啸向岩肩　花林鸟入羽常引　薜萝人归径不尽　锦里将妆拾翠具

仙家欲茸采黄菌　武陵县里疑迷源　明月峡中似听猿　春秋暖冷同千岭

草木荣枯共一园　古年奇好尽毫端　坐卧之间未厌看　颍川水曲岩陵濑

不知湿叟钓潭竿

杨泰师　145

附录：《凌云集》《文华秀丽集》《经国集》诗集全文

146　杂言，青山歌　一首

　　青山峻极兮摩苍穹　　造化神功兮势转雄　　飞壁嵌崟兮帖屏岿
层峦回立兮□气融
　　朝喷云兮暮吐月　　风萧萧兮雨濛濛　　乍晴乍暗一旦变
凝烟积翠四时转
　　神仙结阁　　　仁智讫暝　　　或冥道而宵晚
或晦迹以寂寞
　　林壑花飞春色斜　　登临逸兴意亦赊　　甚幽至险多诡兽
离俗远□绝嚣哗
　　此地遨游身自老　　老来劳独宿怀抱　　夜深苔席松月眠
出洞孤云到枕边

　　　　　　　　　　　　　　　太上天皇【嵯峨天皇】　　146

147　杂言，奉和太上天皇青山歌　一首

　　屹巍青山亘千里　　嵯峨碧嶂几千寻　　千穹苍而独秀出　　凝积翠
以常幽深
　　崔嵬不是阙一遗　　翁郁犹因容众林　　孔雀凤凰翔其顶　　熊罴犀
象栖其阴
　　游仙所乐些　　　逸士所说些　　　三休古路　　　云格
蕟危
　　一道飞泉涧石凿　　风听仙僧清梵处　　烟逢溪子钓渔泊　　山萧
条些
　　心寂寥些　　　尘滓之乡　　　去遥迢些　　　　城中
圣些
　　空黛色　　　有胜地兮人不识　　人不识兮物外趣　　而我
到之
　　何由得阁上　　色映刘王汾水流　　笼山暗湿长年叶　　带日高

韬短暑晖

　　紫府欲迎仙驾养　　青天曾助鹏翼飞　　潮为巫岭神姬气　　夜作银河织女衣

　　富缨人间如不义　　华封劝我帝乡意

良安世【良岑安世】　147

148　七言，奉试赋得秋〔每句用十二律名字〕　一首

　　凉天萧素太堪悲　　况复寒鸿南度时　　宵渡柳营计应碎　　扶风松盖想无衰

　　捣衣夹室月光冷　　织锦中闱恩绪滋　　白露凝兰洗佩净　　文霜杀草惊钟飞

　　晴空云埃收遥岭　　古木蝉蕤咽晚飔　　黄叶飘零秋欲暮　　则知潘鬓飒如丝

纪长江　148

149　五言，奉试赋秋兴〔以建除等十二字居句头〕　一首

　　建酉星初转　　除湿金正王　　满江鸿翼足　　平陆菊丛香

　　定识幽闺女　　执梭织锦章　　破簾虫网薄　　危牖月光凉

　　成雨叶声乱　　收芳草色黄　　开书周览后　　闭户叹潘郎

治文雄　149

150　五言，奉试赋得陇头秋月明〔题中取韵，限六十字〕　一首

　　桂气三秋挽　　蕖阴一点轻　　傍弓形始望　　圆镜晕今倾

　　漏尽姮娥落　　更深顾兔惊　　薄光波里碎　　寒色陇头明

　　皎洁低胡域　　玲珑照汉营　　誓将天子钏　　怒发独横行

丰前王　150

151　五言，奉试赋得陇头秋月明〔题中取韵，限六十字〕　一首
　　反护单于性　边城未解兵　戍夫朝蓐食　戎马晓寒鸣
　　带水城门冷　添风角韵清　陇头一孤月　万物影云生
　　色满都护道　光流傍飞营　边机候侵寇　应惊此夜明
　　　　　　　　　　　　　　　野篁【小野篁】　151

152　五言，奉试赋得陇头秋月明〔题中取韵，限六十字〕　一首
　　萧关天气冷　陇上月轮明　皎皎含冰白　辉辉入镜澄
　　凌霜弓影静　浥露扇阴清　彩比齐纨洽　光同赵璧生
　　珠华浮雁塞　练色照龙城　悉预昭君曲　长随晋帝行
　　　　　　　　　　　　　　　藤令绪【藤原令绪】　152

153　五言，奉试赋得陇头秋月明〔题中取韵，限六十字〕　一首
　　霜气冷关树　秋月色更明　定识怀恩客　挥戈从远征
　　影寒交河道　辉度万里程　水底沈钩璧　叶中寻落星
　　胡骑气逾勇　汉营阵杂生　但忻重光晕　犹照陇头城
　　　　　　　　　　　　　　　治颖长　153

154　五言，奉试赋秋雨〔宫殿名限天韵〕　一首
　　秋雨正滂沛　旬朝洒玉堂　花浓丛发越　燕度石飞翔
　　已濯兰林佩　更霑薰草香　迎风散斜影　清暑送浮凉
　　似露飘长乐　如尘拂建章　长年无破块　崇德咏时康
　　　　　　　　　　　　　　　山古嗣【山田古嗣】　154

155　七言，看落叶，应令　一首
　　秋天鹤唳露光团　万叶纷纷岁欲阑　金井梧桐虽摇落　庭前孤竹不知寒
　　　　　　　　　　　　　　　滋善永【滋野善永】　155

156　五言，旧邑对雪　一首
　　始霭穹隆阁　纷纷寂寞庭　如花梅下乱　似絮柳前萦
　　洁白因逢立　污玄以染成　骤歌犹寡和　何处赐幽声
　　　　　　　　　　　　　　　　　　　平城天皇　156

157　五言，奉和旧邑对雪　一首
　　旧邑同云起　春天雪犹飙　含辉临素扇　呈瑞满冥宵
　　阴阶飞更积　阳砌结还销　郢曲能安和　羞歌下里调
　　　　　　　　　　　　　　　太上天皇【嵯峨天皇】　157

158　七言，除夜　一首
　　欲眠不眠坐除夜　云天此夜秀芳春　启祥孤独迎献节　遁世诗情故隐沦
　　山雪暮光寒气尽　庭梅晓色暖烟新　生涯已见流年促　形影相随一老身
　　　　　　　　　　　　　　　太上天皇【嵯峨天皇】　158

159　七言，奉和除夜　一首
　　幽人无事任时运　不觉蹉跎岁月除　晓烛半残星色尽　寒花独笑雪光余
　　阳林烟暖鸟声出　阴涧冰消泉响虚　故匦春衣终夜试　朝来可见柳条初
　　　　　　　　　　　　　　　公主【有智子内亲王】　159

160　七言，奉和除夜　一首
　　新年欲到故年去　新故相连四气和　预喜仙龄难老歇　还悲人事易蹉跎

附录：《凌云集》《文华秀丽集》《经国集》诗集全文

春声北向雁将少　晓听南惊鹭未多　虽值暄寒犹不变　闲庵砌后古松萝

滋贞主【滋野贞主】　160

161　七言，奉和除夜　一首
自从习静出风尘　北斗□回岁□巡　俗事□随□夜尽　幽心独对上阳新
烟岚向暖迎年色　山烛闲燃避世人　泉石不知老将至　悠然徒任去来春

惟氏　161

162　五言，东宫岁除，应令〔平城天皇在东宫〕　一首
急景方雕节　穷阴复杀年　雪停群岭皎　风紧众林穿
壮齿随宵变　衰客逐浣悛　摇山今日赏　锡命百忧蠲

阳丰年【贺阳丰年】　162

163　七言，守岁　一首
日月其除岁欲迁　风云乍改尚冬天　不看明镜暗知老　况复慈亲七十年

常光守　163

164　五言，闲庭雨雪　一首
玄云聚万岭　素雪飏宫中　带湿还凝砌　无声自落空
夺失将作白　矫异实为同　闲坐独经览　纷纷道不穷

皇太子〔春秋十七〕【仁明天皇】　164

— 337 —

165　五言，闲庭雨雪，探得迷字，应令　一首
　　欲俪清弹曲　荣台独奈兮　封条树裛重　润翼鸟飞低
　　珠缀簾弥映　银生榜不迷　庭隅无秽浊　愚操此思齐
　　　　　　　　　　　　　　　　滋贞主【滋野贞主】　165

166　五言，山斋赋初雪　一首
　　朔气三冬紧　寒花千里飞　班姬亡扇色　孙子得书辉
　　涧晓猿无啸　林春鸟不依　野途失薪者　还识薄萝衣
　　　　　　　　　　　　　　　　公主【有智子内亲王】　166

167　五言，夕宿播州高砂　一首
　　夕次高砂浦　时风暴且寒　凄凄抱霜雪　夜夜宿波澜
　　钓火遥南岸　渔歌怨北湾　悲肠寸寸断　何日下生还
　　　　　　　　　　　　　　　　淡福良【淡海福良满】　167

168　五言，咏雪应诏〔桓武天皇在祚〕　一首
　　自天零者雪　撲地照而开　春絮萦冬柳　新花发旧梅
　　王家银作屋　帝里玉为台　欲载千箱咏　东西一色来
　　　　　　　　　　　　　　　　朝道永【朝原道永】　168

169　五言，咏雪　一首
　　如玉如银雪　自东自北来　园无无絮柳　庭有有花梅
　　琼室非殷室　瑶台异夏台　九区千万里　一种色皑皑
　　　　　　　　　　　　　　　　　　　　金雄津　169

170　咏雪　一首
　　散絮因风起　凝盐任气来　榭楼皆白玉　草树总花梅

国有丰年瑞　　家无闭户哀　　但伤东郭履　　随步跡犹开

枝永野【大枝永野】　　170

171　　杂言，冬日途中值雪简左督　一首
　　　晚路逢寒雪　　纷纷落醉颜　　披裘从捷径　　　策马越关山
　　　鹤发弥添白　　乌头渐欲斑　　高人有意如垂访　可答非因兴尽还

巧诸胜　　171

172　　五言，奉和纪朝臣公咏雪诗　一首
　　　昨夜龙云上　　今朝鹤雪新　　怪看花发树　　不听鸟惊春
　　　回影疑神女　　高歌似郢人　　幽兰难可继　　更欲效而颦

杨泰师　　172

173　　五言，冬日友人田家被酒　一首
　　　一宅长堤古　　良田在西东　　闲门经柳入　　客舍度沟通
　　　冰结波文断　　霜飞叶帷空　　唯余琴酒事　　并是竹林风

伊永代　　173

经国集　　卷十四　　诗十三
春宫学士从五位下臣滋野朝臣贞主等奉敕撰
杂咏四

174　　五言，奉试咏天　一首
　　　列位三光转　　因时万物通　　穷阴终谢北　　阳煦早惊东
　　　就日望唐帝　　披云睹乐公　　惭乏揿天术　　来班与夺雄

野岑守【小野岑守】　　174

175　五言，奉试咏梁，得尘字　一首
　　凤阁将成岁　龙楼结构辰　杏翻华影影　梅起妙歌尘
　　带紫朝光断　含丹晚色新　愿为廊庙干　长奉圣君宸
　　　　　　　　　　　　　　　南弘贞【南渊弘贞】　175

176　七言，不堪奉试　一首
　　纤鳞逬浪惭力微　弱羽逢风倦退飞　别有邯郸学步者　中途匍
匐不知归
　　　　　　　　　　　　　　　路永名　176

177　五言，奉试得治荆璞〔以天为韵限六十字〕　一首
　　荆山趁奥府　经史不空传　中有连城璧　世无觉彼妍
　　潜光深谷内　韬彩峻岩边　价逐千金重　形将满月圆
　　冰霜还谢洁　金石岂齐坚　未过卞和献　无由奉皇天
　　　　　　　　　　　　　　　纪虎继　177

178　五言，奉试得东平树　一首
　　东平灵感木　倾影志非空　地隔连枝异　神幽合意同
　　叶衰宁待雪　条靡自因风　迥望相思处　悲哉古墓中
　　　　　　　　　　　　　　　伴成益　178

179　五言，奉试咏三〔以帷为韵〕　一首
　　青鸟居山日　丹鸟表瑞时　殷汤数让位　管仲终固辞
　　韵曲流泉急　入湖江水迟　宁知损益友　长下董生帷
　　　　　　　　　　　　　　　文真室　179

附录：《凌云集》《文华秀丽集》《经国集》诗集全文

180 　五言，奉试咏三〔以帷为韵〕 　一首
　　　曼情文才长　相如作赋迟　寻朋云有益　交意此成师
　　　鸟影日中挂　猿声峡里悲　坤天惠久尚　久下仲舒帷
　　　　　　　　　　　　　　　　　　石越知人【石川越智人】　　180

181 　七言，奉试赋得王昭君〔六韵为限〕 　一首
　　　一朝辞宠长沙陌　万里愁闻行路难　汉地悠悠随去尽　燕山迢迢犹未殚
　　　青虫鬓影风吹破　黄月颜妆雪点残　出塞笛声肠暗绝　销红罗袖泪无乾
　　　高岩猿叫重坛苦　遥岭鸿飞陇水寒　料识腰围损昔日　何劳每向镜中看
　　　　　　　　　　　　　　　　　　野末嗣【小野末嗣】　　181

182 　五言，奉试得宝鸡祠〔六韵为限〕 　一首
　　　秦政初基代　文公致霸时　分形雉全似　流彩星相疑
　　　绿野朝声散　青郊夕影飞　陈仓北坂下　千岁几崇祠
　　　　　　　　　　　　　　　　　　鸟高名　　182

183 　五言，奉和咏尘〔六韵为限〕 　一首
　　　紫陌暮风发　红尘霭霭生　床中随电影　梁上洗歌声
　　　老氏和光训　庄生守俭情　拂林凝雾薄　飘沼似雨轻
　　　战路从柴曳　妆楼含镜冥　未期神峻岳　飞飓徒自惊
　　　　　　　　　　　　　　　　　　藤关雄【藤原关雄】　　183

184 　五言，奉和咏尘〔六韵为限〕 　一首
　　　大噫笼群物　惟尘在细微　遇霖时聚敛　承吹乍雾霏

洛浦生神袜　都城染客衣　朝随行盖起　暮追去轩归
　　　动息常无定　徘徊何处非　冀持老聃旨　长守世间机
　　　　　　　　　　　　　　　　　　菅善主【菅原善主】　　184

185　五言，奉和咏尘〔六韵为限〕　一首
　　　桂宫飞细质　柳陌泛轻光　影逐龙媒乱　形随凤辖扬
　　　镜沉疑雾月　衣染似粉妆　带曲生珠履　临歌绕画梁
　　　雨来收不发　风至聚还张　峻岳如无让　微巧遮莫亡
　　　　　　　　　　　　　　　　　　中良舟【中臣良舟】　　185

186　五言，奉和咏尘〔六韵为限〕　一首
　　　康庄飙气起　搏击细尘飞　尘影带轩去　暮光将盖归
　　　随时独不竞　与物是无违　动息如推理　逍遥似知几
　　　形生范宁甑　色化土衡衣　欲助高山极　还差冥质微
　　　　　　　　　　　　　　　　　　中良楫【中臣良楫】　　186

187　五言，奉和咏尘〔六韵为限〕　一首
　　　微尘浮大道　霭霭隐垂杨　色暗龙媒坿　形飞凤辇场
　　　徘徊宁有定　动息固无常　遂舞生罗袜　惊歌起画梁
　　　因风流细影　似雪散轻光　无由逢汉主　空此转康庄
　　　　　　　　　　　　　　　　　　菅清冈【菅原清冈】　　187

188　七言，奉试赋得照瞻镜〔各以名字为韵，八韵为限〕　一首
　　　良冶炼铜初铸日　大云烈烈风焰频　背文巧置盘龙体　面彩能
衔满月轮
　　　玉匣池深朝气彻　金台水冷夜阴申　空虚万象见明处　野魅出
精不隐身

附录：《凌云集》《文华秀丽集》《经国集》诗集全文

　　西入秦城献霸主　君王殿上烛佳人　夜裳整下绮罗色　容貌妆前桃李春
　　欲言情素即因此　发昧谁胜奇宝真　如今可用妍嫱鉴　长愿犹为照瞻珍

野春卿【小野春卿】　188

189　七言，奉试赋挑灯杖〔七言十韵，仍以挑灯杖为韵〕　一首
　　斯杖任朴犹胜用　岂假良工加斫雕　白日黄昏灯始续　匪资兹具未能调
　　若非藜杖老全紧　或景蒡茎炎亦焦　谬污潟印盘外落　眼分精锐怅中挑
　　后有召携宴友朋　华堂四照列羊灯　时因永夜焰垂灭　每效微功明更增
　　廉吏嫌燃再不赏　神翁有备躬吹杖　宣神正使苏公厉　致用亦令蜀妇纺
　　一客环堵晓夕勤　十年玩之自为奘　唯喜陋质助光力　弗敢效贪膏泽养

猪善绳〔元姓猪名部〕【春澄善绳】　189

190　五言，奉试得经炊桐〔限六韵〕　一首
　　擢干峰阳岑　森森秀众林　春花含日笑　秋叶带霜吟
　　凤影飘枝上　风声散丽音　忽遇凉飘激　几番动桂阴
　　近石方无顾　何思为爨侵　幸逢邕子识　长作五弦琴

枝碕麿【大枝碕麿】　190

191　七言，看宫人玩扇　一首
　　妖姬二八御楼东　华扇添妆翳颜红　遥似恒娥凭汉月　还疑班

子恐秋风
　　掩鬓影暗宝钗上　随手泪生罗袖中　寄语阳台为雨者　朝朝应入楚王梦

　　　　　　　　　　　　　　　　　　　锦彦公【锦部彦公】　191

192　五言，和菅大夫晓头闻雁卒尔成篇　一首
　　霜雁犹翩翩　随阳南楚天　先群飞稍远　后舞来复前
　　弱羽资风力　危声任月弦　稻粱恩欲报　犹绕旧池边

　　　　　　　　　　　　　　　　　　　惟春道【惟良春道】　192

193　杂言，彘肩　一首
　　彘肩肉　　　赤凝脂　　　白登俎　　　更待庖丁手
　　銎刀磨石刃如霸　坐客看之相嚼久　盐梅初和人争吃　口饱情闲何欲有
　　君不见汉家壮士　挍剑宁辞一杯酒

　　　　　　　　　　　　　　　　　　　仲雄王　193

194　五言，石决明词　一首
　　七孔本无对　能令人决明　胎珠光未显　谁识重连城

　　　　　　　　　　　　　　　　　　　瑙高庭　194

195　杂言，清凉殿画壁山水歌　一首
　　良画师　　　能图山水之幽奇　目前海起万里阔　笔下山生千仞危
　　阴云朦朦长不雨　轻烟幂幂无散时　蓬莱方丈望悠哉　五脚三江清松洞

森漫涛如随风急　行船何事往复来　飞壁栈巇垂萝薜　会岩盘屈衣莓苔

岭上流泉听无响　潺湲触石落西隈　空堂寂寞人言少　杂树朦胧暗昏晓

松下群居都仙　与不语意犹抄　度岁横琴谁奏曲　经年垂钓未得鱼

驰眼看知丹青妙　对此人情兴有余　尽胜真花笑冬春　四时常悦世间人

　　　　　　　　　　太上天皇〔在祚〕【嵯峨天皇】　　195

196　杂言，奉和清凉殿画壁山水歌　一首

丹与青　壁上栽成山水形　垄从危峰将蔽日　峥嵘险涧雁孕遥

三江淼淼寻间近　五岳迢迢大里生　杂花冬不殚　积雪夏犹残

灵禽百貌从心曲　异木千名起笔端　飞流落前看鹄桂　重渊回处识蛟盘

荫松恰似八公仙　蹲石俄疑四皓贤　觅饮连猨常接臂　加餐担客长息肩

渔人鼓枻沧浪里　田父牵犁绿岩趾　绕栋轻云未曾去　窥窗狎鸟经年止

游山自足幽闲趣　属目元饶智仁理　丹青工　有妙功　能令春兴发神爱

　　　　　　　　　　菅清公【菅原清公】　　196

197　杂言，奉和清凉殿画壁山水歌　一首

仙宫粉壁画师情　翰彩偏能逐手生　万像虽资造化力　丹青之

妙更加精

  名山大水宛然是　咫尺能分千万里　眇眇蓬莱反掌间　绵绵员峤寸眸里

  巨灵赑负蹑岑出　神鳖即藏背鸟起　江汉朝宗入海宽　长流风拂不动澜

  玄鹤云中飞不去　白鸥水上浴犹乾　空青淡著春杨暖　石黛浓施古柏寒

  蜂蝶纷飞宁换丛　烟霞潋荡不复空　秋花荻浦经年白　春色桃源度岁红

  羽客吹笙无韵调　幽人领爵未曾醑　群莺林里春不停　积雪岩间夏仍照

  朝望山　夕望川　山川朝夕右座边　人间气序几回转　壁上风光无明年

  不学周王劳辙遍　取于户牖知普天

都腹赤　197

 198　杂言，奉和清凉殿画壁山水歌　一首

  披垣壁　每清冷万事余闲养圣龄　眼下思胆造化体　令听画匠饰丹青

  村乡县邑十州记　诡色环名山海经　万里江山　　　寸寸发发

  忆忆兮心已悬　重闭兮不可穿　即将因梦寻声去　只为愁多不得眠

滋贞主【滋野贞主】　198

 199　五言，奉和太上天皇秋日作　一首

  玉琯商氛起　琁闺砧杵劳　寒声初落树　秋色欲齐毫

露鹤警新滴　篱鹰换旧绚　悲哉为气也　叡兴与天高

滋贞主【滋野贞主】　199

200　七言，秋月夜　一首

　　轻簾朗卷夜窗静　孤月闲来泛南端　白兔因冀云叶霁　恒娥窃药仙居塞

　　渡河未见候输湿　写镜徒怜秋扇团　承袖揽之不盈手　为无纤弱通宵看

　　圜规满耀寰区飞　阴魄生来二八时　长乐钟声传漏久　衡阳雁影下水迟

　　孤飞夜鹊檐枝怨　暗织昆虫机杼悲　贱妾单居不肯寐　风吹砧杵入双扉

　　年来岁去容华空　古往今来月影同　上郡良家戍津远　边庭荡子塞途穷

　　贞筠不变□窗色　暮柳先疏官路风　明月如非照妾意　那堪秋夜暗闺中

滋贞主【滋野贞主】　200

201　七言，和海和尚秋日观神泉苑之作　一首

　　阇梨下自南山幽　敕许令看上苑秋　御路萧疏杨柳影　遵行直到白沙洲

　　回胆肃杀无纷浊　眼沸清泉一细流　小岭登攀频见惊　暗林沸入欲惊鸠

　　三明显照龙池阁　二道薰迎秋蕙楼　法侣相随嘉树下　不殊昔与大比丘

滋贞主【滋野贞主】　201

202 杂言,秋云篇,示同舍郎 一首
　　　气悢憬　　　　　具品秋　　　　客在西　　　　岁欲遒
　　　登山临水耶楚望　移目寒云远近愁　初触奉石一片起　盲风吹
鼹九围浮
　　　阴连潘岳晋〔下阙〕

　　　　　　　　　　　　　　　　　　　　野篁【小野篁】　　202

203 杂言,秋云篇,示同舍郎 一首
　　　涉崇山之嵬罪　　攀右磴之崀磊　　避晗初深兮谷异　追闲稍
远兮岭改
　　　东西引望无行人　前后回看绝世邻　野话何关京邑语　云衣不
染俗家尘
　　　居诸恍惚易蹉跎　叙虑优游每经过　花笑兮如喜见　　猿惊兮
似谁何
　　　山文俄书叶　　　仙围欲烂柯　　　乏马玄黄策不倦　为随高
蹈之烟萝

　　　　　　　　　　　　　　　　　　　　滋贞主【滋野贞主】　　203

204 杂言,秋云篇,示同舍郎 一首
　　　青山兮阒寂　　　悬岸兮绝壁　　　下临不测之峥嵘　上仰穹
高之空碧
　　　雷电兮吼怒　　　日月兮朝夕　　　复寰宇兮地隈陬　空鸟兮
稀人迹
　　　我来散发秋复春　林壑森森惟一身　朝炊黍　暮烹鸡　白云为
卧青溪
　　　溪流兮浩浩　　　芳草兮萋萋　　　在山中兮物无役　读诗书
兮身多癖

洞之口　岩之阿　有时独坐青山歌　坐且歌　行且歌　青山寂寂奈乐何

　　　　　　　　　　　　　　　　　　　惟春道【惟良春道】　　204

205　杂言，秋云篇，示同舍郎　一首
　　山寂历兮春欲曛　洞幽深兮此闲云　云中静兮逸人居　栋里云兮时卷舒
　　春遥花声兮鸡犬　一林心事兮琴书　追访赤松兮遗跡　长年隐几闲余
　　山寂历意幽清　幽喜春晴　石萝疏兮春月色　溪扉暗号夜泉声
　　避喧兮遂无间　衣薜兮足了生　人閒游兮绝不梦　晓猿深兮落月洞
　　春光寂寂暮山家　独黎杖烟霞
　　　　　　　　　　　　　　　　　　　滋善永【滋野善永】　　205

206　五言，和野评事旅行吟　一首
　　久戍君为客　幽居我作翁　旅愁不可话　相待北山中
　　　　　　　　　　　　　　　　　　　太上天皇【嵯峨天皇】　　206

207　五言，旅行吟　一首
　　十年戍西东　客里白头翁　束卧无安寝　乡心夜夜梦
　　　　　　　　　　　　　　　　　　　野岑守【小野岑守】　　207

208　杂言，渔歌〔短歌用带字〕　五首
　　江水渡头柳乱丝　渔翁上船烟景迟　乘春兴　无厌时　求鱼不得带风吹

渔人不记岁时流　淹泊淞洄老棹舟　心自放　常狎鸥　桃花春水带浪游
　　　青春林下度江桥　湖水翩翩入云霄　烟波客　钓舟遥　往来无定带落潮
　　　溪边垂钓奈乐何　世上无家水宿多　闲酌醉　独棹歌　浩荡飘飘带沧波
　　　寒江春晓片云晴　两岸花飞夜更明　鲈鱼脍　莼菜羹　餐罢酣歌带月行
　　　　　　　　　　　　　　　　　　太上天皇〔在祚〕【嵯峨天皇】　208

209　杂言，奉和渔家〔每歌用逆字〕　二首
　　　白头不觉何老人　明时不仕钓江滨　饭香稻　苞紫鳞　不欲荣华送吾真
　　　春水洋洋沧浪清　渔翁从此独濯缨　何乡里　何姓名　潭里闲歌送太平
　　　　　　　　　　　　　　　　　　公主【有智子内亲王】　209

210　杂言，奉和渔家〔每歌用逆字〕　五首
　　　渔夫本自爱春湾　鬤发皎然骨性闲　水泽畔　芦叶间　挐音远去入江还
　　　微茫一点钓翁舟　不倦游渔自晓流　涛似马　涩如牛　芳菲霁后入花洲
　　　潺湲绿水与年深　棹歌波声不厌心　砂巷啸　蛟浦吟　山岚吹送入车衿
　　　长江万里接云倪　水事心在浦不迷　音山住　今水栖　孤竿钓影入春溪
　　　水泛经年逢一浦　舟中暗识圣人生　无思虑　任时明　不罢长

歌入晓声

滋贞主【滋野贞主】　　210

211　七言，渔歌　一首
　　春春雨后云天晴　夹岸红花射水明　独酌浊醴味鱼羹　芦中饮了向江行

藤三成【藤原三成】　　211

212　杂言，和出云巨太守茶歌　一首
　　山中茗　早春枝　萌芽採擷为茶时　山傍老　爱写宝　独对金炉炙令燥
　　空林下　清流水　纱中漉仍银鎗子　兽炭须臾炎气盛　盆浮沸浪花
　　起犟县垸闾家盘　吴盐和味味更美　物性由来是幽洁　深岩石髓不胜此
　　煎罢余香处处薰　饮之无事卧白云　应知仙气日氤氲

惟氏　　212

213　五言，遥和播州长史丹治中得絮柳请植左大将军闲院之作　一首
　　柳条八许尺　截取寄情人　根断叶憔养　纷空絮落贫
　　星尘移夕建　龙路送朝鳞　委地日犹浅　须看后岁春

滋贞主【滋野贞主】　　213

经国集　　卷二十　　策下
春宫学士从五位下臣滋野朝臣贞主等奉敕撰
策下

214　骏河介正六位上纪朝臣真象对策文　二首
三韩用武　佚名

　　问：三韩朝宗，为日久矣。占风书时，岁时靡绝。顷丛尔新罗，渐阙蕃礼。蔑先祖之要誓，从后主之迷图。思欲，多发楼船，远扬威武。斩奔鲸于鲲壑，戮封豕于鸡林。但良将伐谋，神兵不战，欲到斯道，何施而获？

　　臣闻："六位时成，大易焕师贞之义。五兵爰设，玄女开武定之符。人禀刚柔，共阴阳而同节。情分喜怒，与乾坤以通灵。"实知，天生五材，民并用之，废一不可，谁能去兵。若其欲知水者先达其源，欲知政者先达其本，不然何以验人事之终始，究二德之污隆？故追光避影而影逾兴，抽薪止沸而沸乃息。何则，极末者功亏，统源者效显。观夫，夷狄难化，由来尚矣。礼仪隔于人灵，侵伐由于天性。雁门警犹火，捡猾于周民。马邑惊尘骄，子梗放汉地，自彼迄今，历代不免。其有协柔荒之本图，悟怀狄之远算者。是盖千岁舞阶之主，江汉被化之君也。故不血一刃而密须归仁，不劳一戎而有苗向德。然则兜甲千军，虎贲百万，蹴踏戎穴之地，叱吒锋刃之间。徒见师旅之劳，遂无绥宁之实。我国家，子爱海内，君临寓中。四三皇以垂风，一六合而光宅。青云中吕，异域多问化之人。白露凝秋，将军无耀威之所。兵器锁而无用，戒旗卷而不舒。别有西北一隅鸡林小域，人迷礼法，俗尚顽凶。傲天侮神，逆我皇化。爰警居安之惧，仍想柔边之方。秘略奇谋，俯访浅智。夫以，势成而要功，非善者也。战胜而矜名，非良将也。故，举秋毫者，不谓多力。听雷电者，不为聪耳。古之善战者，无智力，无勇功。谋于未萌之前，立于不败之地。是以，权或不失，市人可驱而使。谋或不差，敌国可得而制。发号施令，使人皆乐闻。接刃交锋，使人皆安死。以我顺而乘其逆，以我和而取其离。孙吴再生，不知为敌人计矣。是百胜之术，神兵之道也。于臣之所见，当今之略者。多发船航,远跨边岸。耕耘既抚甿之术,役之劳,纷织无修。室盈怨扩之叹,殆抚甿之术。恐贻害仁之判,诚宜择陆贾出境之才,用文翁牧人之宰。陈之以德义,示之以利害,然后唛以玉帛之利,敦以和亲之辞。绝其股肱之佐,吞其要害之地。则同于槛兽,自有求食之心,类于井鱼,讵有触纶之意。谨对。

结绳书契　佚名

问:上古淳朴,唯有结绳。中叶浇醨,始造书契。是知三五六经,由文垂教。未审七十二君,何字刻石子。宝穿坟典,该博古今。既辨三家之疑,亦探百氏之奥。愍陈精辨,俟祛兹惑。

臣闻:"珠联璧合,镜圆盖以垂文。翠岳玄流,洒方舆以错理。鲋藻法之而润色,含章因之以成工。"文之时义,其大矣哉。上古道存,不宰德光而孚。縠饮鹈悽,恬然大化。迫于声绩可纪,孝慈著闻,始制书契,遂改绳政。龟浮龙出,虙牺创之于前。类物写迹,仓颉广之于后。指事写形之制,始辟其规。转注假借之流,爰挥其法。皇坟所以大照,帝典由其聿修。若其,望绵载以肝衡,傃玄风而绎恩。万八千岁,盘古之际难详。七十二君,皇极之猷可验。刻石纪号,禅云亭以腾英。展采观风,登嵩岳而传跡。仲父博物,其言匪妄。司迁良史,其书有实。然则施于王猷用起六羽之后,微于滥觞。理存九翼之前,矧夫威禽呈象,河图负书。文字之兴,殆均造化。但经典散亡,群言繁乱。万古之下,难以意推。臣学非稽古,业谢专门。以间阎之小才,叨明时之买荐。高问难报,茫然阙扬之敏。下春易斜,逡巡无厝言之地。谨对。

天平宝字元年十一月十日
文理生大初位上纪朝臣真象上【纪真象】　214

215 文章生正八位上中臣栗原连年足对策 二首

天地始终 大学少允从六位下兼越前大目菅原朝臣清公【菅原清公】

问：混元肇判，方圆自形，或阳或阴，日高日厚，缛七耀而左旋，载万灵而右辟。斯则千品之源，三才之本者也。然而，递成递坏，释氏之教斯存。有始有终，儒家之风不落。今欲法之驿教，彼始自空，寻之儒风，其终焉在。虽默语别，道有颇异，而圣哲同致。何可错。子才为世出，识作物表，优劣异同，伫闻芳话。

对，窃以，阳清上动，悬二纪五纬而左旋，阴浊下凝，错丘陵江海以右辟。考形测数，可寓游心之端。推变研神，何得施虑之表。自皇雄画卦，取象于天，高密膺图，求步于地。虽陈数度，莫辨区条。故四术纷纶，异端之论蜂起，三家舛杂，臆断之辞抑扬。言多米盐，事为楚越。累代因袭，指掌未详。岂不以古今措刊错之烦，夷夏致传译 之谬矣。夫以，周星殒夕，汉梦发宵，象译 之编爰传，龙缄之教遂辟。于是，辨虚空之不极，说世界之无穷。接比十万，积累三千，日月等渤海之轮回。百亿阎浮，同尘沙之数量，量是知章玄死骤岂尽其边。隶首忽微，何知其算。至若天地终始，国界坏成，始以复终，终以复始，乍空乍住，俱坏俱成。减则极于十年，增则留于八万。何则，住劫云谢，灾难已多，烈火炎炎，洪波淼淼。聚为山岳，散为江河，事隐于玄名，理绝于深迹。然则区区庸陋，不能达其渊源，蠢蠢凡愚，不能详其旨趣。但混家之法，略而可言。天圆而宽，地方而小。形如鸟卵，运似车轮，载水而浮，乘气而立。日月之度，星辰之行，迥地而晦明，丽天而旋运。考之实状，不失其宜。施之治方，尤得其理。又其上天下地，有始无终，不易之义攸诠，长存之说斯稽。是则经典所纬，既有前闻，耳目所安，互无后异。管局之见，独滞儒宗，岂曰谈天，还同测海。谨对。

宗庙禘祫　菅原清公

问：龙凤别纪，五帝不相淞乐，金水递旋，三王不相袭礼。斯知，质文之变，随时之义大哉，损益之事，追世之理深矣。圣朝务在勤恤，未建庙祠。德馨通神，颂声悀物。今欲寻芳训于姬孔，访旧章于马郑，设七广而丰洁粢，则千古以启殷祭。然则，明堂祖庙之异说，可据讵人，三五禘祫之盛礼，萌在何世？详谕义理，复陈可否。

对，窃以，遐观囊册，想太易之初，历讨绵书，寻混元之始。太昊少昊以往，既樸略而未闻。高阳高辛而还，渐昭彰而可见。虽复揖让膺图之主，干戈受命之君，淞革殊途，汗隆异等，莫不建七庙而严祖考，放五教而治邦家者。夫孝者，发于深衷，本于至性。行之在己，外无因物之劳。体之由心，内有徇情之逸。万德虽舛，以道为宗，百行虽殊，以孝为大。施之于国如主泰，用之于家则亲安。既可以施于一人，又可以移于四海。舒之则盈宇内，卷之则发怀中。圣人之德，无加于孝，人子之德，无加于孝。人子之道，可不钦哉。是以，千帝百王，慎终追远，前贤往哲，事死如生。春雨既濡，方切林惕之思，秋霜爰降，转增悽怆之心。然则事岂今哉，其来尚矣。洎马郑更进，三拥之论不同。义在可疑，两存之宜所缨。祭祀之典，虽兴于旷时，禘祫之仪，尤盛于周日。伏惟圣朝，仁超四目，道冠九头。莫远不霑，雨露惭于渥泽。无幽不烛，日月谢于光辉。今欲资往圣之旧章，穷先贤之缨制。创立寝庙，新启烝尝，斯诚尊祖之芳猷，昭孝之茂范也。夫以，明王定制，与世推移，哲后裁规，随时变改。非从地出，非自天生，必在逐宜，安可滞执。诚须建兹千岁之运，置庙立户，侯彼五年之间，先祫后禘。合其昭穆，序其尊卑。来百璧于助祭，受万寿与繁祉。流灵德于歌咏，感圣神于管弦。何独游考室而赋斯干，向沛宫而舞文始而已哉。年足学非今古，识谢方圆。璧雍缀文，同和逌之返侧。铜台下笔，异曹植之立成。高问已来，庸才难报。谨对。

  延历廿年二月廿五日监试　文章生正八位上中臣栗原连年足上
  　文章生正八位上中臣栗原连年足【中臣栗原年足】　　215

216　文章生大初位下道守朝臣宫继对策　二首
调和五行　大学少允从六位下兼越前大目菅原朝臣清公【菅原清公】

问：二仪剖判，五行生成，扬四序而递旋，望七政以无谬。若使圣哲居世，风霜顺节，号令失时，金木变性，然则八眉握镜，滔天之灾未休，四肘临图，燋地之省独厉。岂为天地之应，终可无征。将谓，殷唐之治，时有所缺，孙弘之对，必可有源，班固之书，何所祖述乎。吞鸟之藻，无惭于罗生。吐凤之辞，不谢于杨氏。详稽往古之义，今可行于当。

对，窃以，亹亹圆象，悬日月以垂文，悠悠方仪，列山川而分理。于是，四时更谢，寒暑往来，五德递迁，玉相运转。尔乃，皇雄画卦，天人之道爰明，高密锡畴，帝王之法既立。洎陈其性，则帝有不卑。能賫其前，则天有过敛。是以周王虚己，访奥秘于文师，汉帝兴言，穷精彻于丞相。至唐尧受录，洪水滔天，殷汤膺图，亢旱焦土，运距阳九，时会百六。天地非无其征，唐殷非缺其治。是知，乘运之谴，哲后不能除。膺期之灾，圣居不能救。故以孙弘之对，方看其源，班固之书，遂述其旨。伏惟圣朝，仪天演粹。道备于礼经，扬德韬英，义光于易象，犹能欲明四时之理。穷五行之要，实治国之通规，为政之茂范。夫以木火亏政，风蝗所以兴灾，金水乖方，霜雹由其告谴。若乃，三驱有制，则曲直成其功。四佞离朝，则炎上得其性。抗威禁暴，遂从革之能。发号柔神，申润下之德。卑俭宫室，稼穑所成。仪形寮妻，草木惟茂。礼敷义畅，龟麟可以献祥。仁恰智周，龙凤于焉效祉。既而弘之以德，长无一变之灾，救之以道，安有五时之失。然则巍巍之化，举目应瞻，荡荡之风，企足可待。谨对。

治平民富　菅原清公

问：民为邦本，本固邦宁，吏为民君，君良民足。是以汉帝宰极，委腹心于韩崇，齐侯务功，资羽翼于管仲。今欲扬澡幘褰惟之辈，引四知三异之人，习风教于孔氏，追升平于周室。得贤之颂，何行兴之？余粮之隆，其术安在？证据经典，以发蒙滞。

对，窃以，明王抚俗，克念承天，所爱惟民，所宝惟穀。诚知，民为国本，强国先于富民，下实上基，利上必于丰下。是以，韩崇授职，久著腹心之功，管仲任官，长传羽翼之叹。故上行下化，类水如泥，所以紫变齐风，缨迁郑俗。但汉川照车之宝，寒不可衣，荆岬连城之珍，饥不可食。是故帝籍斯辟，仍怀九载之忧，玺观不亲，便盈七月之叹。方今政清宇宙，地广紘埏，淳风洽乎无垠，大道光乎有截，诚可抑止，未作劝勉。农功劝勉，授力田之官，游手□□，行投畚之罚自然。浮伪戢于四海，雕文纪于百工。黄金息无用之求，翠羽弃非常之货，则千箱可积，万庚将储。室余栖亩之粮，家余如垠之粟。加以，位以德进，官以才升，因贤致贤，由俊得俊。然则澡幘褰惟之辈，敛衽而风来，四知三异之俦，弹冠而雨集。庶绩凝乎多士，群寮整乎得人，朝无旷职之忧，野有击壤之咏。既而富教之术，方同宣尼，升平之功，何异周室。御马之方郁起，烹鲜之要可穷，巍巍而治，可不乐哉。谨对。

延历廿年二月廿六日监试　文章生大初位下道守朝臣宫继上

文章生大初位下道守朝臣宫继【道守宫继】　　216

217　散位寮大属正八位上勋十二等大日奉舍人连首名对策　二首

文道武略　佚名

问：模阳而立文道，写阴而树武略。所以揖让之君，干戈之帝，是依世革，实用斯绪。康时庇俗，庶听捐要。

对，窃以，阴阳之理，实乃千端，变化之义，本非一揆。是以，模阳之道，既显之前策，写阴之理，又彰之昔典。斯实对问之休烈，损益之大旨。用之则上下和穆，舍之则缨贱崩离。就日望云之帝，握衷履翼之王，以文为道，以武为功，取经邦之权衡，辟纬俗之规摸。所以芳猷雏杳，若春兰之乱园，鸿绩缤纷，似秋菊之荡飚。乃知康时之道，其犹契合，庇俗之义，又似符同。伏惟圣朝，名薰紫霄之上，道光丹阙之前。丰功不测，高驱五岳之外，厚利无方，广被西瀛之间。混车书而欣无为，垂衣裳而事息浪。思验文教之所辨，武机之所由，谅救溺之津梁，济流之舟掉。然则春之与秋，义等盐梅，文之与武，理同喉舌。故能括囊文华，包纵武干。七功之高跡皆行，九德之深致好用。观者莫测其源，听者讵知其际。喷纸舍笔之失，风流彻夜，运日连蜿之士，精勤新日。由是使武不废文，文不偃武。则揖让之猷可谈，干戈之理未遂。谨对。

信义立身　佚名

问：信近于义，是有若被可之谈，不信不立，是尼父应物之说。圣垂斯教，物恶不纳，立身之道，谨对其要。

对，臣闻："信以交人，载之前书。义而事君，编于囊志。故泣麟叹凤之圣，钓鱼非羆之贤，莫不以信为本，以义为法。用之则上下芳菲，与春花而流香，舍之则缨贱别离，共秋叶而惊色。握建言之嘉谋，辟进德之高轨。"所以圣贤深化，满溢乾坤之外，贤俊茂跡，浮流宇宙之间。立身之道，既显之屑玉，对策之理，又表之赢金。是以，臣之事君不妄，下之奉上不虚，斯实信义之深趣，仁智之大旨。犹风之靡草，盖其斯矣。伏惟圣朝，继天化民，存道育物，颂声闻于天枢，歌韵响于地轴。高仁丽天，安照侧陋之幽，广德镇地，不择尘溜之聚。今欲议其纲纪，辨其规模，鸿烈不堕，义在于焉。窃以，斟露添海，义不易获，烈烛助阳，理贤难求。岂能笔分青黄，若三冬之理达。略以文辨章句，知七步之谈藻。虽人物不同，信义相分，扬名建身，其要一也。然在士便可为信，于女仍须为义。于彼既有优劣，于此岂无长短。结期倚桥，是微生之深信，应物断义，复尼父之洪术。有前事不朽，足为准的。随世垂教，复何疑也。谨对。

散位寮大属正八位上勋十二等大日奉舍人连首名
散位寮大属正八位上勋十二等大日奉舍人连首名【大日奉首名】   217

218 百济君倭麻吕对策文 二首
鉴识帝难 佚名

问：数步之内，空流兰蕙之芳，十室之中，独伏骐麟之榇。而羽毛虽辨，遂昧楚鸡，玉石易迷，浪珍燕砄。况复，颛师恺悌，被轻于鲁公，马氏方圆，见重于魏主。帝难之旨，其斯谓欤。鉴识之方，宜陈指要。

对，窃以，赤帝文明，知人其病，素王天纵，取士其失。然则珍砄不可辨矣，蓬性不可量矣。凤鸡别也，草情岂堪识也。但无求不得，负鼎朝殷，扣角入齐，择必所汰。四凶剪虞，二叔除周。况今道泰隆，雄德盛导焉。岁星可谈，占风雨而仰欤，瞀亥雨步，尽入提封之垠。遂使少微一星，应多士之位，大云五彩，覆周行之列。巍巍荡荡，合其时欤。不驱愚去，不召贤来。谨对。

劝俭缓急 佚名

问：伏阁之臣，精劝彻夜，还珠之宰，清俭日新。瞻彼二途，兼之非易。如不得已，何者为先？

对，臣闻："莅百寮而顺二柄，宰九州而班六条。"捐金抆玉，虞舜之清俭矣，栉风沐雨，夏禹之精勤矣。加以，杨震作守，陈神知于扛道，冯豹为郎，侍天渔于阁前。飞誉目前，扬美身后。但清者禀根自天，劝者劳株由己。又饮水留犊之辈，经疏史少，驾星去虎之徒，古满今多。臣器非宋宝，宇是燕石，岂堪决前后之源，唯窃折梗概之枝。谨对。

  百倭麻吕　庆云四年九月八日
    百济君倭麻吕【百济倭麻吕】　218

219　刀利宣令对策文　二首
授受之略　佚名

  问：设官分职，须得其人。而行殊轻重，能有长短，委任成责，非当覆馈。授受之略，可得闻乎？

  对，窃以，天垂七政，辨星纪于三百，地陈八座，条议式于三千。所以动异东西，调四时于玉烛，治兼刑德，齐万机于金镜者也。夫百臣分职，虞后致肃肃之美，十乱当朝，周王有济济之盛，士会还肆，众盗去于晋郊，大叔为政，群奸聚于郑蒲。轻重短长，略可言焉。伏惟皇朝，化平日域，德及天涯，执禹麾而招能，坐尧衢而访贤，逃周避汉之臣，雁行于丹墀，游颖隐箕之夫，鳞次于绛阙。无为轶于观象，有道笼于垂衣。是知，钓潢同载，木运祚于七百，捐度成佐，金精灭于二世。得其人兴画一之歌，非其任有尸素之讥。案此而论，粗当分别。但东游天纵，犹迷两儿之对，西蜀含章，莫辨一夫之问。至于授洪务，维帝难之。况乎末学浅志，岂能备述。谨对。

宽猛之要　佚名

  问：烈火炎兵，畏之者归魂，柔水衰陵，押之者遂往。是以东里遗猛烈之言，西门尽严明之事。然臧孙为政，端木衔讪，廉范莅官，云中起咏。宽猛之要，冀敛厥猷。

对，窃以，飞龙不息，健猛之用显矣。行马无疆，顺宽之利亨焉。禀天地之气者人也，含喜怒之静者情也。禀同含异，理宜宽猛。猛能禁断，子产有烈火之喻。宽是兼爱，廉范放夜作之令。沛公入洛，义帝许其宽容。仲由言志，素王乐于行行。既戴于经，亦具于史。义有二途，其揆一也。但理发解绳，前史美谕，以宽济猛，圣人格言。是以，水避高而赴下，民去急而就缓。因水民之赴就，明宽猛之梗概。欲使著弦之夫，拥簪宽穹之庭，佩韦之臣，束带太平之运。谨对。

刀宣令

刀宣令【刀利宣令】

220 主金兰对策文 二首
忠孝相悬 佚名

问：孝以事亲，忠以奉国。既非贤圣，孰能兼此？必不获己，何后何先？

臣金兰言，臣禀性庸愚，操行狂悖，本无学问，素疏翰墨。幸逢分明之运，滥从于禄之后。塞鸳辄就招骏之肆，燕砆轻参求珠之庭。虽似孔父思齐之教，而违周任量力之义。三五所遗，钻仰难穷。八九所传，广远易迷。况复加之以玄旨，点之以七步，讵能尺绠汲渊井，寸管窥峻垠者乎。伏惟圣朝，县金镜而导俗，持玉烛而敷化，振□雅于膠庠，进贤能于帷扆。是以，秀才进士，并争颖脱之说，蓬荜沉沦，但耻负担之贱。故跃纤鳞于沧波，励短翮于云路。敢因各言之义，不揆庸浅之才，实乖雅藻。犹冀君子之遗跡，非所克当。尚仰诱人之鸿教，盖鸟鸣似语，虫叶成字，故粗写古跡，薄陈今旨。臣闻："夫人之生也，必须忠孝。故摩顶问道，负笈从师。然后，出则致命，表忠所天之朝，入则竭力，修孝所育之哄。"是以，参损偏弘孝子之风，政轲犹蕴忠臣之操。盖是事亲之道，莫尚于孝，奉国之义，孰缨于忠。资孝以事君，前史之所载。求忠于孝门，旧典之所编。故虽公私不等，忠孝相悬，扬名立身，其揆一也。别有或背亲以殉国，或舍私以济公。故孔丞割妻子之私，申侯推爱敬之重，即是能孝于亲，移忠于君。引古方今，实足为鉴。在父便孝为本，于君仍忠为先。探今日之旨，宜先忠后孝。谨对。

文质雕朴　佚名

问：雕华绚藻，便贻殉末之愆，破玺焚符，终涉守株之讥。彬彬之义，勿隐指南。

对，臣闻："九野圆盖，悬日月以高覆，八极方舆，列山川以广载。于是，牛首曰君，虵身趁帝，然后文质之迹载敦，华贤之轨弥阐。"若乃专崇朴质，便涉守株之讥，偏行文华，仍贻殉末之愆。然则斌斌杂半，得之趁君子，郁郁两兼，可为主治。文之与质，义等皮毛，朴之与雕，理同唇齿。二途递代，以照万祀，义杲兼两，理难废一。欲使非古非今，以操折中之理，行文行质，以平野史之义。五幅长保，无为继于百王，六极永继，有道传于千帝。相变之礼，迹隐难辨。彬彬之义，捐征易迷。臣实寻求不弹其本，乘流未达其源。然岂逢供庆而韬辞，仰芳猷而辍翰。谨对。

主金兰

221　下毛野虫麻吕对策文　二首
惩兹何用　佚名

问：既号天龙，无足而走，还趁地马，无翼而飞。虽逐时文异，如泉利同。岂可，起詐之子，檀放西蜀之伪，乾没之夫，专行东吴之私。斯滥群小，因冒公司。屡烦丹笔，徒阗黄沙。谓尔进士,应识公方。惩兹不轨,用何能尔。

对,窃闻:"沙石化为珠玉,良难可以疗饥。仓囷实其坻京,唯易逮以济命。"是知,写图而前,犹事血饮。调律而后,谁不食穀。自太公开九府之制,管父通万钟之式,龙文错于郭里,龟册入于幣间。白金驰其奸情,朱厌竞其滥制。西蜀铜岳,徒擅佞倖之门,东晋金沟,遂满夸奢之室。姬景舍轻,单穆陈拥子之讥,刘文放铸,贾生致转祸之谈。实由弃耕桑之务,争锥刀之末。伏惟,圣朝握天镜,纽地矛,德音被于有载,至教翔于无垠。衔禾之兽屡臻,见穰之鳞荐集。今欲既停起詐之功,终折冶镕之途。诚使三农叶节,千箱盈庾。淮阳高枕,追长孺之芳趣,耶谷送归,发祖荣之清辙。则铢文曷惑,锱贯无讹。顿屏磨屑之风,永绝炭挟之俗。谨对。

内教外法　佚名

问。周孔名教,兴邦化俗之规,释老格言,致福消殃之术,为当内外相乖,为复精粗一揆。定其同不,覆此真诡。

对,窃以,眇观列辟,绕电履翼之皇,邈听风声,洞八连三之帝,虽历代千古,而源仍画一。但随时之便不齐,救弊之术亦异。原夫公涉清虚,契归于独善,儒抱旋折,理资于兼济。是以泣麟降跡,刻鲁册之秘典,狼跋垂教,阐周编之雅箓。至如白毫东辉,演打刹之道,紫气西泛,望凝玄之期。斯诚事隐探颐之际,理昧钩深之间。然详授化俗之源,曲寻消殃之术。既浅淄渑之疑,亦有经渭之派。但学谢嬴金,徒迷同不之义,词瞑屑玉,宁述真讹之旨。谨对。

下毛虫麻吕

222 葛井诸会对策文 二首
论学习 佚名

问：仁智信直，必须学习，以屏斯幣，乃显精晖。学为何物，其理既然。迟尔吐实，以正指南。

对，臣闻，人生天地，以学为先。所以本德之后，画龟图以学，星精之帝，摸鸟跡以习。然则学是修德之端，习亦立身之要。至若七十之达，会洙泗而钻洪教，五六之童，游舞雩而仰芳虱。莫不慕道之志云合，振名四海，受业之人雾集，杨誉一代。洒识，仁智学枝不剪根，则愚蒻之蔽立至，信直习派不堰源，则贼绞之纲必缠。谨对。

垂教之旨 佚名

问：杀无道以就有道，仲尼之所轻，制刑辟以节放恣，帝舜之所重。大圣同致，所立殊途。垂教之旨，贞而言之。

对，窃以，诛恶之义，先圣垂典，戮逆之旨，后哲宣轨。所以无为轩帝，劝三战之跡，有道周王，示席二叔之放。则知凶必殄，邪必正者也。但宣父鸟杀之试欲行，偃草之德是既权教，重华节恣之制乃敬，不天之法亦将谟。两圣所立，殊途以同归，二训攸述，异言而混志。谨对。

葛井诸会　和同四年三月五日

223 白猪广成对策文 三首
礼乐别否 佚名

问：礼主于敬，以成五别，乐本于和，亦抱八音。节身陶性之用，实由斯道，御世治民之义，既尽于焉。虽因世损益，而百王相倚。利用礼乐，已有前闻。未决胜负，庶详其别。

对，臣闻："三才始辟，礼旨爰兴，六情渐萌，乐趣亦动。"固知，阴礼之作基，绵弋而自远，阳乐之开肇，遂古而实遐。但结绳以往，杳然难述，书契而还，炳焉可谈。寻夫，礼是肥国之脂粉，乐即易俗之盐梅。莫不揖让尧舜，率斯道以安上。干戈履发，抱兹绪以化下。美善则丹蛇赤龙之瑞自臻，和谐则黄竹白云之曲弥韵。所以高暨天涯，共日月而俱悬，远遍地角，与山川而齐峙。辟水火之利物，方梨橘之味口。纵无姜生之制地，有夏氏之应天。则敬异之旨悉卷，观同之迹偏舒。诚乃俎豆之业，钟鼓之节，于理终须行两，在义宁容废一。谨对。

玄儒精粗　佚名

问：李耳嘉道以示虚玄之理，宣尼危难而修仁义之教。或以为精，或以为粗，元理云为，仰听所以。

对，窃闻："眷山林以被黄缁，道德之玄教也。"是则柱下之风，入皇朝以施青紫，仁义之敦儒也。彼亦司寇之训，故清虚之理，焕二篇而同春日，折施之踪，明五经而类秋月。诚能极苍生之沉溺，继皇风之绝废。伏惟圣朝，德光万寓，化高五岳，动植苞其亭育，翔走荷其陶铸。烈风五日，曾不鸣条。崇雨一旬，徒无破块。复乃南蛮稞壤，占青云以航海，北狄章身，踏白云以梯山，巍兮蔼兮，其化如此。犹惧，聃丘之教未备污隆，玄儒之旨有舒雄雌。欲思分其条目，辨其精粗。窃以，玄以独善为宗，无爱敬之心，弃父背君。儒以兼济为本，别尊卑之序，致身尽命。因兹而寻，盐酸可断。谨对。

赏罚轻重　佚名

问：李耳嘉遁，以示虚玄之理，宣尼危难，而修仁义之教。或以为精，或以为粗，其理如何，庶听所以。〔浦木按，问答之旨有

违，文词之藻有重。前藻似对玄儒之文，后辞犹答赏罚之句。疑有混淆错简。未详。〕

对，窃闻："眷山林以被黄缁，道德之玄教也。"是则柱下之风，入皇朝以抱青紫，仁义之敦儒也。彼凯而窜四凶。姬旦摄机，封枭邵而讨目二叔。因知，国之二柄，德之与刑，为政之基，莫甚于此。方今化高龙首，道洽鹑居。行礼措刑，扬清澈浊。但连城之宝，犹趁有瑕。况既非圣人，讴能无过。诚须赏疑从重，罚疑从轻，不可以怨。浅罪轻，便以有功见弃。勋绩重，终以小过掩功。必须考其真伪，察其虚实。则法禁行而不犯，赏罚明而不欺。谨对。

白猪广成

白广成〔葛井广成〕【白猪广成】　　223

224　船连沙弥麻吕对策文　二首
分疏赏罚　佚名

问：帝王御世，必须赏罚用责罚之道。虽褒贬善恶，或有辜而可赏者，或有功可辜也。理可分疏。庶详其要。

臣闻："圣帝临民，明王御俗，莫不随才授爵，简德分司。责其成功，罚其有辜。"是以虞顺微用举元，古而实遄。但结绳以往，杳然虽述，书契而还，炳焉可谈。寻夫，礼是肥国之指粉，乐即易俗之盐梅。莫不揖让尧舜，李斯道以安上，于戈履发，抱兹绪以化下。美善则丹蛇赤龙之瑞自臻，和谐则黄竹白云之曲弥韵。所以高暨天崖，共日月而俱悬，远遍地角，与山川而齐峙。辟水火之利物，方梨摘之味口。纵无姜生之制地，有夏氏之应天。则敬异之旨悉卷，亲同之跡偏舒，诚乃俎豆之业，钟鼓之节，于理终须行两，在义宁容废一。谨对。〔浦木按：后文与白猪广成对策礼乐之文有重，未详。〕

郊祀进退　佚名

问：郊祀之礼，责简尚存，孟春上辛，有司行事。由是，正月上辛，应拜南郊。历有盈缩，节气迟晚。立春在辛后，郊祀在春前。因以为疑，不知进退适用之理，何从而可。

臣闻："登大宝而垂衣，审高居而宰极，莫不许二仪之化育，法四气之环周。服苍玉于早春，建朱旗于孟夏。"今圣抚运，晖光日新，明德内香，仁风外扇。由是，禾秀瑞颖，时表岁精之名。龟启灵图，屡祀天平之号。犹思，节有迟速，历亦盈虚。立春上辛，或递先后，斯乃奉遵穹昊，敬授民时。窃以，启蛰而郊，明之鲁策，立春迎气，著在周篇。然则拜帝南郊，是存启蛰之后，迎气东北，非在立春之前。因此而言上事在后。谨对。

船沙弥麻吕　天平三年五月八日

船沙弥麻吕　224

225　藏伎美麻吕对策文　二首
郊祀进退　佚名

问：郊祀之礼，责简尚在。孟春上辛，有司行事。由是正月上事，应拜南郊。历有盈缩，节气迟晚。立春在辛后，郊祀在春前。因以为疑，不知进退适用之理。何从而可？

对，臣闻，哲王御宇，郊祀为先，明后临时，鹏里为务。故知，拜天之礼，乃往帝之良规，报地之仪，实前王之茂范。虽复驰骤云异，沿革不同，莫不就远郊而焚柴，因厚地而埋玉。遂使莫声远著，茂实遐硫。踰千祀而永存，经百代而不朽。郊祀之设，无属上辛，事不得已，因为常会。然而，日月回薄，盈缩时改其行。节气推移，迟速或变其序。立春后辛，祀日先春，不可以一致寻，宁须以同涂量。且夫进退殊揆，闻诸邹衡之谈，推步定辰，勤在容成之说。虽愚谓，适用之理，宜合时便。事备司存，何烦更议。谨对。

分疏赏罚　佚名

问：帝王御世，必须赏罚，用赏罚之道，虽褒贬善恶，或有辜而可赏者，或有功可辜也。理可分疏，庶详其要。

对，臣闻："经邦导俗，缨在慎刑。调风御民，先务明赏。"由是悼恶观善，黜幽陟明，清彼奸凶之源，改斯雕弊之季。方今，遐通宁辑，内外元厘，化被八荒，德流四海。开三面以敷愚，虑一物之有伤。爰及刍荛，广垂下听。窃以，赏疑从重，哲后之格言，省灾肆赦，明王之笃论。至如管仲有伤，齐桓举而厚任，韩信有过，汉高舍而不验。若专弃有功，掛彼重科，既忽良才，不加褒赏，何以奖励来者，劝勤后人者哉。虽然不有典刑，稍长犯纲，此而可舍，积习生常。若使宽布惠和，明慎赏罚，道忠信而齐俗，班礼教而训民。兼复选于公之俦，悉之庶狱，召黄霸之辈。宁以群州，然则上下克谐，褒贬得衰。清靖之风斯在，邑熙之化可期。谨对。

藏伎美麻吕　天平三年五月九日

226　大神直虫麻吕对策文　二首
臣子法礼　佚名

问：明主立法，杀人者处死。先王制礼，父雠不同天。因礼复雠，既违国宪。守法忍怨，爰失子道。失子道者不孝，违国宪者不臣。惟法惟礼，何用何舍？臣子之道，两济得无？

对，窃闻："孝手不遗，已著六义之典，干父之蛊，或纶八象之文。"是知，兴国隆家，必由孝道。故使烝烝虞帝，终受肥华之珪，翘翘汉臣，乃标万石之号。自阿刘淳孝，乃殒身而令亲。桓温笃诚，终振刀而杀敌。魏阳斩首，存荐祭之心。赵娥判仇，致就刑之请。我国家登枢践历,握镜临图,仁超栖凤之君,道出驾龙之帝。取破觚于汉律,弃繁荼于秦刑。两璧决疑,从陶公之雅说,百锾遗训,协夏典之明科。囚入不祭皋繇之灵,狱气既销长平之醲。蒲鞭澄恶行,苇兴谣恶行。犹恐屈志同天,则弥睽孝弟。推才报怨,则多挂纲罗。广迫刍绕,傍询政略。夫以资父事主,著在格言。移教为忠,闻诸甲令。由是丁兰雪耻,汉主留赦事之恩,维氏刃雠,梁配有减死之论。若使酌恤刑之义,验纯情而存哀。讨议狱之规,矜至孝而轻罚。高柴出宰,良续远闻。乔卿临官,芳猷尚在。则可能孝于室,必忠于邦。当守孝之时,不惮损生之罪,临尽忠之日,讵领膝下之恩。谨对。

常王之道　佚名

问:虞舜无为,垂拱岩廊之山,周文日昃,广延英俊之人。夫常王之道,条贯岂异。何劳逸之不同,而黔黎之怀辑,欲使变斯俗于彼俗,化奸吏于良吏。人民富庶,囹圄空虚,其术如何,悉心以对。

对,窃以,逖览玄风,邈观列辟。结绳以往,鸿荒之世难知,刻石而还,步骤之踪可迷。至于根英易代,金石变声,咸以事蔼二芸缣,义彰华篆。焕焉在眼,若秋昊之披密云,灿然可观,似春日之望花苑。当今握褰御俗,履翼司辰。风清执象之君,声轶绕枢之后。设禹虞而待士,坐尧衢以求贤。鼓腹击壤之民,舞于紫陌,负鼎钓璜之佐,接武丹墀。方欲穷姬文日昃之劳,明虞舜垂拱之逸。驱风帝王之代,驾俗仁寿之乡。博采刍诃,侧访幽介。夫以时异浮沈,运分否泰,文质之婉兹别,张弛之宜不同。然则四乳登皇运,经三征之虐政,重华践帝世,近二皇之淳风。淳风之时,必须垂拱。虐政之世,何不经营。是知,圣王与世以污隆,黎庶从君而低仰。若能追有虞无为之化,则隆周勒已之治,表廉平,宣礼让,贵帛旌其英俊，悬捧绝其奸曲。劝之以耕桑，勖之以德义，则可金科不滥，沙圄恒清，九岁有储，千斯积庾。水鱼不犯，共喜南风之薰。门鹊莫喧，盛怀东后之化。谨对。
　　神虫麻吕　天平五年七月廿九日

226

经国集　卷二十　终

参考文献

小野岑守等『凌雲集』温故学会、昭和五十五年。

藤原冬嗣『文華秀麗集』温故学会、昭和五十五年。

良岑安世『経国集』温故学会、昭和五十五年。

小島憲之校注『文華秀麗集、懐風藻、本朝文粋』岩波書店、昭和三十九年六月。

中西進『日本文学と漢詩』岩波書店、二〇〇二年。

小島憲之『懐風藻、文華秀麗集、本朝文粋』岩波書店、一九六四年。

石川忠久『漢詩への招待』岩波ジュニア新書、二〇〇〇年。

猪口篤志『日本漢詩鑑賞辞典』角川書店、一九八〇年。

猪口篤志『日本漢文学史』角川書店、昭和五十九年。

菅谷軍次郎『日本漢詩史』大東出版社、昭和十六年。

柿村重松『上代日本漢文学史』日本書院刊行、昭和二十二年。

戸波岡旭『上代漢詩文と中国文学』笠間書院、平成元年。

蔵中しのぶ『奈良朝漢詩文の比較文学的研究』翰林書房、二〇〇三年。

后藤昭雄『平安朝漢文学論考（補訂版）』勉誠出版、二〇〇五年。

川口久雄『平安朝日本漢文学史の研究』明治書院、昭和五十七年。

佐藤道生『平安后期日本漢文学の研究』笠間書院、二〇〇三年。

金子彦二郎『平安時代文学と白氏文集』東京培風館、昭和十八年。

村上哲見『漢詩と日本人』講談社、一九九四年。

石川忠久『漢詩の講義』大修館書店、二〇〇二年。

石川忠久『漢詩の風景』大修館書店、平成元年。

松浦友久『中国詩歌原論』大修館書店、一九八六年。

上村哲上『日本人と漢詩』講談社、一九九四年。

［日］松浦友久：《中日诗歌比较丛稿》，民族出版社2002年版。

彭定求等：《全唐诗》，扬州诗局刻本，清康熙四十五年（1706年）版。

王力：《王力近体诗格律学》，山西出版集团三晋出版社2011年版。

王力：《汉语音韵学》，山东教育出版社1985年版。

潘善祺：《诗体类说》，上海古籍出版社2011年版。

马东田：《唐诗分类大辞典》，四川辞书出版社1992年版。

罗竹风：《汉语大辞典》，汉语大辞典出版社2001年版。

王钟陵：《中古诗歌史》，百花文艺出版社1999年版。

严绍璗、王晓平：《中国文学在日本》，花城出版社1990年版。

严绍璗：《中日古代文学关系史稿》，中华书局香港分局1987年版。

严绍璗：《汉籍在日本的流布研究》，江苏古籍出版社2000年版。

赵乐甡：《中日文学比较研究》，吉林大学出版社1990年版。

李寅生：《论唐代文化对日本文化的影响》，巴蜀书社2001年版。

张哲俊：《中国古代文学中的日本形象研究》，北京大学出版社2004年版。

马歌东：《日本汉诗溯源比较研究》，中国社会科学出版社2004年版。

马歌东:《日本汉诗三百首》,世界图书出版公司1994年版。

程千帆等选评:《日本汉诗选评》,江苏古籍出版社1988年版。

罗兴典:《日本诗史》,上海外语教育出版社2002年版。

高文汉:《中日古代文学比较研究》,山东教育出版社1999年版。

陆坚、王勇:《中国典籍在日本的流传与影响》,杭州大学出版社1990年版。

刘砚、马沁:《日本汉诗新编》,安徽文艺出版社1985年版。

肖瑞峰:《日本汉诗发展史》,吉林大学出版社1992年版。

宋再新:《千年唐诗缘——唐诗在日本》,宁夏人民出版社2005年版。

高文汉:《论日本文学史上"敕撰三集"的诗风》,载《日语学习与研究》,1995年第3期。

肖瑞峰:《嵯峨天皇与日本宫廷汉诗沙龙》,载《古典文学知识》,1998年第5期。

肖瑞峰:《略论刘禹锡对中日诗坛的影响》,载《浙江社会科学》,1995年第5期。

肖瑞峰:《白居易与日本平安朝诗坛》,载《传统文化与现代化》,1998年第4期。

肖瑞峰:《敕撰三集:因袭中的突变》,载《吉林大学社会科学学报》,2001年第1期。

肖瑞峰:《浙东唐诗之路与日本平安朝汉诗》,载《文学遗产》,1995年第4期。

肖瑞峰:《"敕撰三集"与日本诗坛风会》,载《浙江社会科学》,2001年第3期。

郭洁梅:《白居易与日本平安朝文学》,载《文学遗产》,1991年第4期。

吴雨平:《日本汉诗研究新论》,苏州大学博士学位论文,2006年。

姚亚玲：《白居易和日本平安朝文学》，载《日语知识》，2001年第1期。

王志刚：《九世纪初期日本君臣的昭君母题诗作》，载《湖北民族学院学报（哲学社会科学版）》，2008年第6期。

姚国静：《中日古代游览山水诗的比较研究》，对外经济贸易大学硕士学位论文，2007年。

潘怡良：《日本平安朝时代白诗受容论稿》，吉林大学硕士学位论文，2009年。

王秋雯：《唐代中国诗词对日本词作发端的影响》，载《江西师范大学学报（哲学社会科学版）》，2006年第6期。

张红运：《唐诗的时空意境对日本汉诗的影响》，载《陕西师范大学学报（哲学社会科学版）》，2006年第2期。

江小容：《敕撰三集"诗语与唐诗诗语的对照分析》，载《佳木斯大学社会科学学报》，2018年第4期。

江小容：《日本"敕撰三集"的对比分析》，载《乐山师范学院学报（社会科学版）》，2018年第5期。

江小容：《唐诗对日本"敕撰三集"诗题的影响》，载《牡丹江大学学报》，2018年第6期。